文春文庫

禿鷹狩り

禿鷹IV

逢坂剛

JN019197

文藝春秋

目次

禿鷹《はげたか》狩《が》り

禿鷹Ⅳ

禿鷹狩り　禿鷹Ⅳ・登場人物リスト

禿富鷹秋　神宮署生活安全特捜班員・警部補
岩動寿満子　同警部
御子柴繁　同警部補
嵯峨俊太郎　同警部補
松国輝彦　警察庁長官官房特別監察官・警視正
熊代彰三　元敷島組組長
谷岡俊樹　渋六興業社長
水間英人　同常務・総務部長
野田憲次　同常務・営業部長
坂崎悟郎　同総務課長

諸橋真利子　クラブ〈サルトリウス〉のママ
大森マヤ　バー〈みはる〉のママ
ホセ石崎　マスダ（南米マフィア）のコマンダンテ（指揮官）
寺川勇吉　同アジュダンテ（副官）
ボニータ　同アジュダンテ故ホルへ飛鳥野の愛人
川野辺明　敷島組からマスダに寝返った男
橋本三郎　ヒットマン
竹原卓巳　新右翼の活動家

プロローグ

「あんたに、どうしてもしてもらわなければならない、だいじな仕事がある」

男はそう言って、眼鏡の縁を指で押し上げた。

相手は、黙っていた。

男は続けた。

「壊れた組織を立て直すには、あんたを当てにするしかない。その仕事が完遂されたとき、組織は今直面している危機を乗り越え、かつての力を取りもどすことができる」

相手の頬に、冷笑が浮かぶ。

男は続けた。

「これは、だれにでもできる仕事ではない。いや、あんた以外のだれにもできない、最高にむずかしい仕事だ。あんたにできなければ、だれにもできないだろう」

手にした書類を、テーブルに置く。

相手はそれを取り上げ、一目見て眉をひそめた。

男はうなずいた。

「そう、あんたに関するいちばん新しい情報が、そこに記載されている。どうやって手に入れたかは、聞かないでもらいたい。どんな個人情報も、手に入れる方法はある」

相手は、一しきりそれを見つめたあと、無表情にテーブルにもどした。

男は相手を見つめ、静かに言った。

「人間、だれでも遅かれ早かれ、いずれは死ぬ身だ。どうせ死ぬなら、一度くらい功徳《くどく》を施してから、死にたくないかね」

相手は無表情だった。

男は続けた。

「もっとも、首尾よくそれをなし遂げたところで、あんたにはなんの見返りもない。うまくやってのけたにせよ、墓標にそう刻まれるわけでもない。そう、その意味ではまったく割りに合わない、みじめな仕事だ」

相手は何も言わず、たばこに火をつけた。

男は、相手が煙を吐くのを待って、なおも続けた。

「そのかわり、あんたは自分の欲するとおりに、やりたいようにやることができる。邪魔する者は、好きなように片付けていい。あとのめんどうは、こちらで見る」

相手が、ようやく口を開く。

「いったい、何をしろと」

男は、じっと相手を見つめた。

長い間をおいてから、静かに言う。

「あんたの仕事は、ハゲタカを消すことにある。そう、神宮警察署の悪徳刑事禿富鷹秋《とくとみたかあき》を狩り立て、この世から抹殺する。それが、あんたに与えられた、究極の仕事というわけだ」

相手の目を、ちらりと驚きの色がよぎったが、すぐに消える。

男はうなずいた。

「ハゲタカが、どれほど手ごわい男かは、分かっている。そのことは、だれよりもあんたがいちばんよく、知っているだろう。だからこそ、あんたに頼むのだ。ハゲタカがいなくなったとき、神宮署は初めて洗いたてのシーツのように、きれいになる」

男も相手も、互いの目を見つめ合った。

相手は相変わらず、口を開かない。

男は言った。

「これは文字どおり、命がけの仕事だ」

相手の顔に、皮肉な笑みが浮かび、言葉が漏れる。

「命がけの仕事、ね」

第一章

1

　人一人の命が、一千万円。

　頼む方からすれば、高いと思うかもしれないが、引き受ける方からすれば、決して不当な金額ではない。

　少なくとも橋本三郎にとって、それはきわめて適正な価格だった。ぜいたくさえしなければ、その金で一年間楽に食っていけるし、多少の貯えもできる。

　橋本は、左手で携帯電話を耳に当てながら、コートのポケットに右手を入れ、拳銃を握り締めた。

　グリップが、ぬるぬるする。

　緊張のあまり、汗をかいていることに気づき、ポケットの裏地で手のひらをぬぐった。

　何度やっても、これればかりは変わらない。殺しそのものよりも、そこにいたるまでの長い過程に、緊張するのだ。もっとも、それは悪いことではない。なぜなら、この仕事から緊張が失《う》せたら、命取りになるからだ。

橋本は、標的の姿をもう一度頭の中で、反芻《はんすう》した。

カーキ色の、長めのトレンチコートを着込んだ、三十代後半に見える中肉中背の男。高く張り出した、額と頬骨。その狭間に、深く引っ込んだ暗い目。見えるか見えないかの薄い眉に、鷹の鋭いくちばしそっくりの、とがった鼻。まるで、壁の亀裂のように細く、一直線に結ばれた、薄い唇。遠目にも、一度見たら忘れられない、特異な容貌の持ち主だった。

三日前、ボニータと名乗る日系三世の女が、橋本の泊まる上目黒のホテルに、マスダ〈マフィア・スダメリカナ〉の使いの者と称して、手付けの三百万円を持って来た。

東京の事情にうとい橋本も、マスダが新宿に拠点を持つ南米マフィアで、地元や渋谷を根城にする日本の暴力団と、熾烈《しれつ》な抗争を展開していることくらいは、承知していた。

ふだん橋本は、依頼者になぜ標的を始末するのかを、いっさい聞かない。自分には関係ないことだし、憎悪や同情といった雑念がはいると、手元が狂ってしまう。感情をいっさい抱かず、事務的に処理するのが失敗を防ぐ、最大の秘訣なのだ。

今度の場合も、標的の男はおそらく対抗組織の幹部の一人だろう、と見当をつけた。それだけで十分だ、と思っていた。

しかし、状況が変わった。

一時間ほど前、橋本はボニータに携帯電話で呼び出され、渋谷の〈フェニクス・ホール〉という、パチンコ店に行った。

そこで、パチスロに興じる異相の男を、標的だと教えられた。ボニータはその男を、ハゲタカと呼んだ。

とたんに橋本は、相手を殺さなければならぬ理由を、無性に知りたくなった。

それは、その男が殺されても当然と思える、ひどく邪悪なにおいを放っていたからだ。顔つきやかもし出す雰囲気が、まさしくハゲタカというその呼び名に、ぴったりの男だった。

こういう、だれからも恨みを買いそうなタイプの男は、憐憫《れんびん》の情の湧く余地がないだけに、いつもは躊躇《ちゅうちょ》なく殺せる。にもかかわらず橋本は、その男が死ななければならない理由を、聞かずにはいられなかった。

小柄ながら、胸や腰が豊かに張ったボニータは、橋本の問いに唇をゆがめて、憎にくしげに言い放った。

「ハゲタカは、あたしたちの組織にとって、ひどく危険な存在なの。でも、それだけじゃない。ハゲタカは、あたしをぶちのめした上に、あたしのだいじな人を殺した、憎いかたきでもあるのよ」

大きな目が、怒りに燃えていたところを見れば、その言葉に嘘はなさそうだ。

橋本が、ハゲタカを見極めたのを確認すると、ボニータはそのまま姿を消した。

去り際に、こう言い残した。

「できれば、あの男が今夜渋谷の町を出る前に、始末してほしいの。もしそうしてくれたら、ボーナスを出してもいい。あんたさえその気なら、このあたしの体をあげるわ」

最初は、耳を疑った。

金ならともかく、愛人の仇《あだ》を討つのに自分の体を投げ出す、という感覚が橋本には分からなかった。

いずれにせよ、そこまであの男が憎まれているとすれば、殺しがいがあるというものだ。

今、ハゲタカと呼ばれる男はパチンコ店を出て、東急百貨店を挟んだ反対側の裏通りにある、〈サルトリウス〉というクラブに移動した。

腕時計の針は、すでに午後十一時を回っている。

ハゲタカを今夜、この町から出ないうちに始末しようと思えば、もうあまり時間がない。

橋本は、ラブホテルの前の植え込みの陰から、携帯電話で話をするふりをしながら、〈サルトリウス〉の入り口を見張った。

出て来るまで待つか、それとも店にはいって機会をうかがうか。肚《はら》を決めかね、ポケットの中で拳銃を握り直した。

橋本が初めて人を殺したのは、七年前に神戸の暴力団に雇われ、対抗組織の幹部を始末したときだった。

標的の男が、深夜に女を連れてマンションへもどったところを、ポーチの陰から出て六発、撃ち込んだ。そのうち二発は、女に当たった。男は即死し、女も翌朝かつぎ込まれた病院で、息を引き取った。

新聞報道によると、女は死ぬまで意識がもどらず、警察は証言を取れなかったらしい。目撃者もいない、ということだった。

その夜のうちに、橋本は依頼人から現金で二百万円を受け取り、盗んだ車で名古屋へ高飛びした。ほとぼりを冷ますために、半年の間あちこちを転々とした。

殺しの情報は、裏の世界ではすぐに伝わるものらしく、そのあとおりに触れていろいろな組織が、ヒットマンの口をかけてくるようになった。

その中で、橋本はしだいに殺しの経験を積み、謝礼もそれなりに吊り上がって、今や一件一千万円に達した。

一度、痛めつけるだけで殺す必要はない、という仕事を引き受けたことがある。そのとき、痛めつけた相手に顔を覚えられ、だいぶたってから仕返しをされた。危うく、死ぬところだった。

むろん、あとできちんと片をつけたから、もう心配はない。

しかしそれに懲《こ》りて、以後は仕返しをされる心配のない仕事、つまり相手を完全に始末する仕事しか、引き受けないことにした。逆に、引き受けた以上は目撃者を残さず、かならず相手の息の根を止める。

橋本が、今日まで警察にしっぽをつかまれず、闇の世界で最高の腕を持つ殺し屋の一人、と高い評価を得るにいたったのは、そうした自分なりの掟を守った結果だった。

ハゲタカが店を出て来るまで待ち、人けのないところで始末するのが、いちばん確実な方法だろう。

しかし機を逸すると、今夜渋谷を出る前に始末するのが、むずかしくなる。その場合、ボニータが示したボーナス、つまりボニータ自身の体を手に入れるのを、あきらめなければならない。

むろん実際に、ボニータにそのつもりがあるかどうか、保証のかぎりではない。ほんの気まぐれで、絵に描いた餅を投げてよこしただけ、という可能性もある。

もう一度、腕時計を見る。

十一時九分。

橋本は意を決し、眼鏡をかけた。いつも持ち歩く、変装用の素通しの眼鏡だ。顔よりも、眼鏡の印象を強く残すように、わざと縁の太いものにしてある。

七三に分けた髪を、両手の指で一度掻き乱してから、オールバックにならす。癖のない髪質なので、形を変えやすいのだ。

植え込みの陰を出て、〈サルトリウス〉に向かう。

グレイの山高帽に、フロックコートを着たドアマンが、橋本に気づいて笑いかけた。

「いらっしゃいませ」

橋本はうなずき返し、ドアマンがあけてくれた戸口に、踏み込んだ。

中に控えていたボーイが、すばやく橋本を値踏みしながら、逃がすものかというように、腕を伸ばしてくる。

「いらっしゃいませ。コートを、お預かりいたします」

橋本はさりげなく、ボーイの腕を押しのけた。

「いいんだ。今日は、店の様子を見に来ただけでね。カウンターで飲ませてくれ。女の子はいらない」

そう言いながら、ボーイに五千円札を握らせる。

ボーイは、一瞬とまどいの色を浮かべたものの、すぐに愛想笑いを浮かべた。

「承知いたしました。どうぞ、こちらへ」

案内されて、フロアの右手に伸びるカウンターの、いちばん奥のストゥールにすわる。

髪の毛の先を、ヤマアラシのようにとがらせたバーテンが、そばにやって来た。ペイズリ模様のベストを着た、まだ十代のように見える若いバーテンだった。

橋本はカウンターに、一万円札を二枚置いた。

「これで二、三杯、飲ませてくれないか」

バーテンは瞬《まばた》きして、札と橋本を見比べた。

手を触れずに言う。

「何にいたしますか」

「そうだな。最初は、ソルティドッグにしよう」

バーテンが酒を作る間に、ざっと店内の様子をうかがう。

背後に、大理石まがいの細い柱を並べた仕切りがあり、その向こうに一段低いフロアが、広がっていた。中央に多少のスペースがあり、そこでダンスをさせるようだ。店内に、サキソフォンをベースにした、古いブルースが流れる。

いわゆるクラブでもなければ、今はやりのキャバクラでもなく、大昔のグランドキャバレーといった、時代遅れの雰囲気だ。あえて、それを狙っているのだとしても、この渋谷でどれだけ長続きするか、はなはだあやしいと思う。

「いらっしゃいませ」

急に声をかけられ、橋本はあわてて体をもどした。

和服を着た、三十代後半と思われる女が、笑いかけてくる。

「どうも」

橋本は、しかたなく笑い返した。

「店を任されております、モロハシマリコと申します。どうぞごひいきに」

女はそう言って、名刺を差し出した。

諸橋真利子か。この店の、ママらしい。

橋本は名刺をしまい、眼鏡を押し上げた。

「今日は、ちょっと店の雰囲気を見に来ただけなので、カウンターで飲ませてもらうよ」

「どうぞ、ごゆっくり。お相手が必要でしたら、いつでも女の子をよこしますから」

真利子が、無理にボックス席をすすめなかったので、橋本はほっとした。

真利子が、入り口に近いカウンターの端にすわった男に、軽く合図する。

男はストゥールをおり、二人の方にやって来た。身長百七十五センチの橋本より、さらに五センチほど背の高い、やはり三十代後半に見える男だ。

真利子が紹介する。

「店長のノダと申します。何かございましたら、遠慮なくお申しつけくださいませ」

「ノダといいます。よろしく」

男が、名刺を差し出す。

店長の野田憲次、となっている。

橋本は当惑した。この店は、新しい客がはいって来るたびに、スタッフ全員に挨拶させるのだろうか。

わざとらしく、コートの胸のあたりを、押さえてみせる。

「悪いけど、名刺を忘れちゃいましてね。橋本三郎といいます。よろしく」

野田と名乗った男が、人なつこい笑いを浮かべる。

「橋本さんは、渋谷界隈《かいわい》にお勤めですか。それとも、東横線や田園都市線の沿線に、お住まいですか」

あたりは柔らかいが、身元調べをするような口調に、橋本は警戒心を抱いた。

初めての客に、これほど露骨に関心を示すとは、いったいどういう店なのだろう。

体の奥で、警報が鳴り始める。

2

バーテンがカウンターに、ソルティドッグを置く。

橋本三郎は、それにかたちばかり口をつけ、野田憲次に言った。

「田園都市線の、長津田に住んでましてね。ときどき、渋谷で飲むんですよ。終電までには、切り上げますがね」

地図で覚えた、郊外の駅の名前を適当にあげ、話を合わせる。

野田は、もっともらしくうなずいた。

「すると、あと小一時間は飲める、というわけですね」

諸橋真利子が、愛想よく笑う。

「お気に召しましたら、この次はボックス席でごゆっくり、どうぞ」

二人は、示し合わせたように目を見交わし、橋本のそばを離れて行った。真利子はフロアにおり、野田はカウンターのストゥールにもどる。

橋本は、酒を口に含んだ。

ようやく解放された感じで、一息つく。落ち着かない店だ。

いかにも、物珍しそうな顔をこしらえて、フロアを眺める。いちばん奥のボックスに、黒っぽいスーツを着たハゲタカの姿を見つけ、ほっとした。

ハゲタカが、癇《かん》の強そうな陰気な顔で、グラスを傾ける。

女の子が二人、ハゲタカの両脇についていたが、いずれも手持ち無沙汰《ぶさた》に見える。話がはずむどころか、なんらかの会話が交わされる気配もなく、まるで通夜のようだ。

橋本は、ふと目をこらした。

たまたま、左側にすわる女を押しのけたハゲタカの左手が、革の手袋をしているのに気づく。奇妙なことに、グラスを持つもう一方の手は、素手のままだった。

ふと、野田の視線を感じる。こちらの様子を、うかがっているようだ。

橋本は、さも店の雰囲気を確かめるような風情《ふぜい》で、あちこち視線を巡らしてみせた。

やがて、野田は興味を失ったらしく、どこかへ姿を消した。

橋本は、バーテンを呼んだ。

「この店は、何時までやってるの」

「午前一時まで、営業しております」

「そう。ところで、トイレはどこ」

バーテンが、橋本の左手のカーテンを示す。

「そちらの奥にございます」

橋本はストゥールをおり、ドレープのかかったカーテンを分けて、中にはいった。

短い廊下があり、突き当たりを左に曲がると、その先の左側にトイレの表示が見える。

ドアが二つ、男女別々だ。

男子用のドアをあける。内鍵がついていない。正面に、小便用のアサガオが二つ並び、右側に個室が三つある。クラブらしくない、デパートのようなトイレだ。

廊下にもどると、向かい側になんの表示もない、別のドアがあった。

ためしに、押してみる。鍵がかかっていない。

中は真っ暗だった。ペンライトで照らすと、そこは換気の悪そうな小さな納戸で、貸し出し用と思われるビニール傘、パーティなどで使うらしい小道具、ほこりをかぶったギターなど、いろいろながらくたが、ところ狭しと置いてある。

奥に、小さなドアが見えた。

がらくたをよけて、ドアのところまで行き、ノブを試す。ロックされていた。

ロックをはずすと、ドアはあっさり開いた。

細い通路が、まっすぐ十メートルほど伸び、別の裏通りにつながっている。少し上方に、ラブホテルらしい〈キャッスル〉という、ピンクの電飾看板が見える。

橋本はドアを閉じ、ロックをはずしたままにして、もとの廊下に引き返した。

ほかに、オフィスらしきドアのたぐいは、どこにも見当たらない。そうしたスペースは、おそらく広いフロアの奥の、別のブロックにあるのだろう。

その位置が、カーテンの場所から直接見えず、死角になっていることを確認した橋本は、満足してまたトイレにはいった。

ていねいに手を洗い、カウンターにもどる。バーテンが、おしぼりを差し出した。

橋本は手をふき、バーテンに言った。

「また来るよ。ごちそうさま」

「おそまつさまでした」

バーテンは、先刻橋本がカウンターに載せた、二枚の一万円札のうちの一枚を、五千円札に取り替えた。

「五千円だけいただくように、と言われておりますので」

橋本は一万円札だけ取り上げ、五千円札をそのまま残した。

「取っておいていいよ」

バーテンは初めて、うれしそうに笑った。

「ありがとうございます」

出口に向かうと、バーテンが合図でもしたのか、真利子と野田がどこからともなく、見送りに出て来た。

「また、お近いうちに」

挨拶する二人に手を振り、橋本はそそくさと店を出た。

後ろ姿を、見られているかもしれない。振り返らずに、ＪＲ渋谷駅と思われる方角へ、まっすぐに歩く。

店の視界からはずれると、そのブロックを足速に一回りして、〈サルトリウス〉のはいっているビルの、裏側に当たる通りを探した。

目印に覚えた、ラブホテル〈キャッスル〉の看板は、すぐに見つかった。

橋本は、また携帯電話を使うふりをして、足を止めた。あたりに目を配り、すばやく向かいの路地にはいり込む。

土の上に、四角いコンクリートの板を並べた、狭い通路だった。

突き当たりの例のドアは、なんの抵抗もなく開いた。

小部屋に滑り込み、ペンライトをつける。廊下に面した、戸口の位置を確かめただけで、すぐに消した。

闇の中で、深呼吸をする。

この店でハゲタカを始末すれば、真利子や野田が橋本のことを思い出して、警察に告げるかもしれない。しかし、見かけない客が来たというだけのことで、橋本を犯人と断定するものは、何一つない。二人が覚えているのは、せいぜい太い縁の眼鏡をかけたサラリーマン風の男、というだけのことだ。

いつものように、指先に液状絆創膏《ばんそうこう》を塗ってきたから、どこに触れても指紋は残らない。

手探りで戸口に近づき、ドアにわずかな隙間を作って、外の様子をうかがった。

向かいの壁に、トイレのドアが見える。人影はない。

手近の丸椅子に、腰を下ろした。コートから取り出した拳銃に、小型の高性能サイレンサーを装着し、膝に載せる。

これで発射音が、まったく消えるわけではない。シャンペンを抜くような、軽い音に変わるだけだが、それなりの効果はある。

そのまま、じっと待機した。

ハゲタカが、トイレに来るかどうかは、運任せだ。パチンコ店では行かなかったが、この店に移ってから橋本がはいる前に、用を足したかもしれない。そのときは、あきらめるしかない。

廊下からの明かりで、腕時計を確かめる。

すでに、午前零時を回っている。

ハゲタカは、閉店時間までねばるだろうか。

それから二十分ほどの間に、七人の男女がトイレにやって来た。そのうち二人は、店の女の子だった。

こうしている間にも、ハゲタカが店を出て行くかもしれない、という不安が頭をよぎる。

ボニータは、標的の勤務先や自宅を教えず、ハゲタカが今現在いる場所に、橋本を呼び出しただけだ。

ここで、もしハゲタカを見失ったら、また一から始めるはめになる。ボニータに連絡し、ハゲタカの居場所が分かった段階で、もう一度出直さなければならない。

いつもの自分のやり方と、微妙に勝手が違うことに思い当たり、橋本はいらだちを覚えた。どうも、今夜の自分の動きが場当たり的で、ずさんなような気がする。

標的のハゲタカに対する、いわれなき関心と嫌悪感。それに、連絡係のボニータの存在が、ちくちくと神経をさいなむ。

橋本は、肩の力を抜いた。

こういうときは、仕事をやめにした方が、りこうかもしれない。今夜を逃しても、まだ機会はある。無理をする必要はない。当面、ボニータのことは、考えないことにしよう。


体を起こしたとき、廊下に軽い足音が響いた。

ぎくりとする。

耳をすますと、足音が廊下の角を曲がって、しだいに近づく気配がした。

橋本は拳銃を構え、ドアの隙間から外をのぞいた。

カーキ色のコートがひるがえり、トイレのドアの向こうに姿を消す。

ハゲタカだ。この機を逃すわけにいかない。

橋本ははやる気持ちを抑え、ゆっくりと十数えた。ハゲタカが、無防備に放尿を始めるまで、待つのだ。

数え終わると、橋本は躊躇なく廊下へ滑り出て、トイレのドアに向かった。

拳銃を握り直し、ドアを押しあける。

正面に、こちらへ背を向けて便器に向かう、ハゲタカの後ろ姿が見えた。

橋本は銃口を上げ、背中の中央を目がけて立て続けに二発、撃ち込んだ。

タイルが砕け散り、トレンチコートが宙に舞って、床に落ちる。

その瞬間、橋本は自分が撃ったのがハゲタカではなく、便器をおおったコートにすぎない、と悟った。

気がついたときには、戸口の横から伸びた大きな手が、拳銃を握った橋本の右の手首を、ぐいとつかんだ。恐ろしい力で、ねじり上げてくる。

ハゲタカだ。

「くそ」

橋本はののしり、腕をつかまれたまま立て続けに、引き金を引いた。まんまと、初歩的なトリックに引っかけられたことで、頭に血がのぼった。

弾は一発も当たらず、個室のドアや壁のタイルに、穴をあけただけだった。

あっという間に、橋本はハゲタカに右腕一本で、床にねじ伏せられた。

ハゲタカが、息も継がずに言う。

「だれに頼まれた」

橋本は倒れたまま、ハゲタカを蹴《け》りつけようとしたが、足はむなしく空を切った。

いったい、この男は自分が狙われていることを、どうやって察知したのだろう。

手首をつかんだ、ハゲタカの右手が万力《まんりき》のように締まり、骨が砕けそうになる。

橋本はたまらず、拳銃を離した。

ハゲタカは、それを左手で拾い上げると、無造作に橋本の喉元を、靴の裏で踏みつけた。

息が詰まり、体を突っ張らせる。

ハゲタカは壁際へ下がり、拳銃を右手に持ち替えた。

橋本に、銃口を向ける。

「おれのトレンチを、よくも穴だらけにしてくれたな。お返しに、おまえを穴だらけにしてやるぞ」

言い終わると同時に、乾いた銃声がした。

橋本は、首を引き抜かれたような衝撃を受け、床の上を転がった。

左の耳を、吹き飛ばされたと分かるまでに、少し時間がかかった。まるで、焼きゴテを当てられたような激痛に、思わずうめき声を上げる。

ハゲタカが、含み笑いをした。

「腕が鈍ったものだ。頭を吹き飛ばすつもりだったのに、耳をそいだだけとはな。今度は、はずさんぞ」

そう言って、また銃口を上げる。一転して、自分が殺される立場になった橋本は、死を覚悟した。

拳銃を握るハゲタカの右手に、力が加わるのがぼんやりと見える。

軽い金属音がした。銃声は、聞こえなかった。ハゲタカが、さらに二度、三度と引き金を引いたが、弾は発射されない。

橋本は、体中に汗が噴き出すのを感じ、身震いした。いっとき忘れていた耳の痛みが、どっともどってくる。

ハゲタカは、拳銃を投げ捨てた。

「間が悪いな。おまえがさっき撃ちまくったから、弾がなくなっちまったらしい」

そうだ。

何発撃ったか忘れたが、おかげで命拾いをした。

橋本は、タイルの床に膝と手をつき、起き上がろうとした。

とたんに、ハゲタカの足がばねのように跳ね上がり、爪先が猛烈な勢いで脇腹に炸裂する。

橋本は悲鳴を上げ、またタイルに転がった。拳銃で撃たれた方が、はるかにましと思えるほどの、すさまじい衝撃だった。

ハゲタカが、ずいと前に出る。

蹴り殺されるのではないかと、恐怖が喉元にせり上がった。

そのとき、倒れた橋本の体を押しのけるようにして、トイレのドアが無理やり開かれた。

「どうしたんですか、だんな」

その声は、店長の野田だった。

ハゲタカが応じる。

「この男が、おれを後ろから撃ちやがったのさ。危うく、蜂の巣にされるところだった」

橋本はコートの襟をつかまれ、ごろりと仰向けにされた。そのとき、初めて眼鏡がなくなったことに、気がついた。

野田が身をかがめ、顔をのぞき込んでくる。

にわかに、その目が険しい光を放つ。

「だんな。こいつは、ついさっき店へやって来て、一杯飲んで行った男ですよ。なんとなく、うさん臭いやつだと思ったら、案の定だ。橋本三郎、と名乗ってましたが」

「おおかた、偽名だろう」

ハゲタカが、決めつける。図星だった。

「おまえ、何者だ」

野田が聞いたが、橋本は黙っていた。

ハゲタカが、また口を開く。

「聞いてもむだだ。プロの殺し屋なら、口を割らんだろう」

「おおかた、マスダが雇ったヒットマンでしょう。だんなを狙うのは、あいつらくらいのものですからね」

正確に、読まれている。

ハゲタカの靴が、橋本の顔を踏みつけた。

「マスダから、いくらもらった。五百万か。一千万か」

橋本が答えずにいると、ハゲタカは顔を踏んだ靴の底を、丹念にこじった。

その屈辱と苦痛に、歯を食いしばって耐える。

ハゲタカは続けた。

「現職のデカを始末するのに、一千万以下ということはないだろう」

心臓が冷たくなる。

デカとは、どういうことだ。

このハゲタカと呼ばれる男は、現職の警察官なのか。

3

ハゲタカの靴が、顔の上からどけられる。

橋本三郎は息をつき、いやな味のする土くれを、口から吐き出した。仕事に失敗したのも初めてなら、このような屈辱を受けたことも、生まれてこの方《かた》一度もなかった。

それはそれとして、この男が現職の警察官だとは、小指の先ほども考えなかった。少なくともボニータは、そんなことを一言も口にせず、におわせもしなかった。もしかして、あの女にはめられたのではないか、という思いにとらわれる。

これまで、現職の警察官を殺したことはないし、もし頼まれれば断っただろう。あまりに、リかりにやるとしても、通常の一千万円の報酬では、引き受けられない。

スクの大きい仕事だからだ。

ともかく、ボニータがハゲタカを警察官と知りながら、この仕事を頼んできたのだとすれば、はめられたも同然といえる。この場を切り抜けることができたら、ボニータにたっぷり礼をしてやる。

とはいえ、切り抜けられるかどうか、橋本にはまったく予測がつかなかった。

撃ち飛ばされた、左の耳の痛みをこらえながら、なんとか逃げる道はないものかと、考えを巡らす。

左の靴下の内側に、ボールペン型の細いナイフが、仕込んである。なんとか、それを使う機会が巡ってくれれば、助かる可能性はある。

野田憲次が言った。

「この野郎を、どうします。痛めつけて、雇い主を吐かせますか」

「口は割らない、と言っただろう。割ったところで、どうせ役にも立たぬ屑ネタだ。ここで、始末してしまえ」

橋本は、ひやりとした。

ハゲタカが、みずから称したように警察官なのかどうか、にわかに疑問がわく。本物の警察官なら、ここで始末してしまえなどというむちゃなことは、言わないはずだ。

橋本は、タイルの床に仰向けに転がり、目を半開きにしたまま様子をうかがった。

途方に暮れたような、野田の声が聞こえる。

「しかし、それじゃあこの野郎がマスダの回し者だと、立証できなくなりますよ」

「立証する必要はない。こいつを始末する理由は、おれを闇討ちしようとしたことだけで、十分だろう。さっさと、片付けろ」

まるで、ゴミの分別でも命じるような、事務的な口調だった。

野田が、またかがみ込んでくる。

「おい、聞いただろう。だれに頼まれたか言わないと、このだんなに息の根を止められるぞ」

橋本は唾《つば》をのんだものの、何も言わなかった。最後には、マスダの名前を出すにしても、もう少し様子をみたかった。

野田は、インテリくさい雰囲気を漂わせているものの、おそらくヤクザに違いない。その野田が、だんなと呼んで敬意を払うからには、ハゲタカはやはり警察官なのだろうか。

橋本は、頭が混乱した。

ハゲタカが、いらいらしたように言う。

「おれを狙うくらいのやつなら、少しばかり痛めつけられたところで、音《ね》を上げたりはしない。時間のむだだ。用具入れから、トイレの使用禁止の札を出して、外にかけておけ」

野田が、トイレを出て行く。言われたとおりにするらしい。橋本は不安を募らせた。

野田がもどると、ハゲタカは言った。

「うつぶせにして、腕を後ろにねじり上げろ。首の骨を折ってやる」

そのせりふを聞いて、さすがに橋本は焦った。ハゲタカのやり口からして、はったりを言うような男ではない、という直感がある。

野田が、当惑したように言う。

「この店でやるのは、勘弁してくださいよ、だんな。後始末がたいへんだ。だいいち神宮署に、どう説明するんですか」

「説明する必要はない。襲ってきたこいつを、返り討ちにしただけだ。正当防衛が成り立つ」

「だんなが自分で、そう証言してくれるんですか」

野田の問いかけに、ハゲタカが耳障りな笑い声で応じる。

「少しは、頭を使え。おれは、ここにいなかったんだ。狙われたのは、おまえだ。それで通用するさ」

「神宮署の刑事課も、そこまでばかじゃないでしょう」

橋本は、頭の上で交わされる二人のやり取りを、ひとごとのように聞いていた。

信じられないことだが、どうやらこのハゲタカという男は、神宮警察署に所属する本物の刑事らしい。

「このトイレを、今夜一晩使用禁止にして、死体を個室に隠しておくんだ。店を閉めてから車で運んで、荒川へでも投げ込めばいい。明日の朝には、東京湾に浮かぶだろう」

その、空模様の話でもするような口ぶりに、一瞬橋本はからかわれているのではないか、と錯覚しそうになった。

野田が、大きくため息をつく。

「しかたがねえな」

次の瞬間、しゃがんだ野田に腕をつかまれ、体をうつぶせに転がされる。両腕をねじり上げられ、膝で背中を押さえ込まれると、橋本は身動きが取れなくなった。

ハゲタカが前に回り、大きな手で橋本の顎《あご》をつかむなり、無造作にぐいと片側にねじった。

首がちぎれるような激痛に、橋本はほとんどパニックに陥った。

「ま、待ってくれ。白状するから、待ってくれ」

息をするのも苦しく、それだけ言うのがやっとだった。

ハゲタカは、手を緩めなかった。

「聞きたくないな。黙って死ね」

恐怖が、胃の腑を突き上げる。

「マ、マスダだ。マスダに頼まれたんだ」

かろうじて声を絞ると、今度は野田が言った。

「やはり、マスダか。思ったとおりじゃないですか、だんな」

ハゲタカが応じる。

「そんなことは、こいつに言われなくても、分かってるさ。命乞いにもならんぞ」

なおも力が加わる気配に、橋本は足をばたばたさせた。

「や、やめてくれ。なんでも話す」

意地も誇りも、どこかへ消し飛んでしまった。

わずかな間をおき、ハゲタカが尋ねる。

「マスダの、だれに頼まれた」

「ボ、ボニータという女だ」

橋本が応じると、顎をつかんだハゲタカの手が、少し緩んだ。

「ボニータだと。どんな女か、言ってみろ」

「日系三世とかいう、日本語の達者な女だ。小柄なわりに、ナ、ナイスバディの」

そこで息が詰まり、言葉が途切れた。

短い沈黙が流れたあと、ハゲタカが独り言のように言う。

「確かに、ボニータらしいな」

「嘘じゃない。その女に、あんたをやってくれ、と頼まれたんだ」

必死に付け加えると、ハゲタカが急につかんだ手を離したので、顎がタイルに落ちた。

したたかに舌を嚙み、目のくらみそうな痛みに襲われる。しかし、いくらかは時間稼ぎができたので、橋本は内心ほっとした。

ハゲタカが立ち上がったらしく、高いところから声が降ってくる。

「マスダも、やきが回ったようだ。あんな女を、ヒットマンのつなぎに使うようではな」

野田の手が、後ろから橋本の喉元を探り、ネクタイを引き抜く。

野田はそのネクタイで、後ろに回した橋本の手首を、強く縛った。その手慣れた縛り方で、野田が素人でないことが、はっきりする。

靴下に隠した、ナイフを使うチャンスが遠のくのを感じて、橋本は奥歯を嚙み締めた。

野田が、縛った腕を一度揺すってから、おもむろに言う。

「こいつが店へ来たのは、下見のためでしょう。途中でトイレに行ったから、そのとき裏口のロックをはずしたに違いない」

野田は、橋本がトイレに行くのをどこからか、見ていたらしい。

ハゲタカが聞き返す。

「こっちのブロックにも、裏口があったのか」

「ええ。トイレの向かいに、がらくたを入れる物置部屋があって、そこに外の路地へ通じるドアが、ついてるんです。ロックを解除しておけば、外からもはいれる」

「不用心だな。たとえロックしてあっても、ピッキングされたらおしまいだ。警報装置を入れるとかして、少しは気を配れ」

「お巡りが、この辺をまめに巡回してくれたら、そんな心配はいらないんですがね」

二人はまるで、橋本がそこにいるのを忘れたかのように、しゃべり続けた。

耳から流れ出た血が、口元に伝わる。苦痛はこらえられても、この屈辱には耐えられそうにない。

野田が横腹に、軽く蹴りを入れてくる。

「ところで、この野郎をどうしますか。とにかく、ここで始末するのだけは、勘弁してもらいたいな」

「それなら、今すぐに足のつかない車を、調達してこい。どこか、人目のないところへ連れ出して、おまえが始末するんだ。おれはここで、こいつを見張っている。車の用意ができたら、裏の路地の出口に停めろ」

ハゲタカの命令に、野田がまたため息をつく。

「分かりました。二十分たったら、こいつを連れ出してください。路地の出口で、待ってますから」

野田は橋本の足を蹴り、ドアの前から押しのけると、トイレを出て行った。

ハゲタカと、二人だけになる。

焦る必要はない。この男は手ごわいが、野田の方はなんとかなりそうだ。車に乗せられて、野田と二人きりになったときに、チャンスがあるだろう。

橋本は薄目をあけ、周囲の様子をうかがった。

ハゲタカが、さっき投げ捨てた空の拳銃を拾い、自分のコートのポケットにしまう。

それから橋本は、体のあちこちを探られた。

身元の分かるようなものは、いっさい身につけていない。持って来たのは、使い古しの一万円札を何枚かと、小銭だけだ。

ハゲタカは、ペンライトを見つけたが、すぐにポケットにもどした。

さらに、反対側のポケットを探って、携帯電話を抜き取る。それは、個別の仕事のたびに使い捨てる、プリペイド方式のものだった。仕事を受けるのに使う、データがはいった自前の携帯電話は、ホテルに残して来た。

ハゲタカは、ボタンを押して携帯電話を操作し、じろりと橋本を見た。

「今日の通話記録が、一件残っているな。この番号は、だれのものだ」

ひやりとする。

うかつだった。ボニータが、ハゲタカの今夜の居場所を連絡してきた、着信記録を消し忘れてしまった。

もっともボニータの名前は、すでに正直に吐いてしまったのだから、同じことだ。

「ボニータだ」

「そうか」

短く答えたハゲタカは、その携帯電話を自分のポケットに、しまい込んだ。

橋本は、ハゲタカを刺激しないように、猫なで声で言った。

「冥土《めいど》の土産に、教えてくれ。あんたは、ほんとにデカなのか」

ハゲタカが、爪先を使って橋本の体を、仰向けにする。

「ボニータは、おまえに何も言わなかったのか」

橋本は、縛られた腕をかばいながら、膝を折った。コートの下で、足首を尻の方に引きつけ、指先でズボンの裾を探る。

「あんたに恨みがある、と言っただけだ。あんたについては、呼び名がハゲタカだということ以外、身元も素性も教えてくれなかった」

とげのある笑いが返ってくる。

「おれの正体を知ったら、おまえが怖《お》じけづいて仕事をおりる、と思ったんだろう」

「確かに、あんたがデカと分かっていれば、引き受けなかった。どんな理由があるにせよ、警官殺しはごめんだからな」

「もう遅い」

ためしに、相談を持ちかける。

「もし見逃してくれたら、ボニータはおれの手で始末する。それに、受け取った手付けの三百万も、あんたに進呈しよう。それで、手を打つ気はないか」

しゃべりながら、橋本は靴下に挟んだボールペンを、右手で引き抜いた。左手を添えて、キャップをはずしにかかる。

ハゲタカは、弾痕の残る個室のドアにもたれ、橋本を見下ろした。

「何をもぞもぞしている」

とがめられて、動きを止める。

焦ってはだめだ。キャップをはずすのは、車に乗せられてからでも、遅くはない。ボールペンを握り込む。

「腕が痛いんだ。どうせ、ほどいてはくれないだろうが」

ハゲタカは腕時計を眺め、やおらもたれた個室のドアから、背を起こした。

「そろそろ、車が来るころだな」

そう言って、無造作に橋本の襟首をつかみ、出口のドアをあける。

橋本は、そのままトイレの床から外の廊下へ、引きずり出された。次いで、反対側の小部屋の中に、運び込まれる。

ハゲタカはその力仕事を、ほぼ右手一本でやってのけた。手袋をした左手は、ほとんど使わなかった。

小部屋の明かりがつき、ドアが閉じられる。橋本は、がらくたの間にうつぶせに、横たえられた。

いきなり、縛られた両手を踏みつけられ、苦痛の声を漏らす。

次の瞬間、握り込んでいたボールペンを、あっさりもぎ取られた。

「器用な男だな。こんなところで、メモでも取るつもりか」

橋本は、歯を食いしばった。

ハゲタカの目を、くらますことができると考えた自分が、甘かったようだ。この男は、尋常の警察官ではなく、尋常の人間でもない。

生まれて初めて、死に対する恐怖感がじわじわと、込み上げてくる。

この男は、おれを生きたまま車に乗せる気はないのだ、と悟った。

キャップをはずす、軽い音が橋本の耳に届く。

次の瞬間、視野が赤く染まった。

4

バイブが震えた。

水間英人は、携帯電話を取り出して、画面表示を見た。

野田憲次からだった。

壁の時計を見上げると、すでに午前一時近い。〈サルトリウス〉も、そろそろ閉店の時間だ。

賭け麻雀の、顧客リストのチェックに没頭していたせいで、気がつかなかった。

通話ボタンを押す。

「どうした」

「ちょっと、トラブルがあってな。おまえの手を借りたいんだ」

のっけから、野田の声は上ずっていた。

「喧嘩か」

「というか、まあ、そんなとこだ」

歯切れが悪い。

「相手はだれだ。マスダの連中か」

「とにかく、店へ来てくれ。そうしたら話す。実は、ハゲタカのだんながからんでるんだ」

それを聞いたとたんに、水間はいやな予感がした。

ハゲタカこと、禿富鷹秋がからんだトラブルで、無事に収まったためしがない。

「よし、分かった。すぐ行く」

「〈キャッスル〉の側の路地から、店の裏口にはいってくれないか。ドアのロックは、はずしておく」

要領を得ない話だが、水間はそれ以上何も聞かずに、通話を切った。

パソコンの電源を落とし、宿直の若い者を残して、オフィスを出る。

渋六興業のオフィスは、JR山手線のすぐ内側の、明治通りに面している。東急百貨店の本店に近い、裏通りにある〈サルトリウス〉までは、徒歩で十分ほどの距離だった。へたに車で回るより、歩いた方が早い。

水間は、明治通りを渡った。

ライバルだった敷島組が、渋六に吸収統合されてから、渋谷の町もいっとき静かになった。

元敷島組の組長熊代彰三は、肩書からみれば渋六の社長谷岡俊樹の上に立つ、会長の座についた。ただし、それは当人も納得して受け入れた、事実上引退扱いの名誉職だった。

ナンバーツーの地位にあった諸橋征四郎、その後釜を狙っていた田久保実がともに死んで、敷島組は屋台骨を失ってしまった。吸収される形とはいえ、敷島組にとって渋六との統合は最善、かつ唯一の生き残りの手段だった。また渋六にとっても、マスダの渋谷への進出を阻止するために、両方の勢力を統合するしかなかった。

もっとも、諸橋や田久保の下にいた若手幹部、平の組員の中には吸収に反発して、組を離脱した者もいる。しかも、そのうち何人かはヤクザの仁義もくそもなく、当のマスダに身を売った。

クラブ〈サルトリウス〉は、もと諸橋が切り回していた店だった。今では、渋六の傘下にはいったが、死んだ諸橋の妻真利子が踏みとどまり、従来どおりママを務めている。店長の仕事は、マスダに走った長江茂春に代わって、渋六の営業部長の肩書を持つ、野田が引き受けた。

その野田が、珍しくあわてた様子で、助けを求めてきたのだ。水間も総務部長として、同じ盃を受けた兄弟分の緊急コールに、平静ではいられなかった。

東急百貨店の、横の道をはいる。

ラブホテル〈キャッスル〉の向かいに、店の裏口につながる狭い路地がある。

その入り口に、見慣れぬシルバーグレイの車が、停まっていた。エンジンがかかったままで、低いアイドリングの音が聞こえる。中をのぞいてみたが、だれも乗っていない。

車の横をすり抜けて、路地にはいった。突き当たりにドアがある。

念のため、ノックした。

「だれだ」

くぐもった、野田の声だった。

「おれだ、水間だ」

ドアがあく。

そこは、店の祭りや余興で使う小道具など、がらくたを入れておく物置部屋だが、真っ暗だった。

背後の、ぼんやりした街明かりを頼りに、中にはいる。

野田が、耳元でささやいた。

「今、明かりをつける。驚くなよ」

野田の動く気配がして、すぐに部屋が明るくなった。

斜め向かいの、もう一つのドアの脇に立った野田が、スイッチから指を離した。革の手袋をはめている。

「この始末だ」

そう言って、床を指した。

がらくたの間の、狭苦しいスペースに横たわった、コート姿の男が見える。ネクタイで、後ろ手に縛られている。

胃のあたりが、急にむかつくのを感じながら、水間は男のそばにしゃがんだ。

左の耳が半分ちぎれ、血だらけだった。ぼんのくぼにボールペンか、シャープペンシルのキャップのようなものが、突き立っている。

野田が言った。

「もう死んでる」

ぼんのくぼの傷口からは、ほとんど出血していないが、それが致命傷になったことは、明らかだった。

髪の毛をつかみ、顔を起こしてのぞき込む。

水間や野田と同じ、三十代後半とおぼしき年格好だが、見覚えのない男だ。

水間は、野田を見上げた。

「だれがやったんだ」

「ハゲタカのだんなだ」

ため息が出る。

単なるトラブル、喧嘩どころの話ではない。

「だんなは、どこにいる」

「三、四十分前まで一緒だったが、もどったらいなくなっていた。ケータイにも応答がない」

水間は、立ち上がった。

「とにかく、最初から話してくれ。さっぱり、わけが分からん」

野田が、いきさつを説明する。

それによると、床で死んでいる男は一度様子を見に来店したあと、勘定をすませて店を出た。それから、裏へ回ってこの物置部屋に忍び込み、トイレにはいった禿富を殺そうとして、返り討ちにあったのだ、という。

「だんなが、この野郎をここで始末しようとするから、それだけはやめてくれと泣きを入れた。すると、おれにこいつをどこかへ連れ出して、始末しろと言うんだ。しかたがないから、車を調達してもどって来ると、だんなはいなくなっていた。かわりに、こいつが死んでここに転がっていた、というわけだ。おれがいない間に、息の根を止めちまったのさ」

水間は、舌打ちをした。

「おれたちは、トラブルを片付けてもらうために、月づき金を払ってるんだ。ところが、あのだんなときたらいつも逆に、トラブルの種をまいていきやがる。どうしようもないな」

「ただのトラブルじゃない。この男は、マスダのボニータに頼まれた、と言ったんだ」

思わず、野田の顔を見る。

「ボニータ」

その名前は、以前禿富の口から聞いた覚えがある。ボニータは確か、禿富の手にかかって死んだマスダの幹部、ホルヘ飛鳥野《あすかの》の愛人だった女だ。

「ボニータというのは、マスダのだれかの愛人じゃなかったか」

野田が言い、水間はうなずいた。

「そうだ。ハゲタカのだんなによれば、ボニータは死んだホルヘ飛鳥野の、愛人だったそうだ」

「すると、マスダがボニータを使者に立てて、こいつにハゲタカ殺しを依頼した、ということかな」

水間は、死んだ男を見下ろした。

「まず、そんなとこだろうな」

「しかしマスダは、だんなの腕が並じゃないことを、よく知ってるはずだ。こんな、どじなヒットマンを送り込んで来るとは、信じられんな」

「どじを踏んだからといって、腕の悪いヒットマンとは、限らんぞ。あのだんなの手にかかったら、プロも素人も同じだからな」

「それはそうだが」

野田は、死んだ男の上に身をかがめ、ぼんのくぼに刺さった凶器の柄を、じっくり見た。

「こいつは、ボールペンに見せかけた目打ちか、細身のナイフだな。だんなは、こんなものを持ち歩かないから、こいつがどこかに隠していたんだ。だんなはそれを見つけて、息の根を止める道具に使ったんだろう」

水間は、顎をしゃくった。

「トイレの様子はどうだ。何か、痕跡は残ってないのか。万が一、警察の手がはいったら、めんどうだぞ」

「今は外から鍵をかけて、使用禁止にしてある。だんなに撃ち飛ばされた、こいつの耳の切れ端は、水洗で流しちまった。眼鏡は捨てたし、床のタイルの血痕も、ふき取っておいた。ただ、こいつがぶっ放したチャカの弾痕が、壁のタイルやら個室のドアやら、あちこちに残っている。明日にでも、弾をほじくり出して穴を塞《ふさ》ぐよう、若い者に言っておく」

「チャカはどうした」

「なくなっていた。だんなが、持って行ったんだろう」

「こいつ、ケータイか何か、持ってなかったのか」

野田は、首を振った。

「調べてみたが、ケータイとか手帳とか、素性の分かりそうなものは、何一つ身につけてなかった。まあ、だんなが持ち去った可能性も、ないじゃないが」

「ということは、名前も分からんわけだな」

「店で飲んでるときに、念のため探りを入れてみたら、橋本三郎と名乗った。どうせ、偽名だろうが」

「どっちにしても、ハゲタカのだんなを狙うくらいだから、トウシロウということはあるまい。裏の世界じゃ、知られたやつかもしれん」

野田が、下唇を突き出す。

「こいつ、おれたちに心当たりがないとすると、どこか地方から流れて来た可能性もあるな」

水間は少し考え、あらためて口を開いた。

「ママはどこだ」

「奥の特別室だ。一応、報告はしておいた」

「何か言ったか」

野田は、肩をすくめた。

「迷惑をかけてすみません、だと」

水間は苦笑した。

それは、真利子と禿富の特別な関係を、問わず語りに吐露するせりふだった。

「まったく、迷惑ばかりかけやがって、とんでもない用心棒だよな」

そうぼやいたものの、禿富の存在がマスダの渋谷進出の、最強の防波堤になっていることは、まぎれもない事実だった。

野田が言う。

「とにかく、だんなを探すのはあとにして、こいつの始末をつけちまおう。外に停めた車で、どこかへ運ぼうぜ。手を貸してくれ」

「分かった」

水間が応じると、野田はポケットから別の手袋を取り出し、水間に投げてよこした。いつもながら、用心のいい男だ。

水間はそれをはめ、コンビニの白いポリ袋を見つけて、死体の頭にかぶせた。首のところで端を縛り、外に血が垂れないようにする。

背後のドアをあけ、外の路地をのぞいた。変わった気配はない。

二人がかりで、死体を外へ運び出した。

路地の出口で一度下ろし、周囲の様子をうかがう。明るい表の通りにも、〈キャッスル〉の入り口にも、人の姿はない。

野田は車に乗り込み、少し前に移動させた。

野田が見張っている間に、水間は死体を両腕に抱え上げ、すばやくトランクに運び込んだ。

車が走り出すと、野田は言った。

「ハゲタカのだんなは、始末したあと荒川に投げ込め、と言ったが」

「それが無難だろう。いずれ発見されるにしても、埋めるよりは川に捨てる方が、足がつきにくい」

水間は、グローブボックスから地図を取り出し、車内灯を点灯した。

しばらく道筋を調べて、だいたいの見当をつける。

「明治通りを北へのぼると、新宿、池袋、王子を経由して、隅田川にぶつかる。その先が、荒川だ。川沿いの、江北橋と扇大橋の間に、細長い緑地帯がある。夜中なら、人目につかんだろう」

野田はハンドルを切り、車を明治通りの方に向けた。

少し気分が落ち着き、水間はシートベルトをした。

「それにしても、だんなはプロのヒットマンを相手に、よくあの腕でやり合ったもんだな」

「あれは、化けものだよ。だんなの左手は、一応つながっているにしても、ほとんど役に立たないはずだ。使うところを、ろくに見たことがないからな」

「ああ、そのとおりだな」

水間は相槌《あいづち》を打ち、車外を流れるネオンに、目を向けた。

半年ほど前。

JR中央線に沿った、市ケ谷の土手の上での出来事だ。

諸橋真利子は、禿富に拳銃を突きつけ、夫征四郎が殺されたことについて、厳しく責任を追及した。あげくの果ては揉《も》み合いになり、禿富は感情の高ぶった真利子に、土手の上から突き落とされた。

水間もその場にいたが、真利子に明確な殺意があったかどうかは、今もって分からない。

線路に転落した秃富は、たまたま通過中の貨物列車に、左腕の肘《ひじ》と手首の間を轢断《れきだん》さ

れた。命に別状はなかったが、ひどい怪我だった。

自力で、土手を這《は》い上がった秃富を、水間と真利子は近くの警察病院へ、かつぎ込ん

だ。

修復手術が行なわれ、切断された秃富の手首は、一応もとの位置にもどった。

とはいえ、それが実際に使いものになるかどうかは、はなはだ疑問だった。おそらく

野田が言うとおり、ろくな役には立たないだろう。水間の目にも、秃富の左手が事故以

前と変わらず、何不自由なく機能しているようには、見えなかった。

それより何より、水間も野田もあっけに取られるほど、驚いたことがある。

秃富の手術後、二人で病院へ見舞いに行ったおり、真利子が病室にはいって来た。手

にした盆の上で、きれいにむかれたリンゴが、金色に光っていた。

そのとき真利子が、いかにもばつの悪そうな様子で、二人の顔を代わるがわる見たの

を、水間はまざまざと思い出す。真利子の表情が、すべてを物語っていた。

秃富は、直接手をくだしこそしなかったが、諸橋の死のきっかけを作った、張本人の

はずだ。真利子にとっては、いわばかたきのようなものではないか。

その真利子が、かいがいしくリンゴなどをむき、秃富の世話をしているのだ。それを

見て、水間はますます女というものが、分からなくなった。

車は明治通りに出て、まっすぐ北へ向かった。

5

コーヒーが苦い。

諸橋真利子は、砂糖をスプーンに半分、注ぎ足した。

襟元をくつろげ、手のひらであおぐ。和服を脱いで、楽な部屋着に着替えたかったが、まだマンションには帰れない。

閉店してほどなく、店長の野田憲次が珍しく青ざめた顔で、店の奥にあるこの特別室へ、やって来た。物置部屋に、男の死体が一つ転がっている、というのだ。

ふだん、めったなことでは動じない真利子だが、さすがにその報告には狼狽《ろうばい》した。

さらに、手をくだしたのが禿富鷹秋だと聞かされると、頭を抱えたくなった。相手は、マスダに雇われたヒットマンで、禿富をトイレで撃ち殺そうとして、逆に叩きのめされたという。

二人をトイレに残して、野田は男を外へ連れ出すため、車を調達しに出た。

ところが、もどって来ると禿富の姿は消え、物置部屋に男の死体が転がっていた。野田が車を探している間に、禿富は男を生きて外へ出す気がなくなり、息の根を止めたらしい。

野田は、やむなく後始末をすませて、トイレを封印した。真利子に報告したあと、水間英人に電話して事情を話し、一緒に死体を運び出すつもりだ、と言った。迷惑をかけてすみません、とわびたあと真利子は、野田が妙な顔をするのに、気がついた。

考えてみれば、それは自分や自分の身内の不始末を、わびるときの言葉だった。うかつに、禿富に対する複雑な気持ちをのぞかせてしまい、内心恥ずかしかった。

それから一時間後、野田が携帯電話に連絡をよこし、二人がかりで荒川に死体を投げ込んだ、と報告してきた。真利子は、二人がもどるまで店にいる、と言って電話を切った。

従業員は全員帰宅し、真利子のほかに残っているのは、隣の控室で裏口の番をする、沖弘ただ一人だ。

沖は敷島組の時代から、諸橋征四郎と真利子の車の運転手兼雑用係を、こなしている。以前は組員だったが、渋六興業との統合を機にあえて足を洗わせ、店の従業員ということにした。おとなしく、辛抱強い上によく気の回る、重宝な男だった。

ため息をつき、手にした携帯電話を、帯の間にもどす。

禿富に事情を聞こうと、さっきから何度もかけているが、つながらなかった。メールも送ったが、返事一つよこさない。

野田の話が事実なら、禿富は自分を殺そうとしたマスダのヒットマンを、返り討ちにしたにすぎない。

　とはいえ、すでに相手が抵抗力を失っていたとすれば、正当防衛を認められるどころか、過剰防衛にもなるまい。ただの人殺しと同じだ。相手が、殺し屋だろうとヤクザだろうと、殺人に変わりはない。

　しかも、禿富はれっきとした神宮警察署の、刑事なのだ。人一人殺した上、そのまま置き捨てにするという神経が、とうてい理解できない。

　突然、ドアにノックの音がする。

　真利子は、驚いてコーヒーを少しこぼし、カップをテーブルに置いた。

　ドアが開き、沖がおずおずと顔をのぞかせる。

「あの、お客さんですが」

　それを押しのけるようにして、トレンチコートを着た男が、ずいとはいって来た。

　禿富鷹秋だった。

　真利子は反射的に、ソファを立った。

　ドアが閉じるのももどかしく、半分食ってかかる。

「どこに行ってたんですか。さっきから、何度も電話しているのに」

　禿富はコートの前をはだけ、革手袋をしたままの手を、上着のポケットに突っ込んだ。

　閉じたドアにもたれ、横柄な口調で言う。

「女房みたいな口をきくな」

真利子は、禿富を睨《にら》み返した。

「所帯を持ったこともないくせに、そんなこと言う資格はないわ」

禿富の口から、乾いた笑いが漏れる。

「おう、悪かったな、独り者で。なんの用だ。おれの声でも、聞きたくなったか」

真利子は、それを無視した。

「野田さんから聞いたけれど、お店の物置部屋で人を殺したって、ほんとですか」

それを口にするだけで、胸がむかつきそうになる。

禿富はすぐには答えず、じっと真利子を見返した。

「それがどうした。相手は、あのマスダが送ってよこした、ヒットマンだぞ。ピザの出前を、届けに来たわけじゃないんだ」

「でも、あなたはその男をぶちのめして、銃を取り上げたんでしょう。何も、殺すことはなかったわ。それもよりによって、わたしのお店で」

禿富が、ふんと鼻で笑う。

「おまえの店、だと。だれのおかげで、ママを続けていられると思うんだ。少しはおれに、感謝しろ」

真利子は、顔に血がのぼるのを感じた。いつものことながら、禿富の言い草には神経を逆なでされる。

「わたしがここを任されたのは、だれのおかげでもないわ。渋六が、わたしに任せるのがベストだって、そう判断したからよ」

「生意気を言うな。おれが口をきいてやったから、居残ることができたんだ。つけ上がるんじゃない」

その恩着せがましい言い方に、ますます頬が熱くなる。

「あなたが、わたしのことで口をきいたなんて、初耳だわ」

真利子が、断固とした口調で言い返すと、禿富は軽く顎を引いた。

「少なくとも、おれの存在があったから、今のおまえがある。覚えておけ」

「どちらにしても、このお店で勝手なまねは、しないでください。しかも、その後始末を渋六に押しつけるなんて、刑事の風上にもおけない人ね」

まくしたてると、禿富はやおらドアから背を起こした。

ひやりとする。この男には、何をするか分からない怖さがある。

「これを見ろ」

禿富はそう言って、ゆっくりと体を回した。

トレンチコートの背中に、周囲に焼け焦げのできた小さな穴が三つ、あいている。その穴は、ほぼ心臓の裏側あたりに、集中していた。

禿富は向き直り、吐き出すように言った。

「今おれが無事でいるのは、このコートの中にいなかったからだ。それとも、いた方がよかったか」

ちょっとたじろぐ。

「でも、無抵抗の人を殺すなんて」

禿富は、唇の端にぞっとするような笑みを浮かべ、ポケットから手を出した。

右手でことさら時間をかけて、左手の手袋を引き抜く。

真利子は、息をのんだ。

禿富の左手は、生蠟《きろう》のように血の気がなく、ぬめりとしていた。

禿富は、人一倍大きく見えるその手を、ゆっくりと開いたり閉じたりした。それ自体が、まるで異星から来た生物のような、気味の悪い動きだった。

「この手を見ろ。無抵抗のおれを、おまえが土手から突き落としたせいで、こうなったんだ。これだけですんだのは、運がよかったからにすぎん。へたをすれば、胴体を真っ二つにされて、あの世行きだった。人のことを、言えた義理か」

禿富に突っ込まれ、真利子は返答できなかった。

禿富は薄笑いを浮かべ、猫なで声で続けた。

「まあ、おまえにとっては、おれがあのときくたばった方が、よかったかもしれんが」

体の力が抜け、真利子はすわっていたソファに、腰を落とした。

あのとき、禿富を殺さないでよかったと思いつつ、一方で死なせておけばよかった、という悔いも少しはある。

自分に殺意があったかどうか、今でもよく分からない。しかし、禿富が生きていると分かったとき、ほっとしたのは事実だ。

禿富はテーブルを回り、真利子の隣にすわった。

「この左手は、二度ともとにはもどらない、と医者に言われた。力がはいらんし、細かい作業も無理だ。さっきも、ヒットマンの首の骨を折ろうとしたが、右手一本ではできなかった。おまえには、少なくともこの左手一本分の償いを、してもらうつもりだ」

真利子は、顔をそむけた。

病院にいる間から、禿富は真利子を顎で使い、わがまま放題を尽くした。

大怪我をさせた、という引け目から真利子は、そのわがままをすべて受け入れた。おそらくはた目には、かいがいしくめんどうをみている、という風に見えたことだろう。

そんな場面を、見舞いに来た水間や野田に見られ、ばつの悪い思いをしたことも、二度や三度ではない。

禿富が続ける。

「おまえは人から、おれの女だと見られている。だから、だれもおまえに手を出さないし、この店のママでいられるんだ」

真利子は、唇の裏を嚙み締めた。

確かに、そのとおりだった。

自分が、店の従業員や渋六興業の連中から、どう見られているかは容易に想像できる。そう、亭主を死なせた男にすり寄る、無節操な女だ。水間や野田も、そんなそぶりはおくびにも出さないが、内心ではそう思っているかもしれない。

秀富が、いきなり真利子の顎をつかみ、顔の向きを変えさせる。

とかげのように冷たい目が、真利子の目をのぞき込んだ。

「わびの印に、おれにキスしろ」

何を言い出すのかと思い、真利子は反射的に秀富の右手を、払いのけようとした。

しかし、それはがっちりと顎に食い込み、微動だにしない。

真利子はそのまま、針にかかった小魚のように、秀富の方に引き寄せられた。

ぬめっとした唇の感触に、思わずのけぞる。その動きを利用するように、秀富はすばやく真利子に体を寄せて、のしかかった。

真利子は、驚くほどなめらかな唇に唇を吸われ、初めて秀富に抱かれたときのことを、まざまざと思い出した。思い出したくなかったが、もう体が思い出していた。

かろうじて、唇をはずす。

「やめてください」

「いや、やめない」

秀富は律義に答え、不自由なはずの左手を使って、真利子の和服の裾を割った。

真利子は、急いで裾を合わせようと、右手を下ろした。

その手が、秀富の冷たい左手に触れ、はっとする。秀富は、苦痛ともとれる声を漏らしたが、手をどけようとはしなかった。

「喪が明けるまで、半年がまんしたんだ。もういいだろう」

秀富の言葉に、真利子は虚をつかれた。

この半年というもの、秀富は真利子を好き勝手に扱いながら、体には指一本触れようとしなかった。

それが不可解でもあり、実のところありがたくもあったのだが、いくらか物足りなさを感じたことも、認めなければならない。

むろん、挑まれれば必死に抵抗したにせよ、なんの働きかけもないというのは、ある意味では屈辱的だった。

その疑問が、たった今氷解した。

秀富は、喪に服していたのだ。

真利子は、笑い出したくなるのをこらえ、秀富を睨んだ。

「勝手なこと、言わないで。だいいち、喪に服するのはわたしの方で、あなたじゃないわ」

「おれは、身内のようなものだ」

秀富は決めつけ、なおも左手を執拗《しつよう》に動かし、和服の内側に差し入れる。

真利子は太ももを閉じ、秀富の左手を払いのけようと、本気で抵抗した。和服のときは、下着をつけない習慣なので、なおさら死に物狂いになる。

秀富は、顎をとらえた右手を離すと、すばやくそれを真利子の首の後ろへ回し、ぐいと髪をつかんだ。

真利子は声を上げ、顎をのけぞらせた。

そこへふたたび、禿富のキスが襲いかかる。荒あらしい振る舞いにもかかわらず、そのキスがしびれるほど甘いことは、最初のときに体験ずみだった。それに溺れまいと、真利子は必死に首を左右に振ったが、禿富に強く髪をつかまれているため、身動きができない。

いつの間にか、禿富の不自由な左手がふくらはぎに達し、さらに太ももの内側を狙うのに気づく。その、冷たく湿った指先の感触に、おぞけが立った。

禿富の罠《わな》にはまり、半ば無理やり関係を持たされた、いつかの夜のことが脳裡をよぎる。しかし、よみがえったのは屈辱ではなく、めくるめくような快楽の記憶だった。

禿富の冷たい左手が、太ももの内側を這う。そのぎこちない動きが、いっそもどかしいほどに感じられ、真利子は身をよじった。

うめきながら、哀願する。

「やめて」

もはやそれが、かたちばかりの抵抗にすぎないことは、よく分かっていた。

「ああ」

禿富の指先が、すでに熟し始めた部分に触れた瞬間、思わず声を漏らしてしまう。

それが、自分の声でないように聞こえ、真利子はかっと体が燃えた。口では説明できない、激しい憎しみと愛《いと》おしさに責められ、身を引き裂かれそうになる。

そのとき、突然ドアにノックの音がした。

一瞬にして、現実に引きもどされた真利子は、あわてて禿富を押しのけ、ソファに身を起こした。禿富の指が、体の奥から抜けるのを感じ、ぶるりと身震いする。

ドアが開き、水間と野田がはいって来た。

二人は、口を半開きにしたまま、禿富と真利子を交互に見た。

真利子はさりげなく、右手で崩れたセットを整え、左手で乱れた裾を直した。禿富が、中指の先をソファにこすりつける、露骨なしぐさが目の隅に映り、胃の腑が煮えそうになる。

水間も野田も、そこで何が行なわれつつあったか、すぐに察したようだった。

真利子は、奥歯を嚙み締めた。

6

野田憲次が、われに返ったように言う。

「だんな。いつから、ここにいるんですか」

禿富鷹秋は、コートをはだけたまま、ソファの上にふんぞり返った。

「おまえに、そんなことを聞かれたくないな」

むっとした野田を見て、諸橋真利子はかわりに答えた。

「ほんの、五分かそこら前よ」

ドアを閉じた野田が、なおも食ってかかる。

「突然姿を消したと思ったら、ここで何をしてるんですか。さんざん、ケータイに電話しまくったのに」

禿富の唇に、冷笑が浮かんだ。

「何をしているように見えたかね」

そう切り返されて、野田がまずいことを口にした、という顔をする。

真利子は、頬に血がのぼるのを感じ、さりげなく和服の裾を直した。

黙っていた水間英人が、そばから援護射撃をする。

「野田に聞きましたが、人を殺しておいてこっちに後始末させるのは、ルール違反じゃありませんか、だんな。おれまで駆り出されて、ひどい目にあっちまった」

禿富は、鼻で笑った。

「ルール違反だと。おれには、ルールなんかない」

「だんなになくても、おれたちヤクザには、ちゃんとありますぜ」

「おまえたちのルールなど、おれの知ったことか」

禿富はにべもなく言い、真利子に顎をしゃくった。

「ウイスキーをくれ。ストレートでいい」

その、横柄な言い方にかちんときて、真利子はそっけなく応じた。

「もう、お店は終わりました。飲みたければ、どうぞご勝手に」

たちまちその場が凍りつき、気まずい雰囲気になる。

水間が、すばやくサイドボードに行って、ボトルを取り出した。

「おれも、一杯もらいますよ。一仕事したら、ひどく喉が渇いた」

そう言いながら、四つのグラスに酒を注ぐ。

その絶妙なタイミングに、禿富は気勢をそがれた体《てい》ですわり直し、不機嫌そうに言った。

「おまえたちもすわれ。そこに立っていられると、うっとうしくてかなわん」

水間が、グラスを配る。

野田と水間は肩を並べて、禿富と真利子の向かいのソファに、腰を下ろした。

禿富がグラスを上げたので、野田も水間もしかたなさそうに、乾杯に応じる。

真利子は、グラスを手にしたものの、口はつけなかった。今は、乾杯したい気分ではない。

野田があらためて、禿富を問い詰めにかかる。

「どうして、あの男の息の根を、止めちまったんですか。おれが車を転がして来て、連れ出す手筈だったのに」

禿富は、すぐにウイスキーを飲み干し、水間にグラスを突きつけた。

水間が黙って、もう一杯注ぐ。

秃富は、それを半分飲んだ。

「あいつめ、手の中にボールペンそっくりの、目打ちのようなものを隠していた。車で運び出していたら、どこであいつに不意打ちを食らったか、分からんぞ」

野田が苦笑する。

「そのあたりの駆け出しと、一緒にしないでくれませんか。そんなどじは、踏みませんよ」

秃富は酒を飲み干し、グラスをテーブルに置いた。

「それはどうかな。おまえは、いざというときに仏心を出す、悪い癖がある。あいつを連れ出したあと、きちんと始末をつけられたかどうか、怪しいものだ」

そう指摘されて、野田は顔をこわばらせたが、一言も言い返さなかった。

それ見たことか、と言わぬばかりに、秃富が口元をゆがめる。

真利子は、グラスに口をつけた。確かに、野田がなんのためらいもなく、無抵抗の男を殺せるかどうかは、いささか疑わしかった。

これが水間なら、いざというときなんでもやってのける、肝の太さがある。しかし、野田は大学出のインテリだけに、そこまで肚がすわっていないだろう。

水間が口を開く。

「それで、だんながかわりにあの男を始末した、というわけですか」

「あいつは、隠し持った目打ちでおれを刺そうと、隙を狙っていた。チャカで犯した過ちを、取りもどそうとしたんだ」

真利子は、禿富の答えが水間の質問と、微妙にずれていることに、気がついた。

水間が、いらだたしげに続ける。

「殺さなくても、ほかに使い道があったはずだ。たとえば、あの男をおとりにして、マスダのだれかをおびき出す、とか」

禿富は、うんざりしたように両手を広げ、ぱたりと膝に落とした。

「やめておけ。今さらどうこう言っても、死んだやつが生き返るわけじゃない。それより、死体をどこに捨てた」

「だんなの指示どおり、荒川へ投げ込みましたよ。水間と一緒に、はるばる足立区まで運んで」

野田の返事に、禿富は薄い唇を引き締めた。

「そうか。足がつかないように、祈るんだな。もしばれたら、殺しで十年は食らうぞ」

「その心配は、だんながすればいいことでしょう」

野田が言い返すと、禿富はこめかみをぴくり、とさせた。

「それは、どういう意味だ」

「どういう意味って、殺したのはだんなじゃないですか」

禿富の目が、きらりと光る。

「おれが殺した、だと。おまえ、おれがあいつを殺すところを、その目で見たとでもいうのか」

野田はとまどい、水間の顔を見やった。

水間も、わけが分からぬというように、野田を見返す。

野田は、禿富に目をもどした。

「だんな以外に、だれが殺したというんですか」

「おまえが殺した、ということもありうるだろう」

真利子は驚いて、グラスをテーブルにもどした。

野田が、あきれた顔をする。

「冗談も、休みやすみにしてくださいよ、だんな。おれが車を探しに出るまで、あいつは確かに生きてたんだから」

「だれがそれを証明する。おれが、あいつを生かして置き去りにしたあと、もどって来たおまえがとどめを刺した、という見方もできる」

野田の顔が、険しくなった。

「だんなもおれも、そうじゃなかったことは、よく承知しているはずだ。水間だって、分かってますよ」

水間が、黙ってうなずく。

禿富は薄笑いを浮かべて、水間を見た。

「その場にいなかったおまえに、何が分かる。おまえはただ、あの男を死体になったあとで、見ただけだろうが」

　水間は、肩を揺すった。

「野田は、理由もなく人を殺すような、無分別な男じゃないですよ」

　禿富は、さも感心したというように、唇をすぼめた。

「ほう、そうか。警察に行って、あいつを殺したのが野田ではなく、おれだと証言する自信があるのか」

　水間は当惑したように、唇に舌を走らせた。

「おれは、野田の言うことを信じますよ」

　禿富が、人差し指を立てる。

「問題は、おまえよりもデカが野田の言うことを、信じるかどうかだ。おまえは、あのヒットマンが死ぬところを、見てない。おまえは、あいつを殺したのがこのおれだと、断言できるのか。ただ確信するだけじゃなく、その証拠を示してみろ」

　答えあぐねる水間を見て、真利子は割ってはいった。

「いいかげんになさいよ。自分の罪を、野田さんに押しつけようとするなんて、むちゃくちゃだわ」

　禿富は、まだそこにいたのかという顔で、真利子に目を向けた。

「おまえが、あいつをやった可能性も、なくはないんだぞ。ママのおまえなら、いつでも物置部屋にはいれるからな」

真利子は自分で、顔色が変わるのが分かった。いったいこの男は、何を言い出すのだ。

真利子より先に、野田が急いで口を挟む。

「もういいでしょう、だんな。おれは別に、だんながマスダのヒットマンをやった、などと言い触らすつもりはない。だからだんなも、おれに罪をなすりつけるのは、やめてくれませんか」

秃富は野田の胸に、指を突きつけた。

ゆっくりと言う。

「おれは、おまえがあいつを殺すところを、見てない。おまえもまた、おれがあいつを殺すところを、見てない。つまりあいつは、だれとも知れぬどこかの馬の骨に殺された、というわけだ。それで、文句はあるまい。どうやら、結論が出たようだな」

真利子は、わけもなく笑い出したくなった。

先刻から聞いていると、秃富は自分の犯行を認める発言を、たくみに避けている。自分が殺したとは、一言も言っていない。言質《げんち》を取られないように、細心の注意を払っているのだ。

秃富が、ヒットマンを殺すところを、だれも見た者がいない以上、法律的にそれを立証することは、容易ではない。いくら疑わしい点があっても、情況証拠だけでは有罪にできないのだ。

水間も、そのことに気がついたらしい。

ソファにもたれて言う。

「それじゃ、そういうことにしておきましょう」

そこで一度言葉を切り、あらためて口を開く。

「ところで、マスダへの挨拶は、どうしますか。このまま、黙って引っ込んでたんじゃ、だんなの沽券《こけん》に関わるでしょう」

それを聞くと、禿富の頬を心地よげな笑みが、ふっとよぎった。

「そのとおりだ。なんとかしなきゃならん。しかしそのことで、おまえたちの手をわずらわすつもりは、今のところない」

野田が、もぞもぞと尻を動かす。

「おれたちの手を借りずに、だんなが勝手に一人で何かやり出すと、かえって迷惑するんですがね」

「おれは、おまえたちが迷惑しようがしまいが、やりたいようにやる。たかだか、月に何十万かのはした金で、おれを買い切った気になるな」

水間と野田が、互いに憮然《ぶぜん》とするのを見て、真利子ははらはらした。

なぜ禿富が、いつもこの二人や自分に対して、平然と気に障ることを口にするのか、理解できなかった。

水間が、辛抱強く言う。

「確かにはした金かもしれないが、おれたちはこれまで少しだってその見返りを、取り立てちゃいませんよ。一度でもだんなに、ああしてくれこうしてくれと、押しつけがましく言ったことがありますか。麻雀賭博や裏カジノの手入れ情報を、事前に流してくれと頼んだことすら、ないでしょうが」

「流してほしいのか」

そっけなく切り返され、水間は少し鼻白んだ様子で、首筋を掻いた。

「いや、別に。だんなはただ、肩で風切ってこの街を歩き、顔をきかせてくれればいい。それだけで、十分ペイします」

禿富の口から、乾いた笑いが漏れる。

「おれは、セコムのシールか」

それで少し、場が和らいだ。

野田が、さりげなく話を変える。

「ところで、今度警視庁から神宮署の生活安全課に、新しいスタッフが来たそうですね。どんなデカですか」

禿富は、水間に三杯目のウイスキーを催促し、それに口をつけた。

「若いのと中年と、一人ずつだ。おれはまだ、口もきいてない。そのうち、おまえたちもこの界隈のどこかで、出くわすだろう。それまで、楽しみにとっておけ」

禿富に、それ以上話す気がないと見たのか、野田は口をつぐんだ。

水間が、腕時計を見て言う。

「おっと、もうこんな時間だ。そろそろ、引き上げるか」

「そうしよう」

野田も応じて、二人はソファを立った。

禿富が、声をかける。

「トイレの後始末を、よくしておくんだぞ」

「分かってます。若い者に、弾をほじくり出させるか、いっそドアやタイルごと、交換させますよ」

野田は水間に顎をしゃくり、先に立ってドアに向かった。

二人が特別室を出て行くと、急にあたりが寂しくなった。

真利子は、グラスを空けた。

禿富が言う。

「まったく、根性のないやつらだ」

真利子はグラスを置き、禿富に目を向けた。

「ほんとうに、あきれた人ね。自分がしたことなら、男らしく自分で始末をつけてほしいわ。よりによって、その責任を野田さんに押しつけるなんて、あんまりじゃないの」

禿富が、じろりと見返してくる。

「いつからおれに、そんなため口をきくようになったんだ」

「人に敬意を払ってほしいなら、あなたにもそれなりの威厳を示してほしい、と言ってるんですよ」

禿富は笑い声を上げたが、目は笑っていなかった。

「敬意も威厳も、おれの辞書にはない。なんの役にも立たんからな」

真利子は、ため息をついた。

「分からなければ、もういいわ」

禿富が、にじり寄って来る。

「さっきは、邪魔がはいった。続きをやろうじゃないか」

そう言いながら、左手を和服の裾に伸ばす。

真利子はあきれて、とっさにその手首を、強く叩いた。禿富は声を上げ、蹴飛ばされた猫のように、体を引いた。

左手を押さえ、びっくりしたような目で、真利子を見る。

真利子はその目に、追い詰められた獣に似た、驚きと怒りの色を認めた。自分の仕打ちが、禿富に思わぬ痛手を与えたことに、ほとんど当惑する。

禿富は左手をかばったまま、のそりと立ち上がった。何も言わずにきびすを返し、ゆっくりと部屋を出て行く。

真利子は、なぜか急に胸を締めつけられ、閉じたドアを見つめた。

第二章

7

今夜も忙しかった。

大森マヤは、最後の一人客を送り出すと、カウンターの上のグラスや皿を、片付け始めた。

洗い物をしながら、ふと桑原世津子のことを、思い出す。

世津子はバー〈みはる〉の、前のママだった。マヤが、その世津子から店を引き継いで、そろそろ一年になる。

世津子は一年前、急に店からもマンションからも姿を消し、行方が知れなくなった。

世津子と、多少の付き合いがあったマヤは、渋六興業の水間英人に所在を問い合わせた。しかし、水間も知らないという返事で、それきり世津子の消息は途絶えてしまった。

ほどなくマヤは、水間にうまい具合に説得され、〈みはる〉のママの仕事を引き継ぐことになった。

だいぶあとになって、世津子は渋六とマスダの抗争に巻き込まれ、消されたらしいという噂《うわさ》を聞いた。信じたくなかったが、ありえないことではない。水間なら、真相を知っているような気がしたが、確かめる勇気が出なかった。

それやこれやで、マヤはなるべく世津子のことを、考えないようにしてきた。しかし、何かの拍子にふっと思い出すことがあり、そういうときはいつも気分が滅入るのだった。

世津子の件は別にしても、この一年の間にいろいろなことがあった。

いちばん驚いたのは何か月か前、店をあけようとドアを押し開いたとたん、床に転がる死体を発見したときだった。

グラスをふきながら、マヤはそのときの光景を思い出して、身震いした。

生死を確かめようと、こわごわ触れたふくらはぎの、冷たくおぞましい感触が、生なましくよみがえる。

警察の調べで、死んでいたのは敷島組の大幹部、諸橋征四郎と分かった。

敷島組は、対抗組織の渋六のしわざと決めつけたが、むろん渋六はやっきになって否定した。街では、渋谷への進出を企てるマスダが、渋六と敷島組の離反を狙ってやったのだ、というもっぱらの噂だった。

いずれにしても、捜査本部の置かれた神宮署では、決定的な証拠をつかむことができず、事件はいまだに解決をみていない。このままでは、迷宮入りの可能性もある。

諸橋が殺されたあと、水間は〈みはる〉をそのまま、閉めるつもりだったらしい。死体が転がっていたバーに、わざわざ足を運ぶ客がいるとは思えないし、マヤにも二度と店を開く気力はあるまい、と考えたのだろう。

しかし、マヤは自分から店を続けたい、と申し出た。世津子の代からの常連客に加えて、自分の客も増え始めたころだったから、やめる気などさらさらなかった。

水間は、半信半疑で店の再開を許したが、商売になるまいという予測は、みごとにはずれた。むしろ、事件の前より客が増えたくらいで、しばらくは連日盛況が続いた。

今は少し落ち着いたが、とにかく店はうまくいっている。マヤとしても、自分がそれなりにがんばったからだ、という自負がある。

洗い物を終えようとしたとき、突然ドアががたんとあいたので、危うくグラスを落としそうになった。

「すみません」

おしまいなんですけど、と続けようとして、言葉を飲み込む。

あわただしくはいって来たのは、少し離れた神泉駅の近くで、〈カルディナーレ〉というバーをやっている、横井恭一だった。

横井は、気安い口調で言った。

「よう。悪いけど、一杯だけ飲ましてくれないか」

額に、うっすら汗をかいている。

サテンの白シャツにエンジのチョッキ、黒のボウタイをしたそのいでたちは、店から直接駆けて来たかのようだ。

「どうしたんですか、こんな遅い時間に」

マヤは、内鍵をかけておけばよかった、と後悔しながら言った。

「ちょっと、人と待ち合わせる用事ができてね。ここだと、お互いに都合がいいんだ。十分ですむからさ」

そう言われると、断れなかった。

「それじゃ、お連れさんが来るまでね。もう、終わりなんですよ」

「すまん。それまで、こいつをそっちの床にでも、置いといてくれないか」

横井は、手に持っていた小さなバッグを、カウンターに載せた。

マヤは、なんとなくいやな気がしたが、しかたなくそれを足元の床に下ろした。横井は、ほっとしたように肩の力を緩め、ポケットから携帯電話を取り出した。

ぶっきらぼうに言う。

「ビールをくれ」

マヤは、洗ったグラスをカウンターに置き、冷蔵庫からビールを取り出して、おざなりに注いだ。

横井は、注がれたビールに見向きもせず、ストゥールの上で回れ右をして、壁の方を向いた。携帯電話を耳に当て、ひそひそ話を始める。

マヤは、突き出しに作ったレンコンの甘煮を、小皿に入れて出した。めんどうだが、カウンターにすわれば客だし、客である以上は勘定もしっかり取る。

残りの甘煮に、ラップをかぶせて冷蔵庫にしまい、使用ずみの割り箸をまとめて、ゴミ袋に入れた。横井の用事がすんだら、すぐに店を閉められるようにした。

横井は電話の相手に、店の場所を説明していた。〈みはる〉は、円山町の奥まったところにあるので、土地鑑のある人間でないと、かなり分かりづらい。

面識はあるが、マヤは横井と特別親しい間柄ではなく、店同士の交流があるわけでもない。

横井と初めて会ったのは、渋六と敷島組が統合されたあと、水間に連れられて顔見せのため、縄張り内のバーを回ったときだった。それ以後は、近くのレンタルビデオ屋やスーパーで、たまに出くわす程度だ。

水間の話によれば、〈カルディナーレ〉はもともと敷島組が裏で糸を操る、ぼったくりバーだったという。横井は敷島組の準構成員で、以前パチンコ店〈フェニクス・ホール〉の店長をしていた、川野辺明の子分格だった。

渋六と敷島組の統合に、不満を抱いた川野辺は組織を抜けて、〈サルトリウス〉のマネージャー長江茂春とともに、当面の敵ともいうべきマスダに寝返った。そのとき川野辺、長江の舎弟と子分も、何人かそこに加わったのだが、なぜか横井は渋谷に残った。敷島組の盃は受けていないし、渋谷を離れたくないので置いてくれ、と渋六に泣きついたらしい。

営業部長の野田憲次は、マスダの里忍(潜伏スパイ)になるつもりだろう、と疑って難色を示した。しかし、なぜか水間は横井の泣きを受け入れ、〈カルディナーレ〉にそのまま残してやった。ただし、ぼったくりをやめてまっとうな商売をする、というのが条件だった。

これまでのところ、横井は約束を守って地道な商売を続け、マスダや川野辺と内通する気配もない。マヤはそんな状況を、ときどき店に飲みに来る水間、野田の話の端ばしから、なんとなく察していた。

電話を終えた横井が、向き直ってビールに口をつける。

「どうだ、景気は」

お義理のような質問に、マヤは投げやりな口調で応じた。

「そんなに、悪くはないですよ」

横井は丸い鼻の下で、すぼめた唇をくるりと回した。

「へえ、そりゃまた、けっこうなこった。おれんとこは、さっぱりさ。神泉じゃ、場所もよくねえしな。まったく、ぼったくりをやってたころが、なつかしいよ」

マヤは肩をすくめただけで、返事をしなかった。

横井はマヤより二つ三つ年上の、三十少し過ぎといった年格好で、鼻の下にちょび髭を生やした、見方によっては愛嬌のある顔の持ち主だ。しかし、口をきいてみると妙にねちっこく、一分も話せばもういい、という気分になる。ビデオ屋やスーパーで、ちょっとした立ち話をするのさえ、苦痛に感じるほどだった。

カウンターを挟んで、相手をするのはなおさら気が重く、早く連れが姿を現さないかと、マヤはそればかり考えていた。

横井が口を開く。

「あんた、前は〈フラグスタフ〉でレジのバイトをしてた、と聞いたがほんとか」

「ええ」

ママの仕事を引き継ぐまでは、渋谷駅前のスーパー〈フラグスタフ〉で、確かにアルバイトをしていた。世津子と親しくなったのも、レジで口をきくようになったのが、きっかけだった。

「前のママの、桑原世津子とは、知り合いだったのか」

「ええ。わたしもここへ、たまに飲みに来てましたし」

「あのママはずいぶん前に、蒸発しちまったんだよな。あんた、どこへ行ったか、心当たりはないのか」

「ありません」

それと承知で、そっけない返事をすると、横井は少し鼻白んだ顔になった。

「なんでまた、あんたがこの店を、引き継ぐことになったんだ。ずぶの素人だろう」

「外国へ行くのに、まとまったお金をためたい、と思って」

「外国か。どこの国だ」

だんだん、めんどうくさくなる。

「リヒテンシュタイン公国です」

「リヒテンシュタイン。ああ、切手で飯食ってる、あの国か」

横井が知っている、とは思わなかったので、少し驚く。

「ええ」

「リヒテンシュタイン語が、話せるのか」

マヤは苦笑した。

「あそこって、ドイツ語だと思いますけど」

横井は、唇をへの字に結んで、聞き直した。

「あんた、ドイツ語が話せるのか」

「いいえ。外国語は、まるっきり。英語だって、ちんぷんかんぷん」

それは嘘で、英語ならなんとかこなせる。

感心したのかあきれたのか、横井は二、三度うなずいた。

「ふうん。それで、よく行く気になるなあ」

「言葉は学問じゃなくて、度胸の問題ですから」

横井はビールを飲み、話を先へ進めた。

「それにしても、いきなり円山町のバーのママとは、思い切ったもんだ。だれかの紹介か」

「いいえ。水間常務が、声をかけてくださったんです」

「常務」

「総務部長のことですよ。それに、営業部長の野田さんだって、常務でしょう」

統合されたあと、水間も野田もそれぞれ部長職のまま、常務取締役に格上げされた。専務も副社長もおらず、その上には社長の谷岡俊樹と、名誉職の会長熊代彰三がいるだけだ、と聞いている。

横井が、あいまいにうなずいた。

「ああ、偉くなって、肩書が増えたんだったな。なにしろ、今度の吸収統合の立役者だからな、二人とも」

マヤは、急に意地悪な質問をしたくなった。

「横井さんは、どうしてマスダに寝返らなかったんですか。川野辺さんに、ずいぶんかわいがられていた、と聞きましたけど」

横井は、いやな顔をした。

「兄貴には」

そこで言葉を切り、あわてて言い直す。

「川野辺さんには、彼なりの考えがあるんだろうが、おれは違う。こっちは別に、敷島組の盃を受けたわけじゃないし、渋谷が好きだからな」

仁義に欠けるから、という言葉は出なかった。

「前は、ほんとにぼったくりを、やってたんですか」

容赦なく聞くと、横井はますますいやな顔をした。

「しょうがなかったのよ。まともにやってたんじゃ、敷島組に払うみかじめ料さえ、稼げなかった。今は渋六のおかげで、払う金が〈アルファ友の会〉の会費だけになったから、だいぶ楽だけどな」

マヤの店も、みかじめ料のかわりに、〈アルファ友の会〉の会費という名目で、渋六に月づき二万円を払う。本来は、最低でも五万円と聞いたが、〈みはる〉は規模が小さいせいか、目こぼしされている。規模の大きい店は、さらに高い会費を払うらしいが、詳しいことは知らない。

「わたし、映画も音楽も大好きだから、十分もとを取ってますよ」

会費を払うと、渋六系のビデオショップ〈アルファ〉で、ビデオやDVDやCDが、借り放題なのだ。

横井が、薄笑いを浮かべる。

「安いのはありがたいが、月に五万だなんて、けちな商売だよな。そんなはした金で、トラブルのたびに駆り出されたんじゃ、渋六の連中も身が持たないだろう」

「でも、渋六がこの町を束ねるようになってから、トラブルはずいぶん減りましたよ。渋六の人たちは、前の敷島組みたいなあこぎなまねをしない、という評判だし」

ビールを飲み干した横井が、何か言おうとカウンターに乗り出したとき、ドアがあいた。

頬骨が張り、髪の毛がちりちりに縮れた黒人が、身をかがめながらはいって来る。

「ゴメンナサイ、オソクナッテ」

片言の日本語で、横井に話しかけた。

二メートル近い長身で、ジャガイモの袋を仕立て直したような、奇妙な上着を着ている。

横井は、黒人にちらりと目配せすると、調子はずれの英語で応じた。

「ハイ、ジョー。お供を連れてこなかっただろうな」

ジョーと呼ばれた黒人は、窮屈そうな格好で体を折り、横井の隣のストゥールに尻を載せた。

「だいじょうぶだ。喉が渇いた。ビールをくれ」

マヤは、その英語が分からないふりをして、二人を見比べた。

横井が、いかにもしかたなさそうに、日本語で言った。

「こいつも、ビールを飲みたいそうだ。グラスを、もう一つくれ」

言われたとおりにする。これでなんとか、横井のおしゃべりから、解放されそうだ。

あとは、早く二人が出て行ってくれるように、祈るだけだった。

8

大森マヤは、ビールを二つのグラスに注ぎ分け、空にした。

それを飲んで、おしまいにしてほしい、という思い入れだった。

しかし、横井恭一はまるで無頓着に、顎をしゃくった。

「もう一本くれ」

むっとする。

「お連れさんが見えるまで、という約束でしょう。もう、閉めさせてくださいな」

横井は、拝むしぐさをした。

「分かってる。もう一本だけだ。それで、引き上げるから」

ジョーと呼ばれた黒人も、なんとなく雰囲気を察したのか、マヤに愛想笑いを向ける。

マヤは、おおげさにため息をついた。

「それじゃ、もう一本だけですよ。お勘定は、ちゃんといただきますからね」

嫌みを言うと、横井はポケットから一万円札を引き抜き、カウンターに投げた。

「これで、文句はねえだろう。釣りは取っとけ」

言葉遣いが、ぞんざいになる。

かちんときたが、マヤは黙って一万円札を取り、引き換えに新しいビールを、ジョーの前に置いた。

札入れから、釣銭の八千円を抜き出して、横井に突きつける。

「お釣りです」

横井は、手にしたグラスを宙に止めて、マヤを見た。

「取っとけ、と言っただろう」

「うちは、ぼったくりはやらないんです」

いくらでも、嫌みが出てくる。

横井は、気分を悪くしたという顔で、さっさと札をしまった。

マヤはこれ見よがしに、食器やグラスを棚にもどして、店じまいに取りかかった。

それにかまわず、横井とジョーが背後で、ひそひそ話を始める。

二人とも、ひどい発音の英語なので、よく聞き取れない。そうでなくても、はなから盗み聞きするつもりはなく、気にも留めなかった。

しかし、ほどなく二人のやり取りの中に、〈コーク〉とか〈シート〉とかいう、怪しい単語が出てき始めたので、にわかに緊張した。

マヤは、〈コーク〉がコカインの俗称で、〈シート〉が薄い板状の覚醒剤だ、という話を水間から聞いたことがある。

てきぱきと後片付けをしながら、あわただしく考えを巡らす。

横井は、コカインや覚醒剤の取引のために、ここでジョーと落ち合ったのだろうか。だとすれば、それは法律に違反するだけでなく、シノギに麻薬と覚醒剤は扱わない、という渋六興業の内規にも、抵触する。ただ、なぜほかの適当な場所を選ばず、〈みはる〉で取引することにしたのか、理由が分からない。

二人の話に、関心がないことを示そうと、マヤは低く鼻歌を歌いながら、ふいたグラスを棚に載せた。

体を回したとき、ジョーがカウンターの向こうで、何かを横井に手渡すような、奇妙なしぐさをした。マヤは見なかったふりをして、床に置いたゴミバケツの蓋をあけ、漬物の空パックを捨てた。

横井の英語が聞こえる。

「バッグが、そこの床の上に置いてあるから、帰りに持って行け」

「分かった」

マヤは、しゃがんだまま二人のやり取りを、確かに聞き取った。

英語も分からない、と言ったマヤの言葉を、横井は信じたらしい。実際に、なんらかの取引が行なわれたことは、間違いないようだ。

肚を決め、カウンターの下に置いた携帯電話を、こっそり手に取る。緊急の場合、水間にすぐ連絡できるように、短縮ボタンに番号を記憶させてあるのだ。

ボタンを押し、携帯電話をもとの位置にもどして、立ち上がった。

さりげなく、棚に載ったCDプレーヤーの、電源を入れる。

プレーにすると、好きなロッシーニの〈ウィリアム・テル序曲〉が、威勢よく流れ出した。

横井もジョーも、ぎょっとしたように顔を起こし、マヤを見た。

マヤは、右手を振り回した。

「ハイヨー、シルバー！　ローン・レンジャー！」

節をつけて叫び、布巾をカウンターに叩きつける。ぴしっと音がして、ジョーは鞭で叩かれでもしたように、体をのけぞらせた。

気でも狂ったか、という顔でまじまじと、マヤを見る。

「ワッツォンニヤマインド、ハニー（何考えてやがるんだ、ねえちゃん）」

汚い英語で問いかけてくるのを、マヤはとぼけて横井に聞いた。

「この人、なんて言ってるのかしら」

横井が、こめかみを指す。

「ここが、おかしくなったんじゃねえか、と心配してるのさ」

マヤは、肩をすくめた。

「どこから来たんですか、この人。ローン・レンジャーを、知らないなんて」

横井はあきれたように、口を歪《ゆが》めて笑った。

「知ってるわけねえだろう。テレビなんか、めったに買えねえ貧乏な国から、出稼ぎに来たんだぞ。だいいち、ローン・レンジャーなんて、話が古すぎる。おれだって、忘れてたくらいだからな」

「子供のころ、父親がローン・レンジャーのまねをして、遊んでくれたんですよ」

それは嘘ではないが、むろんその曲をかけた理由は、別にある。

もともとCDプレーヤーは、飾りのようなものだ。ふだん、スイッチを入れることは、めったにない。ただ、〈ウィリアム・テル序曲〉を鳴らし、携帯電話を通じて水間の耳に流せば、緊急事態発生の合図になる。〈序曲〉を聞きしだい、水間は自分で店に駆けつけるか、だれかをよこすことになっている。

午前零時を回ったので、水間はすでに明治通りの渋六の事務所に、もどったはずだ。電源を切っていないかぎり、マヤからの合図を確実に受け、十分ほどで姿を現すだろう。

マヤは、三本目のビールを取り出し、自分のグラスを用意した。

「わたしも、お付き合いしたくなったわ。いいでしょう」

陽気に言って、ビールを注いだ。

半分あいた二人のグラスにも、たっぷりと注ぎ足す。

横井は、何が起きたかという顔つきで、瞬きした。

「おいおい、どういう風の吹き回しだよ」

「別に。ただ、ビールを飲みたくなっただけ」

「どうしたんだよ、急に。ついさっきまで、さっさと帰れと言わんばかりだったのに、気持ち悪いじゃねえか」

猜疑《さいぎ》心のこもった目だ。

マヤは、瞳をくるりと回してみせた。

「考えてみたら、もう終電には間に合わないし、タクシーで帰ることにしたから、いいんです。それじゃ、カンパーイ」

マヤは元気よく言って、二人のグラスにグラスをぶつけた。

マヤの変わりように、横井もジョーもとまどいながら、とにかく乾杯に応じる。

ビールを飲んだ横井は、棚のCDに顎をしゃくった。

「音楽を止めろよ。うるさいと、まだ店をやってると思って、客がはいって来るぞ」

マヤは手を伸ばし、CDの電源を切った。

水間が、思惑どおり電話を受けてくれたら、合図の音楽はもうその耳に、届いているはずだ。ついでに、何かを探すようなふりをして、カウンターの下をのぞき込み、携帯電話の通話をオフにする。

すぐ横の床に置いた、小さなバッグに何がはいっているのか、マヤは知らない。ただ日用品、雑貨の類でないことだけは、見当がつく。かりに、中身が麻薬とか覚醒剤、マリファナ、あるいは身分不相応の大金など、言い訳できないものだとしたら、捨ててはおけない。

横井が、何か不都合なことをたくらんでいるなら、渋六の息がかかった店のママとして、水間に報告する義務がある。ふだんから、目をかけてもらっているので、それくらいは当然の気配りだ。

横井とジョーが店を出てしまったら、中身を確かめるすべがなくなる。なんとか、二人が出て行く前に、水間に来てもらいたい。

そう考えたとたん、また軽い音を立てて、ドアが開いた。マヤは、早くも水間が来たかと思って、目を向けた。

そうではなかった。

そのりっぱな体格から、瞬間的に男だと思った。ジーンズをはき、紺のジャケットを着た、戸口を塞ぐほど幅の広い体は、確かに男としか思えなかった。

しかしよく見ると、そこに立っているのは、大柄な女だった。

背丈は、百七十センチある長身のマヤと、ほとんど変わらない。体重はずっと多く、六十五キロ以下ではないだろう。もしかすると、七十キロを超えるかもしれない。それも、単に太っているのではなく、ブナの幹のような強靱《きょうじん》さを感じさせる、頑丈な体つきだった。

マヤはわれに返り、思わず唾をのんだ。

「あの、すみません。もう、終わりなんですけど」

水間が来たとき、邪魔になるといけないと思い、そう断った。

女は、極端に瞬きの少ない目をマヤに向け、瞳を動かさずに言った。

「まだそこに、お客がいるじゃないの」

野太いというほどではないが、男のテノールを思わせる、トーンの低い声だ。

横井が、片方の口元をちょっと吊り上げて、得意げに言う。

「ほら、言わんこっちゃない」

それから、女を見て続けた。

「おれたちも、もう引き上げるとこでね。おあいにくさまだな」

女は、それを無視して中にはいると、後ろ手にドアを閉めた。

「あわてることはないでしょう。一杯、付き合ってもらうわ」

ふてぶてしいほど、落ち着き払った態度だった。

横井が、笑いを消す。

「悪いけど、ママが店を閉めようってときに、おれたちがはいっちまったんだ。これ以上は、迷惑をかけたくない。あんたも、あきらめな」

女は、まったく聞く耳を持たぬ様子で、ドアにいちばん近いストゥールに、尻を載せた。

自信に満ちたその動きに、ジョーがちょっとたじろいで、横井の方に身を寄せる。マヤも気後れがして、何も言わずに女を見つめた。

短く刈った髪を薄茶色に染め、コットンの白いシャツの喉元に、赤いスカーフを巻いている。もう若くはなく、四十歳近いだろう。

目も鼻も大きく、唇はぼってりと厚い。その下には、ロードローラーのような丸みを帯びた、たくましい顎がある。

個別に見ただけでは、美しさとまず縁のない顔立ちだが、全体として見れば妙にバランスのとれた、迫力のある造作の持ち主だった。

女が聞く。

「バーボンある」

マヤは、われに返った。

「フォアローゼズだけですけど」

「それでいいわ。ストレート、シングルでね」

すでに、何時間も前からそこにいるかのような、くつろいだ口調だ。

横井が奥から、少し声をとがらせて言う。

「分からん人だなあ。もう店じまいだ、と言ってるじゃないか」

マヤのためというより、自分の言葉を頭から無視されて、プライドを傷つけられたようだ。

女が、無表情な目を向ける。

「がたがた言わずに、一杯付き合ったらどう」

無遠慮な口のきき方に、横井の顔が引き締まった。

あわてて、割ってはいる。

「いいじゃないですか、横井さん。一杯くらい、どうってことないわ。まだビールも残っているし、付き合ってあげてくださいよ」

マヤは、棚からショットグラスを取り出して、フォアローゼズを注いだ。

その酒を、女はまるでウーロン茶でも飲むように、一息で口の中にほうり込んだ。

店の中が、しんとなる。

女のみごとな飲みっぷりに、マヤはにわかに言葉が出ず、その場に立ち尽くした。横井もジョーも、度肝を抜かれた体で、一言も発しない。

女が、なんの感情もこもらない目を、横井に向ける。

「あたしは、イスルギスマコ。あんたは、横井なんていうの」

いきなり名乗られ、その上自分の名前まで聞かれて、横井はぽかんとした。

それから、あわてて聞き返す。

「イスルギ、なんだって」

「イスルギ、スマコ。岩が動く、で岩動。スマコは、寿《ことぶき》に満ちる子。それで、あんたは」

マヤは頭の中で、岩動寿満子という字を、思い浮かべた。岩が動くとは、まさにぴったりの名前だ。

横井は喉を動かし、少し上ずった声で言った。

「どうしておれが、あんたに名乗る必要があるんだよ」

「せっかく、同じカウンターにすわったんだから、お友だちになろうじゃないの」

あくまで冷静に、言葉を続ける。

横井は、唇をなめた。

「あんた、頭がおかしいんじゃないか。たった今、会ったばかりだぞ」

女が、じろりと横井を見る。

その、鋼鉄のように冷たく固い眼光に、マヤはぎくりとした。この女は、ただ者ではない。

「頭がおかしいのは、あんたの方じゃないの」

ゆっくり言い返した声にも、何か恐ろしいものを感じる。

いったい、どういうつもりなのだろう。この女は横井に、喧嘩を売ろうとしているのか。

横井の頬が、ぴくりと動く。

「もう一度、言ってみろ」

マヤが口を開くより早く、ジョーが不穏な空気を察したように、英語で止めにはいった。

「やめとけよ。トラブルは、ごめんだぜ。おれは、もう行くからな」

横井はためらった。

振り上げた拳を、すぐには下ろしかねる様子で、女を睨みつける。

それを見て、マヤは言った。

「やめなさいよ、横井さん。わたしのお店で、騒ぎを起こさないで」

9

横井恭一は、唇を引き結んだ。

少しの間、頰をひくひくさせていたが、やがて不承不承《ふしょうぶしょう》という顔つきで、肩の力を緩める。

ジョーに、英語で言った。

「オーケー、ジョー。喧嘩なんかしてる暇は、おれたちにゃねえんだ。さっさと出ようぜ」

大森マヤは、腕時計を見た。

CDを鳴らしてから、まだ十分とたっていない。水間英人が駆けつけるまで、せめてあと二、三分でも、二人を引き止められないものか。

岩動寿満子、と名乗った女が挑発するように、横井に声をかける。

「何も、あわてて逃げなくても、いいじゃないの」

しかし横井は、もうその挑発に乗らなかった。

「おれたちは、忙しいんだよ」

そう言って小さく顎を動かし、ジョーに合図を送る。ジョーは、カウンターの中をのぞき込んで、床に置かれたバッグを指さした。

「ソレ、ワタシニ、クダサイ」

マヤは、少しでも時間稼ぎをしようと、またとぼけてみせた。

「これ、あなたのじゃない。横井さんのバッグ。そうですよね」

わざとらしく、横井に確認を求める。

横井は、眉根を寄せた。

「いいんだ。渡してやってくれ」

「でも、さっき預かってくれって、そう言ったじゃないですか」

ことさら、物分かりの悪いふりをする。

横井は舌打ちし、とがった声音で言い捨てた。

「つべこべ言わずに、渡してやりゃいいんだよ」

ジョーが人差し指を動かし、早くよこせと合図する。

マヤは、しぶしぶ身をかがめて、バッグを取り上げた。ジョーは、それを左手で受け取ると、ストゥールをおりた。細長い体を壁につけて、寿満子の背後をすり抜けようとする。

寿満子は、ストゥールの上で体を後ろへ傾け、通路を塞いだ。

「お待ちよ、ジョー。どうしても帰りたいなら、そのバッグを置いて行くんだ」

男のような口調だった。

横井の顔が、みるみる赤くなる。

「おい、どういうつもりだ。おれたちに、喧嘩を売る気かよ」

「だってそのバッグは、あんたのだろう。ジョーが持って行けば、泥棒じゃないか」

「おれがやったんだから、もうジョーのものなんだよ。おせっかいは、やめてくれ」

寿満子が、いかにも納得のいかない顔で、聞き返す。

「ジョーのものって、中身のこと。それとも、バッグのこと」

横井は、わずかにたじろいで、唇をなめた。

「中身もバッグも、両方ともジョーのものだ。あんたも、くどいな。なんの恨みがあって、おれたちにからむんだよ。飲みたけりゃ、一人で飲みゃいいだろう」

無理やり押し殺した声に、いらだちと怒りがこもっていた。頬からしだいに、血の気が引き始める。

寿満子は、いっこうに動じなかった。

「バッグも中身も、あんたのものじゃないのなら、黙ってなさい」

そう言うなり、ジョーの持ったバッグに、手を伸ばす。

ジョーは、あわててバッグを引きつけ、寿満子の腕を押しのけようとした。

寿満子の左手が、獲物に襲いかかる蛇のように動き、突き出されたジョーの右の手首を、わしづかみにした。

次の瞬間、ジョーは甲高い悲鳴を上げ、長身の体を折り畳むように、通路にへたり込んだ。

寿満子が、ジョーの手首をつかんだまま、ストゥールからおりる。身をかがめ、まるで大根を引き抜くような具合に、軽く肩を上下させた。

とたんに、何かが折れるいやな音がして、絶叫に近い悲鳴が通路に流れる。

寿満子は体を起こし、奪い取ったバッグを、カウンターに置いた。

マヤは、その間息を継ぐのも忘れて、寿満子の一連のなめらかな動きに、見とれていた。何が起こったのか、分からなかった。

横井が、メドゥサにでも出会ったように、体をこわばらせる。

寿満子は、息一つ乱さずにマヤを見やり、顎でバッグを示した。

「取っ手にさわらないように、ジッパーをあけてみて」

横井が、われに返ったように、どなる。

「あけるんじゃねえ」

それを聞くと、寿満子はジャケットの内側に手を入れ、黒い手帳を取り出した。

ぱたりと開いた内側で、バッジがきらりと光る。

寿満子は、それを二人に見えるようにかざし、おもむろに言った。

「神宮署生活安全特捜班の、岩動警部よ。早く、バッグをあけなさい」

マヤはあっけにとられ、寿満子を見つめた。

この女が、よもや警察官とは夢にも思わず、ただ呆然とするばかりだった。

驚いたのは横井も同じとみえ、ストゥールの上で体を硬直させたまま、言葉もなく寿満子を見返す。

「あけなさいったら」

強い口調で促され、マヤはあわててバッグを引き寄せ、ジッパーを開いた。

中をのぞくと、詰め込まれた新聞紙の間に、一万円の札束が四つか五つ、埋まっているのが見えた。

寿満子が身分証をしまい、バッグの口を広げる。

中をのぞき込み、感心したように言った。

「へえ、大金じゃないの」

横井に目をもどす。

「このお金で、何を買ったの。ポケットの中身を、あけて見せなさい」

横井は、追い詰められたネズミのように、周囲に視線を走らせた。この店は、表に向いたドアしか出入り口がなく、寿満子を踏み越える以外に、逃げ道はない。

マヤは、横井の顔が青ざめるのを通り越して、ロウソクのような色になるのを見た。

寿満子が、いきなり動く。

鈍い音がして、カウンターの向こう側から、またジョーのうめき声が聞こえた。

寿満子が、流暢《りゅうちょう》な英語で言う。

「あたしは刑事よ。そこで横になって、じっとしてなさい。あんたは、逮捕されたんだから」

その隙を見すまして、横井が左手でいきなりビール瓶をつかみ、横ざまに寿満子の頭に叩きつける。

マヤは、悲鳴を上げた。

しかし、寿満子は瓶が当たるより早く、わずかに体をのけぞらした。

瓶が空を切り、通路の壁に叩きつけられて、粉ごなに砕ける。

寿満子は、横井の左腕をすばやく捕らえ、手の中に残った瓶の首の破片を、もぎ取った。

間髪をいれず、その手首を逆にねじり上げ、手のひらを上にしてカウンターの上に、ぐいと引き据える。

横井は体をよじり、ストゥールから落ちまいとして、壁に足を突っ張った。もがきながら、必死になって振り放そうとするが、寿満子の腕はびくともしない。

寿満子は、握り締めた瓶の首を持ち直し、割れてとがったガラスの先を、横井の手のひらにずんと突き立てた。

横井の口から発せられた悲鳴と、自分の口から漏れた悲鳴が重なり、マヤは半ばパニック状態に陥った。そのくせ、血が噴き出す横井の手から、目をそらせられない。

「あんた、左利きだね。でも、ポケットの中身を出すくらい、右手でもできるだろう。言われたとおりにしないと、この左手が箸も持てないように、ぼろぼろになるよ」

寿満子は、落ち着き払った声で言い、ガラスの先をゆっくりとこじった。横井が、苦痛にわめき立てる。

マヤは、がくがくする膝を支えようと、後ろの棚にへばりついた。目の前で行なわれていることが、信じられない。

「や、やめてくれ。出す、出す、出すから、やめてくれ」

横井は、ほとんど泣きながら、声を絞り出した。

寿満子が、こじるのをやめる。

「早くしなさい」

ねじ曲がった横井の体は、カウンターとほとんど平行に傾き、ストゥールからずり落ちそうだった。

「上着の左、左のポケットだ。右手じゃ、と、届かねえ」

横井が言うと、寿満子はマヤを見た。

「あんたが、かわりに取って。その布巾で、指をくるんでやるのよ」

マヤは、ほとんど自分の意志と関係なしに、布巾に手を伸ばした。指先を包み、カウンターに乗り出して、横井の左のポケットを探る。目の隅に、血まみれになった手のひらが映り、吐き気を催した。

指先が震えて、ポケットのフラップが、なかなか開かない。

ようやく手がはいると、固くて平たいケースのようなものが、指先に触れた。布巾でくるみ、引っ張り出す。

ポリエチレン製らしい、白っぽい不透明のケースが、出てきた。長辺十五センチ、短辺十センチ、厚さ二センチほどの、小さなケースだった。

マヤはそれを、寿満子の前に置いた。

寿満子は、眉をひそめてケースを見下ろし、横井に聞いた。

「何がはいってるの」

横井が答えずにいると、またガラスをこじる。

横井は声を上げ、急いで答えた。

「コ、コークと、シートだ」

「正式の呼び名で、言いなさい」

「コカインと」

横井は一度言葉を切り、苦しげに続ける。

「か、覚醒剤だ」

寿満子が、マヤを見る。

「あんた、今の聞いたわね」

マヤは、しかたなくうなずいた。

やはり横井とジョーは、よりによってこの〈みはる〉で、麻薬と覚醒剤の取引をしたのだ。

寿満子が、横井の手に突き立てた瓶の破片を、無造作に引き抜く。横井は一声叫び、ストゥールから狭い通路へ、転げ落ちた。

マヤは、口がからからに乾いて、息苦しくなった。あえぎながら、後ろの棚で、体を支える。

そのとき、突然ドアが開いた。

水間英人の目が、真っ先にマヤの目をとらえる。

マヤは、名を呼びかけそうになるのを、かろうじてこらえた。

水間は、さっと店内に視線を走らせ、たちまち目をむいた。床に倒れた、二人の男に気づいたらしく、頰を引き締める。

寿満子は、ドアが開く音にも驚かず、瓶の破片を床に投げ捨てた。布巾を手に取り、指先についた横井の血を、ていねいにぬぐう。

それからストゥールごと、ゆっくりと体の向きを変え、水間と向き合った。

マヤは、とっさに口を開いた。

「あの、常務。こちら、神宮署生活安全特捜班の、岩動警部です」

それを聞いて、水間の目に虚をつかれたような、驚きの色が浮かぶ。

寿満子は、マヤに鋭い一瞥《いちべつ》をくれて、水間に目をもどした。

「あんた、渋六の水間ね」

水間は、すぐには返事をせず、後ろ手にドアを閉めた。

「そうです。ちょっと、お名前が聞き取れませんでしたが」

落ち着いた声だった。

「イスルギ。岩に動くと書いて、イスルギと読むのよ。今度の異動で、本部から神宮署へ回されたの」

水間は、軽く頭を下げた。

「渋六興業の、水間英人です。よろしくお願いします、岩動警部」

寿満子は、薄笑いを浮かべた。

「あたしが、どうしてあんたのことを知ってるのか、不思議に思わないの」

「神宮署には、自分を含めて主だった渋六幹部の写真が、保管してあると承知しています」

寿満子の背後で、横井とジョーがカウンターや壁につかまり、そろそろと立ち上がる。

しかし寿満子は、見向きもしない。

「スーツにネクタイか。あんた、ヤクザらしくないね。その辺の、慇懃《いんぎん》無礼な銀行員みたいだ」

水間が、片頬を歪める。

「銀行員ほど、悪党じゃないつもりですよ」

寿満子は顎をのけぞらせ、乾いた笑い声を立てた。

マヤは一瞬、横井とジョーが背後から、寿満子を襲うのではないか、と危ぶんだ。しかしすぐに、その心配はないことが分かった。

ジョーは、黒褐色の顔に脂汗を浮かべ、右の肘を押さえている。おそらく寿満子に、骨を折られたのだろう。横井は横井で、左の手首をしっかりとつかみ、手のひらの出血を止めようと、必死だった。

マヤは、タオルを投げてやろうかと思ったが、横井がこの店でしたことを考えると、すぐにその気は失せた。

寿満子が親指で、背後の二人を示す。

「この、ジョーっていう黒人を、あんた知ってるの」

「いや、知りません」

「もう一人の、横井って男はあんたのとこの、身内よね」

水間は答えず、逆に聞き返した。

「そいつが、何かしでかしたんですか」

寿満子は、カウンターに置かれたケースに、うなずいてみせた。

「ジョーから、コカインと覚醒剤を買ったのよ。売りさばいて、組の資金にするつもりだろう」

水間の顔が、険しくなる。

「渋六興業は、麻薬や覚醒剤にはいっさい、手を出しませんよ。着任されたばかりだとすれば、まだご存じないかもしれませんが」

「だったら、このケースの中身を、なめてごらんよ」

水間は寿満子の肩越しに、横井に目を向けた。

「ほんとうか、横井」

横井は返事をせず、ふてくされたように壁の方へ、目をそらした。

マヤは、代わって答えた。

「ほんとうです。受け渡しするのを、この目で見ました」

それを聞くと、横井は首をくるりと回し、すごい顔で睨んできた。

寿満子が、いらだちのこもった声で、催促する。

「どうなの。こいつは、あんたのとこの、身内でしょうが」

10

水間英人は、奥歯を嚙み締めた。

大森マヤが、携帯電話で〈ウィリアム・テル序曲〉を鳴らし、緊急事態を通報してきたのは、初めてのことだった。

むろんこれまでにも、〈みはる〉で酔っ払いが暴れたり、客同士が喧嘩を始めたりする、小さなトラブルはあった。そんなとき、マヤはあえて通報せずに自分で処理し、事後に報告するのが常だった。

それだけに、先刻事務所で携帯電話を受けたときは、耳に飛び込む音楽が何を意味するか、とっさには分からなかった。

すぐに〈緊急事態〉と悟ったが、あの気丈なマヤが通報してくるくらいだから、よほどの一大事に違いないと、一瞬焦った。マスダの連中でも、押しかけて来たのかと思った。

しかし、待ちかまえていたのは、まったく予想外の出来事だった。

岩動寿満子の質問に、水間は口を開いた。

「いや、横井はうちの社員じゃありません」

寿満子の大きな目が、水間をじっと見返す。

「社員じゃない、だって。笑わせるんじゃないよ。たとえ、法人組織に変わろうと、暴力団は暴力団だ。盃をもらってるんだろう、このちんぴらは」

男のような口調だった。

寿満子の背後で、横井恭一が苦痛と屈辱のあまり、口元を歪める。

横井は、以前は敷島組の準構成員で、パチンコ店〈フェニクス・ホール〉の元店長、川野辺明にかわいがられた男だ。年はさして変わらないが、横井が川野辺を兄貴、兄貴と立てたのを、水間はよく知っている。

にもかかわらず、川野辺がマスダへ身を売ったとき、横井はなぜかついて行かなかった。渋谷に残って、バー〈カルディナーレ〉を続けたい、と言うのだった。

水間は言った。

「ほんとうに、うちの社員じゃありません。横井は、以前敷島組の準構成員でしたが、今はどこにも所属していません」

「こいつがやってる〈カルディナーレ〉は、渋六の店じゃなかったの」

寿満子の問いに、水間は慇懃な笑いを、浮かべてみせた。

「そうじゃないことは、先刻ご承知でしょう。神宮署に、風営店の情報を集めた綴りがある、と聞いていますよ」

寿満子は、少し間を置いた。

「みかじめ料を、取ってるんじゃないの。違法だってことは、承知してるでしょう」

「取ってませんよ。ビデオショップの会費は、もらってますがね」

「〈アルファ友の会〉か。あれは明らかに、隠れみのだよね」

「みかじめ料を取る気なら、あんなけちな会費にしませんよ」

寿満子は口をつぐみ、じっと水間を見つめた。わけもなく、人を落ち着かない気分にさせる、強い意志を秘めた目だ。

ここで視線をそらせたら、これから先ずっとなめられる。そう思った水間は、負けずに寿満子の目を見返した。

体が大きいだけでなく、鼻も口も耳もそれ相応に大振りで、そのくせ筋肉は引き締まっているように見える。まるで砲丸投げか、円盤投げの選手のようだ。

汗が噴き出しそうになるほど、額がしだいに熱してくる。

やがて、寿満子は唇の端に冷笑を浮かべ、どすのきいた声で言った。

「いい度胸してるじゃないか」

「とんでもない。金縛りにあったようなもんです」

実際、それに近い感覚だった。

寿満子は続けた。

「横井恭一と、通称ジョーと呼ばれる国籍不明の男を、麻薬取締法違反および公務執行もらうよ」

妨害の現行犯で、逮捕する。それから、あんたとママにも重要参考人として、署に来て
「これからですか」

「明日の朝でいいわ」

寿満子は言い捨て、携帯電話のボタンを押して、耳を当てた。

短く言う。

「岩動よ。二人とも、逮捕したわ。店の前に、車を回して」

水間は内心、ほぞを嚙んだ。

吸収統合の際、野田憲次は横井を川野辺のスパイだと疑い、〈カルディナーレ〉に残すことに強く反対した。営業部長の立場からすれば、当然の判断だろう。

しかし水間は、横井を残すことに決めた。

横井が、川野辺と接触するなら、それでもいい。渋谷進出を狙う、マスダの情報を取るのに、逆に役立つことがあるかもしれない、と思ったからだった。それがどうやら、裏目に出てしまったようだ。

寿満子が手錠を出し、狭い通路に割り込んで、無事な方のジョーの左手と、横井の右手をつなぎ留める。

水間は、マヤに言った。

「横井の手に、ティシュか何か握らせてやれ」

「はい」

マヤは、あまり気乗りのしない顔つきで、カウンターの下からティシュペーパーを、束にして引き出した。それを、横井の血だらけの左手に、握らせる。

横井は、水間を見た。

「すんません。これには、いろいろと」

「黙ってろ。聞きたくない」

水間が容赦なくさえぎると、横井はうらめしそうに口をつぐんだ。

寿満子が、また見つめてくる。

水間は居心地が悪くなり、さりげなく話しかけた。

「生活安全特捜班、というと禿富警部補と同じ所属ですね」

牽制球を投げたつもりだが、寿満子は眉一つ動かさない。

「ええ。あんた、彼を知ってるの」

その表情からは、寿満子が渋六と禿富鷹秋の関係を、どの程度承知しているのか、判断がつかなかった。

「知ってますよ。一応、このあたりは神宮署の、管内ですからね」

「それだけじゃないだろう。あの男は、渋六とつるんで派手に遊び回る、悪徳刑事だっていうじゃないか。月づき彼に、いくら払ってるの」

前触れなしに突っ込まれて、さすがにたじろぐ。

「つるんでもいないし、金を払ってもいませんよ」

たとえ嘘と見抜かれても、ほんとうのことを言うわけにはいかない。

寿満子は目を細め、夢見るような笑いを浮かべた。

「ふうん。便宜を図ってもらうために、ハゲタカを金で買ったという話を、あちこちで耳にするよ」

「お言葉ですが、禿富警部補に便宜を図ってもらったことなど、一度もありませんね」

それはほんとうだ。むしろ、迷惑をかけられることの方が、はるかに多い。

背後で、ドアがあいた。

水間が振り向くと、ハイカラーの青いシャツに、グレイのジャケットを着た若い男が、戸口に立った。背は高い方だが、どちらかといえば華奢《きやしや》な体つきの、三十前に見える男だった。歌舞伎役者のような、整った顔立ちをしている。

寿満子が言った。

「特捜班の、サガ警部補よ。この人は、渋六の水間。明日の朝、重要参考人として出頭してもらうから、この人とママの連絡先を、聞いておいて」

てきぱきと指示し、横井とジョーをつないだ手錠をつかんで、戸口へ引きずる。

水間は、寿満子と二人を通すために、サガと呼ばれた若い刑事と、一度店の外へ出た。

店の横手の路地に、覆面パトカーらしい黒い車が、停まっている。寿満子は後部ドアをあけ、二人の男を乗せようとした。

横井が顔を上げ、水間に声をかける。

「どじっちまって、すんません。おれ、何もしゃべりませんから」

水間は、かっとなった。

「そりゃ、どういう意味だ」

横井が答える前に、寿満子が二人を車に押し込み、ドアを音高く閉めた。

水間の方に向き直り、憐れむような目で見る。

「今の口ぶりだと、あんたも参考人だけじゃ、すみそうもないね」

水間は拳を握り締め、寿満子を睨み返した。

どういうつもりか知らないが、横井はこの一件に自分を、あるいは渋六自体を巻き込もうとしている、と直感した。寿満子がそれに乗じて、渋六を締めつけにかかる恐れも、十分にある。

若い刑事に呼ばれ、水間は憮然としながら店の中へ、引き返した。

刑事は、二つ折りの警察手帳を開いて、水間とマヤに示した。顔写真とともに、〈警部補・嵯峨俊太郎〉という名前が、読み取れる。年は若いが、禿富と同じ警部補と分かって、水間は少し驚いた。

嵯峨の求めに応じて、名刺を差し出す。マヤも、自宅の住所と電話番号をメモして、嵯峨に渡した。ついでに、携帯電話の番号も聞かれる。

あまり気が進まなかったが、水間はよけいなことで心証を悪くしたくないと思い、しぶしぶ教えた。

嵯峨が、メモを閉じて言う。

「それじゃ、明日の朝十時に神宮署へ、わたしを訪ねてもらえますか」

しゃべり方も、刑事というより役者に近い、めりはりのある口調だ。

水間はうなずいてから、何げなく尋ねた。

「警部補も、最近の異動で岩動警部と一緒に、神宮署に来られたんですか」

「そうですよ。まだ、よく勝手が分からなくて、勉強中なんです」

嵯峨は水間を、ヤクザ組織の幹部と知っているはずだが、そんなそぶりはおくびにも出さぬ、ていねいな応対だった。

思い切って、聞いてみる。

「岩動警部は、キャリアですか」

「いや、ノンキャリアです」

嵯峨はあっさり言って、マヤに水を一杯所望した。

マヤは、じっと嵯峨を見ていたらしく、どぎまぎしながらグラスに水を注いだ。

「警部補は」

「準キャリアです。国家公務員試験の、Ⅰ種合格ならキャリアですが、わたしはⅡ種なので」

水間には、Ⅰ種とⅡ種の区別がよく分からなかったが、どちらにしても普通の警察官よりは、出世が早いのだろう。

水間は、嵯峨が水を飲み終わるのを待って、もう一つ質問した。

「岩動警部が、ここであの二人の取引を押さえたのは、偶然ですかね。あまりに、うまくできすぎてるような気が、するんですが」

「偶然じゃありませんよ。実は〈カルディナーレ〉で」

そこまで嵯峨が言ったとき、ドアがあいて寿満子が顔をのぞかせた。

「何してるの。よけいなおしゃべりしちゃ、だめじゃないか。署へもどるよ。車、転がして」

嵯峨はあわてて、グラスをカウンターに置いた。

「すみません、すぐ行きます」

水間の脇をすり抜け、戸口で振り返る。

「それじゃ、明日の朝十時に」

寿満子は、水間に鋭い一瞥をくれて、ドアを閉じた。

水間は内鍵をかけ、ストゥールにすわった。

「たいへんだったな」

声をかけると、マヤは風船がしぼむような具合に、ふっと肩の力を抜いた。

「すみません、こんなことになっちゃって」

「きみのせいじゃない。初めての〈ウィリアム・テル〉だから、一瞬焦っちまったよ」

「通報したときには、まだ岩動警部は来てなかったんです」

「悪いけど、ビールを頼む。それから、あしたの事情聴取のためにも、詳しい話を聞かせてくれないか」

マヤがビールの準備をしている間に、水間は携帯電話で野田に連絡した。

手短に事情を話し、あとで詳しく説明するから、事務所へ顔を出してほしい、と伝える。

水間はグラスを二つ用意させ、マヤにもビールを注いだ。

マヤの話によると、閉店間際に横井がはいって来たことから、トラブルが始まったという。

横井のあとから、ジョーという黒人が現れ、二人は麻薬や覚醒剤の取引らしき話を、英語で始めた。まずいと思い、その段階ですぐに水間に通報すべきだ、と判断した。

「でもそのあとで、岩動警部がはいって来たために、とんでもない騒ぎになっちゃったんです」

寿満子は、金を持ち去ろうとするジョーの腕をへし折り、さらに横井の左手の手のひらに、ビール瓶の破片を突き立てた、という。

マヤの話を聞いて、水間もいささか気分が悪くなった。

「ハゲタカにしろ、さっきの岩動警部にしろ、神宮署の生活安全特捜班には、とんでもない刑事ばかり、集まるようだな」

マヤは、何も言わずに肩をすくめたが、ふと思い出したように口を開いた。

「でも、もう一人の刑事さんは、まともだったじゃないですか」

「嵯峨警部補か」

「ええ。あまりまともすぎて、刑事さんには見えませんよね」

熱心な口調に、水間がそれとなく顔を見直すと、マヤは急に顔を赤くして、目を伏せた。

水間は、さっきマヤが嵯峨のことを、じっと見つめていたのを思い出し、苦笑した。

「確かに、態度物腰が刑事らしくなくて、好感の持てるやつだった。それに、ハンサムだしな」

「刑事さんにしては、ですけど」

弁解がましく言い、ビールをぐいと飲む。

水間はグラスの底で、コースターを叩いた。

「あの刑事、さっき何を言おうとしたのかな。偶然じゃない、実は〈カルディナーレ〉で、と言いかけただろう」

「ええ。なんだか、二人をずっと見張っていたみたいな、そんな感じでしたね」

「もしかすると、ふだんから横井はあのジョーという男と、自分の店で取引していたのかもしれんな。それが、なんとなくやばい雰囲気を感じて、ここへ場所を移したとか」

「岩動警部たちに、見張られているのを悟った、ということですか」

「実際に悟ったのなら、取引そのものを中止したはずだ。様子をみようと、場所を変えただけじゃないか」

水間はビールを飲み干し、マヤの手を軽く叩いた。

「どっちにしても、きみが通報してくれたのは、お手柄だった。明日の朝は、一緒に神宮署へ行こう」

11

朝から、小雨が降っていた。

神宮警察署は、東京メトロ千代田線の明治神宮前駅から、徒歩数分の明治通り沿いにある。

水間英人は、傘を傾けて言った。

「何も、怖がることはない。見たとおり、聞いたとおりを話せばいいんだ。嘘をつこうなんて気を、起こすんじゃないぞ」

珍しく、紺のスーツを着込んだ大森マヤが、緊張した顔で水間を見返す。

「分かりました。でも、わたしが供述したことで、水間さんや渋六興業に、ご迷惑がかからなければ、いいんですけど」

「正直に話せば、迷惑なんかかからんさ。なまじ嘘を言うと、あとでめんどうなことになる。だいたい、隠さなきゃならないことなんか、何もないんだ」

マヤが、自信なげにうなずくのを見て、水間は少し不安になった。

渋六興業が金持ち連中を集めて、違法の賭場を開いていることや、高額レートの賭け麻雀を仕切っていることを、マヤは知らないはずだ。たとえ、どこかで聞きかじったとしても、口にするほど愚かではない、と思いたい。

「相手は尋問のプロだから、誘導尋問に引っかかることが、あるかもしれない。とにかく、知らないことは知らない、分からないことは分からない、で押し通すんだ」

「はい」

「とにかく、〈そうかもしれない〉と答えても、供述書では〈そうである〉になる、いいかげんな世界だからな。あとで、調書を読み聞かされたとき、少しでも違うところがあったら、どんなにいやな顔をされようと、書き直してもらえ」

「はい」

マヤは素直にうなずいたが、相変わらず自信なさそうだった。

「聞かれたこと以外は、何も答えなくていいんだ。それに、ゆうべの事件に関係ないことも、原則として答える必要はない。マヤもおれも、横井の麻薬取引の件については、何も知らない。脅《おど》されて、嘘の供述をしちゃだめだぞ。あまりひどけりゃ、弁護士をつけてやるからな」

マヤは、少し気が楽になったように、傘を小さく回した。

「分かりました。それにしても、横井さんてひどい人ですね。追い出さずにいてくれた、水間さんの恩も忘れて」

「おれが、甘かったのさ。野田は最初から、横井の残留に反対だった」

マヤが、水間の顔をのぞき込む。

「横井さん、マスダに寝返った川野辺さんと、裏でつながってるんじゃないですか。ゆうべの一件も、川野辺さんがからんでいるような、そんな気がするわ」

水間も、まったく同じことを考えていたので、ちょっと驚いた。

マヤを見下ろす。

「なんの証拠もないのに、そんなことを言うんじゃない。少なくとも、神宮署でそういう憶測を口にするのは、やめた方がいい。かりにデカの方から、かまをかけてきてもな」

「でも」

言いかけるのを、水間はさえぎった。

「おれだって、マヤに言われなくても、見当はついている。この件は、おれがおとしまえをつけるから、マヤは忘れてくれ」

神宮署に着いた。

受付で案内を請うと、前夜会った警部補の嵯峨俊太郎が、二階から迎えにおりて来た。

前夜遅かったはずだが、休み明けのようにきれいに髭をそり、すっきりした顔をしている。

「一緒に来てください」

嵯峨はきびきびした足取りで、二人を二階に案内した。

「水間さんは、奥の方にどうぞ。おっつけ、岩動警部が来ます。それから、大森さんは手前の部屋に、お願いします。わたしが、お話をうかがいますから」

嵯峨が言うと、不安そうに〈取調室〉の表示を見ていたマヤが、急に笑顔になった。

「よろしくお願いします」

まるで、好きなタレントのサイン会に来た、高校生のようだった。

水間は苦笑して、奥の取調室のドアをあけた。

デコラのテーブルを挟んで、二つある椅子のうち、左の方にすわる。向かいの壁の隅に、調書を取る係のデスクがあるので、それが見える位置を選んだ。

この部屋には、前に何度かはいったことがある。〈みはる〉で、諸橋征四郎の死体が発見されたときも、そうだった。事件はまだ、解決されていない。

考えてみれば、あのおりも水間は神宮署で、マヤとともに事情を聴取された。ここへ来るときは、いつもマヤが一緒だと思うと、何かおかしかった。

ドアがあき、岩動寿満子がはいって来る。水間は立ち上がり、最敬礼に近い挨拶をした。

「ゆうべはどうも、失礼しました」

寿満子は、水間の態度が気に入ったのか、笑みを浮かべた。

「朝から、ご苦労さん。御子柴《みこしば》警部補は、知ってるよね」

そう言って、親指で背後を示す。

髪の薄くなった、中年の小柄な男が、はいって来た。

見覚えがある。諸橋事件を担当した、刑事の一人だった。強行犯捜査係の警部補で、名前は確か御子柴繁といった。

「ご無沙汰しています。その節はどうも」

水間が頭を下げると、御子柴もそれに応じた。

「こちらこそ。署内の異動で、今度生活安全特捜班の方に、回されましてね。一から出直しですよ」

前に会ったときもそうだが、相変わらずていねいな口をきく。強行犯担当には、珍しいタイプの刑事だ。

その御子柴が、生活安全特捜班へ移ったとは、初耳だった。禿富鷹秋からも、聞かされていない。

強行犯捜査から、いわゆる防犯部門への異動となれば、むろん栄転ではなく降格人事に違いあるまい。何か失敗でも、やらかしたのだろうか。

御子柴はそのまま、ノートを持って隅のデスクに着いた。どうやら、事情聴取を記録して、供述書を作成する仕事を、担当するらしい。

寿満子は、水間と向かい合って、腰を下ろした。

前夜と同じ服装なのは、帰宅していない証拠だ。しかし、化粧気のほとんどない顔に、疲れの色は見えない。

「御子柴警部補は、禿富警部補と組んでるんだけど、禿富が休暇だとかでここ二日ほど、姿を見せないの。それで、手伝ってもらってるわけ」

問わず語りの説明に、水間はうなずくしかなかった。

一匹狼の禿富が、御子柴と組んだという話も、耳にしていない。寿満子や嵯峨の着任といい、御子柴の不可解な異動といい、神宮署に何か新しい動きがあるのは、確かなようだ。

それにしても、いくら自分より階級が下とはいえ、年上のベテラン刑事を記録係に使うとは、寿満子もたいした神経をしている。

寿満子はたばこを取り出し、テーブル越しにすすめた。

「どう、一本」

「いえ、自分は吸わないんです」

水間が断ると、寿満子は百円ライターで、火をつけた。

盛大に煙を吐き、腕組みをして言う。

「それじゃ、始めようか」

型どおり、住所氏名と生年月日、勤務先や肩書などを聞かれる。水間は、正直に答えた。

それが終わると、寿満子はいきなり聞いてきた。

「クスリの売り買いは、いつからやってるの」

さっそく、先制パンチだ。

落ち着いて答える。

「ゆうべも言いましたが、わが社は風営店と遊戯場の経営が主体の、まっとうな法人です。少なくとも、麻薬や覚醒剤を扱うような、違法行為は犯していません」

「わが社か。近ごろは、暴力団も変わったね。親分、貸元は社長で、若頭、代貸は副社長、専務とくる。りっぱになったもんだ」

水間は、返事をしなかった。

寿満子が、煙を吐きかける。

「ゆうべ横井が、面パト（覆面パトカー）に乗せられるとき、どじっちまってすんません、おれ何もしゃべりませんからって、そう言っただろう。あれは、どういう意味」

「こっちが聞きたいくらいです」

水間が、にべもなくはね返すと、寿満子は丸い顎をぐいと引き、睨みつけてきた。

「とぼけるのはやめてよ。渋六が、組織ぐるみでやってるからこそ、あのせりふが出たんでしょうが」

「冗談じゃないですよ。自分が、ゆうべ〈みはる〉に顔を出したのも、横井とジョーの様子がおかしいと、ママが通報してきたからでね」

寿満子は、軽く眉をひそめた。

「通報。どうやって」

水間は、携帯電話に音楽を流す例の合図を、手短に説明した。

寿満子は、小ばかにしたような笑いを、口元に浮かべた。

「なるほどね。それであんたは、ローン・レンジャーよろしく、馳《は》せ参じたわけか」

「社員はもちろん、うちと付き合いのある連中には、麻薬と覚醒剤だけは絶対やるな、と常づね言い聞かせてあります。だからこそ、ママもすぐに通報してきた。組織ぐるみだなんて、とんでもない話ですよ」

寿満子が、真顔にもどる。

「それじゃ、横井はなぜゆうべの取り調べで、あんたに指図されてジョーと取引した、などと言ったんだろうね」

「あいつが、そんなことを」

そう言いかけて、水間は中途でやめた。

前夜のせりふからして、横井がそういう供述をした可能性はあるが、寿満子のはったりではない、とも言い切れない。

あらためて、口を開く。

「横井が何を言ったとしても、自分は指図なんかしてません。渋六も、関係ありません。あの男の、個人プレーですよ。何度でも言いますが、横井はうちの社員じゃないし、指図したりされたりする仲でもない。あの野郎、どういうつもりなんだか」

「あくまで、しらを切るのね」

水間は、一呼吸おいた。

「警部だって、本気で横井の言ったことを、信じておられるわけじゃないでしょう」

「本気にしちゃいけない理由でもあるの」

「だいいち、深夜の取り調べは違法だし、そういう時間帯に得られた供述は、裁判で証拠能力を認められない、と聞いたことがある。それくらいは、警部もご存じのはずです」

寿満子の背後で、御子柴が声を出さずに小さく笑うのを、水間は目の隅にとらえた。

寿満子が、くいと眉を上げる。

「よく知ってるじゃないの」

「そうでなくても、もしゆうべの横井のせりふを信じたのなら、警部は自分を黙って帰しはしなかったでしょう。証拠隠滅の恐れがあるから、横井と一緒にしょっ引いたはずです」

寿満子は、声を出して笑った。

「頭が回るね、あんた」

「とにかく自分は、参考人として事情聴取に応じるために、ここへ来たんです。それが、容疑者の取り調べみたいに尋問されたんじゃ、話が違います。こんなことが続くのなら、自分は引き取らせてもらいますよ」

思い切って、強気に出る。

寿満子は、頬の筋一つ動かさなかった。やや茶色がかった、ほとんど感情のこもらない目で、じっと水間を見据える。

「あんた、態度でかいよ。暴力団員ってのはね、まともにおてんとさまの下を、歩けない人間なんだ。それも、人間だとしての話だ。分かってんのか」

その強い口調に、水間は禿富に感じるのとはまた別種の、生理的圧迫感を覚えた。

「自分は、うちの社員が堅気の衆に迷惑をかけないように、いつも目を光らせてます。まあ、たまにはトラブルもありますが、警察のお世話になるほどじゃない」

寿満子はなおも水間を見つめ、それから急に身を乗り出した。

「もう一度だけ聞くけど、横井とジョーがクスリの取引をしたことに、あんたも渋六も関係ないというんだね」

「もちろんです」

きっぱり応じると、寿満子は身を引いた。

「そうか。そこまで言うなら、これ以上はやめておこう。渋六の息がかかった店で、違法行為が行なわれているかどうかは、手入れをすれば分かることだしね」

そう言ってから、ふと思い出したように、問いかけてくる。

「渋六の店や施設が、最後に手入れを受けたのは、いつのこと」

とっさには思い出せず、水間は答えあぐねた。

「よく覚えてませんが、ここ二年か三年は受けてない、と思います。実際に、何も悪いことはしてませんからね」

寿満子は、にっと気味の悪い笑いを浮かべた。

「それは、実際に手入れをしてみないと、分からないよ」

言葉尻をとらえたつもりか、実際に、という言葉に妙に力を入れる。いやがらせに、手入れでもかますつもりだろうか。

寿満子は、ゆっくりと立った。

「今日は、これくらいにしておく。御子柴警部補が調書を作るから、それを読んで署名・捺印したら、帰っていいよ」

そう言い残すと、御子柴には一言も声をかけずに、取調室を出て行った。

御子柴はメモを見ながら、黙々とペンを走らせている。

水間は、声をかけた。

「いつも、あんな風なんですか」

「そうですよ」

顔も上げずに、まるで気のない返事をする。

「彼女、どこからの異動ですか」

「警視庁の、生活安全部から」

話の接《つ》ぎ穂がなくなる。

話を変えた。

「ところで禿富警部補は、ほんとうに休暇中なんですか」

御子柴が、ちらりと水間を見る。

「そうですよ。なぜですか」

「いや、別に」

特に知りたいわけでもないが、なんとなく気になる。

やがて、供述書ができ上がった。目を通し、不都合な記載がないのを確かめて、水間は署名捺印した。

12

水間英人は、神宮署の一階にある交通課のベンチで、大森マヤを待った。

水間の事情聴取は、ざっと小一時間で終わったが、マヤはそれより三十分ほど長くかかった。

階段をおりて来るマヤを見て、水間はベンチを立った。

「お疲れさん」

そう声をかけ、しゃべり出そうとするマヤを制して、署の玄関へ向かう。

外に出ると、雨はやんでいた。肩を並べて、明治通りを渋谷の方へ歩く。

「どうだった」

あらためて聞くと、マヤは堰《せき》を切ったように、話し始めた。

「諸橋事件のときは、警察の事情聴取ってシビアだなって思ったけど、今日はずいぶんなごやかでした。ほとんど、雑談みたい。ああいう刑事さんも、いるんですね。ええと、嵯峨警部補のことですけど」

あの若い刑事は、マヤに気に入られたらしい。

「ゆうべのことを、どんな風に話したんだ」

「見たとおり、聞いたとおりに話しました。横井さんとあの黒人が、麻薬か何かの取引をしたように見えたので、水間さんに通報したって。それで、よかったんですよね」

「ああ、それでいい。誘導尋問に、引っかからなかったか」

「誘導尋問って」

「たとえば、いつから横井は〈みはる〉で麻薬の取引をしていたのか、といった質問だ。過去に〈みはる〉で、麻薬取引が行なわれた証拠なんかないのに、〈いつから〉と聞くのはおかしいだろう。既定の事実じゃないことを、前提にしているわけだからな。きみが、無邪気に〈知りません〉と答えれば、〈いつからしていたかは知りません〉と、供述書に記載される。つまり、店で過去に取引が行なわれていた、と認めたことになるのさ」

「そんな」

マヤは水間を仰ぎ見たが、すぐに表情を緩めた。

「嵯峨警部補は、そういう質問はしませんでした。供述書にも、わたしの答えをねじ曲げるような、変な表現はなかったと思います。だから、一発でサインしました」

そのはずんだ声は、高値で契約を更改した、プロ野球選手のようだ。

「横井と川野辺の関係を、聞かれなかったか」

「聞かれませんでしたし、わたしからも話しませんでした」

「そうか。それならいい」

あの刑事は、神宮署に赴任して日が浅いので、まだ地元の細かい人間関係を、把握していないのだろう。

例の〈サルトリウス〉での騒ぎの夜、禿富鷹秋は野田憲次の質問を受けて、最近生活安全課に新しいスタッフが二人、着任したことを認めた。

そのとき禿富は、〈若いのと中年と〉と言った。それが、嵯峨俊太郎と岩動寿満子だったわけだ。〈若い〉のが嵯峨だ、ということはすぐに分かる。しかし、〈中年〉の方が男でないどころか、一筋縄ではいかない女の刑事だとは、考えもしなかった。

水間は、マヤに聞いた。

「岩動警部が、ジョーの腕を叩き折ったことや、横井の手にガラスの破片を突き立てたことは、供述したのか」

「ええ。でも、供述書には岩動警部が二人の抵抗を排除した、としか書かれていませんでした。もっと詳しく、正確に書き直してもらった方が、よかったですか」

「いや、それでよかった」

水間は答え、その話はそれきりにした。

二人の抵抗は、確かに公務執行妨害に当たるだろうが、それにしてもあの仕打ちは、いささかやりすぎに思える。裁判になったとき、問題にされるだろう。

いずれにせよ、二人の男を相手に少しもひるまず、そろって足元にねじ伏せたとすれば、寿満子の腕はなまなかのものではない。いや、腕はともかくとして、その度胸に驚かされる。

禿富の話では、神宮署の生活安全特捜班は、生活安全課の課員だけでなく、他の部署の使いものにならない刑事や、素行の悪い刑事を一か所に集め、副署長の直接管理下に置いた、吹きだまりの集団だという。その代表のような禿富が言うのだから、間違いあるまい。

そこへ、新たに寿満子と嵯峨、さらに御子柴繁が加わったとすれば、神宮署はいったいどうなるのか。当分は、目が離せそうもない。

十分ほどで、渋六興業の事務所がはいっている、ビルの前に来た。

「どうする。今日は店を、休みにするか」

試みに水間が聞くと、案の定マヤは首を振った。

「いえ、開きます。これから店に出て、後片付けをするつもりです。ビール瓶の破片が、あちこちに飛び散ってますから」

芯の強い女だ。

水間は、ポケットから一万円札を取り出し、マヤの手に握らせた。

「これで飯でも食って、馬力をつけてくれ」

マヤは、素直にそれを受け取り、頭を下げた。

「ありがとうございます。今夜、顔を出していただけますか」

「うん、時間があったらな」

水間はマヤを見送り、ビルにはいった。

そのとき胸のポケットで、携帯電話が震えた。液晶画面を見ると、非通知設定になっている。

いやな感じがしたが、しかたなく通話ボタンを押した。

「おれだ。ちょっと、顔を貸せ」

いきなり飛び込んできたのは、禿富の声だった。予感が当たった。

「だんな。やぶからぼうに、なんですか。休暇中じゃないんですか」

「一応、そういうことにしてあるだけだ。今、青山墓地にいる。タクシーで来てくれ。つけられるなよ」

「墓地の、どのあたりですか」

「青山通りを渋谷から来て、表参道の交差点を右折する。しばらく走ると、まもなく道が左へカーブして、青山橋に出る。それを渡るとすぐ、信号のある十字路にぶつかる。十五分後に、そこで待っている」

秃富の言うことに、いやもおうもない。

「分かりました」

通話を切り、ビルを出た。

指定された場所は、よく知っている。

秃富は以前、恨みを抱く立石署のある悪徳刑事に、腕っぷしの強い別の刑事をけしかけ、あの墓地で戦わせたことがある。自分は表に出ず、水間と一緒に近くの墓石の陰から、高みの見物を決め込んだ。

しかも、身代わりの刑事がやられそうになると、相手の刑事の側頭部に酒瓶を叩きつけ、容赦なくノックアウトした。思い出すだけでも、気分が悪くなる光景だった。

タクシーが走り出すと、水間は念のため後ろを確かめた。尾行者はいない。

青山通りは珍しくすいており、十分足らずで目的地に着いた。

十字路になった墓地の広場に、秃富の姿はなかった。きょろきょろしていると、墓地の通路の奥の方に、濃紺のブルゾンにハンチングをかぶった、男の姿が見えた。

軽く顎を上げたその顔で、秃富と分かる。

水間は、人けのない通路を歩き、秃富のそばに行った。

「どうも。どうしたんですか、その格好は」

これまで、スーツ以外の服を着た秃富の姿を、見たことがない。

秃富は返事をせず、ハンチングを目深にかぶり直すと、黙って背を向けた。そのまま、さらに細い通路にはいって行く。水間もしかたなく、あとに従った。

墓の間を抜け、いくつか角を曲がってから、秀富はようやく足を止めた。

「おれは名目上は休暇中だが、実質上は無断欠勤で所在不明、ということになっている。人目につくところを、うろうろしたくない」

「どうしてそんな、中途半端なことを」

「おれは、マスダが送り込んだ殺し屋に、殺されたことになっているんだ」

「どういう意味ですか。返り討ちにしたじゃないですか」

「おまえたちは別として、おれはあの晩から顔を見知っている連中の前に、姿をさらしてない。御子柴にこっそり電話して、休暇の手続きをとったんだ。ただし、表向きは無断欠勤のため所在不明、ということにしてある」

「どうしてわざわざ、無断欠勤を装うんですか」

「マスダのボニータに、一泡吹かせるためさ」

「ボニータに」

「そうだ。今ごろボニータは、あの殺し屋がおれをちゃんと始末したかどうか、連絡をとれずにやきもきしているだろう。そこに、つけ込むのさ」

「何をする気ですか」

「あの男から取り上げた、携帯電話が手元にある。おれが、あの男になりすまして、ボニータに連絡するんだ」

水間は、あっけにとられた。

「そんなことをしても、すぐにばれますよ。だいたい、声が違うじゃないですか」

「振り込め詐欺で、自分の子供の声も聞き分けられない、ばかな親がいる時代だぞ。一度か二度会っただけの、ろくに口をきいたこともない男の声を、覚えているものか。しゃべり方で、いくらでもごまかせる」

「話しているうちに、ぼろが出ますって。その手は、ききませんよ」

水間は決めつけたが、禿富は引かなかった。

「いや。人間は、だまされるはずのない状況にいるとき、いちばんだまされやすいものだ。任せておけ」

禿富の論理についていけず、水間はため息をついた。

「おれには、とうていうまくいくとは、思えませんがね」

「うまくいくさ。まず、ボニータに電話して、おれを始末したと報告する。それから、残りの金を用意するように言って、指定の場所に持って来させるんだ。手にはいったら、おまえにも分け前をやる」

水間はあきれた。

「だんな。本気で、そんなに簡単に金が手にはいる、と思ってるんですか。ボニータが、大金を持って一人でのこのこと、出向いて来るはずがない。コンビニへ、晩飯の買い出しに行くのと、わけが違いますよ」

「あの殺し屋によれば、ボニータは一人で仕事を頼みに来たそうだ。ただ、残金は額が多くなるから、だれかが付き添って来る可能性は、確かにある。そのときに備えて、こっちもおまえの力を借りたいんだ」

「保険をかけようってわけですか」

「そうだ。取引現場の近くに隠れていて、何かあったら援護してもらいたい。おまえ一人で心細いなら、野田でも坂崎でも連れて来い」

坂崎悟郎は、社長の谷岡俊樹の身辺警護を担当する、屈強のボディガードだ。

もっとも、坂崎は禿富との最初の出会いで、手ひどい目にあわされているから、進んで手を貸したいとは思わないだろう。

禿富は、警察官という立場を超えて、自分を殺しそこなったマスダから、金をだまし取ろうとしている。その思いつきは、これまでの禿富のやり口からして、理解できないでもない。

しかし、今回はそのやり方があまりに姑息《こそく》な上に、マスダを甘く見すぎているように思える。

かりにボニータが、禿富の電話にだまされたとしても、あの用心深いマスダの大幹部、ホセ石崎がなんの疑いも抱かず、ボニータ一人に金を持たせてよこす、とは考えられない。十中八九、お供をつけるに決まっている。

そうなれば、受け渡しの現場でいざこざが起こり、水間に出番が回ってくる。そのあげくは、渋谷の縄張りを狙うマスダとの間に、全面戦争が始まるのは必定だ。

敷島組との統合で、今の渋六興業は縄張りこそ広がったものの、構成員の数はさほど増えていない。敷島組の組員の中には、渋六との統合を嫌って足を洗ったり、マスダなど他の組織へ流れたりした者が、かなりいるからだ。

とはいえ、逃げるわけにはいかない。ここで、禿富の身に何か起これば、渋六はたちまち後ろ盾を失い、まともにマスダの攻勢を浴びることになる。この争いは、禿富一人だけの問題ではないのだ。

禿富が、口を開く。

「ところでゆうべ、〈みはる〉でトラブルがあったそうだな」

水間は驚き、禿富の顔を見た。

「昨日の今日なのに、どうして知ってるんですか」

「管内のことで、おれの耳にはいらないことはない。横井が、麻薬を売り買いしていたそうじゃないか。今まで、気がつかなかったのか」

水間は、首筋を搔いた。

「正直言って、そんな度胸や才覚のあるやつだとは、思ってなかったんです。川野辺がマスダへ走ったときに、一緒に追い出すべきだった。野田が心配したとおりになった」

「繰り言はよせ。岩動と嵯峨が、横井と売人を逮捕したというのは、ほんとうか」

「ほんとうです。だんなが、〈サルトリウス〉で言った新しいスタッフとは、あの二人

「そうだ。気に入ったか」

水間は苦笑した。

「若い方はともかく、岩動警部はとんでもない刑事だ。だんなも、顔負けじゃないですか。たじたじとなりましたよ」

禿富は、ハンチングのひさしを、指で押し上げた。

「そうか。そいつは、楽しみだ。あの二人とは、まだまともに口をきいてないのでな」

「だんなが、御子柴警部補と組まされた、という話も聞きました。このところ、妙に動きが激しいじゃないですか、神宮署は」

「おれに包囲網をかけようと、やっきになっているのかもしれんな」

「包囲網」

聞き返す水間に、禿富は手を振った。

「もう行っていいぞ。ボニータと連絡がついたら、また連絡する。ケータイの電源を、いつも入れておけよ」

そう言い残すと、墓地をさらに奥の方へ、歩き去った。

第三章

13

着信音が鳴った。

ボニータは、携帯電話を取り上げて、液晶画面を見た。橋本三郎の番号だ。

「もしもし」

急《せ》き込んで応答すると、相手は挨拶もなくしゃべり始めた。

「少し遅れたが、仕事は終わった。残りの金を、もらいたい」

橋本の声は小さく、聞き取りにくかった。

携帯電話を耳に押し当て、声を張り上げる。

「遅かったじゃない。あんた、ほんとにハゲタカを、仕止めたの」

「仕止めた」

「いつ、どこで」

「二日前の夜、やつのマンションの自室で、仕止めた。一人暮らしだから、しばらく死体は見つからない」

「どこのマンション」

「目黒区碑文谷六丁目、パラシオ碑文谷、八〇八号室。東急東横線の、学芸大学の駅の近くだ」

間違いない。ハゲタカが、そのマンションに住んでいることは、すでに調査ずみだ。

「どうしてあの日に、やらなかったの。あたしの体が、ほしくなかったの」

いやみを込めて聞くと、橋本は少しの間黙った。

「やめたのには、理由がある。ハゲタカは、あの晩〈フェニクス・ホール〉を出たあと、渋六系の〈サルトリウス〉という、クラブに行った。おれも中にはいったが、そこでとんでもないことを、耳にした。だから、仕事を中止したんだ」

にわかに、不安になる。

「とんでもないことって」

「やつがデカだ、ということさ」

どきり、とした。

ボスのホセ石崎の意向で、橋本にハゲタカ殺しを依頼するとき、相手が現職の刑事だということを、言わなかった。やはり、ばれてしまったか。

橋本が続ける。

「なぜ、黙っていたんだ。このままじゃすまないよ、あんた」

ボニータは、唇をなめた。

「ごめんなさい。デカだと分かったら、怖じけづいて断られるんじゃないか、と思ったのよ」

「相手がだれであろうと、おれは怖じけづいたりしない。しかし、標的がデカとなれば、当然金額は高くなる。あんたはおれに、お安く仕事をさせようとしたわけだ。このおとしまえは、つけてもらわなきゃな」

すごまれて、ボニータは焦った。

「待ってよ。黙っていたのは、悪かったわ。ほんとに、ハゲタカを仕止めたのなら、残りの七百万に上乗せして、規定の料金を支払うわよ」

「おれのメニューでは、デカ殺しは二千万だ。今日のうちに払え」

絶句する。

橋本は、なおも続けた。

「どうした、ボニータ。ハゲタカは手ごわかったぞ。二千万でも、安いくらいだ」

やっと、声を絞り出す。

「でも、二千万は高すぎるわ」

「それじゃ、あんたがやればよかった」

そう言われて、ボニータはベッドにそろそろと、腰を下ろした。

「念のため、どうやって始末したのか、教えて」

「やつの部屋は、最上階にある。オートロックだから、おれは出て来る住人と入れ違いに、中にはいった。屋上からロープを垂らして、やつの部屋のベランダに伝いおりた。ガラスを切って、内鍵をはずした」

「警報装置は」

橋本は、含み笑いをした。

「一戸ごとに、そんなものをつけるマンションは、めったにない」

「そこで、ハゲタカの帰りを待ち伏せした、というわけ」

「そうだ。銃声も聞かれず、返り血も浴びずにやるには、絞め殺すしかない。ただ、どたばた音がしないように、スタンガンを持って行った。それが、正解だった。ただし、ハゲタカは五十万ボルトを食らっても、まだ動いていた。タフな野郎さ」

「そのあと、首を絞めたのね」

「そういうことだ。以上が、二千万の内訳だ。気がすんだか」

「どっちにしても、安くはないわ」

金を出す、石崎の顔を思い浮かべながら、言ってみる。

「最初から、相手はデカだと正直に言えば、もめることはなかった。お互いに、断ることもできたんだからな。しかし、今さら払わないとは、言わせない。そっちがその気なら、あんたもマスダのほかの幹部も、一人残らず息の根を止めてやる。それも、思いがけないときにだ。おれの腕がどれほどのものか、身をもって知ることになるぞ」

その、気味が悪いほど静かなしゃべり方から、寒気に似たものが漂ってきて、ボニータは身震いした。前に話したときと、同じ口調のように聞こえるが、直接耳にするよりもいくらか、声が低い気がする。

ボニータは、携帯電話を持ち直した。

「分かったわ。ボスに、あと千七百万出すように、言ってみるわ」

「それがりこうだな」

橋本の返事は、そっけなかった。

「でも、あんたが確かにハゲタカを仕止めた、という証拠があるの。テレビのニュースでもやらないし、新聞にも載ってないわ」

「当然だ。まだ、死体が発見されてないからな。確かめたかったら、碑文谷のやつのマンションへ行って、管理人に鍵をあけてもらうといい」

冗談ではない。

「何か、あいつを殺した証拠になるものを、持ち出さなかったの」

橋本は、少し間をおいて答えた。

「やつの左腕を、肘の下から切り落としてきた。前に何かで切断されたのを、縫合してつなげたあとが、残っていた。それを、もう一度切り離してやった」

生唾《なまつば》をのむ。

ひところ、ハゲタカが左腕を切断したらしい、といううまことしやかな噂が、新宿にも流れてきた。ハゲタカを見かけた、マスダの関係者の報告によると、外見では切断された様子はないが、確かに左手の動きが、ぎこちないらしい。

もしかすると、義手ではないかという説も出て、ひとしきり議論になった。

しかし、そのことについて橋本には、何も伝えていない。今の橋本の話は、確かにハゲタカを仕止めたという、有力な証拠かもしれない。

「その腕を、そこに持ってるの」

「ビニール袋にくるんで、冷蔵庫にしまってある」

ボニータは、橋本に会いに行った上目黒の、小さなビジネスホテルの殺風景な居室を、思い浮かべた。

あそこに、冷蔵庫があっただろうか。考えただけで、ぞっとする。

黙っていると、橋本は続けた。

「どうしたんだ。見たいのなら、宅配便で送ってもいいぞ」

「やめてよ」

あわてて言い、言葉を継ぐ。

「それより神宮署に電話して、安否を確かめる手もあるわね。当人が出てきたら、生きてることが分かるもの」

橋本が、低く笑う。

「ああ、それはいい考えだ。ただハゲタカは、今日で二日も無断欠勤しているから、電話するとあんたはだれだとか、根掘り葉掘り聞かれるかもしれないぞ。覚悟した方がいい」

「デカが二日も無断欠勤したら、署の方で自宅へ確かめに行くのが、普通じゃないかしら」

「やつに限って、そこまで心配してくれる同僚が、ほとんどいないらしい。評判の悪いデカだったようだな」

それは、そのとおりだ。

「悪いけど、千七百万は大金だわ。とにかく、署に電話して様子を聞いてみる。それから、ボスと相談するわ」

「そうしろ。おれが、神宮署の番号を、教えてやる」

ちょっと驚く。

「どうして、知ってるの」

「相手のことは、徹底的に調べるのが、おれのやり方だ。だれに聞けばいいかも、ついでに教えてやろう」

「ほんとに」

「ほんとうだ。そいつは、ハゲタカとコンビを組む相棒で、やつの居場所を気にかける、ただ一人のデカだ。いいか」

ボニータは、急いでサイドテーブルから、メモ用紙を取った。

「いいわ」

「電話する相手は、生活安全特捜班のミコシバ、というデカだ」

どんな字か分からず、片仮名で書き取る。ついで、橋本のいう電話番号も、メモした。

「確認できたら、ボスとお金の話をして、こちらからかけ直すわ」

ボニータはそう言って、電話を切った。

ベッドに寝転び、考えを巡らす。橋本は、得体の知れない男だ。橋本三郎という名前も、どうせ偽名に違いない。

ハゲタカには、少なくとも二つ、恨みがある。

一つは敷島組の幹部、田久保実をたらし込もうと、渋谷に乗り込んだとき、ハゲタカに横から邪魔をされて、肋骨が折れるほど叩きのめされたこと。

もう一つは、愛人だったホルヘ飛鳥野を、ハゲタカに殺されたこと。マスダには、それを公にできない事情があって、遺体は最後の別れも許されぬまま、ひそかに処分されてしまった。

ほんとうは、自分の両の手でハゲタカを殺したかったが、手ごわすぎると分かっている。

そのため、石崎からハゲタカを始末する殺し屋に、金を届ける役をやれと言われたときは、大喜びで引き受けた。

橋本のような男を、石崎がどこで見つけて来たのか、ボニータは知らない。とにかく橋本は、裏の世界では名の知れた殺し屋、ヒットマンだという。

数日前の夕方、ひそかに渋谷に潜入したボニータは、〈フェニクス・ホール〉でパチスロに興じる、ハゲタカを発見した。すぐに、携帯電話で橋本を呼び出し、ハゲタカの人相風体を自分の目で、確かめさせた。

そして、その日の内に仕止めてくれれば、礼金のほかにボーナスも出すし、自分の体を提供してもよい、と申し出た。それもこれも、できるだけ早くハゲタカの死を、見たかったからだ。

しかし、その日を含めて今日まで、橋本からの連絡は途絶えていた。

ハゲタカが死んだ、という新聞報道もなければ、それをにおわせる噂も流れなかった。手付けの三百万円を、持ち逃げされたのではないか、と疑ったほどだった。

それが今しがた、やっと朗報が届いたのだ。とはいえ、ハゲタカの死を確認できるまで、喜ぶわけにはいかない。

番号非通知に切り替えれば、携帯電話で警察にかけても身元はばれない、と思う。しかし、万が一のことを考えると、避けた方がよさそうだ。

ボニータは、ジーンズにセーターを着て、部屋を出た。飛鳥野が残してくれた、JR新大久保駅のすぐ近くにある、ワンルーム・マンションだ。

大久保通りを東へ十分ほど歩き、最近激減した公衆電話のボックスを、ようやく見つけた。

メモを見ながら、ボタンを押す。

コール音が三度鳴り、きびきびした男の声が、電話に出た。

「はい、特捜班」

どうやら、直通電話らしい。

「すみません。禿富さんは、いらっしゃいますか」

「ええと、禿富ですか」

声に緊張が加わるのが、息遣いで分かる。

「はい。親戚の者ですけど」

出まかせを言うと、相手は咳払いをした。

「禿富は、ええと、禿富さんは、ちょっと休んでおられますが」

煮え切らない返事だ。

「それじゃ、一緒に仕事をしてらっしゃる、ミコシバさんはおられますか」

「はい、ええと、ミコシバなら、在席しています。ちょっと、お待ちください」

送話口をふさぐ気配とともに、何か話す声がかすかに聞こえる。

ボニータは、逆探知されるのではないかと、一瞬不安になった。

別の男が出てくる。

「はい、ミコシバです。ご親戚のかたですか」

少し年長の、落ち着いた声だ。

「はい。禿富さんの」

そう言いかけて、ボニータは親戚の人間を、さんづけで呼ぶのはおかしい、と気がついた。

「禿富のいとこで、佐々木といいます。禿富のマンションへ電話したんですが、だれも出ないものですから、署へかけさせてもらいました。ミコシバさんのお名前は、禿富から聞いていたので」

思いつくまま、しゃべりまくる。

ミコシバは、急に声をひそめた。

「それが、わたしも禿富さんと連絡が取れずに、困ってるんですよ」

受話器を握る手に、つい力がこもる。

「あの、それって、どういうことでしょうか」

「この二日ほど、自宅の電話にも携帯電話にも、応答がないんです。ご親戚のかたなら、ほかに連絡先をご存じありませんか」

「つまり禿富さんは、ええと、禿富は無断欠勤をしている、ということですか」

「休暇届けは、わたしの方で出しておきましたから、無断ということにはなってませんがね」

「それで、碑文谷のマンションの方には、行ってごらんになって、みられたんですか」

そう言ってから、自分でも敬語の使い方がおかしかった、と思う。日系三世にもかかわらず、日本語の会話には自信を持っているが、緊張するとたまに乱れるのだ。

ミコシバは言った。

「いや、まだです。このところ、忙しくてね。今夜にでも、様子を見に行こうか、とは思ってるんですが。あなたは、行かれましたか」

「わたしも、まだ行ってません」

「でしたら、ご一緒しませんか。親戚のかたなら、管理人も合鍵を貸してくれるでしょうし」

「ええと、今夜は都合が悪いので、またお電話します」

ボニータは受話器をもどし、急いでボックスを出た。

通りを渡り、駅の方へ引き返す。腋の下に、汗をかいていた。どうやら、橋本の言うことに嘘はなく、ハゲタカは死んだようだ。

すぐに、マスダの本部へ行こう。

14

ボニータは、マスダの本部に電話をかけ、ボスのホセ石崎につないでもらった。

ハゲタカの件で話がある、と言うと石崎はすぐに来い、と応じた。

マスダの本部は、東京メトロの新宿御苑前駅に近い、ボゴタビルという建物の中にある。自前の小さなビルで、周囲の建物に溶け込んだ、目立たぬ作りになっている。あくまでも、カムフラージュのためだった。

表向きは〈ボゴタ・エンタプライズ〉の看板を掲げ、コロンビアを中心に中南米諸国から、コーヒー、ココア、バナナなどの嗜好品や果物、それにマカ、ウニャ・デ・ガトといった健康食品を輸入、販売している。むろん、本業はコカイン、大麻、拳銃など禁制品の密輸で、それを武器に日本の暗黒街に進出し、くさびを打ち込もうというのが、当面の狙いだ。

マスダの日本支部長は、パドリーノ（親分）と呼ばれるリカルド宮井という男だが、ボニータはまだ顔も見たことがない。現場の実質上の指揮は、ホセ石崎に任されている。

新大久保から、新宿御苑前まではタクシーで、十分足らずの距離だ。

ボニータは、こぢんまりしたボゴタビルにはいり、五階の石崎の執務室に上がった。石崎と、その義弟に当たる寺川勇吉が、コーヒーを飲んでいた。

石崎は、コロンビア移民の日本人とインディオの血を引く、日系三世だという。軽く縮れた黒い髪を、いつもポマードでかっちりと固め、日干しレンガのような色をした、ごつい顔の男だ。鼻と口の大きさに比べて、目が妙に小さく引っ込んでいるので、ボニータはいつもそのアンバランスな造作に、落ち着かない気分になる。

一方の寺川は、コロンビアに残った石崎の妻、テル子の弟だった。短く刈り上げた髪に、髭の剃りあとをいつも青あおとさせた、ずんぐりむっくりの男だ。テル子にだけは、なぜか頭が上がらぬ石崎の弱みにつけ込んで、寺川はさしたる取り柄もないくせに、いばりたがる癖がある。

もう一人の幹部で、ボニータの愛人だったホルへ飛鳥野が死んだ今、寺川が石崎に次ぐナンバーツーになった。ボニータは、死んだのが飛鳥野ではなく、この寺川だったらよかったのにと、いつもそう思う。

石崎が、むだなおしゃべりを好まないので、ボニータはさっそく本題にはいった。

橋本三郎が電話をよこし、ハゲタカをマンションの自室で始末した、と連絡してきたこと。証拠として、ハゲタカの左腕の肘から下を切り落とし、持ち出したと言ったこと。

さらに、ハゲタカが刑事であることがばれ、総額二千万円の報酬を要求されたこと。払わなければ、マスダの幹部全員の息の根を止める、と脅されたこと。

そうしたいきさつを、細大漏らさず報告した。

ボニータの話を聞き終わると、石崎は痘瘡《とうそう》痕が残る顔に、疑わしげな色を浮かべた。

「電話だけじゃ、橋本がほんとにハゲタカを始末したかどうか、分からねえな。デカが殺されりゃあ、大きなニュースになるはずだ。テレビでもやらねえし、新聞にも出ねえじゃねえか」

「まだ、死体が発見されていないからだ、と思うわ。ハゲタカは、署内でも評判の鼻つまみ者だし、しばらく姿を見せなくても、だれも心配する人がいないのよ、きっと」

「どうして分かる」

「実は、橋本が教えてくれた、神宮署の直通電話の番号に、問い合わせてみたの。ハゲタカは、確かにこの二日ほど所在が知れない、ということだったわ。同僚も、ようやく心配し始めたところ、という感じね」

　寺川が、そばから口を出す。

「その、橋本が教えてくれた番号ってところが、おかしいじゃねえか。かけた先が、ほんとに神宮署かどうか、分かりゃしねえだろう。やつの仲間が、刑事のふりをして応対した、とも考えられるぜ」

「信用できないなら、もう一度自分でかけてみたら。ケータイを、非通知にしてかければ、番号をたどられずにすむわ」

　石崎は、もっともだというようにうなずき、寺川に顎をしゃくった。

「かけてみろ」

　ボニータは、番号を書き留めたメモを、寺川に渡した。

　寺川は携帯電話を取り出し、緊張した顔で番号を押した。受話口を耳に当て、少しの間黙っていたが、急にしゃべり出す。

「ええと、社会保険事務所ですか。ああ、すみません。間違えました」

　そのまま通話を切り、石崎を見て言った。

「どうやら、番号は本物らしい。生活安全特捜班、と言って男が出てきました」

　ボニータはうなずいた。

「橋本も、そんなすぐばれるような嘘は、つかないと思うわ」

　寺川は、なおも食い下がった。

「もしかしたら、電話してきたのは橋本じゃなくて、ハゲタカだったかもしれねえぞ。やつが、橋本を返り討ちにしなかった、とは言い切れねえだろう。それにやつなら、神宮署の電話番号を知っていても、不思議はねえからな」

石崎が指を立て、質問する。

「確かに、それもありうる。どうなんだ、ボニータ。電話の声は、確かに橋本だったのか。ハゲタカの作り声、という可能性はねえのか」

あらためて聞かれると、ボニータにも自信がなかった。

「橋本だった、と思うわ。少なくとも、しゃべり方は同じだったし」

「おまえは、前にハゲタカに痛めつけられたとき、やつと口をきいたんだろう。だとしたら、声に聞き覚えがあるはずだ」

石崎に問い詰められ、ボニータは肩をすくめた。

「逆にハゲタカだったら、あたしに声を聞き分けられると思って、かけてこないんじゃないかしら」

石崎は、口をつぐんだ。

寺川が、憮然とした表情で腕を組む。

「手っ取り早く、ハゲタカが実際に死んだかどうか、確かめる方法はねえものかな」

「ハゲタカのマンションへ行って、管理人に合鍵で部屋をあけてもらえば、はっきりするわよ」

ボニータが、橋本に言われたとおりのことを言うと、寺川はいやな顔をした。

「冗談言うな。何か、もっと簡単な方法はねえのか」

「それじゃ、切り取った腕をこの事務所へ、届けてもらえばいいわ」

「それだって、実際にハゲタカの腕だ、という保証はねえ。かりに、やつが橋本を返り討ちにしたなら、その腕を送りつけてくることも、十分に考えられるぜ」

あくまでも、疑り深い性格だ。

「声を作ることはできても、顔かたちは変えられないわ。いくらハゲタカだって、橋本に変装して金を受け取ることは、できないはずよ。こっちが、用心さえしていれば」

石崎は、ボニータを見た。

「そのとおりだ。とりあえず、相手は本物の橋本だという前提で、話を進めよう。千七百万用意するから、やつと連絡をとれ。ハゲタカの腕と引き換えに、その金をくれてやるんだ」

寺川が、不満そうに言う。

「ほんとに千七百万、くれてやるんですか」

「橋本が、実際にハゲタカを始末したのなら、それだけの価値はある。へたに出し惜しみして、こっちの命を狙われたんじゃ、かなわねえ」

寺川は、首を捻《ひね》った。

「マンションで、だれかがハゲタカの死体を発見するまで、待った方がいいんじゃねえかな。仕事の結果が、はっきりしないうちに金を払うのは、どうも気が進まねえ」

それを聞いて、石崎が突き放すように言う。

「だったら、おまえがハゲタカのマンションへ行って、確かめて来い」

寺川は、あきらめなかった。

「おれが行かなくても、警察に匿名で事件を通報して、死体を発見させる手もありますぜ」

ボニータは、口を開いた。

「橋本は今日中に金を払え、と言ってるのよ。のんびりしてる暇はないわ。日が暮れるまでに、上目黒のホテルに届けないと」

「何もそこまで、やつの言うとおりにすることはねえだろう」

そう言う寺川を、石崎は手を上げて制し、ボニータを見た。

「もういい。話は決まった。とにかく、橋本に連絡しろ。腕と引き換えに、金を渡すと言ってやれ」

寺川が、また口を出す。

「いっそ、やつをどこかへおびき出して、始末したらどうですか。後腐れもないし、一石二鳥でしょうが」

「ばかやろう。けちな考えを、起こすんじゃねえ。一匹狼を、甘く見るな。向こうは、なまじしがらみがねえだけに、何をしでかすか分からん男だ。あっちが妙なまねをしねえかぎり、こっちも筋を通すのが仁義ってもんだろう」

　ボニータは、石崎が仁義という言葉を口にしたことに、ちょっと驚いた。マスダに、もともと仁義という概念は、なかったからだ。

　寺川も、さすがにそれ以上は何も言わず、ボニータに目を向けた。

「電話するなら、ここでしろ」

　石崎もうなずく。

　ボニータは携帯電話を取り出し、橋本の番号にコールバックした。

　いきなり出てくる。

「話はついたか」

　相変わらず、声が遠い。

「ええ。ハゲタカの腕と引き換えに、あと千七百万払うわ」

　低い笑い声がする。

「少しは、りこうになったな」

「そっちさえよければ、夕方五時にお金を持って、ホテルに行くけど」

　少しの間、沈黙が続いた。

「おれは、居場所を変えた」

「フラワー・ホテルに、なんの不満があるの。中目黒の駅から近いし、人目につかない場所にあるし、何も問題ないじゃないの」

・ボニータが言うと、またかすかな笑い声がした。
「あのホテルは、冷蔵庫がちゃちでね。やつの腕が、外までにおってくるのさ」

吐き気を覚える。

「どこに移ったの」

ボニータは、石崎と寺川の視線を意識しながら、聞いた。

「それは言えない」

「だったら、どこで受け渡しをするのよ」

「とりあえず、午後五時にJR恵比寿駅の東口改札口へ、金を持って来い。ガーデンプレイスの側だ。よけいなお供を、連れて来るなよ。あんたが一人だと確認できたら、その次の指示はケータイで出す」

「待って。ちょっと待ってよ」

ボニータは呼びかけたが、すでに通話は切れていた。

石崎が聞く。

「どうした。やつは、ホテルを引き払ったのか」

「そうらしいわ。五時に、JR恵比寿駅に金を持って来い、ですって。お供がいないと確認できたら、あとはケータイで指示するそうよ」

寺川が、口元を歪めて言う。

「用心深い野郎だ。ホテルなら動きがないだけ、都合がよかったのに」

「どこだろうと、かまやしねえよ。いいか、ボニータ。腕と引き換えでないかぎり、金を渡すんじゃねえぞ。やつに出し抜かれないように、おまえをこっそり見張らせる。何かあったら、すぐに応援に駆けつけるから、心配するな」

「だれをつけてくれるの」

「寺川に、川野辺と若いのを二人ほど、つけてやる」

川野辺明は、渋六興業との統合を嫌って、敷島組から寝返った男だ。

寺川が言う。

「橋本の言うことが嘘で、金をただ取りするつもりだと分かったら、遠慮なく片付けさせてもらいますぜ。いくら腕が立とうと、こっちは数で押していく」

石崎はうなずいた。

「そのときは、おまえに任せる」


午後五時五分前。

ボニータは、ＪＲ恵比寿駅東口の改札口で、足を止めた。

千七百万円の札束がはいった、ジュラルミンの小さなアタシェケースを、手に下げている。

ガーデンプレイスにつながる、動く歩道の方から引っ切りなしに、人がやって来る。

その人の波に、さりげなく目を配ってみたが、橋本は見つからなかった。どこかで、寺川や川野辺が監視しているはずだが、その姿も見えない。

ボニータは汗ばんだ手で、携帯電話を握り締めた。

五時ちょうどに、それが手の中で震える。ボニータは、急いで通話ボタンを押し、受話口を耳に当てた。

「回れ右をして、構内を西口の方へ歩け」

挨拶抜きで、橋本三郎が言う。

すぐ近くで、監視しているような口ぶりに、ボニータは緊張した。

「どこまで行くの」

「いいと言うまでだ。ケータイは、つなぎっぱなしにしておけ。耳に当てたまま、歩いて行くんだ。こっちは、あんたを監視している。妙な動きをしたら、命取りになるぞ」

「分かった」

反射的に答え、唇を噛む。

相手の声が、最初に会った橋本の声と同じかどうか、今では区別がつかなくなった。

ボニータは、携帯電話を耳に当てたまま、構内の広い通路を歩き出した。橋本に気づかれぬように、寺川と川野辺も自分の動きを、チェックしているはずだ。そう信じたい。

携帯電話が、橋本とつながっているかぎり、寺川たちとは連絡がとれない。橋本も、それを狙っているのだろう。はなから、ボニータが一人で来るとは、思っていないのだ。

橋本の声が、受話口に響く。

「すぐ右手に、コインロッカーがある。空いてるボックスを探して、持って来た金を入れろ」

ボニータは足を止め、壁際に並ぶコインロッカーの列を、確認した。

声をひそめて聞き返す。

「例の腕はどこ。引き換えじゃなければ、お金は渡せないわ」

「心配するな。そっちのキーと交換に、腕はちゃんと渡してやる」

「どこで」

橋本はそれに答えず、低い声で続けた。

「金をロッカーに入れたら、キーをポケットにしまって、そのまま西口の方へ進め」

ボニータは、電話を握り締めた。

「どこへ行くの」

少し間をおき、橋本は言った。

「駅を出たら教える」

15

「くそ」

寺川勇吉はののしり、携帯電話を叩きつけたくなるのを、かろうじてこらえた。

ボニータは、携帯電話を耳に当てたまま、通路に立ち尽くしている。駅構内の、どこかにひそんだ橋本三郎から、指示を受けつつあることは間違いない。

橋本も、ボニータが供を連れずに来る、と信じてはいないだろう。これからは、互いに腹の探り合いになる。

夕方の構内は人通りが多く、橋本がどのあたりに隠れているのか、見当もつかない。しかしそれは、向こうも同じはずだ。

寺川は売店の陰に身を隠し、新聞を読むふりをしながら、ボニータの後ろ姿を見つめた。

ボニータは、丈の短い革のジャンパーにジーンズをはき、肩から小さなポーチをかけた、動きやすい装いだった。右手に、現金で千七百万円が収まった、小型のジュラルミン製の、アタシェケースを持っている。

橋本から連絡を受けたら、ボニータはすぐに同じ携帯電話で、その指示を知らせてくる手筈だった。ところが、ボニータは携帯電話を耳に当てたまま、構内を移動し始めた。

へたに動けば、橋本にこちらの位置を、悟られてしまう。顔は知られていないが、勘のいい男ならそれと察しがつくはずだ。かといって、じっとしていればボニータを見失い、金を奪われる恐れがある。

橋本が、すなおに姿を現さないのは、やはりお供を警戒しているからか。それとも、ハゲタカを始末したと偽り、金をただ取りするつもりだからか。あるいは、危惧したとおり橋本は返り討ちにされ、ハゲタカが橋本になりすましているからか。

一度立ち止まったボニータが、ラッパのように開いたジーンズの裾をひるがえして、壁際のコインロッカーの方に、歩き出した。

寺川は、売店の陰から首を突き出し、その動きを見守った。

ボニータは、コインロッカーの前に立つと、顔を左右に動かした。

空きロッカーを見つけたらしく、左端の下から三番目の扉を開いて、アタシェケースを押し込む。扉を閉じ、スロットにコインを入れると、キーを引き抜いた。その間ボニータは、左手の携帯電話を耳に押し当てたまま、右手と左肘を使って一連の作業を、器用にやってのけた。

キーを、ジーンズの前ポケットに入れ、ロッカーから離れる。もとの場所にはもどらず、構内の通路を西口の方へ、歩き始めた。

その先の、駅ビル〈アトレ〉の方には、川野辺明が待機している。寺川は、川野辺の携帯電話を鳴らした。

「おれだ、寺川だ。ボニータは、コインロッカーに金を入れた。キーを持ったまま、そっちへ向かってる」

「ええ、こっちからも見えます」

「おれは、ロッカーを見張る。ボニータは、おまえに任せる。橋本に、キーを奪い取られないように、よく見張ってろよ」

「どこへ行く気ですかね」

「分からねえ。ボニータのケータイは、橋本の野郎がかけっぱなしで、連絡がとれねえ。駅を出て、タクシーに乗るかもしれん。西口には、車を待機させてあるだろうな」

「ええ。タクシーでも歩きでも、尾行はオーケーです」

「よし。橋本は、どこかで腕と引き換えに、キーを受け取るはずだ。ボニータから、目を離すんじゃねえぞ」

「分かりました」

「万が一ボニータを見失ったら、すぐにロッカーのとこへ、もどって来い。構内通路の、東口寄りの壁際だ。ここさえ押さえときゃ、金をただ取りされる心配はねえ」

「そちらは一人で、だいじょうぶですか」

「そうだな。若いのを一人、こっちへ回してくれ」

「それじゃ、滝口を回します。おっと、ボニータが近づいて来ました。切りますよ」

「頼む」

通話を切る。

川野辺は、なんとか幹部に気に入られようと、がんばっている。敷島組に見切りをつけ、マスダに乗り換えてきただけに、必死なのだろう。

寺川は売店の陰を出て、ぶらぶらとコインロッカーの方へ、歩いて行った。

キーがなければ、ロッカーの扉は開かないはずだから、金を持ち逃げされる心配はない。

しかし、用心するに越したことはない。橋本はすでに、マスターキーを入手しているかもしれない。あるいは、電動工具で一気に扉を切り破るという、荒っぽい手口を遣わないともかぎらない。

寺川は、コインロッカーを見通せる、太い柱の陰にはいった。

新聞を広げ、何かが起きるのを待つ。

＊

ボニータは、西口のエスカレーターをおり、駒沢通りにつながる駅前の道に出た。

どこから見ているのか、橋本三郎は間をおかず携帯電話に語りかけ、指示を出してくる。

「タクシーを拾え」

「どっち側の道から」

「出た側でいい」

「運転手に、どこと言えばいいの」

「乗ったら教える」

ボニータは、通りを見渡した。

三十メートルほど先の、ラーメン屋の前に見覚えのある黒い車が、停まっている。こういう場合に備えて、寺川が念のため待機させた、マスダの車だった。その中で、川野辺の手下の若い者が、何かのときにすぐ動けるように、待機している。ロッカーに入れた、金のことが少し心配だったが、近くに隠れた寺川が見たはずだから、当然その場に残るだろう。

ボニータは顔をもどし、走って来た空車に手を上げた。

車に乗り込み、橋本に言う。

「乗ったわ」

「運転手に、ヤリガサキから旧山手通りにはいって、玉川通りにぶつかったら左折するように、指示しろ」

通りの名は分かったが、ヤリガサキが分からない。ともかく、言われたとおりの道筋を、運転手に告げる。

運転手は知っているらしく、黙って車を発進させた。

橋本が言う。

「玉川通りにはいったら、今度は山手通りを左折するんだ」

それをまた、運転手に指示した。

道は混んでおり、のろのろ運転で走る。ようやく渋滞を抜け、車は広い通りを左に曲がった。

運転手が言う。

「すぐに山手通りですけど、左折してどこまで行くんですか」

「ちょっと待って」

ボニータは、携帯電話に話しかけた。

「山手通りにはいったら、どうするのよ」

「駒沢通りを、右折しろ。そこでおりて、フラワー・ホテルに来い」

ボニータは驚き、聞き返した。

「フラワー・ホテルですって。居場所を変えたんじゃないの」

「変えてない。前払いで、一週間分借りたから、もったいなくてね」

運転手が、また口を開く。

「どこですって」

ボニータは、あわてて応じた。

「すみません。このまま、駒沢通りまで行って、交差点を右折したところで、停めてください」

運転手が、不満そうに言う。

「それだったら、恵比寿駅から駒沢通りを、まっすぐ走ればよかった。一本道じゃないですか」

「ごめんなさい。いろいろと、事情があるの」

すっかり忘れていたが、フラワー・ホテルは山手通りに近い、駒沢通りの一本裏手の通りにある。最初に来たとき、地図で場所を確認した。東急東横線の、中目黒駅から徒歩三分ほどの距離で、恵比寿駅からもそう遠くはなかったはずだ。

ボニータは声をひそめ、携帯電話に問いかけた。

「今、どこにいるの。まさか、ホテルの部屋じゃないでしょうね」

橋本は、小さく笑った。

「ホテルに着いたら、一応フロントマンに断ってから、部屋に上がって来い。二〇五号室だ。覚えてるか」

「ええ」

まるで、部屋にいるような口ぶりだが、その可能性はないと思う。ホテルにいて、まるで現場にいるような的確な指示を、出せるはずがないからだ。

ボニータは、リヤウインドー越しに、背後をみた。

少し後ろに、マスダの車がついて来るのが見え、ほっとする。

橋本が、タクシーをわざと遠回りさせたのは、尾行をまくためだったのか。それとも、自分が先に帰り着くための、時間稼ぎだったのか。

どちらにせよ、マスダの連中とはぐれずにすんで、よかったと思う。

おそらく橋本は、ボニータに連れがあることに、気がついているだろう。しかしそれについては、何も言わなかった。いったい、どういうつもりなのか。

携帯電話に、話しかける。

「例のものは、冷蔵庫にしまってあるの」

「そうだ。におうという話は、昼間したな」

また、胸がむかつく。

「においがしようとしまいと、現物と引き換えじゃなければ、キーは渡さないわよ」

「持って行く度胸があるなら、好きにしていいさ」

そうこうするうちに、タクシーは側道に車線を変え、駒沢通りを右へ曲がった。

マスダの車が、あとについて来るのを確認して、タクシーを停める。

「お釣りはいらないわ」

ボニータは、運転手に千円札を二枚渡して、車をおりた。

横断歩道の方へもどりながら、少し後ろに停まったマスダの車を見ると、助手席の川野辺と目が合った。若い者と一緒に、あとを追って来たのだ。また少し、ほっとする。

車をおりた川野辺が、さりげなくついて来るのを確かめつつ、駒沢通りを渡った。

山手通り沿いに、中目黒駅の方へちょっと歩いて、銀行の手前を左に折れる。フラワー・ホテルは、その真裏の通りにあった。

ホテルにはいる。

カウンターにいた、黒いスーツ姿のフロントマンが顔を上げ、愛想笑いを見せた。

「いらっしゃいませ」

ボニータは、カウンターに近づいた。

「すみません。二〇五号室の橋本さんは、外出からもどられたかしら」

ためしにかまをかけると、フロントマンは背後のキーボックスに目も向けず、慇懃無礼な口調で応じた。

「橋本さまは、ずっとお部屋におられますが」

ボニータは、面食らった。

「ずっとですか」

「はい。つい先ほど、そちらの喫茶室でお茶を召し上がられて、五分ほど前にお部屋の方へ、おもどりになりました」

頭が混乱する。橋本は実際、恵比寿駅に来なかったのだろうか。

「あの、橋本さんは縁の太い眼鏡をかけた、中肉中背の人ですけど」

念のため確認すると、フロントマンは辛抱強い笑いを浮かべ、軽く頭を下げた。

「はい。そちらさまは先日、橋本さまをお訪ねになったお客さま、と承知しておりますが」

ちょっと驚く。

手付け金を持って来たとき、このフロントマンに顔を見られたらしいが、ボニータの方は覚えていない。いかにも、客商売らしい記憶力だ。

「ええ。ちょっとお部屋に、連絡してみてくださる。ヒサコ・ロペスですけど」

本名を告げた。

「かしこまりました」

フロントマンは電話を取り上げ、二〇五号室と二言三言話した。

その間にボニータは、川野辺がついて来たかどうか確かめようと、入り口の方を振り返った。

川野辺の姿は、見えなかった。どこか近くに、身をひそめているのだろう。あるいは外で、様子をうかがっているのかもしれない。

フロントマンが受話器を置き、エレベーターを示す。

「お待ちになっておられます。どうぞ、お上がりください」

川野辺に、部屋番号だけでも伝えたかったが、姿が見えないのではしかたがない。

フロントマンに言う。

「だれかに、あたしのことを聞かれたら、二〇五号室に上がった、と言ってもらえるかしら」

フロントマンの目を、とまどいの色がよぎる。

「あとからどなたか、お見えになるご予定でしょうか」

「ええ、もしかすると」

それ以上は何も言わず、エレベーターに向かう。

現金は、すでに手元を離れているので、一人で橋本の部屋に上がることに、不安はなかった。かりに、キーを奪われたとしても、ロッカーには寺川ががんばっている。おいそれと、持ち逃げされる心配はない。

二階に着く。

エレベーターホールの隅の、自動販売機の前に男が立ち、飲み物の品定めをしていた。きちんとスーツを着た、サラリーマン風の男だ。

ボニータはその背後を抜け、廊下にはいった。二〇五号室は、左手のとっつきの部屋だった。

チャイムを鳴らすと、まるでそれが合図のように、ホールで缶が取り口に転げ落ちる、やかましい音が響いた。

ボニータは、ドアの中央部に取りつけられた、ドアスコープを見た。内側から、こちらの様子をうかがう気配が、ひしひしと伝わってくる。

チェーンのはずれる音がして、ドアがゆっくりと開いた。

濃紺のブルゾンに、ハンチングをかぶった男が、そこに立っていた。

橋本三郎ではなかった。禿富鷹秋だった。

禿富が、にやりと笑う。

一瞬、頭の中が真っ白になったボニータは、あわててきびすを返そうとした。そのとたん、背後からどんと肩を突かれ、戸口の内側へつんのめる。

とっさに体を沈め、後ろ蹴りを入れようとしたが、狭すぎる通路にはばまれて、足が上がらなかった。

革ジャンの襟首をつかまれ、勢いよく床に引き倒される。

背後で、ドアが閉じた。

16

水間英人はドアを閉じ、チェーンをかけた。

禿富鷹秋が、床に引き据えたボニータの背中に、膝からのしかかる。

ボニータは悲鳴を上げ、串刺しにされた蛙のように、手足を突っ張らせた。

「じたばたすると、背骨をへし折るぞ」

禿富が、膝をぐいぐいこじりながら言うと、ボニータはすっかり戦意を失ったのか、甲高い声で叫んだ。

「やめて。お願い」

禿富は、ボニータの腕を後ろへねじり上げ、容赦なく手錠をかけた。右手一本で、ボニータの革ジャンの襟首をつかみ、奥の広い居室へ引きずって行く。ジャガイモ袋でも扱うように、セミダブルのベッドの上に、突き転がした。

禿富は、水間を見て言った。

「女だと思って、甘く見ない方がいい。カンフーか何か知らんが、よく手足の働く女だからな。並の男が挑んでも、金的を蹴りつぶされるのがおちだ」

ボニータに目をもどし、警告するように続ける。

「もっとも、今日はそんなまねはしないだろう。おれの機嫌をそこねたら、ひどい目にあうと分かっているからな」

手錠をかけられたまま、ベッドに転がったボニータの顔は、不安にこわばっていた。ついさっき、ボニータは戸口に倒れ込みながら、とっさに後ろ蹴りを繰り出そうとした。しかし今は、その気力も失せたらしい。よほど禿富に、痛い目をみせられたのだろう。

禿富は、一つしかない椅子にふんぞり返り、ベッドの上に靴をはいたまま、足を投げ出した。

水間は壁にもたれ、二人の様子を見守った。

二時間ほど前、水間は急に携帯電話で呼び出され、山手通りに面した松濤二丁目の路上で、待っていた禿富を車に乗せた。それから、フラワー・ホテルにやって来たのだ。

禿富によれば、橋本三郎と名乗ったヒットマンは、このホテルに滞在していたらしい。橋本になりすまして、ボニータと電話でやり取りするうちに、分かったのだという。

ホテルに着くと、禿富は水間を車の中に待たせ、フロントへ交渉に行った。十五分ほどして、満足そうな様子で車にもどり、話がついたと言った。口ぶりから、フロントマンに警察手帳をちらつかせて、協力させる段取りをつけたようだった。

水間は、車をホテルの駐車場に入れ、そこで待機した。その間に、禿富はボニータと接触するため、JR恵比寿駅へ行った。

十分ほど前、一足先にもどって来た禿富は、水間を二階のエレベーターホールの、自動販売機の前に待機させた。ボニータが上がって来たら、背後から退路をふさぐように指示して、自分は橋本三郎が借りていたという、二〇五号室にこもった。

例によって、禿富は水間に詳しい話をしないので、行き当たりばったりで対応するしか、手立てがなかった。手を貸す以上、筋書きを全部明かしてほしかったが、禿富は必要最低限のこと以外、何も言わないのだ。

禿富が、ボニータに話しかける。

「ばかな女だな、おまえも。じかに会って、殺しを依頼した相手の声さえ、聞き分けられんとはな。それとも、声より着信の画面表示を信用する、携帯電話の落とし穴か」

ボニータは悔しそうに、唇を引き結んだ。

よく考えると、ボニータがだまされたのはともかく、ホセ石崎までがそれに乗せられたのが、水間にはいぶかしかった。もしかすると、乗せられたふりをしているだけなのではないか、という気もする。

禿富によれば、金はボニータに携帯電話で指示して、恵比寿駅東口の改札口に近いコインロッカーの一つに、保管させたという。ジュラルミンの、アタシェケースに入れてあるそうだが、そこに実際に札束がはいっているかどうか、疑わしいものがある。金のかわりに、切りそろえた新聞紙が出てきても、不思議はない。石崎ならば、それくらいやりかねないだろう。

禿富は、黒い革手袋をはめた左手を、ボニータに見せた。

「あいにく、この腕はまだついたままだ。ほしけりゃ、自分で取れ」

ボニータは、何も言わない。

禿富は、水間に目を移した。

「ボニータは、金と引き換えにこの腕をよこせ、とぬかしたのさ。おれ自身が、これを切り取ったと言ったのを、真に受けてな」

水間はあきれた。この男は、まるで遊び半分のように、マスダを翻弄している。

禿富はボニータに目をもどし、口調を変えて聞いた。

「キーはどこだ」

ボニータは、少しの間黙っていたが、吐き出すように応じた。

「右のポケットよ。知ってるんでしょ、見てたんだから」

禿富はそれに答えず、じっとボニータを見つめた。

いきなり、自分の靴でボニータの足の先を、蹴りつけるまねをする。ボニータは、びくりとして膝を折り曲げ、体の下に畳み込んだ。

それを見て、禿富はさもおかしそうに笑った。猫が、つかまえた鼠をなぶるような、意地の悪い仕打ちだった。水間は少し、胸がむかついた。

禿富が、顎をしゃくる。

「ジーンズを脱がせろ」

水間は、思わず顔を見た。

「別に脱がせなくても、キーを取りゃいいじゃないですか」

「逃げ出せないように、下半身をひんむいてやるのさ。早くやれ」

水間は、しかたなく壁から背を起こして、ベッドにかがみ込んだ。

ボニータは、わずかに抵抗する構えをみせたが、結局むだだと悟ったのか、体の力を抜いた。

折り畳まれた脚を引き出して、スニーカーを脱がせる。ジーンズのジッパーを下げ、裾をつかんで力任せに引いた。張り出した腰のせいで、容易に引き下ろせない。苦戦していると、ボニータは自分で尻を浮かせて、脱がせやすいように協力した。

水間はジーンズを引き抜き、生温かいポケットを探った。キーを取り出し、禿富に手渡す。

すべすべした、小麦色の形のいい長い脚が、いやでも目にはいる。ことに、豊かな太ももの肉づきと腰の張りは、生まれつきの日本人にないものだった。

ボニータは、ほんの申し訳程度に局部を隠す、花柄の小さなパンティをつけていた。はみ出したヘアが見え、水間は目のやり場に困った。

ボニータが、二人を挑発するように膝を割り、脚を放恣《ほうし》に広げる。

禿富はしかし、特に心を動かされる様子もなく、冷たい目でボニータを見た。

「二つ三つ、聞きたいことがある。正直に答えないと、また痛い目を見るぞ。今度は、手加減せずにやるからな。へたをすると、まともに歩けなくなる。それがいやなら、すなおに答えろ」

ボニータの喉が、それ自体別の生き物のように、動くのが分かる。

「あたしはただ、ボスに頼まれただけよ」

禿富は、鼻で笑った。

「おう、そうか。おまえは、男をたぶらかすのと、日本語が達者なだけの、ただの使い走りか。マスダも、人材が不足しているようだな。それでよく、新宿から渋谷へ進出しようなどと、考えるものだ」

ボニータは、そろそろと脚を閉じて、膝を折り畳んだ。自分の下半身に、禿富がなんの関心も示さないことに、プライドを傷つけられたようだった。

逆に、水間は少し落ち着きを取りもどし、壁にもたれ直した。

こういうときでも、ボニータの脚はつい見とれたくなるほど、そそられるものがある。その眺めに、禿富がまるで無関心でいられるのが、信じられなかった。

禿富が言う。

「どうだ、水間。この女を、味見してみないか。見てくれだけでは、女は分からんぞ」

肚の中を、見すかされたような気がして、水間は冷や汗をかいた。

「遠慮しておきますよ。それほど、不自由はしてないんでね」

「痩せがまんはよせ。よだれが出そうな顔をしてるじゃないか」

苦笑する。

「からかうのは、やめてください。それより、さっさと用事をすませましょう」

秃富は、急にまじめな顔になり、ボニータを見た。

「おまえのボスは、あの橋本というヒットマンを、どこから調達してきたんだ」

「知らないわ」

そう答えたあと、ボニータはあわてて付け加えた。

「ほんとよ。ほんとに、知らないのよ。知ってたら、真っ先に言うわ」

水間の目には、ボニータが嘘を言っているようには、見えなかった。

秃富も、それ以上は追及しようとせず、話を進めた。

「おまえと一緒に、恵比寿駅にやって来たお供は、だれとだれだ」

ボニータは、瞳をちらりと揺らしたが、すぐに答えた。

「寺川と川野辺。それに、若いのが三人かそこら」

秃富が、小さく笑う。

「そう、それでいい。今日は、妙に神妙じゃないか、ボニータ」

「駅で見てたくせに、いちいち聞かないでよ」

ボニータが食ってかかると、秃富は軽く肩をすくめた。

「おまえに、嘘を言わせたいのさ。嘘を言えば、お仕置きをしてやれるからな」

「嘘なんか、言わないわ。寺川は、お金を入れたコインロッカーを見張ってるし、川野辺はあたしのあとを追って来て、きっとホテルの外で待機してるわ」

それを聞いて、水間は少し緊張した。あの川野辺が、実際に近くで見張っているとすれば、あまりのんびりもしていられない。

そのとき、どこかで携帯電話の呼び出し音が、鳴り出した。ボニータの目の動きで、肩から斜めがけしたポーチの中だ、と分かる。

禿富が、気軽な口調で言う。

「寺川か川野辺が、しびれを切らしたようだぞ」

ボニータは、気を取り直したように、目を光らせた。

「ここでじっとしていても、お金は手にはいらないわよ。あたしと引き換えに、お金を無事にロッカーから回収できるように、寺川と交渉したらどう」

禿富は、顎を天井までのけぞらせて、さもおかしそうに笑った。

「能天気な女だな、おまえも。自分に、人質としての価値がある、と思うのか」

「あるわよ。あんたに殺された、ホルへ飛鳥野はあたしのいい人だったし、寺川の兄貴分でもあったのよ」

あたしのいい人、などという古臭い言い回しに、水間はおかしくなった。

禿富が、残念そうに首を振る。

「それじゃ、よけいだめだ。寺川はおまえを見捨てて、金の方を取るに決まってるよ」

それを聞くと、何か思い当たるものがあったのか、ボニータは唇をぎゅっと嚙み締め、壁の方を向いてしまった。

携帯電話の呼び出し音は、しばらく鳴り続けたあと、止まった。

禿富は、水間を見た。

「そこのクローゼットを、あけてみろ。上段の棚に、擦り傷だらけの革のアタシェケースが、載っているはずだ」

水間はクローゼットをあけ、そのアタシェケースを見つけた。

禿富が続ける。

「そいつがベッドの下に、後生大事に隠してあった。橋本のアタシェだ。キーがロックされているが、中身はおそらくボニータから受け取った、手付け金の三百万だろう。あとは、恵比寿駅のコインロッカーにある、残りの千七百万を手に入れるだけだ。おまえが行って、回収して来い」

水間は、とまどった。

「おれが、ですか」

「そうだ。ロッカーは、東口の改札口に近い通路の、壁際にある。左端の、下から三番目だ」

そう言って、さっき受け取ったキーを、投げ返してくる。

受け取ったものの、水間はちょっとためらった。

「しかし、そこにはマスダのやつらが、張り込んでるんでしょう。すんなりとは、回収できませんよ」

「おまえの才覚で、なんとかしろ」

「そう言われても」

向こうに何人いるか知らないが、こっちはたった一人だ。

「川野辺に気づかれるから、車は置いて行くんだ。見つからんように、裏口から出てタクシーを拾え」

水間が行くもの、と頭から決めつけている。

「だんなは、どうするんですか」

しかたなく水間が聞くと、禿富は薄笑いを浮かべた。

「やぼなことを聞くな。この女に、お仕置きをしてやるさ。二度と、使い走りなどできないように、体に言い聞かせるんだ」

ボニータが、ぎくりとしたように首を起こし、水間を見る。

「お願い。二人だけにしないで」

追い詰められた目だった。

水間はボニータを無視して、禿富に声をかけた。

「ただし、ここで息の根を止めるのだけは、やめた方がいいですよ。フロントマンも、そこまでは目をつぶらんでしょう」

別に、それを意図したわけではないが、ボニータはその言葉に怖じけづいたように、頬を引きつらせた。

「やめて、お願い。行くのはやめて。かわりに川野辺に、お金を取りに行かせてよ。あたしと引き換えに、お金を渡すように言うから。ケータイで、川野辺を呼んで。お願い」

必死に哀願する。

禿富と二人きりになるのが、よほど恐ろしいらしい。水間は少し、哀れを催した。

禿富は、人差し指をぐいと突きつけ、無言でボニータを黙らせた。

水間を見る。

「おまえが、無事に金を回収できるように、天も味方してくれるさ。なにしろ相手は、善良な警察官を殺そうとした、極悪人の黒幕だからな」

ぬけぬけと言う禿富に、水間は情けない笑いを浮かべるしか、挨拶のしようがなかった。

こうなったら、一か八かやってみるまでだ。マスダの連中も、駅頭の人込みの中でむちゃなまねは、できないだろう。

「それじゃ、行ってきます」

17

水間英人は、二〇五号室を出た。

階段をおり、レストランの厨房の脇にある、従業員用の小さな通用口から、ホテルの裏へ抜ける。すっかり、暗くなっていた。

ボニータは、川野辺明が近くで見張っている、と言った。

しかし、裏通りに人影は見えず、待機する車もない。見張っているとしても、せいぜい玄関と駐車場の出口の、二か所くらいだろう。

裏通りを伝って、駒沢通りの少し離れた場所へ回り、タクシーを拾った。

マスダの寺川勇吉については、名前を聞いたことがあるだけで、顔も素性も知らない。いずれにせよ、南米から渡って来た日系人、とみて間違いあるまい。

寺川は今ごろ、消えたままもどって来ないボニータに、いらだちを募らせていることだろう。

もっとも、コインロッカーに実際に千七百万円が放置されたとすれば、その場を離れるわけにはいくまい。ホテルを見張る川野辺と、携帯電話で連絡を取り合いながら、どう対応したらいいかと、頭を悩ましているに違いない。

恵比寿駅の西口に着くと、水間はエスカレーターを使って、構内のショッピングモールに上がった。寺川が、どこで見張っているか分からないが、向こうもこちらを知らないはずだから、条件は同じだ。

ただし寺川の手下の中に、元敷島組の組員がまじっていたら、話はめんどうになる。連中は、水間の顔を見知っているから、コインロッカーのそばに寄るだけで、気づかれてしまう。寺川はすぐに事情を察し、邪魔を入れてくるだろう。

野田憲次や坂崎悟郎に、助っ人を頼もうかという考えも、ちらりと頭に浮かんだ。しかし、そんな余裕はない。ここは、自分一人で切り抜けるしかない、と肚を決めた。

コインロッカーで、寺川たちと小競り合いが始まり、騒ぎが大きくなるのはいっこうにかまわない。たとえ、向こうが刃物や拳銃を取り出したとしても、大声を上げて周囲の注意を引き、混乱に紛れて逃げればいい。構内には警備員もいるし、警察に急を知らせる態勢も整っているはずだ。それを承知で、立ち回りを演じるだけの覚悟が、寺川にあるかどうか。

あれこれ考えながら、いろいろな店が連なるにぎやかなモールを、東口へぶらぶらと歩く。

ふと思いつき、途中の売店にぶらりと立ち寄って、紙の手提げ袋と週刊誌を三冊、新聞を一部買った。ついでに、ポリ袋と輪ゴムを何本か、分けてもらう。

売店の陰で、丸めた週刊誌一冊を新聞で包み、細長い形に整えた。それをポリ袋でくるんで、三か所を輪ゴムで留める。

水間は、残りの週刊誌とポリ袋を手提げ袋に入れ、あらためて東口へ向かった。やがて左側の壁沿いに、ずらりと並ぶコインロッカーの列が、視野にはいってくる。

足を止め、左手に握り締めたキーの、番号を確かめた。３０１。

さりげなく、あたりを見回す。右手の、トイレの表示が出た通路の隣に、ガラス張りのコーヒーショップがある。

その、通路に面した長いカウンター席で、たばこの煙を野放図に吐き散らす、二人連れの若い男が目に留まった。いずれも、こめかみに剃りを入れ、幅の広い白襟のシャツの上に、黒のダブルをだらしなく着込んだ、チンピラ風の男たちだ。

水間は、二人を知っていた。

確か太った方が矢島、痩せた方が胡桃沢、という名前だった。二人はときどき渋谷で、学生やサラリーマンを脅しては金を巻き上げる、文字どおりのチンピラにすぎない。

水間は二度ほど、カツアゲの最中に現場を通りかかり、二人をさんざんに叩きのめした覚えがある。二度目のときは、今後渋谷で堅気に手を出したら、指を詰めてやると脅かした。それ以来今日まで、二人が悪さをしたという報告はないから、おとなしくしていたのだろう。

いい考えが浮かび、水間はコーヒーショップにはいった。念のため、マスダの者らしい姿を目で探したが、該当しそうな男はいない。

コーヒーをトレイに載せ、二人の隣に運んで行った。

いきなり、声をかける。

「久しぶりだな」

二人は、うさん臭そうに顔を振り向けたが、相手が水間だと分かるとあわてふためき、椅子をおりた。

「これはどうも、すっかりごぶさたして、すみません」

如才のない胡桃沢が、最敬礼しながら言う。暴れるほかに、たいして取り柄のなさそうな矢島も、ぺこぺこ頭を下げる。

　ほかの客が、驚いたように目を向けてきたので、水間は二人に軽く顎をしゃくって、椅子にもどらせた。

「ここんとこ、おとなしくしているようじゃないか」

　水間の言葉に、胡桃沢は媚《こ》びるような上目遣いで、見返してきた。

「あたりまえですよ、兄貴。渋谷じゃ、もう悪さはしてないんで」

「兄貴はやめろ。おまえたちは、渋六の者じゃないんだからな」

「兄貴さえ、というか、水間さんさえオーケーなら、渋六の盃をもらいたいな、と思ってるんですが」

　矢島も、同じ考えだといわぬばかりに、大きくうなずく。

　水間は、コーヒーを飲んだ。

「おれのところは、盃などという古いしきたりは、もうやめちまった。常識と作文と面接で、入社試験をやるんだ。むずかしいから、おまえたちにゃ無理だろう」

　胡桃沢も矢島も、頭を掻いて愛想笑いをした。

　水間は、ポケットから一万円札を三枚抜き、二人の前に置いた。

「神妙にしていれば、たまに小遣いくらいはやる。これで、飯でも食え」

　胡桃沢は、矢島と一度顔を見合わせてから、札を押しいただいた。

「すみません、頂戴します」

水間はうなずき、少しどすをきかせた口調で、用件を切り出した。

「そのかわり、ちょっと頼まれてほしいことがある。いいだろうな」

胡桃沢が、胸を張る。

「なんでも、言いつけてください」

「よし。ここから二、三十メートル先の、東口寄りの左の壁際に、コインロッカーがある。知ってるか」

「知ってます。自分もときどき、利用しますから」

手提げ袋から、輪ゴムで留めたポリ袋をのぞかせ、ロッカーのキーを示す。

「このキーで、301番のロッカーから、ジュラルミンのアタシェケースを、回収してきてくれないか。左端の、下から三番目のロッカーだ。かわりに、このポリ袋を中に突っ込んで、もう一度ロックし直す。分かったか」

胡桃沢はうなずき、緊張した顔で聞き返した。

「だれかが、張ってるんですか」

「まあな。新宿の、マスダのやつらだ」

水間の返事に、矢島が丸い頰をほころばせる。

「おもしろいじゃないですか。マスダのやつらを出し抜くなら、おれたちもやり甲斐がありますよ」

胡桃沢も、目を輝かせた。

「こいつの言うとおりだ。近ごろ、あいつらはあちこちのシマで、でかい面してますからね」

水間は指を立て、はやる二人をなだめた。

「そんなに、入れ込む必要はない。連中は、ロッカーの番号をつかんでないし、中身が何かも知らない。おれが現れるのを、今や遅しと待ち構えてるのさ。おれは面が割れてるから、ロッカーに近づくだけでばれちまうが、おまえたちならだいじょうぶだ」

胡桃沢が、また胸を張る。

「分かりました。回収したら、どうしますか」

「このコーヒーショップの隣に、トイレがある。おれは、そこでおまえたちを待って、アタシェケースを受け取る」

水間は、手提げ袋からポリ袋を取り出し、キーと一緒に胡桃沢に渡した。

胡桃沢はそれを受け取り、水間にささやきかけた。

「こいつは、ヤクですか」

笑ってみせる。

「ただのうどん粉だ。持ち逃げしても、金にはならんぞ」

信じたかどうか分からないが、胡桃沢は納得した顔でうなずいた。

「それじゃ、行ってきます」

二人が、コーヒーショップを出て行く。

それを見送った水間は、少し遅れて席を立った。店を出て、隣のトイレに向かう。

通路の端で足を止め、胡桃沢と矢島の後ろ姿に、目を向けた。二人は肩を揺すり、空気を蹴飛ばすような足取りで、コインロッカーに近づいて行く。

胡桃沢が、目当てのロッカーの前で、立ち止まった。ポリ袋を小脇に挟み、扉にキーをあてがう。その間矢島は、全身に殺気と警戒心をみなぎらせ、周囲に目を光らせていた。

胡桃沢は扉をあけ、アタシェケースを引き出すと、かわりに例のポリ袋を、中に突っ込んだ。小銭を入れて、また扉をロックする。

そこまで見届けて、水間はトイレにはいった。

三つある小便器は、たまたま使用中だったが、一つしかない個室は空いていた。

中にはいり、ドアを閉じる。

寺川が、どこかで見張っているとすれば、胡桃沢と矢島の二人を橋本の代理人、と判断するだろう。さらに、寺川の目にあの二人の一連の動きが、ロッカーからマスダの金を回収し、かわりに禿富鷹秋の腕を入れに来た、と映れば上々の出来だ。

しかし、寺川にものを考えるだけの頭があるなら、なぜ代理人はロッカーの金と引き換えに、腕を入れたのかと疑うだろう。橋本の立場からみれば、代理人がもどって千七百万円を確認したあと、腕を引き渡すのが安全なやり方だからだ。

それより何より、橋本との間に話がついたなら、ボニータは真っ先に携帯電話で、寺川に報告するはずではないか。にもかかわらず、ボニータはなんの連絡もよこさず、コールにも応答しないのだ。寺川でなくとも、変だと思わない方がおかしい。

おそらく今、寺川の頭は混乱しているに違いない。しかし、とりあえずは二人のあとを尾行して、橋本とボニータが待つ場所へ案内してもらおう、と考えるだろう。その隙をつくのが、水間の狙いだった。

水間は、便座の蓋に手提げ袋を置き、じりじりしながら待った。

人の出て行く音が続き、トイレがわずかの間ながら、無人状態になった気配がする。

やがて、床に軽い足音が響いて、胡桃沢らしき男の咳払いが、タイルにこだました。

水間はドアを開き、胡桃沢に合図した。

胡桃沢がそばに来て、アタシェケースを差し出す。水間はそれを受け取り、胡桃沢に聞いた。

「矢島はどうした」

「入り口を固めてます」

まずい。かえって、人目を引くことになる。

「ちょっと待ってくれ」

水間は胡桃沢に背を向け、便座の蓋にアタシェケースを置いて、留め金をはずした。

一万円の札束が、ごっそりとはいっている。精巧な偽札かもしれないが、少なくとも新聞紙の束ではなかった。

水間は、それを手提げ袋に移し替え、空になったアタシェケースの中に、残った週刊誌を突っ込んだ。

留め金をかけ、向き直って胡桃沢の手にもどす。

「すまんな。こいつは、おまえにやる。適当に、処分しろ」

胡桃沢は水間に、手の中のキーを見せた。

「これは、どうしますか」

「明日になったら、それでロッカーをあけて、中身を持って行け。うどん粉が好きならな」

胡桃沢は、その冗談が気に入ったらしく、おかしそうに笑った。

「お役に立てて、うれしいです」

「ここを出たら、できるだけ人込みを選んで、姿をくらませ。マスダにつかまると、めんどうだからな」

「だいじょうぶです。それじゃ」

胡桃沢は、芝居がかったしぐさで敬礼し、トイレを出て行った。

水間は、時間稼ぎに洗面所に向かい、鏡をのぞいた。険しい顔をした自分が、こっちを見返していた。

手提げ袋を洗面台に置き、丹念に手を洗う。ハンカチで水気をふき取り、手提げ袋を引き寄せたとき、鏡の中に人影が映った。

向き直ると、髪を短く刈り上げた悪相の男が、ガンを飛ばしてきた。背は高くないが、小型のタンクのような体に、だぶだぶの格子縞のジャケットを着た、三十半ばの男だ。

水間が動こうとすると、男は壁を這う虫でも押しつぶすように、親指を立てた。

「待て。その紙袋の中を、見せてもらおうか」

その、妙な抑揚がついたしゃべり方に、マスダの寺川ではないか、という直感が働く。

「寺川か」

正面から切り込むと、男の目に驚きの色が走った。

「おまえはだれだ」

否定しないところをみると、どうやら図星のようだった。寺川は、おそらく手下に胡桃沢たちを追わせ、自分はトイレに様子を見に来たのだ。

まんざら、知恵が回らないわけでもないらしい。

水間は気を落ち着け、ことさら寺川を見下ろす姿勢で、強く言った。

「おれは、渋六の水間だ。恵比寿界隈も、おれたちのシマのうちでね。マスダのやつらに、でかい面はさせないぞ」

寺川は、たじろぎこそしなかったが、水間の名を聞いて頬をこわばらせた。

水間が動く前に、寺川はジャケットの内側に手を入れ、拳銃をちらりとのぞかせた。

「動くんじゃねえ。その紙袋を、こっちによこせ」

奥歯を嚙み締める。後手を引いてしまった。

こんな場所で、実際に人を撃つ度胸があるのかどうか、相手の心中が読めない。水間には、何も武器がなかった。

背筋に、冷たいものが走る。

18

水間英人は、口を開いた。

「こんなところで、チャカをぶっ放す度胸があるのか、寺川」

寺川勇吉が、唇を歪める。

「おれは日本へ来る前、ボゴタで五人殺した。やったのはみんな、繁華街の雑踏の中だ。その方が、逃げやすいのよ。おまえら、日本の腰抜けヤクザとは、わけが違うんだ」

寺川は、日本をニッポン、と発音した。

「ここは、ボゴタじゃないんだ。警備員もいるし、すぐ近くには交番もある。一発でも撃てば、連中がどっと押し寄せてくるぞ」

単なる時間稼ぎ、と知りつつ水間は続けた。

寺川がせせら笑う。

「そのころには、おれはもう山手線に乗って、新宿へ向かってるぜ」

入り口に、足音が響いた。寺川の顔が緊張する。

通路から現れたのは、半分腰の曲がった老人だった。

「はい、ごめんなさいよ」

危なっかしい足取りで、小便器に近づいて行く。

拳銃を握った右手を、上着の内側に隠したまま、寺川は言った。

「そろそろ行こうか。西口を出たところに、車が停めてある」

水間は、紙袋を示した。

「おれは橋本に頼まれて、これを取りに来たんだ。かわりに例のものを、ロッカーに入れておいた」

はったりをかませると、寺川は一瞬目をぱちくりさせた。

「見えすいた嘘を言うんじゃねえ。おまえが、ここに姿を現したってことは、ハゲタカが無事だって証拠だろうが」

小便器の方から、力のない放尿の音がする。寺川は、二人のほかに人がいることを思い出したらしく、唇を引き締めた。

水間は言った。

「確かに、ハゲタカは無事だ。あのだんなは、執念深いぞ。ボニータはもちろん、石崎やあんたら幹部も全員、ただではすまんだろう。おれをやっても、この駅から無事に逃げられるなどと、思わない方がいい。どこで、あんたを狙ってるか、分からんからな。あれだって、ハゲタカの回し者かもしれん」

そう締めくくって、奥で用を足している老人を、親指で示した。

寺川は動じなかった。

「そんな手に乗るか。時間稼ぎはやめろ。行くぞ」

「おれが一人で、こんな危ない橋を渡るものか。外に仲間がいるんだ」

「黙れ。あのチンピラ二人は、うちの若い者が始末をつける。ほかに仲間は、いねえはずだ」

そのとき、用を終わった老人がよたよたと、洗面台に近づいて来た。

寺川を押しのけ、二人の間に割り込む。

「ちょっと、邪魔だよ。手を洗わしてくれんかね」

話を聞いていたはずなのに、まったく興味を示す気配がない。もしかすると、耳が遠いのかもしれない。

水間はとっさに、この老人を寺川の方に突き飛ばし、その隙に逃げようかと考えた。

しかしそんなことをしたら、怪我をさせる恐れがある。身を守るためとはいえ堅気の人間、それもこのような年寄りを、巻き添えにしたくはない。

「この紙袋をくれてやる。それで、引き分けにしないか」

ためしに持ちかけると、寺川は薄笑いを浮かべた。

「そんな紙袋より、おまえの方に価値がありそうだぜ。つべこべ言わずに、さっさと出るんだ」

寺川が、手を洗う老人に見えないように、ちらりと拳銃のグリップをのぞかせる。

これ以上、時間を稼いでも意味がない、と肚を決めた。状況が好転する見込みはない。

水間は寺川の前を抜け、外へつながる通路に出た。

寺川は、水間の動きを用心深く見守り、あとについて来る。

出口へ向かった。

表のショッピングモールを、大勢の人間が行き来している。あの人込みの中に、紛れ込めないものか。

水間の考えを察したように、寺川が背後から銃口を押しつける。

「出たら、左へ行け」

背中に、冷や汗がにじんだ。

そのとき、左右に動く人の流れを抜け出した男が、トイレに近づいて来るのが見えた。くたびれたグレイのコートに、ズボンをくるぶしまでたるませた、中年の男だった。

その男が、水間の前に立ち塞がって、軽く手を上げる。

「ちょっと失礼」

相手の顔を見直して、水間はびっくりした。

それは神宮警察署、生活安全特捜班の警部補、御子柴繁だった。

足を止めた水間の後ろから、寺川が肩越しにすごむ。

「じゃまだ。そこをどけ」

御子柴は、まるで何も聞こえなかったように、はだけたコートの内側に手を入れ、手帳を取り出した。

それを、二人の目の前でぱたりと開き、バッジを見せる。

「神宮署の、御子柴という者です。あなたは、渋六興業の水間常務ですね」

いつものていねいな口調で、しかも初対面のような挨拶をされ、水間は面食らった。

「え。ええ、そうですが」

背中に押しつけられた銃口が、すっと離れるのが分かる。思わぬ展開に、寺川もとまどったらしい。

水間は、肩の力を緩めた。

背後から、足元の怪しい靴音がして、例の老人が出て来る。

「まったく、邪魔っけな連中だね、あんたたち」

そう言いながら、足を止めて御子柴を見上げる。

「おたく、刑事さんか。この二人、今しがたトイレの中で、ぶっそうな話をしてたよ。絞り上げてみたらどうかね」

首を振りふり、人込みに紛れて行く。

水間は苦笑した。別に、耳は遠くなかったのだ。

御子柴は手帳を閉じ、内ポケットにしまうと、固い声で言った。

「水間さん。管内で発生した、殺人幇助《ほうじょ》と死体遺棄事件のからみで、お尋ねしたいことがあります。神宮署まで、ご同行願えますか」

水間は耳を疑い、思わず目をむいた。

「殺人幇助に、死体遺棄ですって。どういうことですか。心当たりがありませんが」

そう応じながら、内心大いに焦った。野田憲次と一緒に、橋本三郎の死体を荒川へ捨てに行ったのが、もうばれてしまったのか。

いや、そんなはずはない。まだ、死体が上がったというニュースさえ、流れていないのだ。

御子柴は、硬い表情を崩さなかった。

「とにかく、ご同行願います。あくまで任意ですが、必要とあらば逮捕状を取りますよ」

「わけを話してくれませんか」

声に不安がにじむのが、自分でも分かる。背後にいる、寺川の緊張した息遣いすら、聞こえるような気がした。寺川も水間同様、いや、それ以上に、驚いたに違いないのだ。

御子柴は、そっけなく続けた。

「それは、署に行ってから岩動警部に、お聞きになってください」

水間は、唾をのんだ。

岩動寿満子。

神宮署の取調室で、まともに向き合ったときの、いかにも手ごわそうな感触が、まざまざとよみがえる。あの寿満子が、橋本の一件をかぎつけた、というのか。

水間は焦燥に駆られ、一瞬言葉を失った。

背後で、寺川が言う。

「おれは、関係ないからな。その紙袋を、もらって行くぞ」

手を伸ばす気配に、水間はすばやく紙袋を引きつけた。

「これはおれのだ」

「とぼけるなよ、この野郎」

なおも手を伸ばす寺川に、御子柴が鋭い声を発する。

「触るんじゃない。その紙袋も、証拠物件として預かる」

そう言うなり、水間の手からいとも無造作に、紙袋を引ったくった。

寺川は凍りついたように、体の動きを止めた。

「しかし、その紙袋は」

御子柴が、それをさえぎる。

「あんたはだれだね。この男の連れか。渋六の身内か」

畳みかけられて、寺川はたじたじとなった。

「いや、おれは、こいつとは関係ねえ。ただ」

「ただ、なんだ。この紙袋の、所有権を主張するつもりなら、一緒に署へ来てもらうぞ」

これまでとは打って変わった、厳しい口調だった。

寺川が、口をつぐむ。

代わって、水間は言った。

「こいつは、新宿を根城にするマスダの幹部で、寺川という男ですよ。おれが殺人幇助なら、こいつは殺人教唆《きょうさ》ってとこだ。ためしに、身体検査をしてみたら、どうですか」

寺川がうろたえ、尻込みする。

御子柴の目に、好奇の色が浮かんだ。

「ほう、おもしろい。ヤクザ同士のいざこざか。それなら、二人とも来てもらった方が、よさそうだな」

「おれは関係ない、と言っただろうが。ただし、その紙袋はおれのものだから、こっちへ渡してくれ」

寺川が、執念深く御子柴の方に差し出した手を、水間は邪険にはねのけた。

「いや、これはおれのものだ。マスダには渡せない」

いつの間にか、三人がやり合っている周囲で、行き交う通行人の足並みが滞り始め、人だかりができる。

御子柴は、紙袋の取っ手を持ち直し、もっともらしく言った。

「それじゃ、この紙袋の中に何がはいっていて、何ゆえに自分の所有物だと主張するのか、きちんと説明できた方を正当な持ち主、と認めることにしよう。さあ、二人とも一緒に来てくれ」

寺川は、あとずさりした。

「おれは、行かねえぞ。任意同行ってのは、無理に行かなくてもいいってことだろう」

そう言い残すと、人だかりを乱暴に押しのけ、そそくさとその場を離れて行く。

「ちょっと、あんた。待つんだ」

御子柴が呼び止めると、寺川は尻を蹴飛ばされたように、通路を走って逃げ出した。

御子柴はそれを見送り、猫が逃げたほどにも気にせぬ様子で、水間に声をかけた。

「それじゃ、行きますか」

またいつもの、ていねいで穏やかな口調に、もどっている。

水間は観念した。

御子柴は先に立って、通路を東口の方へ歩き出した。まわりで見ていた野次馬が、拍子抜けしたように声を漏らし、散って行く。

歩きながら、水間は背後の様子をうかがったが、寺川は追って来ない。手下らしい男たちも、見当たらない。

さすがの寺川も、警察と関わりを持つのは得策ではない、と考えたのだろう。

とりあえず窮地を逃れ、水間はほっと一息ついた。

寺川にどこかへ連れ出されていたら、千七百万円を取り上げられるだけでなく、自分の身も無事ではすまなかったに違いない。

とはいえ一難去ってまた一難、今度は神宮署のしたたかな女刑事を、相手にしなければならない。

なぜ寿満子が、御子柴を恵比寿駅によこしたのか、その経緯が分からなかった。情報が漏れたとしても、どこから漏れたのか。

ともかく、御子柴は任意同行を求めることで、結果的に水間を寺川の手から、救ってくれたのだ。御子柴が現れなかったら、どうなっていたか分からない。

東口の階段をおりると、すぐ近くの道路に覆面パトカーらしい、黒い車が停めてあった。だれも、乗っていない。

御子柴は、紙袋を後部座席の床に投げ込み、水間に助手席に乗るように言った。

ライトをつけ、車をスタートさせる。山手線の線路沿いに直進し、恵比寿ガーデンプレイスにぶつかる手前を、左へ曲がった。最初の信号をまた左折して、人けのない住宅街を抜ける。

御子柴は、車を走らせながらちらちらと、バックミラーを見上げた。尾行の有無を、確かめているようだった。

渋谷川を越え、明治通りを突っ切って、しばらく走る。やがて、国学院大学に近い寺のすぐ横手の、暗い通りにはいった。

街灯と街灯の間の、いちばん光の届きにくい場所で、車を停める。

御子柴はエンジンをかけたまま、サイドブレーキを引いた。後部座席に腕を伸ばし、紙袋を引き寄せる。内ポケットから、ペンライトを取り出して点灯し、紙袋の中をのぞき込んだ。

小さく、口笛を鳴らす。

「やはり金と女は、裸のままがいいですな」

御子柴は、柄に合った古臭い冗談を言い、暗がりの中でにっと笑った。

水間は当惑し、問い返した。

「どういうつもりですか。署に行かないんですか」

御子柴はそれに答えず、紙袋に手を突っ込んだ。札束を二つ取り出して、コートのポケットに入れる。

水間は、あっけに取られた。

御子柴は、残りの金がはいった紙袋を、水間に押しつけた。

「おりてください。今日は、会わなかったことにしましょうや」

頭が混乱する。

何がなんだか分からず、キツネにつままれたような気分だった。

やっと言葉が出る。

「岩動警部は、どうするんですか」

「いいから、おりて」

御子柴に促され、水間はしかたなく紙袋を持って、車をおりた。

御子柴は、水間に排気ガスを浴びせ、そのまま走り去った。水間は、ほとんど途方に暮れながら、遠ざかるテールランプを見送った。

それが見えなくなるころ、背後から別の車のライトが回ってきて、水間を照らした。

本能的に身構え、電柱の陰に隠れる。

走って来た車が、水間の横で急停車した。

助手席のウインドーが下がり、運転席にいた男が顔をのぞかせる。

「乗れ」

禿富鷹秋だった。

19

車が走り出す。

水間英人は、憮然として言った。

「どういうことですか、これは」

禿富鷹秋はすぐには答えず、黙って車を運転し続けた。六本木通りに出て、西麻布の交差点を右折し、外苑西通りをしばらく走る。

辛抱し切れずに、水間はまた口を開いた。

「ボニータは、どうしたんですか。まさか、始末したんじゃ」

禿富は笑った。

「あんな小娘を始末しても、どうにもならん。裸にひんむいてから、逆エビ状態に縛り上げてやった。今ごろは、ベッドに転がったボニータを発見して、フロントの男がさぞかし大喜びしてることだろう」

なんとなく、ほっとする。たとえマスダの女でも、へたに死なれたりすれば、後味が悪い。

「それより、どういうことなのか、説明してくれませんか」

秃富は、一呼吸おいた。

「来春に大学受験を控えた、娘がいるんだ」

唐突な話に、まごつく。

「だれの娘ですか」

「御子柴さ。医学部志望だそうだ。となれば、当然金もかかる」

御子柴繁が、札束を二つポケットに入れたのを、思い出す。一束百万円として、二百万円になる。

もやもやしていたことが、なんとなく頭の中でまとまり始めた。

「今日のことは、だんなが御子柴警部補に、因果を含めたんですか」

「そうだ」

あっさり認める秃富に、水間は複雑な思いを抱いた。

御子柴は、どちらかといえばうだつの上がらぬ、しかしいかにもまじめそうな、ベテランの刑事だ。どう見ても、悪事に手を染めるタイプではない。

「あの警部補は、いくら金がほしくても、だんなの誘いに乗るような、尻の軽いデカには見えませんがね」

「あの男には、あの男なりの悩みがある。刑事課の強行犯捜査係から、生活安全特捜班へ回されたことで、やる気をなくしたのさ。明らかに、降格人事だからな。まじめな男だけに、ショックを受けたようだ」

「しかし、配置転換にはそれなりの理由が、あるんでしょう。何か、ミスを犯したとか」

「いや、何もない。確かに、諸橋事件は未解決のままだが、あれは何も御子柴一人の責任じゃない」

秃富自身、諸橋征四郎殺しに深く関わったはずなのに、まるでひとごとのような口ぶりだ。

秃富は、ほどなく車を左に寄せ、歩道の際に停めた。すぐ目の前に、〈ガス燈〉と電飾看板の出た、バーらしき店がある。

秃富はエンジンを止め、店に向かって顎をしゃくった。

「一杯やろう」

水間は、紙袋を持って車をおり、ガードレールをまたいで、歩道に上がった。

黒いサテンのベストを着た、胡麻塩頭のマスターが一人いるだけの、小さなカウンターバーだった。客はほかに、だれもいない。昔なつかしい、女のジャズシンガーの歌が、低く流れている。

奥のストゥールにすわり、ウイスキーのソーダ割りを頼む。

マスターが、カウンターの端に引いたところで、水間は話の続きを始めた。

「ミスもないのに、どうして格下げになったんですか、彼は」

秃富は、含み笑いをした。

「それには、多少のいきさつがあるのさ。諸橋事件で、神宮署に乗り込んで来た、警視庁捜査一課の管理官がいる。アサヅマ、というまだ三十代前半の、キャリアの警視だ」

「アサヅマ」

「うむ。朝晩の朝に、妻と書く。生っちろい顔に、太い黒縁の眼鏡をかけた、色男だ。知ってるか」

「サツのお偉がたを、おれが知ってるわけないでしょう」

秃富は酒を飲み、先を続けた。

「そのお偉がたが、ある夜東都へラルド新聞の美人記者を、食事に誘った。あげくの果てに、ラブホテルへ連れ込んで、事に及んだ。おれはその証拠を握って、キャリアの警察官としていかがなものか、とご意見申し上げた」

「だんなが、いかがなものかと、ご意見ですか」

水間がからかうと、秃富はいやな顔をした。

咳払いをして続ける。

「その場に、たまたま御子柴が同席していた。つまりやっこさんは、お偉がたの秘密を当人の目の前で、聞いてしまったわけだ。それで、朝妻にうとんじられた。警視庁へもどったあと、朝妻は裏から神宮署に手を回して、御子柴をおれのいる吹きだまりへ、追いやったんだ」

水間は苦笑して、カウンターの向こうの端にいる、マスターを見た。マスターは競馬新聞に熱中し、話を聞いている様子はない。

秀富に、目をもどす。

「その程度のことで、配転になったんですか」

「それでも、まだ運がいい方だ。警視庁管内には、だれも行きたがらない辺鄙《へんぴ》なところが、ほかにいくらでもある。その気になれば朝妻は、御子柴を離れ小島へ飛ばすこともできたんだ。それを、同じ署内の異動にとどめたのは、一種の警告だろう。へたにしゃべったら、次はどこになるか分からんぞ、というわけさ」

水間はあきれて、首を振った。

「ヤクザよりひどいな」

「ただしこれは、朝妻の読み違いというか、勇み足だ。御子柴は、お偉がたの不品行をほかでしゃべるような、無分別な男じゃない。それを問答無用で、格下の部署に飛ばされたものだから、逆にキレてしまった。まじめにやるのが、ばからしくなったんだよ、御子柴は」

水間が、岩動寿満子の事情聴取を受けたとき、普通は若い刑事が担当する記録係を、ベテランの御子柴が務めた。

あのときの、御子柴の覇気のない対応は、やはり降格人事のせいだったようだ。秀富は、そういう御子柴の心の揺れを読んで、この一件に引き込んだらしい。水間は御子柴のことが、少し哀れになった。

　禿富が、得意げに続ける。

「おまえが、ロッカーからアタシェケースを取り出せば、かならず寺川が手下を引き連れて、姿を現す。それを牽制して、おまえに金を無事に回収させるために、御子柴を送り込んだのさ。御子柴は、うまくやった。だてに、強行犯捜査を二十五年も、担当しちゃいない」

　禿富は、水間がチンピラ二人を使って、金を回収したことを知らないし、御子柴がそうした予定外の動きに、柔軟に対応したことも知らないのだ。

「危ない賭けでしたね。向こうは寺川を入れて、三人か四人はいたでしょう。その気になれば、おれたちを撃って金を取りもどすことも、できたはずだ。そうなったら、一般の通行人もとばっちりを食って、怪我人が出たかもしれない」

　水間がいやみを言うと、禿富は唇を歪めた。

「分別臭いことを言うな。マスダの連中も、日本の警察が南米とは大違いだってことくらい、よく知っている。おれたちに、正面切って盾をつく度胸など、あるわけがない」

　果たして、そうだろうか。

　それはともかく、もう一つ確認しておきたいことがあった。

「御子柴警部補は、殺人幇助と死体遺棄事件について、おれに聞きたいことがある、と言った。彼に、橋本を始末したことを、話したんですか」

「話してない」

「それじゃ、警部補はなんだってあんなことを、口にしたんですか」

「そう言うように、おれが教えたからだ」

ことをもなげに応じる禿富に、水間は少しむっとした。

「なぜですか」

禿富が、唇の端を歪める。

「おまえと寺川の両方を、びびらせようと思ってな」

「寺川はともかく、おれまでびびらせる必要は、ないじゃないですか」

「いや、ある。万が一にも寺川に、御子柴とおまえが馴れ合っている、と思われたらまずい。任意同行を求めるのに、前触れなしにあの一件を持ち出せば、おまえもぎくりとするはずだ。それだけ、真に迫って見えるわけさ」

向かっ腹が立つ。

「すると、御子柴警部補が岩動警部の名前を出したのも、ただの脅しですか」

「そうだ。少しは、驚いたか」

水間はあきれて、ソーダ割りを飲み干した。

「だんなには、負けますよ。確かにおれは、あの女刑事が苦手です。彼女の名前を出されたときは、さすがにちょっとびびった」

秃富の顔が、引き締まる。

「あれは、おまえが考えている以上に、したたかな女だ。デカにしておくのは、もったいないくらいさ」

「だんなはこの間、彼女とまだ口をきいてないと言ったけど、その後話をしたんですか」

「特捜班の会議で、多少のやり取りはあったが、個人的に話したことはまだないな。話したいとも思わんがね」

水間は、声を低くした。

「特捜班の会議で、横井の話は出ませんでしたか」

横井恭一は、〈みはる〉で寿満子に逮捕されたきり、その後の様子が分からない。

「出た。岩動寿満子は、おまえたち渋六の連中が麻薬や覚醒剤を売買している、と言い張った」

「冗談じゃない。おれたちはクスリには、いっさい手を出しませんよ。そのことは、だんなも知ってるはずだ。もちろん、そう言ってくれたでしょうね」

秃富は、意外なことを聞くという顔で、水間を見る。

「どうしておれが、おまえたちヤクザのために、弁解しなきゃならんのだ」

水間は、口を閉じた。そのために、月づき金を払っているではないか、と反論したかった。

しかし、それを言えば秃富はいつものように鼻で笑って、あんなはした金でおれを買ったつもりか、とうそぶくに決まっている。

禿富は、水間の顔色から察しがついたのか、少し頬を緩めて続けた。

「ちょっとだけ、忠告しておこう。岩動寿満子は、渋六のパチンコ店、風営店、飲食店のどれかに、あるいは全部に、ガサ入れをかけるかもしれん。気をつけた方がいいぞ」

水間は、禿富の顔を見直した。

「その動きがあるんですか」

「まだないが、あっても不思議はない。何がなんでも、岩動は渋六がクスリを扱っている、という証拠をつかみたいらしい」

「しかし、そんな証拠は出てきませんよ、どの店を探しても」

禿富は、さげすむように目を細めて、水間を見返した。

「そうかな。たとえば、横井の件はどうだ。足元をすくわれたじゃないか」

「あれは、おれの読みが甘かったせいです。川野辺がマスダに走ったときに、切っておけばよかったんだ」

水間としては、横井を渋谷に残すことで恩を売り、横井経由でマスダの情報を引き出そう、と考えていたのだ。

「横井は、以前から〈カルディナーレ〉で、クスリの売り買いをしていた。敷島組が、渋六に吸収統合されてからも、やめなかった。川野辺のために、資金稼ぎを続けたんだ。川野辺も、マスダで男を上げようと思えば、金がいるからな。それで横井を、渋谷に残したのさ」

川野辺明が、横井をそこまで手なずけていたとは、思わなかった。

「だんなの口ぶりだと、前からそのことを知ってたみたいですね」

「まあな」

「だったら、なぜ教えてくれなかったんですか。それくらいしてくれても、罰は当たらんでしょうが」

水間が不平を鳴らすと、禿富は肩をすくめた。

「おまえも、いずれは横井を通じてマスダの情報を取ろう、と狙っていたはずだ。おれも、その目があると思ったから、黙っていた。おまえと同じで、おれも読み違えたのさ」

そう言われると、それ以上追及できない。

禿富は続けた。

「ただ横井が、いつも自分の店でやる取引を、あの夜だけ〈みはる〉でやったのが、どうもにおう。横井のやつ、岩動に狙われているのを嗅《か》ぎつけて、わざと渋六の息がかかった〈みはる〉に場所を移した、とも考えられる。横井一人の判断か、川野辺の入れ知恵かは分からんが」

背筋がひやり、とする。

「それはつまり、渋六がクスリに手を出している、と濡《ぬ》れ衣《ぎぬ》をきせるためですか」

「そうだ。渋六をつぶすのに、マスダはおれを消そうとしたり、岩動に妙な働きかけをしたり、いろいろとからめ手から攻めてくる。せいぜい、用心するんだな」

「岩動警部は、それに乗ろうとしてるわけですか」

「あの女も、早く手柄を立てて警視庁へもどりたい、と思っているはずだ。何をするか、分からんぞ」

「ガサ入れをかけてくる、とすればいつでしょうね」

ためしに聞くと、禿富は案の定じろり、と睨んできた。

「おれに、手入れ情報を流せというのか」

水間は、手のひらを立てた。

「分かってます。そうした、警察官にあるまじき行為に手を染めることはできない、というわけでしょう」

「そういうことだ」

にこりともせずに言い、禿富はソーダ割りを飲み干した。

カウンターに一万円札を投げ、ものも言わずに店を出て行く。水間は、釣りを出そうとするマスターに、首を振った。

急いで、あとを追う。

禿富は、一人でさっさと車に乗り込み、助手席のウインドーをおろした。

「金をよこせ」

水間が、窓越しに紙袋を渡すと、禿富は中に手を入れた。

「おまえは、タクシーで帰れ。これは、今夜の駄賃だ」

そう言って、百万円の札束を一つ取り出し、水間にほうり投げる。

受け止めようとして、水間がお手玉をしている間に、車はさっさと走り去った。

水間は、その場に立ち尽くした。

第四章

20

最後の客が、出て行った。

すでに午前零時を回ったので、大森マヤはカウンターをくぐり、内鍵をかけようとした。とたんにドアが開き、驚いて一歩下がる。

背の高い男が、マヤを見て笑いかけた。

「やあ。もう、終わりですか」

胸がどきんと脈打ち、目がくらみそうになる。マヤはあわてて、カウンターにつかまった。

戸口に、神宮署生活安全特捜班の警部補、嵯峨俊太郎の姿があった。

とっさに、出まかせを言う。

「いいえ、まだです。ちょっと、空気を入れ替えようと思って」

声が震えなかったのが、不思議なくらいだった。緊張のあまり、心臓がほとんど喉元まで、せり上がる。

嵯峨は中にはいり、ドアを後ろ手に支えた。

「それじゃ、あけたままにしておきますか」

「ええと、いえ、閉めてください。ちょっと、寒いみたいですし」

自分でも、支離滅裂なことを言った、と分かる。狼狽しているのを、嵯峨に悟られるのではないかと、内心焦った。

嵯峨がドアを閉め、カウンターの奥へ向かう。

内鍵をかけようとして、マヤは思いとどまった。万が一にも、下心があるように思われたら、身のおきどころがない。

カウンターの中にもどり、熱いおしぼりを差し出す。

嵯峨はそれで軽く手をふき、人なつっこい笑いを浮かべた。

「熱くて、気持ちいいね」

その言葉だけで、ぼうっとなる。

この店へ来る常連の九割は、おしぼりを手だけでなく顔や首筋にも使い、へたをすると胸元まで手を差し入れて、丹念に汗をふく。嵯峨のように、あっさりと手だけふいてすます客は、めったにいない。

嵯峨は言った。

「ええと、水割りをもらおうかな」

「スコッチですか、国産ですか」

聞いてから、つまらない質問をしてしまった、と悔やむ。案の定、嵯峨は困ったように、瞬きした。

急いで、付け足す。

「あの、バーボンもありますけど」

嵯峨の眉が、ふっと緩んだ。

「それじゃ、バーボンを」

マヤは冷や汗をかきながら、バーボンの水割りを作った。

嵯峨が、声をかけてくる。

「この間は、ごくろうさんでした」

「は」

一瞬なんのことかと思い、酒を作る手を止める。

「いや、横井恭一の一件で協力してもらった、あれのことですよ」

神宮署での、事情聴取のことを言っているのだ、と分かった。

「いいんです。市民として、当然の義務を果たしただけですから」

言ったあとで、おおげさすぎたと気づいたが、すでに遅かった。なかなか、平静さを取りもどせない。

嵯峨は、置かれた水割りを取り上げ、一口飲んだ。

「あの、今夜もお仕事ですか」

沈黙が怖くて、またよけいなことを聞いてしまう。

嵯峨は笑った。

「まさか。仕事だったら、来ていきなり酒を飲んだりしませんよ。マヤさんは、今夜ちょっとおかしいね」

親しげに名前を呼ばれて、マヤはどぎまぎした。あわてて床にしゃがみ、落ちた野菜の屑を拾って、ゴミ袋に入れる。まともに、嵯峨の顔を見られなかった。

体を起こし、突き出しのレンコンの甘煮を、カウンターに置く。

「ゆうべ遅くなって、今日は昼過ぎまで寝てたんです。そのせいで、頭がぼうっとしちゃって」

「たいへんだね、この仕事も。体力と気力と、両方必要だから」

嵯峨の話し方は、マヤが漠然と考えていた刑事のそれと、ずいぶん違った。実際、歌舞伎役者のように、口跡がさわやかだ。服装も、あまり刑事らしくない。ハイカラーの、オフホワイトのワイシャツ。ネクタイはなし。オリーブグリーンの、麻のジャケット。

特に、金をかけたようには見えないが、着こなしがこざっぱりしていて、好感が持てる。

いや、服装だけではない。

面長の、すっきりした顔。手入れの行き届いた、形のいい濃い眉。真ん中で自然に分かれた、癖のない柔らかそうな髪。口元からこぼれる、並びのよい白い歯。

見れば見るほど、うっとりしてしまう。

嵯峨が言った。

「マヤさんも、一杯飲んだら。ごちそうするから」

はなから、勘定をもらうつもりがなかったマヤは、ちょっととまどった。水間英人に、警察関係者からは勘定を受け取るな、と言われているのだ。

どちらにしても、断るのは無粋だと判断し、礼を言ってグラスを取った。手元が狂い、バーボンを多めについでしまう。薄めようとして、今度は水を縁まであふれさせた。

それを見て、嵯峨はまた笑った。

「まるで、升酒を注ぐみたいだね。ほんと、今夜のマヤさんは、おかしいよ」

マヤさん、と呼ばれるたびに心臓がびくん、となる。男と話をして、こんな風に気持ちが乱れるのは、久しぶりのことだった。

「いただきます」

グラスを掲げると、嵯峨もそれに応じた。

一口酒を飲んで、嵯峨は少し体をのけぞらし、マヤを見た。

「マヤさんは、背が高いね。何メートルあるの」

その聞き方に、笑ってしまう。

「ええと、一・七メートルです。ちなみに、体重は〇・〇五トン」

今度は、嵯峨が笑った。

「百七十センチに、五十キロか。ちょっと、痩せすぎだね。あと五キロはほしいな」

「これ以上太ったら、よけい大女に見えてしまいますよ」

実のところ、背が高いために付き合う男が、限られてしまう。マヤ自身は、自分より小柄な男でもかまわないが、相手の方で敬遠するのだ。

その点嵯峨は、背丈が百七十五センチ以上ありそうだから、申し分ない。ただ、二つ三つ年下に見えるのが、残念といえば残念だった。しかし、その点も相手さえ気にしなければ、こちらはオーケーだ。

「こう言っちゃなんだけど」

嵯峨が口を開き、マヤはわれに返った。

「マヤさんは、バーのママより保育園の保母さん、という感じだね」

複雑な気分になる。

「それって、ほめ言葉ですか」

「刑事仲間ではね」

マヤは苦笑して、酒を飲んだ。

さりげなく、話題を変える。

「神宮署はいかがですか、新しく赴任して来られて」

「別に。ぼくは五反田署から来たけど、どこの署もみんな同じですよ」

嵯峨が、ていねいなしゃべり方をすると、マヤは居心地が悪くなる。

「そうですか。でも、たとえば禿富警部補のような刑事さんが、あちこちにいるとは思えませんけど」

嵯峨の眉が、ぴくりと動いた。

「禿富警部補も、ここに来るの」

「ええ、たまに。ほかの署にも、あんな刑事さんがいるんですか」

嵯峨は困惑したように、眉根をきゅっと寄せた。それがまた、マヤの心をくすぐる。

「彼とは、親しく話したことがないから、まだよく知らない。いろいろと、噂話は耳にするけどね」

「いい噂じゃないでしょう」

「ぼくは、自分で見たことしか信じないから、あまり気にしないよ」

ということは、やはりいい噂ではないわけだ。

話を変える。

「この間の夜、嵯峨さんと一緒だった岩動警部だって、普通の刑事さんには見えませんね」

嵯峨は肩をすくめ、薄笑いを浮かべた。

「どちらも、優秀な刑事ですよ」

マヤは、グラスを口に運んだ。客の相手をして、嵯峨が来る前にだいぶ飲んだので、少し酔いが回ったような気がする。

思い切って尋ねた。

「嵯峨さんはこの間、岩動警部がここでクスリの取引を押さえたのは、偶然じゃないっておっしゃいましたよね。邪魔がはいって、話が途中になりましたけど」

あのとき嵯峨は、岩動寿満子によけいなことをしゃべるな、とたしなめられたのだ。

嵯峨の頰が、引き締まる。

「ああ、あれね。横井とジョーは、いつもは〈カルディナーレ〉で取引するんだけど、あの夜は岩動警部とぼくが見張ってることに、感づいたらしい。それで、横井は一時的に取引の場所を、この店に変えたんだと思う」

「いつもって、横井さんは前から自分のお店で、クスリの売買をしてたんですか」

「うん。昨日今日、始めたわけじゃないようだ」

あらためて、横井に対する怒りがわいてくる。

「でも、このお店で逮捕されたら、渋六が組織ぐるみでクスリを売買している、と思われますよね。ここはれっきとした、渋六系のお店だし」

「だろうね。横井も、それを承知でここへ場所を移した、という感じだった」

「あの〈カルディナーレ〉には、以前から敷島組の人たちが、よく出入りしてました。横井は、マスダに寝返った元敷島組の川野辺に、かわいがられてたんです」

嵯峨が、びっくりしたような顔をしたので、マヤは自分が横井や川野辺を、呼び捨てにしたことに気づいた。

かまうことはないと思い、なおも言い募る。

「あの二人は、今でもつながりがあるに違いないわ。クスリの取引は、そのことと関係があるんじゃないかしら。もうけはきっと、そっくり川野辺のところにいってるんだ、と思います」

水間には、よけいなことをしゃべるなと口止めされたが、話さずにはいられなかった。

嵯峨が、小さくうなずく。

「ぼくも、そんな気がするな。岩動警部は、水間が横井に指示してやらせた、と信じてるらしいけど」

「渋六は確かに、ヤクザの会社かもしれないですけど、麻薬とか覚醒剤は扱ってません。水間さんや野田さんが、取引を厳禁してるんです」

嵯峨が、まじまじと顔を見る。

「きみは、渋六の連中が好きなんだね」

そう指摘されて、マヤはたじろいだ。

「だって、ここは渋六のシマですから」

嵯峨は腕を組み、思慮深い顔をした。

「街の噂では、水間も野田もヤクザには珍しい、ちゃんとした男だそうじゃないか」

「ええ」

ハゲタカよりよっぽど、と言いそうになり、あわてて言葉をのむ。

嵯峨は、咳払いをした。

「もう一杯、もらおうかな」

いつの間にか、グラスが氷だけになっている。

「すみません」

フォアローゼズのボトルが、ほとんど空だった。マヤは背伸びをして、後ろの酒棚のいちばん上にある、新しいボトルを取った。

封を切るのを、じっと見ていた嵯峨が、ぽつりと言う。

「マヤさんは、わりとグラマーラスなんだね」

ことさら〈マー〉と引き伸ばす、冗談めかした言い方だった。

マヤは、無防備に後ろ姿をさらしたことを、少し悔やんだ。背伸びをした拍子に、ジーンズと裾の短いブラウスの間から、背中がのぞいたに違いない。

マヤは、おどけた表情をこしらえて、嵯峨を睨んだ。

「刑事さんのくせに、セクハラしちゃいけませんよ」

そう言いながらも、自分のプロポーションには自信があるので、悪い気はしなかった。

嵯峨がまぶしげに、照れ笑いをする。

「ごめん、ごめん。なんだか、痩せっぽっちのイメージがあったから、ちょっと驚いただけなんだ」

マヤは、グラスにフォアローゼズを注ぎ、氷を二つ三つ足した。水を加え、マドラーで掻きまぜる。

グラスを置いたマヤの手を、嵯峨がするりと握った。

はっとしたものの、引くことができない。

「きれいな手をしてるね。水仕事をすると、だいたい荒れるはずなんだけど」

世間話をするような、落ち着いた口調だ。

マヤは当惑し、じっとしていた。嵯峨の手は、女のように華奢な作りで、すべすべしている。その手に、少しずつ力がこもるのを感じ、マヤは腕を引こうとした。

嵯峨が力を緩めなかったので、自然に引き寄せられるかたちになる。カウンターを挟んで、嵯峨はじっとマヤの顔を見つめた。

マヤはその目に射すくめられ、動きが取れなくなった。心臓が、今にも破裂しそうなほど、どきどきし始める。

嵯峨の顔が、すっと近づいた。

「だめ」

そう言ったつもりだが、実際に言葉になったかどうか、分からなかった。

気がついたときには、唇を吸われていた。柔らかい舌に、唇の裏側をていねいに探られ、ついため息を漏らしてしまう。強く舌を吸われると、マヤは腰が抜けそうになり、思わずカウンターにつかまった。

体にびりり、と電気が走る。

それで初めて、嵯峨のもう一方の手が、自分のブラウスの胸元に差し込まれた、と悟る。嵯峨の指は、ブラジャーの隙間に巧みに侵入し、早くも乳首に達していた。

「ああ」

思わず声を漏らし、マヤは体をよじった。火がつくのが分かる。

唇をずらし、ささやいた。

「内鍵を、お願い」

嵯峨は体を離し、ストゥールを滑りおりて、ドアに向かった。

マヤは息を詰め、嵯峨がドアに近づくのを、じっと見守った。

嵯峨の手が、内鍵に伸びる。

そのとたん、ドアが開いた。

21

嵯峨俊太郎が、その場に立ちすくむ。

大森マヤも、頭から冷水を浴びせられたように、凍りついた。戸口に立ったのは、さっき話に出たばかりの、岩動寿満子だった。

「あの」

言いかけたものの、そこで言葉が途切れる。嵯峨の姿を見られた以上は、もう看板ですと言っても、通用しないだろう。

寿満子が、好奇心をむき出しにした目で、嵯峨とマヤを交互に見る。

「おやおや、二人でしんねり差し向かいとは、お安くないわね」

嵯峨は一歩下がり、軽く気をつけをした。

「仕事帰りに、一杯やってます」

説明とも、言い訳ともつかぬ口調だったが、少しも悪びれたところがない。

寿満子は、丸い肩を軽く揺するようにして、中にはいった。わざとのように、静かにドアを閉じる。

寿満子の動きに合わせて、嵯峨は後ろ向きのまま、カウンターの席にもどった。隣のストゥールに、寿満子が腰を落ち着けるのを待ち、自分もすわり直す。

マヤは、まだどきどきしている胸を、さりげなく押さえた。よもや、ボタンがはずれていはしまいかとひやひやしたが、だいじょうぶと分かってほっとする。

一方では、寿満子に見られないでよかった、という安堵の気持ちがわいた。

しかし他方では、せっかくのチャンスをだいなしにされた、という腹立たしさも覚える。おしぼりを差し出す手つきも、ついそっけないものになった。

寿満子は、無造作にそれを受け取り、化粧気のない顔をまるごとぐるり、とふき回した。顔におしぼりを使う女に、マヤは出くわしたことがなかったので、少しあきれた。

寿満子が、マヤを見て言う。

「口紅が、こすれてるわよ」

ぎくりとして、反射的に口元を押さえる。しかしすぐに、ふだん口紅を塗らないことを思い出して、手を下ろした。

「これ、口紅じゃないんです。お酒を飲むと、口元から赤くなる体質なので」

それは、ほんとうだった。

「あ、そう」

寿満子はあっさり言い、マヤの背後にある酒棚に、目を移した。見透かされたかと焦ったが、どうやらそうではなかったようだ。

寿満子が、嵯峨に聞く。

「何飲んでるの」

「バーボンの水割りです」

「ああ、フォアローゼズか。あたしも、それにするわ。シングルでいいから、ストレートでね」

この間と同じだ。

マヤは、ショットグラスを取り出した。まだ、いくらか手が震えるのを、意識する。

この不意打ちには、心底驚いた。

一方嵯峨は、何もなかったように平然と、グラスを傾けている。見た目よりも、ずっとずぶとい男かもしれない。いや、きっとそうに違いない。でなければ、いきなりあんな大胆なまねを、するはずがない。

とはいえ、ためらわずに応じようとした、自分の軽率さにもとまどいを覚える。

男女のことには、わりと開放的な方だと思っているが、今度の場合は悪い夢でも見たような、いやな気分だった。嵯峨に、強く引かれるものがあるだけに、ひとしおむなしさを感じた。

それでもなお、途中で寿満子に邪魔をされたことが、恨めしかった。そしてそれ以上に、ババ抜きのババを引いたほどにも、うろたえるそぶりを見せなかった嵯峨が、憎らしかった。

マヤは、酒を注いだショットグラスを、寿満子の前に置いた。

寿満子は、すぐにグラスを取り上げて、一息に半分ほど飲んだ。ふう、と大きく吐いたその息が、マヤの喉元まで届く。やることなすこと、すべてが男のようだ。

マヤの表情に気づいた寿満子が、薄笑いを浮かべて言う。

「そんなに、驚かないでよ。酒を飲むのは、男も女も同じなんだから」

「でも、あまりお強そうなので」

そっけなく応じて、マヤは突き出しの用意をした。

それとなく、二人の様子をうかがう。

並んですわると、嵯峨は寿満子の三分の二くらいしか、横幅がない。背丈こそ嵯峨の方が高いが、体つきは男女が逆転したようだ。

寿満子が、突然口を開く。

「独身なの」

マヤは、面食らった。

「わたしですか。はい、独身ですけど」

寿満子が、瞬きせずにマヤを見つめる。

「あたしもよ。背が高いと、女は苦労するね。あたしは、その上に横幅もあるから、もっとたいへんだわ」

四十前後に見えるが、まだそちらの方の色気を、なくしていないらしい。どんな相手が、寿満子を口説くのかと思うと、妙におかしかった。

寿満子が、嵯峨に顎をしゃくる。

「この人も、独身よ。あんたと、年格好も同じね」

「そんなことありませんよ。わたしの方が、年上に決まってます」

マヤはぶっきらぼうに言い、自分の水割りを飲んだ。

寿満子が、顔をじろじろ見る。

それから、嵯峨の方に大きな体を傾け、わざと内緒話をするような口調で、ささやいた。

「ちょっと。この子、あんたに惚れたらしいよ」

マヤは、顔に血がのぼるのを感じて、奥歯を嚙み締めた。

嵯峨が、笑って応じる。

「冗談はやめてくださいよ、警部。彼女と会ったのは、今日でまだ三度目なんですから」

寿満子は、首を振った。

「最初に会ったとき、一目惚れしたに違いないわ。ほら、赤くなったもの」

寿満子の顔に、ゴミ袋を叩きつけてやりたくなる。この年で、ほかの女にからかわれるとは、考えてもみなかった。悔しさに、唇を強く引き結ぶ。

せっかく、嵯峨と二人きりで楽しめると思ったのに、まったく疫病神のような女だ。

寿満子は、急にマヤのことを忘れたように、嵯峨を見た。

「あんた、神宮署の吹きだまりに配属されたからって、くさっちゃいけないわよ」

嵯峨は、神妙な顔をした。

「別に、くさったりしてませんよ」

「隠さなくてもいいわ。副署長が、ろくでなしばかり集めて作った、と言ってるんだからね。生活安全特捜班なんて、名前だけはかっこいいけど、みんなぐうたらばっかり」

嵯峨が、もてあましたような苦笑を浮かべ、ちらりとマヤを見る。

それからやんわりと、たしなめるように言った。

「そういう話は、別の機会にしませんか、警部」

寿満子は、いっこうに無頓着だった。

「あたしは副署長から、緩んだタガを引き締める役を、おおせつかったのよ」

そう言って、酒を飲み干す。

マヤはグラスに、フォアローゼズを注ぎ足した。

それに軽く口をつけてから、寿満子はいかにも自然なしぐさで、嵯峨の右手に自分の左手を重ねた。

「いいこと。間違っても、禿富のやることを見習わないように、気をつけなさいよ」

「見習うも何も、禿富さんとはまだろくろく、口もきいてないんですがね」

そう応じながら、嵯峨は手をどけようかどけまいかと、考えているようだった。

寿満子は、今度ははっきりと嵯峨の手を、上から握り締めた。

「あだ名がハゲタカとは、まさにつけもつけたり、呼びも呼んだりだよね。あんな男が、いまだに警察にいられるのが、どだいおかしいのさ。刑事どころか、交番で立ち番をさせるのさえ、もったいないよ。ああいう男は、即刻警察から追い出すべきね」

嵯峨は、握られた手をそのままにして、困ったように首をかしげた。

「しかし、それはわたしたちの仕事じゃない、と思いますがね」

「じゃ、だれがやるの」

「そういうのを、専門にやる人がいるでしょう」

寿満子が、顎を引く。

「署の警務課の、監察担当のことを言ってるの」

「まあ、そうです」

嵯峨は居心地悪そうに、小さく肩を動かした。寿満子は相変わらず、手を離そうとしない。

マヤは胃のあたりが熱くなり、カウンターの下で拳を握った。この女は、わざと見せつけようとして、こんな振る舞いをするのだろうか。いったい、どういうつもりなのか。黙って、手を握られたままにしている、嵯峨も嵯峨だ。いやならいやで、きっぱりはねつければいいではないか。

寿満子が、マヤを横目で見ながら言う。

「署の監察なんて、小学校の級長ほどの権限も、持ち合わせてないよ。あてにできるものか」

「署があてにならなくても、本部の監察官がいますよ」

「だめだめ。署長は、自分の署の不始末を知られたくないから、絶対報告しないよ。あたしたちが、自分の手で追い出さないかぎり、あの男は居すわったままさ」

寿満子はそう言って、やっと嵯峨の手を離した。

それを見て、マヤはわけもなくほっとした。

嵯峨は、何食わぬ顔で右手を引っ込め、カウンターの下に隠した。

寿満子が、マヤに目を移す。

「ハゲタカは、この店にも来るんだろう」

「ええ。ほんの、たまにですけど」

「ここで、渋六の水間や野田と、飲むこともあるんじゃないの」

一瞬、答えあぐねる。

「一度か二度は、ありました」

とりあえず、そう答えた。

「金品のやり取りを、見たことは」

「ありません」

寿満子はうさん臭そうに、マヤをねめつけた。

「この間は、横井とジョーがクスリの受け渡しをするのを、見破ったじゃないか」

「あれは、二人がわたしを甘く見たせいだ、と思います」

寿満子は笑った。

「すると、ハゲタカや水間はもっと慎重だ、ということね」

「わたしには、分かりません」

そっけなく応じると、寿満子はむすっと唇を引き締め、一転して厳しい表情になった。

「飲んだときは、ハゲタカと渋六のどっちが、勘定を払うの」

マヤは迷った。

先刻からの話を聞いていると、寿満子は禿富鷹秋の弱みをつかんで、神宮署から追い出しにかかるつもりらしい。実のところ、禿富と水間たちが一緒に飲むときは、だれも勘定を払わないので、答えようがなかった。

かりに、渋六興業が払うと申告すれば、禿富はヤクザの接待を受けたことで、立場が悪くなるだろう。禿富のことはかまわないが、水間たちにも迷惑がかかる恐れがあり、それだけは避けたかった。

「返事は」

寿満子が、いらいらした顔で催促する。

「ツケにしてあります。いつ、どちらが精算してくださるのか、わたしにも分かりません」

逃げを打つと、寿満子の口元に冷笑が浮かんだ。

「無期限のツケか。それじゃ、無銭飲食が成立するね」

そうとは知らず、マヤは内心うろたえた。

「でもここは、渋六のお店みたいなものですから、無銭飲食というのはちょっと」

「渋六はよくても、警察官はそれじゃすまないね」

寿満子が決めつけると、黙っていた嵯峨が口を開いた。

「ツケを無銭飲食だなんて、今どきそんな姑息な手を使っても、通用しませんよ。もっと、決定的な証拠をつかまないと」

寿満子が、じろりと嵯峨を見る。

「どんなけちなネタでも、たくさん集まればそれだけで、りっぱな証拠になるわ」

嵯峨は言い返さず、軽く肩をすくめただけだった。

寿満子が、マヤに目をもどす。

「渋六はここ以外の店でも、クスリの取引をしてるんじゃないの」

そう答えてから、それが先日水間の言っていた、誘導尋問だと思い当たる。

すぐに付け加えた。

「この店でもほかの店でも、そんなことしてません。渋六は、クスリには手を出さないって、水間さんも野田さんもふだんから、そう言ってます。この間もそのことを、嵯峨さんに申し上げました」

嵯峨がうなずき、寿満子は不機嫌な顔になった。

「クスリを取引してるなんて、あいつらがおおっぴらに、言うわけないじゃないの」

火に油を注ぎたくなかったので、マヤはそれきり口をつぐんだ。

寿満子は、ショットグラスに残った酒を、一口で飲み干した。

「あんた、ハゲタカと渋六がつるんでるのを、知ってるんだろう」

マヤはまっすぐに、寿満子を見返した。

「つるんでるって、どういう意味ですか」

「とぼけるんじゃないよ。ヤクザから金をもらって、裏でいろいろ便宜を図るのを、つるむって言うんだ。打ち明ける気があるなら、悪いようにはしないよ。話してごらん」

マヤは、異様に力のある目で見据えられ、体がすくんだ。

自分を励まし、言葉を返す。

「わたしは、何も知りません」

寿満子は、黙ってマヤを睨みつけたが、急に肩を揺すって言った。

「それじゃ、これから〈サルトリウス〉にでも行って、ご機嫌をうかがうとするか」

唐突な発言に、マヤは驚いた。

「あの、〈サルトリウス〉は、午前一時までですけど」

寿満子は、マヤが言うのを頭から無視して、嵯峨に声をかけた。

「さあ、行こうか」

あわてて財布を探る嵯峨に、いらだちのこもった言葉をぶつける。

「いいよ、ツケにしておけば」

22

胸のポケットで、小さく着信音が鳴った。

水間英人は、タクシーを探すのを中止して、携帯電話を引っ張り出した。液晶表示を見ると、〈みはる〉の大森マヤからだった。

「水間だ。どうしたんだ、こんな時間に」

「すみません、常務。どうしても、お知らせしたいことがあって」

「なんだ」

「たった今、神宮署の岩動警部と嵯峨警部補が、うちのお店を出て〈サルトリウス〉へ向かいました」

それを聞くなり、家へ帰るつもりだった水間は、その気が失せた。ほうってはおけない。

「ちょっと待ってくれ」

水間は通話を保留にし、あらためてタクシーを停めた。

座席に乗り込み、千円札を二枚引き抜いて、運転席に突き出す。

「近くて悪いけど、大急ぎで東急本店の脇へやってくれ。文化村通りから行くと、向かって左側の道だ」

運転手はうなずき、機敏に札を抜き取った。

車が走り出すのを待って、ふたたび携帯電話を耳に当てる。

「どういうことだ、マヤ。ざっと状況を説明してくれ」

「小一時間前ですけど、閉店間際に嵯峨さんが、ふらっとお見えになりました。話をしながら飲んでいるところへ、今度は岩動警部が現れたんです」

「二人は、待ち合わせたのか」

「いえ、そういう雰囲気じゃありませんでした。たまたま、という感じで」

マヤの口調は、少し自信がなさそうだった。

「それで、どうした」

タクシーは宮益坂下を右折し、JRのガードをくぐって、道玄坂の方へ向かう。

「警部から麻薬取引のこととか、渋六と禿富警部補の関係とか、いろいろ聞かれました。

詳しいことは、あらためてお話しします。とにかく、警部はこれから〈サルトリウス〉へ行くと宣言して、嵯峨さんと一緒に店を出て行きました。一時で終わりだって言ったんですけど、耳にはいらないようでした。そのことだけ、お知らせしようと思って」

マヤは一息に言って、こほんと軽く咳をした。

水間は、携帯電話を握り直した。

「分かった。またあした、連絡する。おれはこれから、〈サルトリウス〉へ回る。とにかく、知らせてくれてありがとう」

「いえ、いいんです。気をつけてください」

通話を切り、すぐに野田憲次の携帯電話に、かけ直す。

野田は、すぐに出てきた。

「どうした」

「今、〈みはる〉のマヤが電話をよこして、岩動と嵯峨がそっちへ向かった、と連絡してきた」

「岩動警部が」

野田の声が緊張する。

「そうだ。少し前に、〈サルトリウス〉へ行くと言って、〈みはる〉を出たそうだ。そろそろ、着くころだろう」

〈みはる〉から〈サルトリウス〉までは、歩いて五分もかからない。

「しかし、もう店は終わりだ。今夜はミーティングもないから、女の子はみんな帰った。おれとママと、運転手の沖しかいないぞ」

野田も、当惑したようだった。

「まあ、入り口が閉まっていれば、あきらめるだろう。岩動のことだから、どうするか分からんがな。とにかく、おれも今そっちへ行く。裏の物置部屋のドアを、あけておいてくれ」

「分かった」

この時間になると、さすがに人通りが減って、車の渋滞も緩やかになる。

タクシーは、道玄坂下から文化村通りにはいり、突き当たりを東急百貨店に沿って、左へ折れた。さらに、三差路の一方通行を左折して、ラブホテル〈キャッスル〉の前まで行く。

そこで車を捨て、向かいの路地をはいった。先日、ヒットマンの死体を運び出した、細い通路だ。

物置部屋のドアは、引くと簡単に開いた。中にはいって、内鍵をかける。

手探りで闇を抜け、トイレのある廊下に出ると、そこで野田が待っていた。

「どうした。来たか」

水間の問いに、野田は首を振る。

「いや、まだだ。ひょっとすると、来てはみたが表の明かりが消えてるので、あきらめたのかもしれんな」

　そのとき、どこかで何かを叩くような、鈍い音が断続的に響いた。

　野田の顔が、引き締まる。

「反対側の、裏口のドアだ」

　水間はうなずいた。

「行ってみよう」

　薄暗い無人のフロアを抜けて、反対側の通路の奥に位置する、特別室へ急ぐ。その前を抜けると、さらに奥に建物の横手へ出る、もう一つの裏口があるのだ。

　そこのドアを、だれかが叩いている。

　特別室から、和服姿の諸橋真利子と運転手の沖弘が、あわただしく出て来た。

　二人を見て、真利子が不安そうに言う。

「だれかが、裏のドアを叩いているのよ。たぶん、岩動警部だわ」

　野田から、話を聞いたようだ。

　野田は、舌打ちをした。

「あきらめなかったらしいな。どうする」

　水間は、耳をすました。

　外から見れば、横手の裏口は建物の左側についた、細い路地に面している。ドアを叩く音は、ひどくうるさいというほどではないが、いっこうに鳴りやまない。

「このまま、様子をみよう。そのうち、あきらめるかもしれない」

しかし、ノックは鳴りやむ気配がなく、執拗に続く。

突然携帯電話が震え、水間はびくりとした。液晶表示を見ると、非通知になっている。迷ったものの、通話ボタンを押した。

「もしもし」

「神宮署の嵯峨です。水間さんですね」

そう呼びかけられ、水間は一瞬絶句した。

横井恭一が逮捕された夜、嵯峨俊太郎に携帯電話の番号を聞かれ、しかたなく教えたことを思い出す。

「ええ、水間です」

答えたものの、不意をつかれて舌がこわばり、あとが続かない。

「裏口をあけてください。中にいるんでしょう」

そう決めつけられると、にわかにとぼけることもできず、水間は困惑した。

「すみませんが、もう閉店したんですよ。女の子も帰っちゃいましたし、明日にでも出直していただければ、きっちりサービスさせてもらいますから」

とりあえず、逃げを打った。

「いや、別にサービスしてもらうつもりは、ないんです。ちょっと、挨拶に寄っただけで」

「こんな時間にですか」

受話口で雑音がして、いきなり別の声が割り込んできた。

「ぐずぐず言ってないで、ここをあけなさい。捜索令状が必要なら、取ってくるわよ。そのかわり、徹底的に引っ掻き回してやるからね。よっぽど、見られたくないものが、あるんだろう」

岩動寿満子だった。

「いや、そういうわけじゃないですが」

つい腰が引ける。

「だったら、あけなさいよ。あけないと、叩き破るわよ。それでもいいの」

実際に、そうしかねない見幕だった。

「分かりました。あけますから、ちょっと待ってください」

水間は通話を切り、汗の浮いた額をこすった。

様子をうかがう野田と真利子に、仏頂面をしてみせる。

「だめだ。手に負えない。中へ入れよう」

野田は、しかたがないというように、肩をすくめた。

真利子は、軽く眉をひそめただけで、何も言わない。敷島組が吸収統合されたあと、水間の判断に異を唱えたことは、一度もないのだ。

「特別室へ行こう。沖。裏口をあけて、二人を中へ入れろ」

水間が指示すると、沖は小走りに裏口へ向かった。

その間に、水間は野田と真利子のあとについて、特別室にはいった。

真利子が冷蔵庫をあけ、ミネラルウオーターや氷を取り出して、酒の用意を始める。

水間と野田は立ったまま、寿満子と嵯峨を待った。

ドアに、あわただしいノックの音がして、沖が顔をのぞかせる。

「すみません、常務。お客さんが、フロアの方へ行っちゃいました。こちらの部屋へどうぞ、と言ったんですけど」

水間と野田は、急いで特別室を出た。通路を抜け、フロアに向かう。

寿満子と嵯峨が、薄暗い無人のボックスの間を、行ったり来たりしている。

水間が呼びかけると、寿満子は振り向きもせず、ぶっきらぼうに言った。

「岩動警部」

「明かりをつけて」

野田が、壁際のスイッチに手を伸ばし、照明を入れる。

水間はあらためて、明るくなったフロアを見渡した。

ふだんは、客とホステスでボックスが埋まり、狭苦しく感じられるフロアも、人がいないと妙に広びろして見える。

この種の店には珍しく、フロアの中央にダンスができる、小さなスペースがある。踊る客はめったにいないが、多少は息抜きの空間になっている。

寿満子と嵯峨は、そのスペースに立って体を回し、じっくりとフロアを検分した。

寿満子が、水間を見る。

「なかなか、いい店だね。場末のキャバレーそこのけの、けばけばしい店かと思ったのに」

「ありがとうございます」

いつの間にか、水間の後ろに真利子が控え、頭を下げていた。

「あんたがママ」

寿満子の問いに、真利子が半分だけ上体を起こして、神妙に応じる。

「はい。店を任されております、諸橋真利子と申します。今後とも、お見知りおきを願います」

「殺されたあんたの亭主は、敷島組の大幹部だったそうだね。諸橋なんといったっけ」

むきつけな物言いに、水間ははらはらした。

しかし真利子は、表情を変えなかった。

「諸橋征四郎でございます。生前はずっと、この店を切り回しておりました」

寿満子の目に、嘲《あざけ》るような色が浮かぶ。

「それが今じゃ、渋六興業のものになっちまった。そして、あんたはその下でおめおめと、ママをやってるわけだ。死んだ亭主が、あの世で泣いてるよ」

真利子の頬がこわばるのを見て、水間はすばやく割り込んだ。

「岩動警部。部屋にはいってください。一杯ごちそうしますよ」

寿満子はそれに答えず、真利子の横に立つ野田に、目を移した。

「あんたが、野田か」

野田は、無意識のように気をつけをした。

「はい。渋六の営業部長をやっています」

めったにないことだが、堅くなっているようだった。

「二人とも、常務だってね。どっちが先に、専務になるのかねえ」

水間は苦笑した。まったく、気に障ることばかり言う、扱いにくい女だ。

野田が、律義に答える。

「なるときは、たぶん一緒です」

寿満子は男のように笑い、嵯峨に顎をしゃくった。

「この若いのは、あたしと一緒に神宮署に配属された、嵯峨警部補だ。ただし、なめちゃいけないよ。人は、見かけによらないんだから」

嵯峨が軽く頭を下げる。

「嵯峨です。よろしく」

寿満子は、妙になれたしぐさで嵯峨の肩に、手を置いた。

「それじゃ、一杯だけごちそうになろうか」

真利子は、体を引いた。

「どうぞ、こちらへ」

先に立って、特別室に案内する。水間は、野田がフロアの照明を消すのを待ち、寿満子と嵯峨のあとに続いた。

特別室にはいると、真利子は寿満子と嵯峨を、奥のソファにすわらせた。水間と野田は、入り口に近い方に並んで、腰を下ろす。

寿満子は、ダブルの紺のジャケットに、ベージュのチノパンツをはいている。組んだ脚の太ももが、ぱんぱんに張って見えるのは、脂肪ではなく筋肉のようだ。

一方、ワイシャツにノーネクタイの嵯峨は、オリーブグリーンのジャケットに、薄茶色のスラックスという格好で、刑事以外なら何にでも見えるいでたちだった。

真利子が、サイドボードからマッカランのボトルを取り出し、テーブルに運んで来る。

それを見て、寿満子が言った。

「あたしはスコッチより、バーボンがいいな。何かないの」

注文をつけられて、真利子は動きを止めた。

「申し訳ございません。フォアローゼズでよろしければ、お店の方に置いてございますが」

「それでいいよ」

立って、ドアへ向かおうとする真利子を、野田が制した。

「いいよ、おれが取ってくる。ママは、ここにいてくれ」

そう言い残して、特別室を出て行く。

嵯峨が、取ってつけたように言った。

「わたしは、マッカランの水割りでいいです」

真利子は、てきぱきと嵯峨の水割りを作り、前のテーブルに置いた。しかし嵯峨は、すぐには手をつけない。

野田が、フォアローゼズのボトルを持ってもどると、寿満子はストレートをシングルで、と新たに注文をつけた。

真利子は、酒を注いだショットグラスを、寿満子の前に置いた。それから、水間と野田の水割りを、作りにかかる。自分の分は、作らなかった。

水間は、グラスを上げた。

「よろしくお願いします」

野田も、それに合わせる。

寿満子と嵯峨は何も言わず、グラスだけ上げて応じた。

23

乾杯の間、諸橋真利子は口を閉じたまま、軽く頭を下げていた。

岩動寿満子がそれを見とがめ、声をかける。

「あんたは、なぜ飲まないの」

真利子は顔を上げ、毅然とした口調で応じた。

「お客さまの前では、勝手に飲まないのがしきたりでございます」

寿満子が、小ばかにしたように笑う。

「そんなに、格式張らなくてもいいよ。あたしたちは、別に客じゃないんだ。遠慮なしに、飲みなさいよ。どうせ、この店の酒なんだから」

真利子は、膝に両手をそろえたまま、また頭を下げた。

「それでは、頂戴します」

水間英人の目には、真利子の堅苦しい対応が、わざとのように思われた。時代が変わったとはいえ、敷島組はもともと歴としたヤクザで、ことに引退した熊代彰三は、しきたりにうるさい男だった。

むろん、序列や規律がきっちりしている点では、警察組織もヤクザと同じだ。それだけに、寿満子のような傍若無人の刑事に接すると、真利子はことさら格式張ってみせたくなるのだろう。

寿満子も、それに気づいたに違いないが、態度をあらためようとはしなかった。

水間を見て、無愛想に言う。

「〈みはる〉のママから、あたしたちがここへ来るって、ご注進があったんだろう」

どうやら、お見通しらしい。おおざっぱなようでも、頭の回転はいいのだ。

水間はうなずいた。

「ええ、連絡がありました。失礼があってはいけない、と思ったんでしょう」

寿満子の目が、いじわるく光る。

「それじゃ、さっきはあたしたちと承知で、居留守を使ったわけね」

一瞬、返事に窮する。

「閉店時間を過ぎたら、ドアはあけないことにしてるんです。営業時間を守らないと、所轄の生活安全課に叱られますからね」

苦しまぎれに言うと、寿満子は顎をのけぞらして笑った。

酒を飲み、口元に薄笑いを残して言う。

「あんたも、口が減らないね」

水間はそれに答えず、ただグラスを上げるだけで、応じた。

嵯峨が、口を開く。

「すぐにあけなかったのは、わたしたちに見られると不都合なものを、隠してたからじゃありませんか」

水間はちょっと驚き、嵯峨の顔を見直した。

嵯峨は、どこか超然とした雰囲気を漂わせ、寿満子とは一線を画している、という印象があった。それが突然、寿満子の尻馬に乗るような態度に出たので、とまどいを覚えた。

代わって、野田が聞き返す。

「それは、どういう意味ですか」

気色ばんだ言い方ではなく、野田らしい冷静な口調だった。

嵯峨は、酒に口をつけた。

「別に、深い意味はありませんよ。たとえば、その辺にほうり出してあった覚醒剤を、急いで隠してたんじゃないか、という程度の意味です」

十分、深い意味がある。

野田は唇を軽く歪め、辛抱強い笑みを浮かべた。

「クスリは扱いませんよ、自分たちは。以前、敷島組は扱っていたようですが、統合したあとはやめさせました」

「しかし横井は、それでつかまったんじゃなかったかな」

「横井は渋六の社員じゃないし、自分たちとは関係ありません。あいつが、自分たちの指示でやったなどと言っても、それは嘘っぱちです。やらせたのは、敷島組からマスダへ身を売った、川野辺だと思いますよ」

野田の反論に、寿満子が口を出した。

「何か、確証があるの」

「別に、証拠はありません。ただ、横井は川野辺にかわいがられていたし、敷島組の準構成員でしたからね」

「そんな男を、統合したときなぜシマから追い出さずに、店をやらせておいたの。おかしいじゃないか」

水間は割り込んだ。

「横井を残したのは、自分の判断です。あの男を通じて、マスダの情報を取れるんじゃないか、と思いましてね。マスダが、渋谷へ進出しようと狙ってることは、警部もご存じでしょう」

寿満子は、軽く肩をすくめた。

「まあね」

「マスダは、やることが荒っぽい。連中がこの街に来たら、神宮署の生活安全特捜班は、大忙しになりますよ。そうならないよう、せいぜいがんばってもらわないと」

寿満子が、ふんと鼻で笑う。

「あいつらが進出したら、困るのはあんたたちだろう。神宮署を、縄張り争いの盾にしようなんて、ちょっと虫がよすぎるんじゃないの」

「連中の動きに関するかぎり、警察と渋六は運命共同体でしょう」

水間が言うと、寿満子はあっけにとられたように、口をあけた。

「運命共同体だって。あんた、警察とヤクザを一緒にするなんて、正気なの」

不愉快きわまりない、という顔だった。

野田が、なだめるように言う。

「まあ、持ちつ持たれつというところも、あるじゃないですか」

寿満子は、じろりと野田を見た。

「ふうん、そうか。それで禿富と、つるんでるってわけだね」

水間は、酒をなめた。

禿富鷹秋を、平然と呼び捨てにするところに、寿満子の底意のようなものが、感じ取れる。

野田は、寿満子の質問に答えようとせず、黙って自分の酒を飲んだ。

寿満子が、水間に目をもどす。

「〈みはる〉のママの話じゃ、あんたたちはのべつあの店へ禿富を連れ込んで、只酒を飲ませてるそうじゃないか」

水間は、奥歯を嚙み締めた。

大森マヤが、そのようなことを言うはずがない。寿満子は、かまをかけているのだ。

「のべつ、は言いすぎですよ。ごくたまに、そういうこともありますがね。どちらにせよ、水割り一杯三百円の店で、只酒もくそもないでしょう」

水間が応じると、寿満子は真利子に目を移した。

「ここにも来るの、禿富は」

突然風向きが変わったのに、真利子は少しも動じなかった。

「はい。たまにお見えになります」

「この店じゃ、水割り一杯三百円ということはないね。スコッチのボトルでも入れたら、最低でも五万は取られるだろう」

寿満子が突っ込むと、真利子はかすかな笑いを浮かべた。

「禿富警部補は、国産のウイスキーしか、召し上がりません」

「それにしたって、場末のバーとは違うはずだ。禿富は、ちゃんと勘定を払ってるの」

「はい。それも、前払いでいただいております」

水間は驚き、野田と目を見交わした。

真利子の返事が、あまりにきっぱりしていたので、実際にそのとおりなのではないか、と思ったほどだ。

寿満子も、虚をつかれたように顎を引く。

「警部補の安月給で、どこからそんな金が出るんだい」

真利子は、蔑《さげす》むような目で寿満子を見た。

「人さまの、お財布の中身をのぞくようなまねは、したことがございません」

寿満子が、むっとした顔で乗り出そうとすると、嵯峨が割ってはいった。

「街の噂で聞いたんですが、ママと禿富警部補はいい仲だそうですね」

明日の天気でも聞くような、あっけらかんとした口調だった。

水間はひやりとしたが、真利子はみごとなほど表情を変えず、静かに応じた。

「これは、何かの事情聴取でしょうか」

野田が、笑いをこらえるように咳払いをして、尻をもぞもぞさせる。

嵯峨の口から、屈託のない笑いがはじけた。

「失礼。ただの、やじ馬根性です。まあ、たとえいい仲だとしても、別にかまいませんがね」

水間は、腹の中で苦笑した。寿満子が言ったとおり、見かけよりも油断のならない男だ。

寿満子は酒を飲み干し、グラスをテーブルに滑らせた。

「もう一杯、いただきましょうか」

珍しく、ていねいに言う。

真利子は、グラスにバーボンを満たして、寿満子の前に置いた。寿満子は、それに軽く口をつけ、ソファにもたれた。

「ところで、あんたたちに相談があるのよ。嵯峨警部補とあたしは、神宮署に飛ばされて来たあげく、吹きだまりの生活安全特捜班に、配属された。特捜班ときたら、あの禿富をはじめ、ろくでなしばかりだ。いいかげん、根性を叩き直してやらなきゃ、どうしようもない。そこで、相談があるわけさ」

そう言って、水間と野田の顔を見比べる。水間は、言葉の返しようがなく、黙っていた。野田も、同様だった。

嵯峨が、居心地悪そうに脚を組み替え、それから急に立ち上がった。

とってつけたように言う。

「すみません。トイレはどこかな」

水間は、嵯峨が寿満子の言う相談ごとから、逃げたがっている印象を受けた。

野田が、腰を上げる。

「フロアの、反対側になります。案内しましょう」

二人は、特別室を出て行った。

寿満子が、話を続ける。

「根性を叩き直すには、やる気を出させなきゃだめだ。それには、刺激が必要になる。精神をしゃきっとさせる、ちょっとした刺激がね。そのためには、手柄を立てさせるのがいちばんだ」

水間は、寿満子の言いたいことが分からず、じっと目を見つめた。

寿満子は酒を飲み、平然とした顔で続ける。

「あんたの方で、あたしたちが押収できるチャカを、五挺ばかり用意してほしいのさ」

水間は、何を言い出すかと耳を疑い、すわり直した。

「冗談はやめてください。そんなもの、用意できるわけないでしょう」

「五挺が無理なら、四挺でも三挺でもいいわ。とにかく、何か実績さえ上げれば、刺激になるんだから」

畳みかけて言う寿満子に、水間は首を振った。

「五挺だろうと一挺だろうと、そういう相談には応じられませんね。その種の小細工をして、新聞でさんざんに叩かれたデカが、山ほどいるじゃないですか」

「デカにも、ヤクザの方にも根性がないから、外へ漏れるのさ。どっちも口を閉ざしてりゃ、ばれることはないんだ。協力してくれたら、パチンコ台の裏操作や、麻雀賭博くらいは、目こぼししてやるよ。あんたたちにとっても、悪い話じゃないはずだ」

あきれて、言葉に詰まる。酒で喉を潤し、ようやく口を開いた。

「そういう裏取引を、警察の方から持ちかけるのは、只酒をおごられたりするより、もっとまずいんじゃありませんか」

「どうしてさ。この世から、チャカが一挺でも消えてなくなれば、それだけ危険が減るわけだ。あんたたちも間接的に、街の治安に協力したことになる。だれも、損はしないじゃないか」

すごい論理だ。

「うちの社員に、チャカを持って署へ出頭しろ、というんですか」

「その必要はないよ。どこでぼろを出すか、分からないからね。シマの中の、適当なゴミ箱にでも投げ込んで、特捜班へ密告してちょうだい。あたしたちは、すぐにその場へ駆けつけて、チャカを回収する。たとえ出所不明でも、チャカさえ押さえれば実績になる。あんたたちに、迷惑はかからないよ」

水間は酒を飲み干し、真利子にお代わりを頼んだ。真利子は、いっさい口を出さなかったが、話の途中から表情が硬くなっていた。

渋六が保持する拳銃の数は、合わせて十挺程度にすぎない。法人組織にしてから、大半を処分してしまった。

まず、社長の谷岡俊樹の自宅に、二挺。水間と野田、それに筆頭ボディガードの坂崎悟郎が、一挺ずつ。

それから、事務所の隠し戸棚に、三挺。直営のクラブ、〈コリンデール〉の特別室に、一挺。

そして、今いる〈サルトリウス〉の特別室のデスクの、二重底の引き出しに、最後の一挺がある。

真利子が、水間の水割りを前に置いたとき、ドアが開いて嵯峨と野田が、もどって来た。

二人が、ソファにすわり直すのを待って、寿満子が言う。

「野田。あんたはどう思う。あたしは今、水間にチャカを五挺差し出すように、持ちかけた。もちろん、それなりの見返りは、用意するつもりだ。ところが、水間はいやだと言うのさ。あんたの意見は」

嵯峨が、居心地悪そうに身じろぎして、ちらりと野田を見る。

野田は、やぶからぼうな話にとまどいを隠さず、水間に目を向けた。

「どういうことだ」

「どうもこうもない。要するに、裏取引だ。チャカと引き替えに、パチンコ台の裏操作や麻雀賭博で、目こぼしをするとおっしゃる」

水間が言うと、寿満子は薄笑いを浮かべた。

「確かさっき、警察と渋六は運命共同体だとか、持ちつ持たれつだとか言ったね。あたしは、それに合わせて話を持ち出したつもりだ。いやとは、言わせないよ」

野田は水割りを飲み、じっと水間を見た。どうするつもりだ、と意向をうかがっている。

水間が口を開こうとしたとき、嵯峨が唐突に言った。

「トイレの、床と壁のタイルの一部に、最近貼り替えをしたらしい跡があった。個室のドアも、取り替えたようですね。どうかしたんですか」

水間は、ぎくりとした。

橋本三郎が撃った拳銃の、弾痕を消すための措置だったが、嵯峨がそれに気づくとは思わなかった。観察力の鋭い男だ。

「古くなって、ひびがはいったからですよ」

水間が答えると、嵯峨はにっと笑った。

「タイルは分かるけど、何もしないのにドアにひびは、はいらないでしょう。チャカの弾でも、当たらないかぎりね」

24

水間英人は笑った。

自分でも、こわばった笑いだと分かったが、しかたがなかった。

「酔った客が、マジックでいたずら書きをしましてね。それで、ドアごと取り替えたんです」

嵯峨俊太郎は、嘘と見抜いたかもしれないが、それ以上は追及しなかった。

岩動寿満子が、いらだった様子で、話をもとへもどす。

「さあ、返事を聞こうじゃないの。チャカをいくつか差し出せば、万事丸く収まるんだ」

水間は、野田憲次に目を向けた。

野田の顎が、ほんのわずか上下に動き、うなずいたように見えた。それが、決定を委ねるという意味か、この場でオーケーしろという意味か、にわかには判断しかねた。

寿満子が、じれったげに続ける。

「どうなのさ。大の男が、二人そろってぐずぐず考えるのは、みっともないよ」

水間は、息を吸い込んだ。

「その話は、聞かなかったことにします。そんなかたちで、警察と馴れ合いたくない」

言ったとたんに、寿満子の目がすっと冷たく光った。

「受けられない、と言うの」

思わず、背筋を伸ばしたくなるような、どすのきいた口調だった。

野田が、すばやく割ってはいる。

「待ってください。少し、時間をいただけませんか、警部。自分たちだけの判断では、即答しかねます。社長の意見も、聞いてみないと」

寿満子は、あきれたというように瞳を回し、ソファの背にもたれた。

「やれやれ。渋六は、あんたたち二人で持ってるんだ。谷岡のことなんか、ほっとけばいいじゃないの」

社長の谷岡俊樹は、親分肌ながら武闘派の癖が抜け切らず、頭を遣うのが苦手な男だった。したがって、法人化された今の組織の運営は、水間と野田に任せきりになっている。

野田は首を振った。

「そういうわけにいきません。しきたりがありますから、やはり社長の判断を仰がないと。できるだけ、警部のお考えにそえるように、調整してみます」

その辛抱強い口調に、寿満子は少しの間考えていたが、やがてわざとらしく息をついた。

「よし、分かった。そういうことなら、あしたの夜まで待つことにする。そうだね、午後十一時に嵯峨の方から、水間のケータイに連絡を入れさせよう。そのときに、返事をもらおうじゃないの」

水間が何も言わないうちに、野田が話を収めてしまった。

寿満子は嵯峨を見て、顎をしゃくった。

「それじゃ、行こうか」

嵯峨がうなずき、腰を上げる。

寿満子も立ち、バッグを肩にかけながら、諸橋真利子に目を向けた。

「ごちそうさま」

一緒に立った諸橋真利子が、ばかていねいに頭を下げる。

「おそまつさまでございました」

切り口上の挨拶に、寿満子の頰がこわばった。

水間は、笑いを嚙み殺した。

寿満子が、じろりと水間を睨む。

「あしたの夜十一時、ケータイをあけておくのよ。考えるまでもないと思うけど、色よい返事を待ってるからね」

そう言い捨てて、さっさとドアに向かった。

嵯峨が、そのあとに続く。

水間も野田も、そして真利子も横手の裏口まで、二人を送って出た。運転手の沖弘が、念入りにボルト錠をかける。

「分かりました」

特別室にもどると、野田は水間を見て言った。

「ここは、思案のしどころだぞ」

水間は手を上げた。

「ちょっと待ってくれ。その件は、マヤと話してからだ」

携帯電話を取り出し、大森マヤにかける。

「水間だ。さっきは、ありがとう」

「そんなこと、いいんです。それより、そちらはいかがでしたか」

マヤは、息をはずませた。

「なんとか、うまくあしらった。きみは、今どこだ。帰り道か」

「いいえ、裏のマンションです。あのあと、何か用ができるといけないと思って、待機してました」

「それでいい。今夜は、そこに泊まって行け」

「そうさせてもらいます」

〈みはる〉から、歩いて三分ほどのところに、四階建ての古いマンションがある。先代のママ、桑原世津子が生前その四階に、部屋を持っていた。

マヤには言ってないが、渋六興業は世津子が姿を消したあと、代理人となる遠い血縁者を探し出して、その部屋と〈みはる〉の権利を込みで、買い上げたのだ。もともとは、水間や野田が使うために買ったのだが、何かのときに利用できるように、マヤにも鍵を渡してある。

「さっきの電話の続きを、聞かせてくれないか。さっき〈みはる〉で、岩動警部はどんな話をしたんだ」

マヤが話す間、水間はたまに相槌を打つだけで、口を挟まなかった。

電話を切ったあと、野田と真利子に話の中身を報告する。

「岩動は、たるみ切った生活安全特捜班の、タガを引き締める肚《はら》らしい。そのために、ハゲタカのだんなを神宮署から、というより警察組織そのものから、追い出すつもりだそうだ」

それを聞くと、真利子の頰が硬くなった。

「そんなことが、できるのかしら」

「だんなが、警察官にあるまじき行為をしている、というはっきりした証拠が上がれば、監察も黙ってるわけにいかんでしょう」

野田が言うと、真利子は不安そうに膝に重ねた手を、ぎゅっと握り合わせた。

禿富鷹秋と接する、真利子の微妙な間合いとスタンスを、水間は理解できずにいた。

禿富は、直接手にかけなかったにせよ、諸橋征四郎の死に深い関わりがある。真利子の中には、禿富に対する根強い恨みが、渦巻いているはずだ。

しかし一方で、真利子が禿富に別の感情を抱く様子も、日ごろの言動から容易に見てとれる。

秃富を、憎んでいるのか、愛しているのか。もしかすると、真利子自身にも、分からないのではないか。水間には、そのことがいずれ好ましくない、破滅的な結末につながりそうな、いやな予感がある。

水間は言った。

「マヤによれば、岩動はハゲタカがおれたちに買われた証拠を、鵜《う》の目鷹の目で探し回っているそうだ。ついでに、何がなんでもおれたちを麻薬、覚醒剤の取引容疑で、挙げたいらしい」

野田が、指を立てる。

「そのことだが、さっき岩動が持ちかけてきた裏取引は、検討の余地があると思う。もし断ったら、なりふりかまわず横井を脅しつけて、おれたちの指示でクスリを売買した、と言わせるかもしれんぞ」

「しかし、現に指示も何もしてないものを、でっち上げるわけにいかんだろう」

水間が言い返すと、野田は首を振った。

「岩動なら、それくらいやりかねない気がする。検察官や裁判官が、おれたちヤクザの弁解に耳を傾ける、と思うか。そうでなくても、ガサ入れや何かで徹底的にやられて、商売に差し支えることになる。おれたちだって、叩けばほこりが出る体だ。危ない橋は、渡りたくない」

水間は、野田を見つめた。

「おまえは、さっきの岩動の申し出を、受け入れるつもりか」

「その方がいいと思う。いやな言葉だが、ここはやはり持ちつ持たれつで、貸しを作っておくのが、得策じゃないか」

水間は腕を組み、ソファにもたれた。

野田の言うことにも、一理ある。いや、それどころか、そのとおりにするのが、正しい対応だと思う。野田の判断は、めったに狂ったことがないし、谷岡も同じ結論をくだすだろう。

野田は続けた。

「あとは、チャカを何挺用意するかだ。五挺、と岩動が言ったのはブラフで、おそらく二挺でも話がつくだろう。三挺くれてやれば、大喜びするに違いない。それで、手を打とうじゃないか」

「しかしあの岩動が、口約束を守ると思うか。図に乗って、もっと厳しい要求を出してくることも、考えられるぞ」

「だからといって、覚書を交わすわけにもいかんだろう」

そう言われると、先が続かない。

野田が、真利子を見る。

「姐《ねえ》さんは、どう思いますか」

真利子は背筋を伸ばし、野田と水間を交互に見た。

「その前に、お願いがあるの。二人とも、わたしを姐さんと呼んだり、ていねいな口をきいたりするのは、やめてもらえませんか」

水間は野田と、視線を交わした。

真利子が続ける。

「あなたたちは渋六の常務だし、わたしはただの雇われママにすぎないわ。諸橋の女房だったことで、わたしに気を遣っているのなら、その必要はありませんよ」

「いや、そういうわけじゃない」

あわてて否定する野田を、真利子はまっすぐに見返した。

「それじゃ、どういうわけなの。まさか、禿富の女だと思って遠慮している、とでも」

野田は困惑した顔で、水間にそれとなく助けを求める。

水間は聞いた。

「姐さんは、ハゲタカの女であることを、認めるんですか」

真利子が、わずかにたじろぐ。

「あなたたちは、そう思ってるんでしょう」

水間は、そっけなく応じた。

「はっきり言って、おれたちは姐さんがだれの女だろうと、気にしたりしませんよ。渋六に、害をもたらさないかぎりはね」

真利子は、着物の襟にすっと指を走らせ、胸を張って言った。

「わたしは、だれの女でもないわ。だから、姐さんと呼ぶのは、やめてほしいの」

水間はそれと分かるように、薄笑いを浮かべてみせた。

「おれたちが、ママを姐さんと呼ぶのは、だれかに気を遣ってるからじゃない。単に、おれたちより年上だからだ。おれたちはただ、長幼の序を守ってるだけですよ」

真利子は、一瞬ぽかんとした顔をしたが、すぐに笑い出した。

「岩動警部じゃないけれど、あなたはほんとに口の減らない人ね」

水間も野田も、一緒に笑う。

おかげで、その場の堅苦しい雰囲気が、あっけなくほぐれた。真利子は、その件をあっさり引っ込め、話をもとにもどした。

「さっきの話だけれど、わたしはその先を読んで判断する力を、持ち合わせていないわ。いっそのこと、結論を出す前に禿富の意見を聞いてみたら、どうかしら。この問題は、あの人にも関係することだし、むだにはならないと思うの」

水間はうなずいた。

「そのとおりだな。これまで、だんなは岩動警部を敬遠するというか、なんとなく避ける感じだった。今度ばかりは、そうもいくまい。黙っていたら、自分の身に火の粉が降りかかってくる。ご意見を拝聴しようじゃないか」

「電話してみるか」

野田に促されて、水間は壁の時計を見上げた。

すでに、午前三時近い。

「こんな時間に起こすと、機嫌が悪くなるだけだ。あしたにしよう」

そのとき、ドアにノックの音が聞こえた。

沖がおずおずと、気弱そうな顔をのぞかせる。

「すみません。また、お客さんなんですが」

沖を押しのけ、戸口をはいって来たのは、当の禿富鷹秋だった。

25

水間英人も野田憲次も、虚をつかれて軽く腰を浮かしたきり、言葉を失う。

禿富鷹秋は後ろ手にドアを閉じ、トレンチコートの前をはだけたまま、その場に仁王立ちになった。

「おれの噂をしていたか」

禿富の言葉で、水間はわれに返った。

「ええ、まあ。ちょっと、相談ごとがありましてね」

禿富は、サイドボードからグラスを取り、諸橋真利子に投げ渡した。

「ストレートだ」

ついさっきまで、岩動寿満子と嵯峨俊太郎がすわっていたソファに、腰を落ち着ける。

真利子が、酒を満たしたグラスを前に置くと、禿富は前触れなしに言った。

「岩動と嵯峨に、何を持ちかけられたんだ」

　水間は驚いた。

　禿富は、寿満子と嵯峨がここへ来たこと、そして取引をもちかけたことを、知っているのだ。

「どうして、分かるんですか」

「二人が中へはいるのも、出て行くのも見ていた。用もないのに、ここへ顔を出すはずがないから、取引に来たと見当をつけたんだ」

　出入りするのを見たと聞いて、水間はさすがに気分を害した。

「二人が出て行ってから、もう十分以上たっている。どうして、すぐにはいって来なかったんですか」

　文句をつけると、禿富は涼しい顔で応じた。

「おまえたちに、考える時間を与えてやったのさ」

　水間はあきれて、首を振った。

　酒を一口飲み、気を取り直して言う。

「実は彼女、おれたちにとんでもない裏取引を、持ちかけてきたんです」

　寿満子が申し出た取引の話を、手短に説明した。

　聞き終わると、禿富はグラスの酒を飲み干し、真利子にお代わりを命じた。

　おもむろに言う。

「岩動は、本気だぞ。もし、おまえたちがその話に乗らなかったら、いよいよガサ入れをかける気だ。ここへ来たのは、その下見をするために違いない」

「下見」

水間は、絶句した。

代わって、野田が言う。

「だんなは、岩動警部の持ち出した裏取引に、乗るべきだと思いますか。意見を聞かせてください」

禿富は、真利子の差し出すグラスを受け取り、無表情に野田を見返した。

「おれに、意見なんかない。コンサルタントじゃないからな。おまえたちが、自分で判断しろ」

水間は、内心むっとした。

それでは、なんのために月づき金を払っているのか、分からない。

気を取り直して言う。

「しかし、チャカを差し出せなんてむちゃは、だんなにだって言われたことがない。はいそうですか、と聞くわけにはいきませんよ」

禿富は、軽く肩をすくめるしぐさをした。

「それなら、断るしかないな。ただし、どうなっても知らんぞ」

水間は、すわり直した。

「だんな。まだ、転任して日の浅い岩動警部に、特捜班を好きなように掻き回されて、平気なんですか。このまま、黙ってるんですか」

秃富が、意外なことを聞くという顔で、水間を見返す。

「岩動が何をしようと、あいつの勝手だ。おれは別に、生活安全特捜班のボスじゃないし、なるつもりもない。単に、小檜山がおれをそこへ据えたから、そこにいるというだけのことだ」

小檜山信介は、神宮警察署の副署長を務める警視で、生活安全特捜班の班長を兼任している。

「しかし、今やだんなは特捜班の中でも、いちばんの古顔でしょうが。いくら、相手が一階級上だといっても、新顔の女刑事に頭が上がらないなんて、だんならしくもありませんぜ」

しきりに挑発するが、秃富はいっこうに乗ってこない。

「近ごろは警察も、性差別の問題に神経質になってな。婦警という呼び方も、廃止になった。その必要があるときは、女性警察官と呼ぶんだ。女刑事などと言ったら、岩動にどやしつけられるぞ」

「呼び方を変えたって、警察組織が男社会であることに、変わりはないでしょう。岩動警部を、少し懲らしめてやったらどうですか」

秃富は笑った。

「おまえ、岩動にかなり敵意を燃やしてるな」

「おれだけじゃない。野田もそうだし、ママもそうですよ」

水間の言葉に、野田はすぐにうなずいたが、真利子はなんの反応も示さない。

禿富が、真利子を見る。

「おまえ、同性としてあの女を、どう思う」

真利子は、冷笑を浮かべた。

「わたしはあの人を、女だなんて思ってませんよ」

そっけない返事に、禿富はくっくっと笑った。

「今のせりふを聞いたら、岩動はこの店をめちゃめちゃにぶっ壊すぞ」

野田が口を挟む。

「ママの言うとおりだ。彼女とは、だんなと同じ男の刑事、という感覚で付き合わないと、とんでもない目にあいそうな気がする」

禿富の目が、注意を引こうとするように、きらりと光る。

「しかし、あいつはまぎれもなく、女だぞ」

「生物学的にはね」

水間がはぐらかすと、禿富は話の腰を折るなというように、眉根を寄せた。

「さっき、岩動と一緒にここへやって来た、嵯峨という若い刑事がいるだろう」

「ええ。ちょっとハンサムな、やさ男でしょう」

「そうだ。おれは、岩動があの若造に色目を遣うのを、しっかり見た。それも署で、白昼堂々とだ」

水間は虚をつかれ、ソファから背を起こした。

「信じられないな」

「岩動が、あの若造を見るときの目を、よく見てみろ。すぐに分かる」

その自信ありげな口調に、水間は野田と真利子の顔を、交互に見た。

「気がついたか」

真利子が、当惑したように首を振る。

「気がつかなかったわ。そんな組み合わせがあるなんて、考えもしなかったし」

野田が、少し考えて言った。

「はっきりこれとは言えないが、どことなくそんな雰囲気があった、という気もするな」

真利子が、思い出したように顔を上げる。

「そうだ。フロアで、嵯峨警部補のことを紹介したとき、あの人が妙になれなれしい手つきで、彼の肩にさわったのよ。それを見て、何かいやな感じがしたわ」

そう言われて、水間もそのとき同じようなことを感じたのを、思い出した。しかし、その程度のことでらちもない憶測をするのは、ばからしい気もする。

水間は、いらだちを覚えた。

「岩動警部が、女だろうとそうでなかろうと、そんなことはどっちでもいい。だんなだって、少しくらい彼女の動きを牽制してくれても、罰は当たらないと思いますがね」

少し強い口調で言うと、真利子も口を添える。

「岩動警部は、あなたと渋六が癒着している証拠を挙げて、あなたを警察から追い出そうとしているらしいわ。ほうっておくと、あの人の思う壺にはまりますよ。少しは、水間さんや野田さんの言うことに、耳を傾けたら」

禿富は不愉快そうな目で、真利子を見返した。

「くどいようだが、岩動が何をどう嗅《か》ぎ回ろうと、おれの知ったことじゃない。どうせそんな証拠は、見つかりっこないんだ。おまえたちが、口でも割らないかぎりな。いや、口を割ったところで、それを立証するものは、何もない。只酒を飲んだくらいで、いちいちデカをくびにしていたら、この国から警察官がいなくなっちまう」

禿富の言うとおりだった。

禿富に月づき払う金は、いつも場所を変えて直接手渡すので、なんの証拠も残らない。そう、受け渡しの現場でも押さえられないかぎり、禿富と渋六興業の関係を立証することは、まず不可能なのだ。

禿富が渋六のために、何か便宜を図った形跡でも残っていれば、そこから土手が崩れることもありうるだろう。ところが、実際問題として禿富が渋六のために、便宜を図ったケースはほとんどない。月づきの手当は、掛け捨ての生命保険のようなものだった。

水間は、まっすぐに禿富を見た。

「要するにだんなは、岩動警部と正面から事を構えたくない、というわけですね」

「いかんか」

あっけらかんとした口調に、水間は言い返す気力もなく、ソファに背を預けた。いくら、火薬に火をつけようとがんばっても、肝腎の導火線が湿っているのでは、どうしようもない。

真利子が、じれったげに言う。

「岩動警部が本気で動き始めたら、あなたも逃げ回っているわけに、いかなくなるわ。そうなる前に、先手を打つべきね」

水間はそっと、禿富の顔色をうかがった。

禿富に対して、真利子が指図がましいことを言うのを、初めて耳にした。少なくとも、人前では一度も聞いたことがない。

しかし、禿富は珍しく不愉快そうな色も見せず、辛抱強い笑みを浮かべた。

「おれには、おれのやり方がある。おまえたちが、岩動の話に乗ろうと乗るまいと、おれには関係がない。ただ、裏取引を断れば、めんどうなことになる。それだけは確かだ。そのつもりでいろ」

禿富は、グラスの酒を一息に飲み干し、ソファを立った。

水間も野田も、そして真利子も腰を上げる。

禿富は、だめを押すように付け加えた。

「そうなったときに、助けてくれと泣きついてきても、おれは知らんからな」

そう言い捨てると、さっさと特別室を出て行った。

第五章

26

目が冴えて、なかなか眠れない。

大森マヤは、ベッドから抜け出して冷蔵庫をあけ、ペットボトルの水を飲んだ。冷えた水が喉元を通り過ぎると、ますます目が冴えてくる。

水間英人は電話で、〈サルトリウス〉に現れた二人の刑事を、うまくあしらったと言った。

しかし、嵯峨俊太郎はともかく、あの岩動《いするぎ》寿満子《すまこ》という警部は、一筋縄どころか二筋、三筋の縄でも足りない、手ごわい女だ。でっち上げてでも、禿富《とくとみ》鷹秋《たかあき》と渋六興業の癒着を立件し、水間や野田憲次らの幹部を逮捕しようと、画策するに違いない。

禿富が警察を追われるのは、いっこうにかまわない。しかし、水間たちに災厄が及ぶのは、なんとしても防ぎたい。

水間たちが、〈みはる〉で禿富と飲んだときの無期限のツケは、実際に無銭飲食に当たるのだろうか。それで、人を逮捕することなど、できるのだろうか。

今どき、そんな姑息《こそく》な手段は通用しない、と嵯峨は寿満子をたしなめた。しかし、安心はできない。寿満子のことだから、どんな手段を使ってくるか、分からない。

唯一の反撃の種は、寿満子自身が先刻の酒代を、ツケにしておけばいいとうそぶき、金を払わずに出て行ったことだ。いざとなったら、それを逆手に取るかたちで、訴えてやる。

そう考えただけで、手に汗がにじんできた。すでにシャワーを浴びたが、眠れずに輾《てん》転《てん》反側するうちに、また汗まみれになってしまった。

もう午前三時に近いが、どうせ朝起きるのは遅い。もう一度シャワーを浴び、軽く寝酒を飲んでからベッドにはいれば、よく眠れるだろう。

キャップをかぶり、ふだんより温度を熱くして、シャワーを浴びる。刺すような痛みが、かえって肌に心地よかった。

ふと、カウンターの上に重ねられた、寿満子と嵯峨の手を思い出す。

たちまち、気分が悪くなった。寿満子は、嵯峨のことが好きなのだろうか。

体つきとか、容貌のことは言うまい。それ以前に、あの押しつけがましい傍若無人の女が、嵯峨の手を握るという行為に出たことに、憤りを覚えるのだ。

これが、もっと若くて美しい女なら、まだ許せる。そう、このわたしでもいっこうに、かまわないのだ。なるほど、嵯峨よりは年上かもしれないが、寿満子に比べれば女として数段上だ、という自負がある。背は高すぎるものの、均整のとれた体をしていると思うし、肌のつやも二十代前半のころと、少しも変わらない。

それなのに嵯峨は、寿満子に握られた手を引っ込めもせず、されるままになっていた。いったい、どういうつもりなのか。

しかもその十分ほど前には、だれの許しもなくこのわたしに、キスしたばかりなのだ。それをおくびにも出さず、平然と寿満子のなすがままになる、あの神経が分からない。

マヤは、首筋にシャワーを当てたまま、立ち尽くしていることに気づいて、栓を止めた。肌が熱を帯び、少しひりひりする。考えごとにふけり、一か所に湯を当て続けたため、軽いやけどのような状態になったらしい。

湯の温度を下げ、噴射力を弱めにして、同じ箇所に当てる。

いくら人がいないとはいえ、いきなりカウンター越しにキスしてくるとは、たいした度胸ではないか。そればかりか、大胆にも胸元へ手を差し入れ、乳首に触れさえした。

その感触を思い出したとたん、マヤは体の奥がずん、とうずくのを感じた。思わず、その場にしゃがみ込む。考えてみると、最後にセックスをしてから、もう半年以上になる。

そのときの相手は、十年ほど前に付き合いのあった、二十五歳年上の男だった。久しぶりに会って、ベッドをともにするはめになったのだが、期待は裏切られた。十年の間に、すっかり役に立たなくなっていた。

太ももの間に手を入れ、敏感なところを探ってみる。意外なほどに感じて、反射的に前かがみになった。ちょっと情けない気もしたが、たまには自分で慰めるのも悪くない、と思い直す。

さわっているうちに、嵯峨の唇にそのあたりをなめ回されるような錯覚に陥り、しだいに体が震え出すのを意識した。タイルに膝をつき、指の先にローションを垂らすと、あらためて妄想に身をゆだねる。

嵯峨の舌は柔らかく、しかも弾力があった。それが、いちばん感じるところに、吸いついている。

「ああ」

つい、声が漏れた。

自分の激しい息遣いが、嵯峨のそれのような気がして、自然と指の動きが速くなる。待ち兼ねていたものが、ゆっくりと頭をもたげる。

体の芯が、自分のものでないように動き、暴れ出す気配がした。

「ああ」

もう一度声を出し、たまらず体を折った。嵯峨が体の中にはいり、思う存分跳ね回る。マヤはしたたかに達し、タイルに立てた足の指を、思い切り丸めた。姿勢が崩れ、体が横倒しになる。ジェットコースターに乗ったように、腰の骨ががくがくした。

あまりの恍惚感に、マヤはタイルに伏せたまま、しばらくぼうっとしていた。

そのとたん、いきなり時ならぬブザーの音が、浴室まで響いてきた。

ぎくりとして、体を起こす。

現実の世界に呼びもどされ、せっかく手に入れただいじなものが、潮のように引いていく。

「もう」

口に出して、ぼやいた。

この古いマンションは、オートロックシステムになっておらず、来客は直接ずかずかと玄関のドアまで、やって来る。呼び出しボタンは、チャイムなどという気のきいたものではなく、無粋なブザー音を伝える。しかも調節がきかず、浴室にいてもよく聞こえるくらい、大きな音で鳴るのだ。

いったい、こんな時間に訪ねて来る客は、だれだろうか。

いや、考えるまでもない。十中八九、帰宅しそこなった水間か野田が、泊まりに来たのだ。前にも二度かそこら、そういうことがあった。

マヤは体をふき、急いで浴室を出た。

バスローブを着て、玄関に急ぐ。ドアのチェーンをはずそうとして、思いとどまった。水間か野田か、それとも二人一緒なのかくらいは、確かめる必要がある。ドアスコープに、目を寄せた。

心臓がびくん、と跳びはねる。レンズに映ったのは、水間でも野田でもなかった。嵯峨俊太郎だった。

軽いパニックに陥り、反射的に体を引く。急激に動悸《どうき》が高まり、息苦しくなった。なぜ、嵯峨がここを訪ねて来るのか、理解できない。事情聴取のために、連絡先を聞かれて自宅の住所と電話番号、携帯電話の番号は教えたが、このマンションのことは一言も言っていない。

しかも、マヤが今夜ここに泊まることは、水間のほかにだれも知らないはずなのだ。かりに、水間が口を滑らせたとしても、相手は野田か諸橋真利子がせいぜいで、嵯峨にしゃべることなどありえない。

返事をせずにいると、ドアに軽いノックの音が響き、またぎくりとした。

低い声が聞こえる。

「マヤさん。嵯峨です。あけてくれませんか。そこにいるんでしょう」

マヤは唾《つば》をのみ、恐るおそるドアに顔を近づけた。

思い切って、口を開く。

「こんな遅い時間に、なんのご用ですか。どうして、ここにいるのが分かったんですか」

頭が混乱し、立て続けに質問してしまう。

嵯峨は、すぐに応じた。

「廊下では、言えない用件でね。それと、こう見えてもぼくは刑事なので、調べるのは得意なんです。とにかく、ちょっとだけ入れてもらえませんか」

強引といえば強引だが、不思議に押しつけがましさは感じない。

ついさっき、浴室でみだらな妄想を巡らした当の相手が、ドアのすぐ外にいると思うと、新たに奇妙な興奮を覚えて、顔がほてった。

冷静になろう、と努力する。

こんな夜中、というより明け方に近い時間に、女一人の部屋に男を迎え入れれば、何が起こっても文句は言えない。むろん何かある、と決まったわけではないが、少なくとも気持ちの整理だけは、つけておくべきだろう。たとえ相手が警察官でも、男であることに変わりはない。

一つ、深呼吸をする。

別に、何かを期待するつもりはない、と自分に言い聞かせながら、マヤは返事をした。

「分かりました。ちょっと、待っていただけますか」

急いで寝室へ行き、バスローブを脱ぎ捨てる。裸の上に、厚手のトレーナーをかぶり、下着とジーンズをはいた。

玄関にもどり、チェーンをはずして、ドアをあける。

嵯峨が、屈託のない笑顔を浮かべて、拝むようなしぐさをした。

「すみませんね、無理を言って」

少しも、すまなそうではない。憎めない男だ、と早くもそこで気を許す自分に、マヤはわれながらあきれた。

「どうぞ」

ドアをあけたからには、早く中にはいってほしいと思い、上がりがまちに身を引く。時間が時間だけに、人に見られる心配はないはずだが、なんとなく気がとがめる。

「散らかってますけど」

おざなりに言い、マヤは嵯峨を中に導いた。

そこは、リビング兼ダイニング兼キッチンの、いたって手狭な部屋だった。ほかに、寝室が一つついているだけで、一人暮らしに相応の間取りだ。

真四角の、四人掛けの食卓と並んで、小さなテーブルと小ぶりのソファが二つ、置いてある。あとは、食器棚と小さな本棚。どちらも、棚の中はすかすかだ。

マヤが、酒の用意をしようとすると、嵯峨は手を振った。

「酒は、もういいです。コーヒーがあれば、いただきます」

「インスタントならありますけど」

「それでいいです」

マヤは酒をしまい、やかんに水を入れて、ガスにかけた。

嵯峨はソファにすわらず、マヤの動きを目で追っていた。マヤはそれに気づいたが、あえてとがめなかった。悪い気はせず、かえって緊張感がわく。

嵯峨は、ソファの一つに腰を下ろし、世間話でもするように言った。

「ここは、渋六が持ってるマンションでしょう」

マヤは、食卓の椅子の一つにすわり、嵯峨に目を向けた。

「ええ。調べが、行き届いてるんですね」

皮肉を言ったつもりだが、嵯峨はけろりとした顔で続けた。

「〈みはる〉の、前のママの血縁者から店の権利と一緒に、買い上げたそうですね」

「詳しいことは、ちょっと」

正直に答えると、嵯峨は軽く眉を寄せた。

「マヤさんは、前のママの桑原世津子を、よく知ってたんですか」

「まあ、ある程度ですけど。前に、わたしが働いていた駅前のスーパーに、ときどき買い物に来ましたし、わたしの方もたまに〈みはる〉に寄って、お酒を飲んでましたから」

「桑原世津子は、ある日突然いなくなったきり、いまだに消息不明だそうだね」

「そうらしいですね」

さりげなく応じたものの、自然に冷や汗が出てくる。

「近い親族がいないので、渋六が代わって捜索願いを出した、と署の記録にあった。結局、ママは見つからずに、渋六が〈みはる〉の権利とこのマンションを、買うことになったわけだ」

それは、初耳だった。

「詳しいことは、何も聞いてないんです」

嵯峨は一呼吸おいたあと、無邪気な口調で言った。

「ママは、殺されたのかもしれないね」

「そんな」

マヤは絶句し、目を伏せた。

「だって、身を隠す理由はなかったらしいし、かりに不慮の事故で死んだのなら、警察から連絡があったはずだ。そうでないとすれば、殺されて山に埋められたか、海に沈められたかの、どちらかでしょう」

嵯峨の指摘に、体が冷たくなる。

今ではマヤも、桑原世津子がどこかで無事に暮らしている、という考えは捨ててしまった。それどころか、だれかに消されたに違いないと、半分信じてさえいる。

しかし、嵯峨にその可能性を指摘されると、あらためて寒けを感じるのだ。

マヤは、固い声で言った。

「そんな話をするために、わざわざこんな時間に、訪ねて来られたんですか」

嵯峨はそれに答えず、おどけたしぐさで指を立てて、ガスレンジの方を示した。

「お湯がわきましたよ」

見ると、やかんの口から蒸気がさかんに、噴き出している。あわてて立ち上がり、ガスの火を止めた。

コーヒーを二ついれ、テーブルに運ぶ。

「どうぞ」

嵯峨は、取り上げたカップに鼻を近づけ、左右に動かした。まるで、ブルーマウンテンの香りでもしたかのように、満足そうにほほえむ。

「ああ、いいにおいだ」

一口飲んで、マヤを見る。

「こんな時間におじゃましたのは、むろんわけがあるからです。今夜のうちに、すませておかなきゃならないことを、思い出したものでね。今夜のうち、というのは夜が明けるまでに、という意味だけど」

マヤは、その持って回った言い方に、ちょっとたじろいだ。

さっき、岩動寿満子の登場で中断された、カウンターでのキスの続きをしに来たのか、という考えがちらりと頭をよぎる。それ以外に、思い当たるものがない。

とたんに、また胸がどきどきし始める。

「そんなに急いで、何をすませる必要があるんですか」

声が震えそうになるのを、かろうじて押さえた。

嵯峨が、にっと笑う。

「さっき、店で飲んだ酒の代金を、払いに来たんです」

マヤは一瞬あっけにとられ、それから体の力が抜けるのを感じた。いったいこの男は、何を考えているのか。

「ツケにしたはずですから、この次でよかったんですけど」

機嫌の悪い口調になったのが、自分でも分かる。そんな取るに足らぬことで、こんなとんでもない時間に訪ねて来るとは、どういう神経をしているのだろう。

嵯峨は、首を振った。

「いや。ツケというのは、無銭飲食と間違われやすい。一夜明けると、犯罪が成立する恐れがある。ツケにしろ、と脅されて断ることができなかった、とマヤさんが警察に届けたら、その時点で捜査の対象になるからね」

マヤには、その理屈がよく分からず、嵯峨の本心も量りかねた。

嵯峨が続ける。

「禿富警部補のあら探しをしながら、こっちも同じ只酒を飲んでるんじゃ、どうしようもないでしょう。お勘定は、いくらですか」

急に聞かれて、どれだけ飲んだかすぐには思い出せず、口ごもる。

「ええと、三千二百円です」

「マヤさんにごちそうした分も、入れてかな」

「その分は、けっこうです」

「いや、ごちそうするって約束したんだから、一緒に勘定してほしい」

マヤはためらったが、そんなことで争いたくなかった。

「それじゃ、ごちそうになります。四千円です」

嵯峨は、内ポケットから財布を出し、四千円をテーブルに置いた。

「はい、これ」

「すみません。ここには、領収証がないんですけど」

「いらないよ。プライベートだし」

マヤは札を取り上げ、ジーンズのポケットにねじ込んだ。

「でも、どうして嵯峨さんが、払いに来られたんですか。ツケにしておけば、と言ったのは岩動警部だったのに」

「それはそうだけど、警部はぼくのパートナーだから」

「嵯峨さんは、警部の後始末をして歩くのが、お仕事なんですか」

今度は、さすがの嵯峨もこたえたらしく、苦笑を浮かべた。

「今夜のマヤさんは、きついね。事情聴取のときは、けっこうおどおどしてたのに」

「警察の事情聴取で、おどおどしない人っていないでしょう」

嵯峨は黙ったまま、コーヒーを飲んだ。

それを見ているうちに、また店でのことを思い出した。寿満子に、カウンターの上で手を握られたとき、嵯峨は避けようとしなかったのだ。

少し、いじわるな気持ちになる。

「いつも、あんな風なんですか」

不意打ちを食わせたつもりだが、嵯峨はたじろぐ気配も見せない。

「あんな風って、マヤさんにキスしたことかな」

マヤは、逆に不意をつかれて、絶句した。よく考えると、そう取られてもしかたがない、中途半端な聞き方をした。うかつだった。

コーヒーを飲み、負けん気を出して居直る。

「ええ、そう。びっくりしたわ」

「ぼくも、びっくりした。気がついたら、キスしていた感じでね。何がなんだか、分からなかった」

白じらしい。キスしながら、マヤが気づかぬうちに胸元に手を入れ、乳首までさわったではないか。

マヤはその思いを振り払い、きっぱりと言った。

「お客さんに、あんな風にされたこと、一度もないわ。もちろん、させたことも」

嵯峨は、薄笑いを浮かべた。

「あのとき、内鍵をお願いって、そう言わなかったかな」

一瞬、どきりとする。

たちまち、顔に血がのぼった。言われて初めて、そう口走ったことを、思い出す。あのあと、寿満子が突然はいって来たので、すっかり忘れていた。

覚えていない、と否定しようとしたが、嵯峨の表情からすでに遅い、と悟る。

嵯峨は笑いを消し、これまでになくまじめな顔で言った。

「玄関の鍵を、かけてこなかった。かけてこようか」

答える前に、嵯峨は早くもソファを立って、玄関へ向かう。マヤは、どうしたらいいか決心がつかず、ぼんやりすわったままでいた。

もどって来ると、嵯峨はごく自然にマヤの側へ回り、隣に腰を下ろした。

何も考えないうちに、早くも嵯峨に唇をふさがれる。目を閉じると、店でキスされたときの感触がよみがえり、体の奥で火がつくのが分かった。

嵯峨の指先が、緩いトレーナーの胸元へ、侵入してくる。ブラジャーをしていないので、防ぎようがなかった。

乳首をつままれ、思わずため息を漏らす。

嵯峨が、耳元でささやいた。

「ベッドへ行こうか」

うなずくのが、やっとだった。

ここにはめったに来ないので、寝室は別に取り散らかっていない。見られて困るものは、何もない。

抱いて運ばれるかと思ったが、そういう展開にはならなかった。嵯峨に、ドラマチックなまねをする気は、ないようだ。手を引いてマヤを立ち上がらせ、寝室のドアに向かって背中を押す。

マヤは肚《はら》を決めて、寝室にはいった。ドアを閉じ、ベッドの脇の電気スタンドを、点灯する。

背後から、嵯峨が押しかぶさってきた。うつぶせのまま、ジーンズを脱がされる。迷いのないその手つきに、ある程度遊び慣れた様子がうかがわれて、わけもなくほっとした。

下半身があらわになると、嵯峨はパンティの後ろから手を入れ、秘部を探ってきた。そのストレートなやり口に、思わず体がびくんとなる。

のしかかった嵯峨が、背中に伝わるほどよく響く声で、感心したように言った。

「ずいぶん、濡れているね」

かっと頬が熱くなる。

27

嵯峨俊太郎は、たくましかった。

服を着ているときには、想像もしなかったような筋肉が、薄明かりの中で躍る。

大森マヤは、その大きな波に翻弄され、何度も頂点を極めた。恥ずかしながら、一度のセックスで複数回達したのは、初めての経験だった。先刻、浴室で一度自分を慰めたことなど、とうに消し飛んでしまった。というより、あれがむしろ、呼び水になったのかもしれない。

最後は、マヤがしたたかに達するのを見透かしたように、嵯峨がマヤの腹の上に放出して終わった。

波が静まるまでに、なにがしかの時間がかかる。

やがてマヤは、下の方から立ちのぼってくる、むせるような男のにおいに気づいて、深い満足感を味わった。嵯峨が、枕元のティシュペーパーを取り、マヤの腹の汚れを拭ってから、感心したように言う。

「マヤさんは、よく感じる人だね」

どう答えていいか、分からない。

こんなこと初めて、と正直に言いたくなるのを、ぐっとこらえる。いかにも、機嫌を取っていると思われるのが、いやだった。

「相手によるわよ」

せいぜい、強がってみせる。

「相性がいいのかな」

「それはあるかも」

嵯峨は、ティシュを紙屑籠に捨てて、マヤの隣に横になった。

マヤは目を閉じ、余韻に身をゆだねた。

「水間とは、どうなの」

突然切り込まれて、さすがにたじろぐ。

「それ、どういう意味。水間さんとは、何もないわよ」

答えたあと、嵯峨はそんな風に考えていたのかと、にわかに腹が立った。

「そうか。彼は、なかなか魅力的な男だから、マヤさんとそういう関係になっても、おかしくないと思ったんだ」

「それを承知で、わたしにコナをかけてきたの」

マヤがとがめると、嵯峨はくすくすと笑った。

「コナをかけるって、ものすごく古い表現だよね。今どき、そんな言い方をするやつは、だれもいないよ」

つられて、マヤもつい笑ってしまう。

「そうね。死んだ父親が、若いころとんでもない遊び人で、よく遣ってたから」

しかし、それで機嫌が直ったわけではない。嵯峨の口のきき方には、どうも引っかかるものがある。

嵯峨は、咳払いをして言った。

「別に、水間と張り合うつもりはないけど、負けたくない気持ちはあるね」

裸の背筋に、軽い電気が走る。

さっきから嵯峨が、水間水間と呼び捨てにするのに、マヤは気づいていた。

「そんなの、おかしいわ。嵯峨さんの方が若いんだし、それに刑事さんとヤクザの幹部とでは、勝負にならないわ」

「男の価値って、そういうことでは決まらないよ」

その率直さに、マヤは少し胸をつかれた。

「ええ、そうね」

短く答え、あとは黙っている。

しばらくして、嵯峨はさりげなく言った。

「禿富警部補は、水間や野田とどの程度親しく、付き合ってるのかな」

すっと体が冷たくなる。

すぐには答えず、嵯峨が不安を感じるころを見計らって、マヤは口を開いた。

「それを聞くのが、今夜ここへ来たほんとうの目的、というわけね」

嵯峨も、すぐには答えない。

あまり沈黙が長いので、今度はマヤの方が不安になった。

ようやく、ため息とともに、答えが返ってくる。

「正直に言えば、ついでに、という気持ちはあった」

「どっちが、ついでなの」

言葉のはずみで、またきついことを言ってしまった。

「そんなに、とんがらなくてもいいじゃないか。ぼくは別に、色仕掛けでマヤさんを籠《ろう》絡《らく》しよう、などと思って来たんじゃないんだ」

マヤはゆっくりと、仰向けになった。

「色仕掛けでも、かまわないわよ。あいにく、わたしはそういう手管には、引っかからないから」

嵯峨が、すねたように聞く。

「ぼくみたいな男は、好みじゃないのかい」

「いいえ、わたしのタイプよ。とても、すてきな人だと思うわ。刑事さんにしてはね」

マヤが応じると、嵯峨はすかさずという感じで、言い返した。

「マヤさんも、ぼくの好きなタイプだ。さっきの質問は、撤回するよ。仕事のことが、いつも頭を離れないものだから、つい口に出てしまうのさ」

「岩動警部の、忠実なるパートナーですものね。手を握らせるのも、だいじな仕事の一つだし」

ふたたび、長い沈黙。

「マヤさんは、わりとちくちく言うタイプかな」

「お好みと違ったら、おあいにくさま」

嵯峨の口から、またため息が漏れる。

「まあ、普通の人が見たら、不快な感じがするだろうね」

「人前じゃなければ、どうということはないわ。それに、趣味は人それぞれだし」

「ぼくの趣味は、そんなに悪くないつもりだよ。警部とはただ、あえて事を構えたくない、というだけのことさ」

マヤは、枕元からペットボトルを取り、水を一口飲んだ。

嵯峨にも差し出す。

「どうも」

嵯峨も、体を起こして水を飲み、ボトルを返した。

「岩動警部って、かなり変わった人ね。ただ、こわもてというだけじゃなくて、人前であんなことをするなんて、恐れ入るわよ」

「神経が太いことは、確かだね」

「その点は、嵯峨さんも同じよね。手を握られても、平然としてたじゃないの」

「それは、警部の考えてることが、分かったからさ」

「何を考えていた、というの」

「警部は、マヤさんに見せつけるために、ぼくの手を握ったんだ」

「なんで、そんなことをする必要があるの」

「あのとき警部は、マヤさんがぼくに惚れたらしいよ、とか言ってからかっただろう」

「ええ。いやみな人よね」

「つまりあれは、ぼくに惚れちゃいけないという、マヤさんへの警告なんだ。かりに、マヤさんがぼくに好意を抱いたとしても、目の前で別の女がぼくの手を握ったりすれば、普通は引くからね」

また、頭が混乱する。

「どうしてわたしが、嵯峨さんに好意を抱いちゃいけないの。ええと、別に好意を抱いたことを、認めるわけじゃないのよ。つまり、一般論としてね」

言ってから、自分でも今さら、という気がした。

嵯峨が、固い声で聞き返す。

「好意も抱かずに、こんなことをしたのかい」

マヤは、言葉に詰まった。

「好意を抱いてない、とも言ってないわ」

自分でも、何を言おうとしているのか、分からなくなった。

少し間をおいて、嵯峨は続けた。

「警察官は、結婚するときに相手のことを、しつこく調べられるんだ。身内に前科者がいないかとか、思想的に過激な者がいないか、とか。昔は、シュサイ願いという手続きがあって、厳しくチェックされたらしい」

「シュサイ願いって」

「妻を娶《めと》る願い、と書くんだ」

頭の中で、〈娶妻願い〉という字を思い浮かべる。

「なんだか、いやな感じね」

「今はもうなくなったけど、チェックが厳しいのは同じさ。昔ほどじゃないにしても、今でも水商売の女性と結婚するのは、けっこうむずかしいね」

マヤは、ふんと鼻を鳴らした。

「すると、岩動警部は嵯峨さんのためを思って、わたしに牽制球を投げた、というわけね」

「とまあ、ぼくは解釈したんだが」

「ずいぶん深遠、かつ好意的な解釈だわね。わたしの目には、ただの当てつけとしか、見えなかったわ。あの人はわたしに、自分の優位をひけらかそう、としただけよ」

「警部が、マヤさんに対抗意識を燃やした、と言いたいのか。いくら警部だって、そこまで自信過剰じゃないだろう」

マヤは、少し考えた。

「それって、わたしへのお世辞」

「事実を言ったまでさ」

嵯峨はあっさり言い捨て、投げ出したマヤの手を、ぎゅっと握った。

マヤは、染みの浮いた天井のクロスを、じっと見た。

「岩動警部は、ほんとうに禿富警部補を、神宮署から追い出すつもりかしら」

「そのつもりらしいよ。なにしろ、一度やると決めたら、とことんやる人だからね」

「渋六に、影響がなければいいけれど。禿富警部補が、渋六と癒着していると分かったら、水間さんや野田さんも、ただじゃすまないわよね」

「実際に、癒着してるのかい」

握られた手を、押しのける。

「知らないわ。知っていても、答えないわ。色仕掛けはきかないって、そう言ったでしょう」

嵯峨は笑った。

「分かったよ」

それから、急にまじめな口調になって、続ける。

「逆に、ぼくの方から一つマヤさんに、言っておくことがある。岩動警部は、はったりをかませる人じゃないし、はったりがきく相手でもないんだ。さっき言ったとおり、やると決めたことは、かならずやる。機会があったら、そのことを水間や野田に、伝えておいてくれないか」

「何をやる、と決めたの」

マヤの質問に、嵯峨はわずかにためらった。

「それは、ぼくの口からは言えないな」

「よく分からないわ。ゆうべ、お店で話しているのを耳にしたけど、警察内部に悪い警察官を取り締まる、専門の人がいるんでしょう」

「ああ、監察官のことだね」

「そう、それ。岩動警部は、どうして監察官に任せずに、自分で禿富警部補をとっちめようとしているのかしら」

嵯峨は、すぐには答えなかった。どうしたものか、と迷っている気配が、伝わってくる。

やっと、口を開いた。

「警部は、本部から神宮署へ異動になるときに、禿富警部補をなんとかしろ、と密命を受けたらしいんだ」

「密命」

「警部補の芳しからぬ噂《うわさ》は、本部にも届いているからね。ただ、それを糾弾する具体的な証拠が、何もないんだ。へたに騒ぎ立てると、マスコミに嗅《か》ぎつけられて、また警察の評判を落とすことになる。そこで、内々に調べを進めるように、岩動警部に密命がくだったわけさ」

「だれが、そんな密命を出したの。警視総監かしら」

「まさか。密命というからには、だれがくだしたにしても、表には出て来ないだろう」

マヤにとっては、雲をつかむような話だ。

「嵯峨さんも、その片棒をかついでいるわけね」

「ぼくは、密命とは関係ないよ。五反田署から、ごく普通に異動してきただけだから」

「だったら、どうしてそんな密命のことなんか、知ってるの」

嵯峨が、軽く咳払いをする。

「マヤさんも、けっこう好奇心が強いんだね。それを聞き出すのが、ぼくを中に入れたほんとうの目的、だったりして」

「まねをしてもだめ。わたしは、色仕掛けに乗らないかわりに、自分から仕掛けることもないわ」

「それを聞いて、安心したよ」

嵯峨はしんから、安心したように言った。

「嵯峨さんは、けっこう油断のならない人ね。見た目と、だいぶ違うように思うわ」

「それは認めるよ。年がら年中刑事でございと、目をぎらぎらさせてたんじゃ、仕事にならないからね。ぼくらの仕事は、まず相手を安心させることから、始めるんだ」

「脅《おど》しをかけるのは、最後の最後というわけね」

嵯峨は笑った。

「マヤさんには、負けるよ。マヤさんが容疑者だったら、さぞかし手ごわいだろうな。なかなか、口を割らなくてさ」

それで、ふと思い出す。

「そう言えば、逮捕された横井やジョーの裁判に、わたしも召喚されるのかしら」

「されるとしても、まだだいぶ先の話だね。横井が、マヤさんの供述調書の中身に同意したら、そのまま証拠として採用されるから、召喚されずにすむかもしれない」

「でも横井は、渋六の幹部の指示でクスリの取引をした、と言い張ってるんでしょう」

「それが、だんだんトーンダウンしちゃってね。送検される前に、前言をひるがえして、自分一人の判断でやった、と供述を変えた」

「それだと、横井を通じて渋六を締め上げようという、岩動警部の狙いが狂ってしまうわね」

「だけど、具体的な証拠が出てこなければ、検察官も立件できないからね。警部もそこまで、無理はしないだろう」

冷静になってくると、マヤは嵯峨とこういう関係になったことが、かえって重荷に感じられた。

「わたしたち、これっきりにした方が、いいかも」

マヤが言うと、嵯峨は体を起こして肘《ひじ》をつき、顔をのぞき込んだ。

「どうして。お互いに、色仕掛けはきかないと分かったんだから、何も心配はいらないじゃないか」

「それは、そうだけど」

マヤは言いさして、嵯峨の裸の胸に手を這《は》わせた。

嵯峨の指が、乳房に触れる。

マヤは、ため息をついた。

「その結論は、もう一度してからということで、どうかな」

そう言いながら、嵯峨がおおいかぶさってくる。

28

野田憲次は、少し早めに事務所へ出た。

前夜の件を、谷岡俊樹に相談するつもりだったが、いつも朝早い谷岡がその日に限って、なかなか姿を見せない。若い者に確認しても、何も連絡がないという。

そうこうするうちに、谷岡の内妻の根本麻以子が、電話をかけてよこした。麻以子は、渋六興業が経営するクラブ、〈コリンデール〉のママでもある。

麻以子の話から、谷岡は前夜昔なじみの博徒に請われ、急病で倒れたさる貸元の代理として、朝早くゴルフに出かけた、と分かった。麻以子はそれを、野田か水間英人に連絡するよう、谷岡に言われたという。

野田は、麻以子にゴルフ場へ電話をかけ、夜八時に〈コリンデール〉で待つ、と谷岡に伝言してもらえないか、と頼んだ。だいじな用件で、相談があると伝えてほしい、と付け加えた。

昼過ぎ、谷岡と連絡がとれたと言って、麻以子から返事がきた。谷岡は、ゴルフのあと打ち上げがあるので、〈コリンデール〉に着くのは八時半ごろになるだろう、ということだった。

野田は、水間の携帯電話に連絡して、その旨を伝えた。水間は、朝から債権回収で外回りに出ていたが、時間までにはもどると言った。

午後八時過ぎ、野田は諸橋真利子に断って、〈サルトリウス〉を出た。〈コリンデール〉は、渋谷道玄坂を挟んだ反対側にあり、歩いて十分ほどの距離だ。

奥の特別室にはいると、すでに水間が先に来ており、麻以子の作った水割りを飲んでいた。

麻以子は、さして美人とはいえないが、よく気がきく上に性格も明るい。年は四十代後半で、フリルつきの白いドレスを、身に着けている。十七歳のときに、一つ年下の谷岡の女になったあと、すでに三十年以上も連れ添ってきた、という。真利子とは違った意味で、しっかりした女だった。

水間は、いつもと比べて落ち着きがなく、酒を飲むピッチも早い。

麻以子も、それに気がついたらしく、軽い口調でたしなめた。

「どうしたのよ、英人。もう少し、ゆっくり飲んだら」

水間は、ちらりと野田に目をくれてから、麻以子にグラスを掲げた。

「すみません、姐《ねえ》さん。債権の取り立てが、ちょっと滞《とどこお》ったもので」

「滞ったって、あんた、根がやさしすぎるからさ。もうちょっと、脅しをかけなきゃだめ。貸した金を取り立てるのは、別に法律違反じゃないんだから」

野田は苦笑した。

武闘派の谷岡の女らしく、麻以子もどちらかといえば腕ずくで、話をつけたがる方だ。

水間も、困った顔をする。

「といっても、首吊りの足を引っ張るようなまねは、できませんから」

「それじゃ、今度から悟郎を連れて行きなさいよ。悟郎が後ろに立ってるだけで、相手はぶるって金を払うわよ」

坂崎悟郎は、水間が仕切る総務部に所属して、谷岡のボディガードを務める男だった。

この日も、谷岡についてゴルフ場へ行き、周囲に目を光らせているはずだ。

坂崎は図体が大きく、不死身といってもいいくらい、修羅場に強い。その坂崎が、これまで後れを取った相手はただ一人、禿富鷹秋だけだ。そのため、坂崎は禿富に対してつねに敵愾心《てきがいしん》を燃やし、いずれ決着をつけようと機会を狙っている。野田も水間も、それをなだめすかすのに、いつも苦労するのだ。

水間に落ち着きがないのは、債権取り立てのせいではないことが、野田には分かっていた。水間は、岩動寿満子が申し出た裏取引に、谷岡がどんな反応を示すかを考え、そわそわしているのだ。

野田自身は、その申し出に応じるべきだと思うし、谷岡にもそう進言するつもりだった。

逆に水間は、野田の心づもりを承知しつつ、反対意見を捨て切れずにいる。おそらくは、それが態度物腰に落ち着きのない、ほんとうの理由なのだ。

八時半を回るころ、谷岡が坂崎と一緒に、姿を現した。

谷岡は、いかにもゴルフ帰りらしい、こざっぱりした服装だった。坂崎はきちんと、スーツに身を固めている。

「すみません、お疲れのところ」

野田が立って迎えると、谷岡は手を振ってソファに腰を下ろした。

「ゆうべ遅く、急にゴルフに駆り出されてな。すまなかった」

軽くわびてから、麻以子に酒を言いつける。

坂崎は、野田と水間に目礼だけして、ドアの脇にある猫足の椅子に、腰を下ろした。

酒をこしらえると、麻以子は店があるからと言い訳しながら、特別室を出て行った。

男同士の話があるときは、さりげなく席をはずすのが、麻以子のやり方なのだ。

谷岡は酒を一口飲み、野田と水間を見比べた。

「それで、なんの話だ。おまえたちが雁首そろえて、おれに相談ごとというのも、珍しいじゃねえか。こないだ、ヤクの密売でつかまった、横井のことか」

例によって、しゃべり方は根っからのヤクザだ。

野田より先に、水間が口を開く。

「直接じゃありませんが、そのことも多少は関係があります」

「いくら、渋六はヤクを扱わねえといっても、おれたちの管内であんなまねをされたら、ただじゃすまねえだろう。その後、呼び出しはねえのか、神宮署から」

「ええ、今のところは。自分と大森マヤが、逮捕の翌日事情聴取されただけで、あとはなしのつぶてです。横井は最初、渋六の幹部の指示でやった、と言い張ったらしいですが、そんな証拠はどこにもない。それで神宮署も、あきらめたようです」

野田は、口を挟んだ。

「あきらめた、とまでは言い切れないぞ、水間。ハゲタカのだんなによれば、岩動警部はおれたちの弱みを握ろうと、必死になってるそうじゃないか」

つい先日禿富が、マスダから大金をせしめるのに、水間に危ない橋を渡らせた一件は、すでに水間から報告を受けている。その際、寿満子が渋六興業に手をつけようと、ひそかに知恵を巡らしている、という話も併せて聞かされた。禿富が、珍しくそう漏らした、というのだ。

谷岡が、野田を見る。

「その話はおれも聞いたが、どの程度やる気があるんだ、岩動警部は」

野田は酒を飲み、一呼吸入れた。

「相談というのは、実はそのことでしてね。ゆうべ遅く、〈サルトリウス〉に岩動が現れて、水間と自分に裏取引を持ちかけたんです」

「裏取引。どんな」

「チャカを五挺ばかり、差し出せというんですよ。そのかわり、パチンコ台の裏操作や、麻雀賭博は大目に見る、と言いました」

谷岡は顎《あご》を引き、濃い眉をきゅっと寄せた。

「ほんとうか」

「ええ。クスリの件でらちが明かないので、搦《から》め手からジャブを打ってきた、という感じです」

谷岡は、腕組みをした。

「そんな取引を持ちかけるとは、ずいぶん大胆な女だな。その手がばれて、マスコミにさんざん叩かれたデカが、これまでかなりいるはずだ。やばくはねえのか」

水間がうなずく。

「むろん、やばいです。今どき、そんなやり方で点数を稼ぐデカは、ほとんどいません。ばれたら、まず懲戒免職は免れない。それに、この取引が岩動の罠《わな》でないという保証は、どこにもありませんからね」

水間が、反対論を展開しようとする気配を感じ、野田は急いで割り込んだ。

「罠ってことは、ないと思うぜ。かりに罠なら、こっちもマスコミに裏取引の一件を、しゃべるだけだ。いくら岩動でも、そんなばくちは打つまい」

谷岡は渋い顔をして、腕組みを解いた。

「それにしても、図太い女じゃねえか。もし、こっちがその取引に応じなかったら、どうするつもりだ」

「当然、ガサ入れをかけてくるでしょうね。パチンコ店、カジノ、それにゲームセンター、風営店。〈サルトリウス〉や、この店もやられる。その段階で、チャカなんかが見つかったら、ただじゃすみませんよ」

野田があおると、谷岡はますます表情を曇らせ、酒に口をつけた。

ふと、思い出したように、水間を見る。

「ハゲタカに事情を話して、穏便に計らってもらうわけには、いかねえのか」

水間は、軽く肩をすくめた。

「だんなには、そのあとすぐに相談したんですが、色よい返事をもらえなかった。間に立って、話を丸く収めてやろうという気は、まるでないようでした」

野田も、それを補足する。

「その上、もし裏取引に応じないときは、岩動はかならずガサ入れをかけてきて、めんどうなことになると請け合いました」

谷岡の顔が、赤くなる。

「そこをなんとかするのが、ハゲタカの仕事じゃねえか。やつには、こういうときのために月づき、小遣いを払ってるんだ」

水間は、谷岡の怒りを搔き立てまいとするように、ことさら抑えた声で応じた。

「それについては、この際考え方をあらためた方がいい、と思います。だんなに小遣いを渡すのは、何かをしてもらうためじゃなくて、何もしないでいてもらうため、と割り切るんです」

野田は驚いて、水間の顔を見直した。

谷岡もとっさには、水間の論理についていけなかったとみえ、一瞬ぽかんとした。

「そりゃ、どういう意味だ」

「ハゲタカのだんなが、この町で勝手なまねを始めると、ろくなことにならない。だから、じっとしていてもらうために、金を払っていると思った方がいい、という意味です」

「しかし」

谷岡は言いかけたが、そこで口を閉じた。

それから、急に話を変える。

「ハゲタカ同様、岩動を金で買うわけには、いかねえのか」

野田は口を開いた。

「向こうから言い出せば別ですが、その手はきかんでしょう。岩動は、ハゲタカと渋六がつるんでる証拠をつかんで、だんなを神宮署から追い出すつもりなんです。自分から、墓穴を掘るようなまねはしない、と思います」

谷岡はまた腕組みをして、ソファに背を預けた。

「しかし、チャカを差し出して取引するのも、小遣いを渡して因果を含めるのも、デカとつるんでるという意味じゃ、たいして変わらねえように思うがな」

「片方は、仕事の実績を上げるためだし、もう一方は個人的な利益のため、という違いがありますよ」

野田が指摘すると、谷岡は天井を仰いで言った。

「そうか。すると、やはり岩動と取引するのが、得策か」

野田はここぞとばかり、大きくうなずいてみせた。

「ここで、岩動警部に貸しを作っておけば、あとあとのためにもなるはずです」

目の隅に、唇を引き締めて下を向く、水間の顔が映る。

谷岡は、ため息を漏らして腕組みを解き、グラスに手を伸ばした。

「しかし、チャカを五挺とはなあ」

野田は、すかさず言った。

「五挺でなく、四挺でも三挺でもいい、という口ぶりでした。しかもチャカだけ押収して、うちからは逮捕者を出さない、という条件です。どこか、管内のゴミ箱にでも投げ込んで、密告電話を入れてくれれば、すぐに回収に出向く、ということでした」

谷岡は下唇を突き出し、小さく二度うなずいた。

「なるほど。それで、めんどうが避けられるなら、しかたがねえか」

水間が、顔を上げる。

「ただ、ちょっと問題がある。野田が言うとおり、ハゲタカのだんなとは個人的な関係だから、自分たちもわりと気楽に付き合えます。しかし岩動と取引すれば、神宮署、つまり警察組織そのものと、馴れ合うことになる。自分としては、そこまでやる気には、なれないんですがね」

野田は、水間を見た。

「別に、馴れ合うつもりはない。良好な関係を保つだけだ。それに、この話は岩動の方から、持ちかけられたんだ。断る理由はないぜ」

「おれはどうも、岩動を信用できないんだ」

「信用できないのは、ハゲタカのだんなの方だろう。これまで、何度煮え湯を飲まされたか、考えてみろ」

水間が、手のひらを立てる。

「おれも、それは否定しない。確かにだんなには、ずいぶん迷惑をかけられた。しかし、よく考えると渋六の地盤が固まったのは、結局だんなのおかげじゃないか。マスダの進出を食い止めたのも、敷島組を渋六に吸収合併できたのも、だんながいたからこそだろう。違うか」

野田は一息入れるために、水割りを口に含んだ。

なるほど、水間の言うとおりかもしれない。禿富は、勝手気ままに振る舞いながら、結果的に渋六のためになるように、働いてくれた。禿富自身が、それを意識していたかどうかは、別としてだが。

とはいえ、それをすなおに認めていいものかどうか、野田には確信がなかった。

口調を変えて言う。

「しかしそれは、単なる結果論じゃないか。だんなの頭に、少しでも渋六のことがあるのなら、今度の岩動との取引についても、何か手を打ってくれていいはずだ。それを、岩動とは事を構えたくない、などと言って逃げを打つのは、どう考えてもいさぎよくない」

そう決めつけると、水間は何か言い返そうとして、顎を引いた。

谷岡が、割ってはいる。

「まあ待て、二人とも。おまえたちが、ここで言い争ったところで、なんの足しにもならねえ。水間、おまえにも言い分があるだろうが、ここはおれに決めさせてくれ。おれは野田の言うとおり、岩動と取引した方がいい、と思う。プラスになる保証はねえが、取引しねえ場合のマイナスに比べりゃ、まだましだろう」

29

「しかし、社長」

言いかける水間英人を、谷岡俊樹は手を上げて押さえた。

「もういい、水間。ここは、おれと野田の顔を立てて、言うとおりにしろ。ハゲタカも、取引しなけりゃめんどうなことになる、と言ったんだろう。それだけは、避けなきゃならねえ。マスダのやつらに、つけ込まれたくねえからな」

野田憲次も、それに続けた。

「ついこの間も、だんなはおまえを利用してマスダから、大金をせしめたんだろう。寺川をはじめ、マスダのやつらは相当頭にきて、報復の機会を狙っているに違いない。おまえを、そんな危険な目にあわせておいて、たった百万の分け前とは笑わせるじゃないか」

その金は今、事務所の金庫の中に収まっている。

「あのだんなにしちゃ、張り込んだ方だ。なんといっても、おれたちが払ってる小遣いの、二か月分だからな。御子柴《みこしば》警部補にも、二百万渡してるし」

そういう水間の顔を、野田はつくづくと見直した。

「お人好しにも、ほどがあるぞ、水間。だいたい、おまえはハゲタカのだんなを、買いかぶりすぎてるんだ。せしめた金の大半は、ハゲタカのだんなが取った。貧乏くじを引くのは、いつもこっちじゃないか」

「おれは別に、買いかぶってるつもりはない。ただ、だんなを差し置いて、岩動と取引するのはいかがなものか、と思うだけだ」

「差し置くもなにも、だんなはこの件に関わりたくない、と言うんだからしかたがない。とにかく、だんなはまたまたマスダを相手に、めんどうの種をまいてくれた。今のおれたちに、岩動とマスダの連中の両方とやり合う、そんな余裕はないんだ。それくらい、分かってるだろう」

そう言いながら、野田はドアの脇にすわった坂崎悟郎が、そわそわと体を動かすのを、視野にとらえた。思えば、自分と水間が口論する姿など、これまで人に見せた覚えがない。坂崎が落ち着きを失うのも、無理のないことだった。

野田は、口をつぐんだ。

代わって、谷岡が口を開く。

「それくらいにしておけ。この件について、おまえたちの意見が食い違っていることは、よく分かった。とにかく、さっきも言ったとおりここのところは、おれの考えを通させてもらう。今回は、岩動との取引に、応じるんだ。分かったか、水間」

念を押され、水間はしぶしぶという感じで体を起こし、うなずいた。

「分かりました」

野田は、ほっと肩の力を緩めた。

谷岡が、野田に目を移す。

「それで、返事はいつするんだ」

「今夜十一時、水間のケータイに電話がはいります。そのとき、返事をする約束です」

野田の答えに、谷岡は反射的に壁の時計を見た。

「まだ九時半か。それなら、時間まで店で飲んでいろ」

野田が返事をする前に、水間が口を開いた。

「大森マヤと話もあるので、〈みはる〉で電話を待ちます。邪魔がはいらないように、十一時までに店を閉めさせます」

「おれも、一緒に行こう」

野田が言うと、水間はあいまいにうなずいた。

「ああ、そうしてくれ」

どこか、自信のなさそうな口ぶりだった。

むろん野田にも、水間の気持ちが理解できなくはない。しかし岩動寿満子が、どういう狙いで取引を持ちかけてきたのか、探る必要がある。そのためにはまず、話に乗ってみなければならない。そこで初めて、敵の手の内が読めるからだ。

幸い、谷岡が野田の考えを支持してくれたので、この場は収まった。水間も冷静になれば、分かってくれるはずだ。

出がけに、水間が坂崎に声をかける。

「マスダのやつらが、社長を狙わないともかぎらんから、目を光らせていろよ」

「分かりました」

大きな体で、気をつけして言う坂崎を、野田はいつもながら頼もしく思った。

一緒に〈コリンデール〉を出て、道玄坂から円山町の〈みはる〉へ向かう。途中、水間が大森マヤに電話して、十時半で店を閉めるように言った。

店は、立て込んでいた。八人がけのカウンターだが、入り口に近い二つのストゥールしか、空いていない。野田と水間は、そこにすわった。

常連客ばかりらしいが、二人の素性を知る者は、だれもいないようだった。こういうとき、マヤも心得たもので、二人を特別扱いすることはない。

十時半閉店が、すでに言い渡されていたらしく、十時を過ぎるとしだいに客が減り始めた。新しい客は追い返され、ほどなく店は空になった。

マヤは、準備中の札をドアの外にぶら下げ、内鍵をかけた。

水間が言う。

「すまんな、無理を言って。十一時に、おれのケータイに、だいじな電話がはいるんだ。ここなら、ゆっくり話せるしな」

マヤは、首を振った。

「いいんです。気にしないでください」

「それから、ゆうべは岩動警部のことを知らせてくれて、ありがたかったよ。おかげで、なんとか対応できた」

「よかった。水割り、お代わりしますか」

「うん、頼む」

野田は、二人のやり取りを聞きながら、マヤの口調がいつもより、ぎこちないように感じた。

「おれは久しぶりに、ブランデーをもらうかな」

野田の注文に、マヤがすぐ後ろの棚から、ボトルを取る。

野田はわけもなく、昨夜〈サルトリウス〉で禿富鷹秋が、嫌みたらしく言ったことを、思い出した。寿満子が署で、嵯峨俊太郎に色目を遣った、という話だ。

ブランデーグラスを置くマヤに、野田はさりげなく質問した。

「ゆうべ、岩動警部と嵯峨警部補がここへ来たとき、何か気がついたことはなかったか」

マヤと水間が、同時に目を向けてくる。

「気がついたことって」

当惑した顔のマヤに、野田は言葉を続けた。

「つまりその、妙に親しげな様子だったとか、そういうことさ」

マヤの目が、丸くなる。

「どうして、分かるんですか」

野田は水間と、顔を見合わせた。水間の目に、やはりそうかと言いたげな、驚きの色がある。

水間が言った。

「ゆうべ、岩動と嵯峨が〈サルトリウス〉を出たあと、ハゲタカのだんながやって来たんだ。そのときだんなが、署で岩動が嵯峨に色目を遣うのを見た、と言ったのさ」

野田は、あとを引き取った。

「それで、この店でも何かそれらしき雰囲気がなかったかと思って、聞いてみたんだ」

マヤの顔に、苦笑とも嘲笑《ちょうしょう》ともとれる、妙な笑いが浮かんだ。

「雰囲気というか、もろでしたね。このカウンターの上で、岩動警部が嵯峨警部補の手を握ったんです」

一瞬、あっけにとられる。

「手を握ったって。ほんとうか」

「ええ。ぎゅうっと」

口調に力がこもり、マヤの眉が少し寄った。

野田は、水間と顔を見合わせて、思わず笑った。

「そりゃまた、けっこう露骨だな。それで、嵯峨の方はどうした。うれしそうだったか」

水間の問いに、マヤが不快そうに肩を動かす。

「困ったな、という顔はしましたけど、手を引きはしませんでした」

「できてる感じだったか」

野田が聞くと、マヤはきっとなった。

「まさか」

そう言ってから、急いで付け加える。

「というか、そこまでの関係には、見えませんでした。ただ相手が先輩なので、露骨にいやだという態度はとれない、という様子だったわ」

野田は、水間に言った。

「だんなの観察も、僻目《ひがめ》じゃなかったようだな」

水間が、首を振る。

「あの、岩動がなあ。別に、男に言い寄るのはかまわんが、手近の後輩にちょっかいを出すとはなあ」

あきれたというより、感心したような口ぶりだ。

野田も、同じ思いだった。かりに、これが寿満子の弱みだとすれば、覚えておいて損はない。

ためしに、質問する。

「マヤは、嵯峨警部補のことを、どう思う。デカとしてじゃなくて、普通の男として見た場合の話だが」

マヤは、何を聞くのだというように、顎を引いた。

「まあ、ハンサムで感じのいい人ですけど、見ただけじゃ分かりませんから」

そう言うマヤの耳が、かすかに赤く染まるのを、野田は見逃さなかった。ついさっきも、二人ができている感じだったか、という質問にマヤは強く反応した。無関心そうな口ぶりと裏腹に、マヤも嵯峨のことを憎からず、思っているのかもしれない。

かりにそうだとしても、別に不思議ではなかった。だれが見ても、嵯峨は刑事にしておくのがもったいないような、いい男なのだ。

野田は言った。

「マヤにも、ボーイフレンドはいるんだろうな」

マヤが、怒ったような顔で、野田を見る。

「それはいますよ、ボーイフレンドの一人や二人。いいえ、ざっと四、五人はね。わたしを目当てに、ここへかようお客さんだって、いるんですから」

野田は笑った。

「おう、そうか。それは、お見それした」

「野田さんだって、ちゃんと彼女がいらっしゃるんでしょう」

逆襲されて、野田は口ごもった。

「今はいないな。忙しくて、女の子と遊んでる暇はないんだ」

「とかいって、どこかにちゃんと隠してあるんじゃないんですか」

そんな無駄話が続く間、水間はなんとなく黙りこくり、酒を飲んでいた。

野田はそれに気づいたが、声をかけるのは控えた。

突然、野球の打撃音が鳴り響き、続いてどっと歓声がわく。一瞬ぎくりとしたが、すぐに電子音で作られた着メロの一種、と分かった。

水間が、すばやく携帯電話を取り出し、通話ボタンを押す。

野田が腕時計を見ると、ちょうど午後十一時だった。

「もしもし。はい、水間です」

約束どおり、嵯峨が電話してきたに違いない。

野田は、水間の横顔を見つめた。

ほんの十秒ほど、相手の声に耳を傾けていた水間が、いきなり固い声で言った。

「待ってください。一応、検討させてもらいましたが、取引の件はやはり受けられない、と結論が出たんです。この話は、なかったことにしてもらいます。岩動警部に、そのように伝えてください」

野田は愕然《がくぜん》として、水間の顔を見つめた。

われに返り、手を伸ばす。

「おい、待て」

水間の手から、携帯電話をもぎ取ろうとしたときには、通話はすでに切られていた。

「どういうつもりだ、水間」

さすがに気色ばんで、野田は水間に食ってかかった。約束が違うではないか。

水間が青ざめた顔で、野田を見返してくる。

「すまん。おれは、岩動の言うなりになるのは、やはりいやなんだ」

「いやだと言ってもおまえ、社長だって取引に応じることに、賛成したんだぞ。それを勝手に、引っ繰り返すやつがあるか」

頭に血がのぼり、舌がもつれそうになる。どんなときでも、冷静さを失わずにいる自信があるが、今度ばかりはそうもいかなかった。

水間が言い返す。

「だいたい、あんな重大な取引をするのに、二十時間かそこらで返事をよこせ、というのがおかしい。少なくとも、三日か四日検討する時間を与えるのが、常識だろう。岩動は、おれたちに考える時間を与えずに、柔順な飼い犬に仕立てようとしてるんだ」

「だとしても、それに乗ったふりをすればいいだけで、こっちは痛くもかゆくもないはずだ。好んで、波風を立てる必要が、どこにある。すぐにかけ直して、今のは間違いでしたと言え。取引する、と返事をしろ」

野田が詰め寄ると、水間は血走った目で、睨《にら》み返してきた。

「いやだ。おれは岩動に、しっぽを振りたくない」

野田は、奥歯を噛み締めた。水間には、一度言い出したらてこでも動かぬ、かたくなな面がある。

「だったら、おれがかけ直す。ケータイをよこせ」

手を出すと、水間は体を引いた。

「だめだ」

携帯電話を、スーツの内側に突っ込む。

「嵯峨の番号を教えろ。岩動でもいい」

「いやだ」

あまりの頑固さに業《ごう》を煮やし、野田はストゥールを滑りおりて、水間の腕をつかんだ。

「意地を張るな」

「おまえこそ、岩動の言いなりになって、靴の先をなめる気か」

腕を振り放され、さすがの野田もかっとなった。

「それは言いすぎだぞ、水間」

「二人とも、やめてください」

おろおろしていたマヤが、泣きそうな顔で割ってはいる。

おかげで野田も、少し自分を取りもどした。

マヤを見て言う。

「嵯峨か岩動の、ケータイの番号を聞いてないか」

マヤは、一瞬答えあぐねるように息をのみ、強く首を振る。

「知りません。聞いてません」

野田は、水間に目をもどした。

「このままじゃすまんぞ、水間。社長が決めたことを、おまえは無断で反故《ほご》にした。つまり渋六興業を、裏切ったんだ」

30

水間英人が、顔をそむける。

野田憲次は、熱くなった頭を冷やすために、ストゥールにすわり直した。

とりあえず、飲み残した水割りを口に含み、あらためて言う。

「おまえ、社長にどう説明するつもりだ。無事にすむと思ってるのか」

水間は下を向き、カウンターを睨みつけた。

「覚悟の上だ。指を詰めろというなら、喜んで詰める」

大森マヤが、カウンターの内側でごくり、と喉を動かす。

「ばかを言え。そういう古いしきたりは、とうに捨てたはずだぞ」

野田が決めつけると、水間は顔を上げた。

「社長は、まだ捨ててない。頭が古いからな」

「古いかもしれんが、おまえほどばかじゃない。ここで、岩動の意向に逆らっても、なんの得もない。ハゲタカと違って、岩動には公然と神宮署を動かす、意志と力がある。

正面切ってぶつかれば、おれたちに勝ち目はない。何度言わせるんだ」

「ぼろを出さないように、ガードを固めればいい」

「そんなことで、すむ話じゃない。いいか。のべつまくなしに、神宮署の手入れを食らうはめになれば、渋六のパチンコ店やカジノには、客が寄りつかなくなる。そんなところへ、マスダの連中が押しかけて来たら、こっちはひとたまりもない。今こそ、危急存亡のときだぞ」

いきなり、陽気な電子音が鳴り渡り、野田はぎくりとした。あわてて、ワイシャツのポケットから、携帯電話を取り出す。

液晶表示の発信元は、非通知になっていた。

ためらったものの、ある種の予感につき動かされた野田は、通話ボタンを押した。

「もしもし」

「あのばかは、そこにいるの」

岩動寿満子の声だった。

野田は、電話を握り締めた。なぜ寿満子は、自分の番号を知っているのか。

しかし今は、それどころではなかった。

「ええ、います。ちょっと待ってください」

通話口を手でふさぎ、水間に差し出す。

「岩動警部だ。さっきのは間違いでした、と言え。取引するんだ」

水間は、携帯電話にちらりと目をくれて、首を振った。

「いや、だめだ」

そのかたくなな態度に、説得する気が失《う》せる。

野田は、電話を耳にもどした。

「すみません、警部。これからちょっと、お時間をいただけませんか。ご相談があるんです」

水間が、不服そうなそぶりを見せたが、野田は目を合わせなかった。

「どんな相談よ」

ステンレス鋼のように、硬くて冷たい声だった。

「さっきの件です。もう一度、考えたいと思いましてね。どこへでも、出向きますから」

「あのばかと、一緒にかい」

「ええと、いえ、自分一人です」

わずかな沈黙。

寿満子は、急に口調を和らげて言った。

「どこでもいいのね」

「かまいません」

「それじゃ、新宿の〈ミラドール〉というクラブへ、午前零時ちょうどに来てちょうだい。中で待ってるわ」

新宿と聞いて、いやな気がする。

「どのあたりですか」

「靖国通りから区役所通りにはいって、風林会館を過ぎたらすぐの左側よ」

マスダの縄張りの中だ。

野田が答えあぐねていると、寿満子は嘲《あざけ》りを含んだ声で言った。

「どうしたのさ。怖いのかい」

「いや。あまり、土地鑑がないもので」

寿満子は笑った。

「いくら縄張りじゃないからって、ヤクザ者が歌舞伎町を知らないとはねえ。分からなきゃ、交番で聞きなさいよ」

「分かりました。あとでまた」

言い捨てて、通話を切る。腕時計を確かめると、午前零時まで四十五分ほどあった。

水間が、睨んでくる。

「会うのか、岩動と」

「会う」

「取引するつもりか」

「そうだ。断っておくが、止めてもむだだぞ」

野田が言葉を強めると、水間は顎の筋をぴくりとさせた。

「止めるつもりはない。しかし、よく考えろ」

「考えた上でのことだ。おまえとの意見の食い違いは、あらためて調整しようじゃないか」

「調整できるものならな」

水間は皮肉を言い、口調を変えて聞いた。

「どこで、何時に会うんだ」

野田は、水割りを飲み干した。

マスダの縄張りへ、単身乗り込むのが正気の沙汰《さた》ではないことは、よく分かっている。見つかれば殺されるか、少なくとも袋だたきにあう覚悟は、しておかなければならない。

「午前零時に、表参道の交番前だ」

嘘をついた。事実を告げれば、水間はやめろと言うだろう。さもなければ、一緒に行くと言い出すに、決まっている。

水間は、眉をひそめた。

「あの辺に、土地鑑がないとはな」

ひやりとする。

「冗談を言っただけさ」

水間は、少し考えて言った。

「おれも一緒に行こうか」

「だめだ。おまえが来たら、ぶち壊しになる。交番の前で、喧嘩する気か」

水間は、憮然《ぶぜん》とした。

「おれはもう、口出しするつもりはない。おまえの好きにしていい」

野田は表情を緩め、水間の方に乗り出した。

「なあ、水間。おまえもおれも、渋六のためによかれと思って、言い合いをしたんだ。しかし、いったん社長のオーケーが出たことを、反故にするわけにはいかん。今度だけは、おれの考えを通させてくれ」

水間は、仏頂面を隠さない。

「だから、おれはもう口出ししないと、そう言ったじゃないか」

「それなら、なおさら一緒に来る必要はない。おれがきちんと、話をつけてくる」

もう一度腕時計を見て、野田は続けた。

「それじゃ、行くぞ」

「急ぐことはない。表参道なら、たいしてかからんぞ。それとも、歩いて行く気か」

問い詰められて、野田は少し困惑した。

「ちょっと、〈サルトリウス〉に寄って、それから行く。おまえは、ここにいろ。あとで電話するから」

「車で、送って行こうか」

そのしつこさに、辟易《へきえき》する。

「だいじょうぶだ。タクシーを拾って行く」

そう言って、ストゥールを滑りおりた。あるいは、水間も虫の知らせで不安を覚え、一人で行かせたくないのかもしれない。

寿満子に、別の場所を提案することもできたが、野田としては腰が引けている、と思われたくなかった。水間と一緒なら心強いが、せっかくの仕切り直しで話がこじれたら、また振り出しにもどってしまう。

それだけではない。

かりに、マスダの連中に見つかった場合、二人そろってというのはまずい。二人ともやられたら、渋六の屋台骨は崩れてしまう。

ともかく、連中に見つからないうちに、さっさと〈ミラドール〉にはいり、寿満子と落ち合うことだ。寿満子が一緒なら、マスダも手出しはできまい。

水間が、妙に真剣な顔で、野田の腕を叩く。

「気をつけてな。取引の件は、おまえの判断に任せるが、岩動の言いなりにだけは、ならないでくれ」

「分かった」

野田は、蒼白な顔をしたマヤに手を振り、〈みはる〉を出た。

また、腕時計を確かめる。すでに、五分ほどむだにしていたが、この時間帯は渋滞さえなければ、三十分足らずで新宿に行ける。

道玄坂へ出ると、幸い客待ちのタクシーが、列を作っていた。行く先を告げ、シートに深くもたれる。

なぜ寿満子が、わざわざ新宿のクラブを指定したのか、分かるような気がした。こちらの度胸を試そう、としているのだ。これは寿満子にとって、単なるゲームにすぎない。しかし、ここで受けて立たなければ、それこそなめられてしまう。取引には応じても、弱みを見せたくないという点では、水間と同じだ。

うまい具合に、明治通りの流れは比較的スムーズで、零時十五分前には新宿に着いた。しかし、靖国通りから区役所通りにはいるのは、気が進まなかった。マスダの連中の目に、つきやすいからだ。

靖国通りをそのまま越え、新宿六丁目の交差点まで行った。

野田は、信号の手前で車を停めさせ、運転手に一万円札を手渡して、十分ほど待機するように言った。交差点を左へ行けば、徒歩三、四分で風林会館の角に出るが、なるべく街なかを歩きたくない。

零時五分前になったとき、運転手に車を出すように指示した。

「風林会館の角を右折して、少し行くと左側に〈ミラドール〉、というクラブがあるはずだ。その前で停めてくれ」

車がスタートすると、野田はサングラスをかけた。ふだんなら、夜のサングラスはかえって人目を引くので、めったにかけない。しかし、今夜ばかりはさすがに不安が勝ち、顔を隠さずにはいられなかった。

マスダのオフィスは、確か新宿二丁目の方だから、だいぶ離れている。その分、いくらかは気が楽だ。もっとも、〈ミラドール〉がマスダの息がかかった店かどうか、調べる暇はなかった。

運転手は、すぐに目的の店を見つけた。

一万円から、釣りをよこそうとする運転手に、全部取っておけと言い残して、野田は車をおりた。よそ見をせずに、まっすぐ〈ミラドール〉の入り口に向かう。

サングラスをかけたのが、裏目に出た。すぐ横の植え込みに、男が二人隠れていた。視野が暗く、それに気づくのがわずかに遅れた。

待ち構えていたように、男たちが暗がりから出て来るのを見て、野田は瞬時にはめられたと悟った。

とっさに、きびすを返す。

しかし、すでに背後には別の男が二人現れ、退路を断っていた。

そのうちの一人、黒いスーツにピンクのシャツ、銀色のネクタイをきちんと締めた、褐色の肌の男が言った。

「シブロクのノダね」

スーパーで買い物をするような、なんの緊張感もない声だった。ただし、ちゃんとした日本語ではなく、強い外国訛《なま》りがある。ほかの連中にも、純然たる日本人らしい男は、見当たらない。それだけで、マスダの手の者と知れた。

どちらにしても、そう簡単に面が割れるとは思わなかったので、野田はショックを受けた。

「間違えるな。おれは神宮署の、嵯峨という者だ。同僚の岩動警部と、この店で待ち合わせた。だれだか知らんが、邪魔するとただじゃすまんぞ」

虚勢を張って、頭ごなしにはったりをかませたが、男たちは表情を変えない。明らかに嘘だ、と見抜いている。

銀のネクタイの男は、ジャケットのポケットに入れた手を、いやな感じで動かした。

「ヘタなマネ、しないね。ちょとそこまで、サンポしましょね」

男が、実際に拳銃を持っているかどうか、判断がつかなかった。たとえ持っているとしても、こんな街なかで発砲するとは思いたくない。

とはいえ、相手は日本のヤクザではなく、南米マフィアだ。何をするか分からない。

背中をつつかれ、野田は前後を挟まれた格好でしかたなく、歩き始めた。風林会館を背に、職安通りの方へ向かう。

一つ目の辻を、右へ曲がった。

とたんに道が細く、しかもあたりがひどく暗くなり、表通りの喧噪が嘘のように、遠ざかる。後ろから来る二人が、左右からジャケットの袖口をつかんでいるので、逃げることができない。

体に、冷や汗がにじむ。間違いなく、はめられたのだ。まさか、寿満子がマスダと意をかよわせて、こんな汚い手段に出てくるとは、思いもしなかった。

水間が、取引を断ったからか。

いや、そもそもその取引自体が、罠だったかもしれない。水間が強硬に反対したのは、何かいやな予感がしたからではないか。

どちらにしろ、もう遅かった。

突き当たりの路地の正面に、青いシートを周囲に張り巡らした、建設用地らしきものがある。何も建っておらず、向こう側に建つ別のビルの窓が、隣のホテルのネオンを反射して、ピンク色に染まるのが見える。

銀ネクタイの男は、シートの一部を引き上げて、中にはいるように合図した。野田は、本能的に尻込みしたが、後ろの男たちに無理やり肩をつかまれ、中へ押し込まれた。

足に、柔らかい土の感触がある。

銀ネクタイが、向き直った。後ろの二人が、両腕を抱え込んでくる。いずれも、長身の野田より背が低いが、がっちりしていて力も強い。

銀ネクタイが言う。

「コロさないから、アンシンね。でも、ひどいケガする。もうヤクザ、やれないね」

野田は、抱えられた腕を支点にして、振り上げた両足で銀ネクタイの胸を、力いっぱい蹴《け》りつけた。

しかし、相手はそれを予測していたように、すばやく体を開いてかわす。野田の体は、勢いよく地面に叩きつけられた。

腹に、猛烈な蹴りを食らう。

以前、マスダが上海から呼び寄せた殺し屋、王展明に〈寸鉄〉で刺された腹の傷が、今でもときどき痛む。そこへしたたかな一撃を食らい、野田は悲鳴を上げた。あのときと同じ、死の恐怖が喉元にせり上がる。

別の角度から、今度は脇腹を蹴り飛ばされた。野田は息が詰まり、体を折り曲げた。両腕を上げて、顔と頭を守る。体のあちこちを、思うさま蹴りつけられた。

半分意識を失いながら、銀ネクタイが外国語で何か言うのを、かすかに聞く。

かろうじて目を上に向けると、暗い夜空の下でピンクに光る、冷たい刃物が見えた。

第六章

31

水間英人は、腕時計を見た。

野田憲次が出て行ってから、まだ五分とたっていない。わけもなく、焦燥感に駆られる。

野田が、岩動寿満子と話をつけに行くことに、もはや文句をつけるつもりはない。自分は、社長の谷岡俊樹が決めたことを、勝手に白紙にもどした。実のところ、指を詰めたくらいでは許されない、組織に対する裏切りだ。

とはいえ、どう考えても取引に応じるのは、気が進まなかった。むろん、神宮署とうまくやっていくことに、異論はない。しかし、それにも限度がある。

寿満子に拳銃を差し出すことと、禿富鷹秋に月づき金を渡すことの間に、どんな違いがあるのかと聞かれても、返事に困るだけだ。本質的には、同じことではないか。そう言われれば、反論する言葉がない。

しかし、何かが違う。

では、かりに禿富に拳銃を差し出せ、と言われたらどうか。断るか、それとも応じるか。

水間は、ため息をついた。禿富からそう言われたら、きっと応じてしまうだろう。要するに、禿富は自分にとって憎めない相手であり、逆に寿満子は好きになれない存在なのだ。

大森マヤが、おずおずと言う。

「さっきは、はらはらしちゃいました。だって、いつも仲のいい水間さんと野田さんが、あんな風に言い争うんですもの」

水間は苦笑した。

「統率のとれた組織の中にも、意見の食い違いはあるのさ」

昔見た映画の中で、だれかがそう言っていた。

「野田さんも、ふだんの野田さんと違うみたいだった。表参道なんて、渋谷の庭先みたいなものなのに、土地鑑がないとか言っちゃって。ほんとうはどこか別の場所で、待ち合わせたんじゃないかしら」

水間は、マヤの顔を見た。

「マヤも、そう思ったか」

「土地鑑がないって、ふだんあまり行かない場所のことですよね。渋谷からみれば、たとえば足立区とか、葛飾区とか」

「だとしても、午前零時までにそんな遠くへは、行けないだろう」

そう言いながら、漠然とした不安を感じる。

そのとき、携帯電話が鳴った。急いで画面を見たが、非通知通話になっている。胸騒ぎを覚えつつ、通話ボタンを押した。

聞き慣れた声が響く。

「今どこだ」

禿富鷹秋の声だった。

「〈みはる〉です」

「大至急、車を拾って新宿へ来い。今すぐにだ」

相変わらずの、命令口調だ。

「新宿って、なんの用ですか」

「会わせたいやつがいるのさ。来ないと、損をするぞ」

新宿はマスダの縄張りだから、あまり気が進まない。

「ここで、野田から連絡がはいるのを、待ってるとこなんですがね」

「ケータイを持っていれば、どこにいたって同じだろう。来るのか、来ないのか」

水間は迷った。

しかし禿富の声に、いつもより緊迫したものを感じて、肚を決める。

「新宿の、どこですか」

「明治通りから、職安通りを左にはいって、一つ目の信号だ。そこに、おれの車が停めてある。宙を飛んででも、零時五分前には来い」

通話が切れる。

水間は携帯電話をしまい、ストゥールを滑りおりた。

「マヤ。悪いが、今夜も裏のマンションに、泊まってくれないか。また何か、手を借りることがあるかもしれない」

マヤは、とまどった顔で水間を見たが、すぐにうなずいた。

「分かりました。気をつけて」

店を飛び出した水間は、腕時計を街明かりにすかしながら、道玄坂へ急いだ。すでに、午後十一時半を回っており、駅前や明治通りで渋滞にぶつかったら、間に合わなくなる。

幸い、道玄坂にはタクシーが並んでおり、すぐに拾うことができた。

禿富は、しばしば用件を言わぬまま、電話で呼び出しをかけてくる。それには慣れているが、いったいだれに会わせるつもりなのか、見当もつかない。

駅前も明治通りも、思ったほど渋滞しておらず、円滑に流れていた。おかげで、零時五分前には職安通りに達し、信号待ちした分の遅れだけで、指定された場所に到着した。

左折して最初の信号の手前に、ミッドナイトブルーのアウディが、エンジンをふかしたまま、駐車している。禿富の車だ。

水間はウインドーをノックし、車道の側から乗り込んだ。

「どうも」

「遅いぞ」

秃富は短く言い、赤信号を無視して車を急発進させると、すぐ左に曲がり込んだ。その道は確か、新宿区役所に出る通りだ。

曲がったとたん、違法駐車していた車をよけようとして、対向車と鉢合わせする。

秃富はスピードを緩めず、正面衝突寸前まで突っ込んでから、ブレーキを踏んだ。相手が急停車し、うるさくクラクションを鳴らすのにもかまわず、寸刻みに車を前進させて威嚇する。

対向車は、根負けしたかたちでバックし、秃富に道を譲った。相手がウインドーを下ろし、罵声を浴びせてくるのを、秃富は見向きもせずにアクセルを踏み、そばをすり抜けた。

速度を落とさず、二百メートルほど走ってから、風林会館の一つ手前の十字路で、ゆっくりと停車する。

秃富は、エンジンを切った。

「だれに会わせてくれるんですか」

水間が問いかけると、秃富はハンドルの下に体を沈め、低く応じた。

「今に分かる。体を低くして、前の方だけ見ていろ」

わけが分からぬまま、言われたとおりにする。風林会館の角まで、およそ百メートルの距離だが、あまり見通しがよくない。

なぜか、胸騒ぎがした。禿富が、こんな風に呼び出しをかけるときは、だいたいよくない話と相場が決まっている。

ふと風林会館の手前の、ビルの入り口あたりにたむろする、黒い服を着た男たちが目に留まった。四、五人いる。ほどなく、その群れがこちらの方に向かって、歩き始めた。

中の一人は、ほかの男たちよりも頭一つ分、背が高い。

最初は見えなかったが、やがてその男の顔が点滅するネオンに、照らし出された。

思わず、体を起こす。

「野田」

それは野田憲次の、青ざめた顔だった。

漠然とした不安が、やっとはっきりした。

瞬時に、野田が電話でぎこちないやりとりをしたのは、寿満子に新宿へ呼び出されたからだ、と悟る。野田を取り囲んでいるのは、マスダの連中に違いない。寿満子が、マスダと渡りをつけて、野田をはめたのだ。

正直に言ってくれれば、野田一人でこんな場所へ、来させはしなかった。

「くそ」

水間はののしり、助手席のドアをあけようとした。

「あわてるな」

予想外にきつい禿富の声に、水間は動きを止めた。

「野田はさっき、岩動警部に呼び出されたんですよ、だんな。あいつらは、マスダの連中だ。野田は、警部にはめられたんだ。助けてやらないと、やられちまう」

「分かってる。焦るな。連中も、明るいところではやらん」

その妙な落ち着きぶりに、水間はかえって焦った。

黒服の男たちは、前後から野田を挟むように、近づいて来る。水間も禿富も、フロントガラスから目だけ出して、様子をうかがった。

男たちは二人に気づかず、停まった車の先の辻を、左に曲がった。後ろの二人が、野田のジャケットの袖口をつかみ、逃げられないようにしているのが、ちらりと見える。

角から姿が消えると、禿富は水間に聞いた。

「拳銃を持ってるか」

「持ってません」

「これを使え」

禿富は、グローブボックスを引きあけると、黒い棍棒のようなものを取り出し、水間に投げ渡した。

ずしり、と重い手応《てごた》えがある。

「パチンコ玉を詰めた、メリケンサックだ」

ドアをあけ、二人は外に出た。

角からのぞくと、男たちは路地の正面の空き地をふさぐ、青いシートの端をまくり上げて、野田を追い込むところだった。

駆け出そうとする水間を、またも禿富は引き止めた。

「待て。野田にはかわいそうだが、少しだけ痛い目を見てもらう。そうでないと、マスダのやつらを叩きのめす、大義名分が立たんからな」

こんなときに、大義名分もくそもあるか、と思う。しかし、禿富は右手で水間の腕をしっかりつかみ、一歩も先へ進ませない。

男たちが、シートの中へ姿を消すのを待ち、ようやく手を放す。

「足音を立てるな。行くぞ」

二人は、アスファルトの上を踵《かかと》をつけずに、すばやく移動した。

シートの内側から、鈍い物音と押し殺した苦痛の声が、耳に届いてくる。野田が、やられている。水間の頭に、かっと血がのぼった。

禿富が、青いシートの下に転がった、鉄パイプを手に取る。その先端を、無造作にシートの裾に差し入れて、一息に引き上げた。水間はそこへ、頭から突っ込んだ。

壁に映るネオンの照り返しで、黒服の男たちが倒れた野田を囲み、蹴りつける姿が見える。

刃物が、きらりと光った。体勢を整えるいとまを与えず、水間は手にしたメリケンサックを、一番手前にいた男の肩口に思い切り、叩きつけた。

男は甲高い悲鳴を上げ、あっけないほど簡単に、地面に倒れ伏した。

ほかの男たちが、あわててあとずさりする。

ナイフを構えた、リーダーらしい男が、妙なアクセントでどなる。

「おまえダレ」

水間がそれを無視して、二人目の男に殴りかかろうとすると、右側にいた男が横合いから、右腕に飛びついた。そのはずみに、メリケンサックが手から滑り、地面に落ちる。

リーダーの男が、すばやく水間の真正面に回り、ナイフを構えた。褐色の肌に、きらきら光る黒い目をした、ラテン系の男だった。

水間は、左側に迫った二人目の男に、左足で回し蹴りを食らわせ、右腕を抱えた男を振り放そうとした。

しかし、男は力が強い。格闘技の心得でもあるのか、あっと言う間に羽交い締めにされ、腹ががら空きになった。

そこを目がけて、すかさずリーダーの男が腰を落とし、地を這う蛇のように音もなく、ナイフを突き入れてくる。

やられた、と思った瞬間。

男の体ががくんと揺れ、水間の足元に倒れ込んだ。いつの間にか、横へ回った禿富が男の首の後ろに、鉄パイプを叩き込んだのだ。

禿富は手を休めず、水間の右腕をつかんだ男の背中を、同じようにしたたかに殴りつけた。男は叫び声を上げ、支えを失ったブロック塀のように、その場に崩れ落ちた。

さらに、禿富は鉄パイプを持ち直すと、残った三人目の男に迫った。顔を歪《ゆが》め、逃げようとする男の横面を、容赦なくなぎ払う。男は、ショベルカーにはねられたように、勢いよく地面に転がった。それきり、動かなくなる。

水間は、うつ伏せに倒れた野田のそばに、膝をついた。

「野田、野田。しっかりしろ。だいじょうぶか。どこをやられた」

土で汚れた野田の顔を、ネオンの鈍い光がなめる。

野田は、かすかに目をあけた。

「だ、だいじょうぶだ。蹴られただけで、刺されちゃいない」

そう応じながら、口から少し血を吐く。

「よし。すぐに、病院へ連れて行ってやる」

「よ、よくここが分かったな。お、おれは」

野田が言いかけるのを、水間はさえぎった。

「その話はあとだ」

そばに立つ、禿富を見上げる。

「だんな。すみませんが、車をこの外へ回してくれませんか」

「おれの車を使うのか」

不服そうな口ぶりだ。

「救急車を呼べ、というんですか」

水間が食ってかかると、禿富は口をつぐんだ。

そのとき、足元でリーダーの男が身じろぎし、起き上がろうともがいた。

禿富は、ナイフを持った男の手を踏みつけ、鉄パイプで仰向けに突き転がした。ナイフを蹴り飛ばし、男を見下ろして言う。

「名前は」

男が答えずにいると、禿富は鉄パイプの先で力任せに、相手の頬を突いた。男が体をよじり、苦痛の声を漏らす。突かれた頬に、赤黒い輪ができた。

「返事をしないと、今度は目の玉をえぐり出すぞ」

男が、あわてて応じる。

「ケベド、ヘスス・ケベド。むちゃしない」

外国訛りの日本語が、みっともないほど上ずっていた。

「よく覚えておけ、ケベド。おれは神宮署の、禿富だ」

ヘスス・ケベドの目を、恐怖の色がよぎる。

「お、おまえ、ハ、ハゲタカか」

禿富は、ケベドの顔を泥だらけの靴で、踏みつぶした。

「きさまごときに、おまえ呼ばわりされる覚えはない。神宮署に、はめられたとも知らぬ、この間抜けが」

ケベドが、泣きながらわめく。

「はめられた。どういうイミ」

「だまされたのさ。一度、野田を痛めつけさせておいてから、おまえたちを叩きのめすという筋書きだ。逮捕だけは勘弁してやるが、これで少しは懲《こ》りただろう。お巡りを信用すると、こういうことになるんだ」

ケベドが、スペイン語らしき言葉で、口汚くののしる。

水間は禿富の言うことが、よく分からなかった。禿富と寿満子が組んで、何か企《たくら》んだとでもいうのか。とても、ありそうには思えない。

しかし、そんなことより野田の手当ての方が、先だ。

「だんな。早く車をお願いします」

32

禿富鷹秋が、空き地に張られた青いシートの一部を、カッターナイフで切り裂く。

水間英人は、それをアウディの後部座席に、敷き詰めた。禿富が露骨に、野田憲次の怪我の具合よりも、自分の車が血や泥で汚れることの方を、気にしたのだ。どこまでも、自分本位の男だった。

水間は野田をかつぎ上げ、車に運び込んだ。その間禿富は、マスダの男たちが起き上がり、逃げようとするのを待ち構えて、徹底的に叩きのめした。明らかに、それを楽しんでいた。

そのさなかにも、何人か通りかかる者があったが、みんな見て見ぬふりをする。だれも警察に連絡しないらしく、パトカーが来る気配はなかった。

禿富が、車をスタートさせるのを待って、水間は携帯電話で渋谷の円山病院へ、連絡した。診療時間はとうに過ぎていたが、宿直の看護婦が水間の頼みを受け入れ、態勢を整えて待つと言ってくれた。

円山病院は、小さな外科の個人病院で、〈みはる〉の近くにある。屋代弘、賢の親子が院長と副院長を務め、渋六興業と敷島組が抗争に明け暮れていたころ、両方とも構成員がよく世話になった。病院は厳正中立地帯で、医者や看護婦には絶対に迷惑をかけない、という暗黙の了解ができていた。

院長は七十代後半、副院長は五十前後の年ごろで、たいがいの無理は聞いてくれる。腕もよければ口も堅く、何かと融通をきかせてくれるので、今でも頼りにしている。野田は以前も、マスダが雇った殺し屋王展明に腹を刺され、円山病院にかつぎ込まれたことがあった。

水間は、後部座席をのぞいた。

「円山医院へ運ぶから、安心しろ」

「すまん」

野田は短く応じ、苦しげにため息を漏らした。

ナイフで刺される前に、水間たちが助けに駆けつけたのは、不幸中の幸いだった。とはいえ、だいぶひどく蹴られたようだから、内臓が破裂している恐れもあり、楽観はできない。

秃富は、職安通りから明治通りへ車を回し、渋谷へ向かった。

水間は聞いた。

「あの、ケベドとかいう男に、だんなが言ったことは、ほんとですか」

「なんのことだ」

「とぼけないでくださいよ。神宮署がやつらをはめた、と言ったでしょう。野田を痛めつけさせておいて、やつらを叩きのめすとかなんとか」

秃富は、少し間をおいた。

「ああ言っておけば、やつらは岩動にはめられた、と思うだろう。それが狙いだ」

「岩動警部は、やはり野田を引っかけるために、ケベドと話をつけてたんですか」

「そういうことになるな。岩動は最初から、おまえが十中八九取引を断るだろう、と見越していた。断られた時点で、あらたに野田とコンタクトして、落とし前をつけるつもりだったんだ」

「どうして、分かるんですか」

「おれだったら、そうするからさ」

こともなげに言い、車線を変えて前の車を追い抜く。

「警部を見張ってたんですか、だんなは」

「そうだ。今夜勤務が明けたあと、岩動は嵯峨に車を運転させて、新宿へ回った。行った先は風林会館の並びの、マスダが仕切るクラブ〈ミラドール〉だ。さっき、ケベドたちが野田を囲んで歩き出した、あのビルの一階にある」

「野田は、そこへ呼び出されたんですか」

禿富より先に、後部座席で野田が口を開く。

「そうだ。場所を、新宿と聞いたとき、罠だと気づくべきだった。びびっている、と思われたくなかったから、つい誘いに乗っちまった」

禿富はそれにかまわず、水間に目をくれて言った。

「おまえと違って、野田は頭が柔らかい。岩動は、野田に電話すれば間違いなく、仕切り直しを申し出るだろう、と読んだんだ」

「しかし、警部は仕切り直しをするかわりに、マスダと組んで野田を痛めつけた。なぜですか」

「渋六が、取引に応じなかったことに、罰を与えるためさ。おまえに断られたものを、野田が頭を下げてきたからといって、白紙にもどすような女じゃないよ、岩動は」

水間は、禿富の横顔を見た。

「罰を与えるつもりなら、野田じゃなくておれをやるのが、筋でしょうが」

「野田を痛めつけられた方が、おまえにはずっと骨身に応えることを、岩動は知ってるのさ」

口をつぐむ。

確かに、そのとおりだ。自分のせいで、野田がひどい目にあったと思うと、いても立ってもいられない気持ちだった。

秃富は続けた。

「そういう次第で、岩動はおまえの返事を聞く前に、早ばやと野田を痛めつける手筈を、整えたんだ。案の定おまえは取引を断り、野田は岩動の誘いに乗せられた、というわけさ」

岩動寿満子が、そこまで先を読んでいたとは、信じられなかった。

「岩動警部はずっと、〈ミラドール〉にいたんですか」

「いた。十一時少し前に、ようやく〈ミラドール〉から出て来て、近くの路上で待つ嵯峨の車にもどった。それから十五分ほど、なんの動きもなかった」

水間は、うなずいた。

「約束の十一時に、その車の中から嵯峨警部補がおれに、電話をよこしたんです。おれは、取引を断った。そのあと、今度は岩動警部が野田に電話してきて、会う約束をしたわけですね」

「そんなところだろう。岩動は、十一時十五分過ぎにまた車を出て、店にもどった。たぶん、中でケベドに野田が来ることを伝え、待ち伏せの手配をしたんだ」

水間は少し考えたあと、残る疑問をぶつけた。

「ところでだんなは、野田が〈ミラドール〉へ午前零時に来ることを、どうやって知ったんですか。野田と警部の、電話のやり取りをどこかで盗み聞きした、というわけでもないでしょう」

秃富が、含み笑いをする。

「おれも、そこまで機敏じゃない。教えてくれたのさ」

水間は、顔を見直した。

「教えてくれた。だれがですか」

「嵯峨の坊やさ。岩動が、二度目に店へはいって行ったあと、おれのケータイに電話をよこしたんだ」

「嵯峨警部補が」

水間はそのまま、絶句した。

「そうだ。午前零時に、野田が〈ミラドール〉に呼び出されて、待ち伏せを食わされると教えてくれた」

嵯峨俊太郎が、相方の寿満子を差し置いて、秃富にそんな情報を流すなど、とても信じられない。

後ろから、野田の声がする。

「ほんとですか、だんな」

「ほんとうだ。おれも、驚いた。しかも嵯峨は、おれが近くで見張っているのを、承知の上だったようだ」

「なんでまた、警部補は」

水間は言いさし、フロントガラスに目をもどした。

禿富が、明治通りを右折する。車は、山手線のガードをくぐり、複雑な一方通行の細い道を、たくみに抜けて行った。

水間は嵯峨の、歌舞伎役者そこのけの整った顔を、思い浮かべた。

嵯峨は、寿満子に署では色目を遣われ、〈みはる〉では手を握られたという。それを嫌って、寿満子を裏切るような挙に、出たのだろうか。

いや、たとえ不快感を抱いたにせよ、嵯峨もそこまではやるまい。禿富は、寿満子が厄介払いしたがっている、当面の敵なのだ。しかも、禿富に知らせれば水間に情報が回り、野田に救いの手が伸びることも、容易に想像がつくはずではないか。

水間はふと、〈サルトリウス〉で寿満子が取引の話を持ち出す前後、嵯峨がわざとらしくトイレに立ったり、居心地悪そうなそぶりを見せたのを、思い起こした。嵯峨はかならずしも、そうした寿満子の法を無視するやり方を、快く思っていないのかもしれない。

それならば、マスダを使って野田を痛めつける、という今夜のもくろみにも反発し、だれかに情報を漏らしたくなったとしても、不思議はない。その相手が、たまたま禿富だった、というだけのことだ。嵯峨にしても、さすがに直接野田や水間に通報するのは、気が引けたのだろう。

水間は、意外なところに味方を見いだした気がして、少し肩の力が緩むのを感じた。嵯峨が、車を見張る禿富に気づいていたらしい、というのも小気味がいい。嵯峨は刑事としても、優秀な男なのかもしれない。

水間は、あらためて口を開いた。

「岩動警部は、どうやってマスダのケベドたちと、つなぎをつけたんでしょうね」

「分からん。しかし、さっきのことでやつらは、岩動とおれにまんまとはめられた、と思ったはずだ。岩動のやつ、おれとぐるになっていたと思われたら、どんな顔をするかな。それが楽しみだ」

禿富はうそぶき、くっくっと笑った。

「だんなはともかく、嵯峨警部補が裏切ったと分かったら、どうなりますかね。岩動警部のことだから、ただじゃすまんでしょう」

「それを考えると、わくわくしてくるな」

禿富の口調に、水間は少し不安を覚えた。

「まさか、嵯峨警部補が裏切ったことを、岩動警部に言ったりしないでしょうね、だんな」

禿富の口元に、冷笑が浮かぶ。

「なるほど、それもおもしろそうだな。惚れた男に裏切られて、岩動が荒れ狂うところを見るのも、一興だぞ」

水間は体を斜めにして、禿富の方に向き直った。

「それだけは、やめてください。警部補が、どういうつもりだったかはともかく、結果的に野田を助けてくれたのは、確かなんだ。告げ口なんかしたら、仁義に反しますよ」

禿富は、その見幕に驚いたように水間を見返し、嘲るような笑いを浮かべた。

「おまえは、相変わらず仁義がどうのこうのと、くだらぬことにこだわるやつだな。そんな根性では、ヤクザは務まらんぞ」

「だんなに、説教されたくないですよ」

「偉そうな口をきくな。もとはと言えば、おまえが岩動との取引に応じなかったから、こういうことになったんだろうが」

それを言われると、返す言葉がなかった。

禿富が、なおも言い募る。

「だいいち、おれがおまえを呼んでやらなかったら、野田は今ごろくたばっていたはずだ。この程度ですんだのは、おれのおかげじゃないか。それを忘れるな」

その、恩着せがましい口調に反発を覚えながら、水間は一言も言い返せなかった。

それきり、禿富も口を閉じる。

円山病院に着くと、すでにストレッチャーを用意した看護婦が、門灯の下で待機していた。横手の救急出入り口から、野田を中へ運び込む。

水間は、救急室の前で待ち構える副院長に、頭を下げた。

「先生。いつも、すみません」

屋代賢は、裏の自宅でくつろいでいたのか、ジーンズの上に白衣を着た格好だった。首を振りながら言う。

「また野田か。野田は、貧乏くじばかり、引かされてるなあ」

禿げた頭と眼鏡が、同時にきらりと光った。屋代は、手術帽をかぶるとき以外、頭を隠したことがない。

ストレッチャーに横たわる、野田の体のあちこちに手を触れながら、屋代はその口から漏れる唸《うな》り声に、耳を傾けた。

「レントゲンでも、撮ってみるか」

独り言のように言い、水間に目を向けた。

「これは、警察沙汰になるのかね」

そばにいた禿富が、代わって答える。

「なりませんよ。わたしが保証します」

屋代は、初めて気がついたというように、禿富を見上げた。

「あんたは」

禿富は、いやな顔をした。

「前に、何度も会ってますがね。神宮署の、禿富です」

「ああ、ハゲタカね」

屋代はあっさり言い、ふと思いついたように、つけ加えた。

「そうそう、一度ここへかつぎ込まれる気は、ないかね」

禿富は苦笑し、水間を見た。

「おれは引き上げる。もうここに、用はないからな」

水間は、頭を下げた。

「礼を言わせてもらいます。おっしゃるとおり、だんなが知らせてくれなかったら、野田は無事ではすまなかった」

「分かっていればいい」

禿富は横柄に言い、くるりときびすを返して、廊下を歩き去った。

野田が救急室に運び込まれると、水間は携帯電話で諸橋真利子に連絡をとった。野田は、〈サルトリウス〉の店長を兼ねているので、一応連絡しておく必要がある。

真利子は、閉店後のミーティングの最中だったが、事情を聞くなりすぐに行く、と言った。

一度通話を切り、今度は坂崎悟郎の携帯電話に、かけ直す。

坂崎は、まだ谷岡俊樹と一緒に、〈コリンデール〉にいた。ゴルフ疲れをいやそうと、谷岡はママの根本麻以子を相手に、酒を飲んでいるらしい。

水間は覚悟を決め、谷岡と電話を代わってもらった。

「どうした。うまくいったか」

「すみません、社長。岩動警部との取引は、自分の一存で断りました」

それを聞くと、機嫌のよさそうな谷岡の声が、一変した。

「なんだと。いったい、どういうつもりだ。おれが決めたことを、勝手に引っ繰り返したのか」

水間は、一息ついて言った。

「それについては、あとでおわびかたがた、ご報告します。それより、野田がマスダの連中にやられて、怪我をしました。たった今、円山病院へかつぎ込んだところなんです。命に別状はありませんが、かなりやられています。ご足労ですが、ちょっと顔を出していただけませんか」

33

「野田がやられたとは、いったいどういうことだ」

谷岡俊樹の顔が、電話の向こうで鬼のように変わるのが、声の調子で分かる。

水間英人は、〈みはる〉での電話のやり取りから始めて、禿富鷹秋に新宿まで呼び出され、野田憲次を助け出すにいたったいきさつを、かいつまんで説明した。

聞き終わると、谷岡は嚙みつくように言った。

「待ってろ。すぐに行く」

その声は、真っ赤に焼けた鉄串のように、水間の胸に突き刺さった。

碓氷《うすい》嘉久造のあとを継いで、渋六興業の社長になってからの谷岡は、いくらか人間が丸くなった。最近は、見境なくどなる悪い癖も、だいぶ収まった。しかし、一度怒り出すと手に負えなくなることは、水間がいちばんよく知っている。

水間は、救急室の前の廊下のベンチに、何度も立ったりすわったりしながら、谷岡を待った。今にも廊下の向こうから、血相を変えた谷岡が突進して来そうで、落ち着かなかった。

しかし、谷岡も諸橋真利子もなかなか現れず、逆に水間は不安にとらわれた。

そうこうするうちに、看護婦が救急室から出て来た。声をかけるより先に、隣の部屋のドアにはいってしまう。

少したつと、看護婦は湿布薬らしいパッケージを抱え、ドアから出て来た。

「すみません、どんな具合ですか」

様子を尋ねると、看護婦はほつれた髪を直し、水間を見た。

「内臓破裂はないですけど、内出血がひどいですね。それと、肋骨に二本、ひびがはいっています」

事務的に言い捨て、また救急室にもどって行く。

水間は少し、ほっとした。内臓破裂さえなければ、それほど心配することはない。ひびのはいった肋骨などは、ほうっておいても治る。

そのとき、廊下の端に足音が響いた。向き直ると、坂崎悟郎を従えた谷岡が、予想したとおりのすごい勢いで、やって来るのが見えた。

水間は直立不動の姿勢をとり、谷岡がそばへ来るのを待った。

谷岡が歩調を緩め、水間の前に立ちはだかる。

水間は、頭を下げた。

「ご心配をおかけして、申し訳ありません」

言い終わらないうちに、目の中で赤い火の玉が爆発し、意識が半ば朦朧《もうろう》とする。気がつくと、廊下のリノリウムの床に、這いつくばっていた。

谷岡に、横面を張り飛ばされたと分かるまでに、なにがしかの時間がかかる。

水間は体を起こし、その場に正座した。

谷岡が、前に立つ。

「申し訳ない、ですむと思うか。おまえは、組長のおれの命令に背いたばかりか、兄弟分を死ぬ目にあわせたんだぞ」

自分のことを、社長ではなく組長と呼ぶのは、頭に血がのぼっている証拠だ。

水間は、両方の手で膝頭を握り締め、深く頭を垂れた。

「申し訳ありません」

ほかに、言葉が思い浮かばない。

谷岡の黄色いスラックスと、ゴルフボールの飾りがついた、白い靴が目にはいった。場違いな服装だ、という妙な考えが頭に浮かび、急いで唇を嚙み締める。

谷岡は言った。

「ここへ来るのに、なぜこんなに時間がかかったか、分かるか」

「分かりません」

「坂崎が、ドアの前からどかねえからよ。おれは、おまえを叩きのめすつもりで、特別室の木刀を持ち出そうとした。すると坂崎が、それを持って行くなら外へ出さねえ、とぬかしやがる。おれは、おまえを野田がやられたように、ぶちのめすつもりだった。おまえのせいで、野田はひどい目にあったんだから、おまえがその報いを受けるのは、当然じゃねえか。なのに、坂崎の野郎はおまえをかばい立てして、ドアの前から一歩も動かねえのよ。おれは、こいつの肩を木刀でぶっ叩いたが、それでも音《ね》を上げねえときた。あげくの果てに、こうぬかしやがった。今このときに、野田と水間の二人の幹部が倒れたら、渋六はがたがたになる。今度ばかりは、こらえてくれとな。それでおれも、頭を冷やす気になったのよ。まったく、いい弟分を持ったもんだぜ、おまえは」

谷岡は一気にしゃべり、ふうと大きく息をついた。

水間は、膝頭を握り締めた手の甲に、涙が落ちるのを意識した。人前で泣いたのは、何年ぶりだろうか。

谷岡が続ける。

「おれの命令に背いた上、兄弟分に怪我をさせたからには、落とし前をつけなくちゃならねえ。本来なら、赤字を回すところだが、罪一等を減じて黒字にしてやる。ありがたく思え」

水間は、歯を食いしばった。

赤字の破門状は、ヤクザの世界からの完全絶縁を触れ回す、もっとも厳しい処分だ。それに比べれば、黒字の破門状はまだ救いがあり、復縁の道が残されている。とはいえ、この世界で破門状を回されることは、致命的な処分というだけでなく、最大の屈辱だった。

張られた頰が、ひときわじんじんしてくる。

水間は、リノリウムの上に、手をついた。

「社長。破門だけは、勘弁してください。指を詰めるなら、喜んで詰めます。マスダをこのままにして、渋六を出て行くわけにいきません」

「ならねえ。おれも、おまえを破門にするのはつらいが、こりゃあ古くからのしきたりだ。泣いて馬謖《ばしよく》を斬る、というやつよ」

谷岡が言ったとき、少し離れたところから、声がかかった。

「待ちな、谷岡の」

谷岡が振り向く気配に、水間も手を膝にもどして、目を上げた。

和服に雪駄《せった》をはき、胡麻塩の髪を短く刈り上げた男が、廊下をやって来る。

元敷島組の組長で、統合のあと渋六興業の会長に収まった、熊代彰三だった。熊代の後ろに、諸橋真利子が控えている。

真利子が遅れたのは、どうやら熊代を迎えに行ったためらしい、と水間は察しをつけた。

谷岡は壁際にしりぞき、熊代に頭を下げた。

「こりゃどうも、こんな時間に、恐れ入ります」

事実上引退したとはいえ、熊代は渋六の先代社長碓氷の、長年のライバルだった男だ。ヤクザのキャリアからいっても、谷岡が一目置くのは当然だった。

そばへ来ると、熊代は懐《ふところ》から手を出して言った。

「真利子から、おおかた事情は聞いた。老いぼれが、今さら口を出す筋合いじゃあねえが、こんなこともあろうかと思って、一緒に来たんだ。谷岡の。おまえさん、水間を破門にするとか言ったが、それだけはこの老いぼれに免じて、勘弁してやっちゃあくれめえか」

水間は驚いて、熊代の顔を見上げた。

熊代にとって、水間はわが身同然の敷島組を解体させ、渋六との統合に追い込んだ、張本人の一人だ。水間自身、熊代とはめったに口をきかないし、熊代が自分の存在を快く思っている、などと考えたことは一度もない。現場からの引退を余儀なくされ、実権のない会長に祭り上げられた熊代が、今どんな心境でいるかも、承知しているつもりだ。

それだけに、熊代が自分をかばう発言をしてくれたことに、しんそこ驚いた。

谷岡も同じ思いらしく、当惑した顔で首筋を掻く。

「会長が、水間をかばい立てなさるとは、どういう風の吹き回しですかね。これは渋六の、内輪の問題だ。口出しは、ご無用に願いましょう」

年長の熊代に位負けしない、押しの強い口調だった。

熊代はそれを、柳に風と受け流した。

「おれも今じゃあ、渋六の禄を食《は》む身だぜ、谷岡の。口はばったいようだが、会長の肩書ももらっている。幹部の処遇についちゃあ、一言意見を言わせてもらう権利がある、と思うがどうだ」

「しかし、水間はおれがくだした決定を、反故にしたんですぜ。つまりは、渋六全体の方針に、背いたことになる。ほうっておくわけには、いかんでしょう」

言い募る谷岡を、熊代は手で制した。

「おまえさんの気持ちは、よく分かるぜ。筋からいっても、おまえさんの言うとおりだろう。しかしヤクザの世界にも、筋を曲げなきゃならんときがある。おれも今さら、おまえさんに指図するつもりはねえが、マスダとの抗争を控える今の今、水間を破門するのは考えものだ。ここは一つ、この老いぼれの顔を立てて、破門だけは思いとどまってくれ。これ、このとおりだ」

そう言って、和服の膝に両手をつき、谷岡に頭を下げる。

水間も、あわててそれにならい、床に手をつき直した。胸がいっぱいになり、また涙があふれてくる。

谷岡が、急いで熊代に近づく気配に、水間は目を上げた。

谷岡は熊代の手を取り、無理やり体を起こさせた。

「頭を上げてくれ、熊代の。あんたのような大親分に、こんな風に頭を下げられたんじゃあ、おれの顔が立ちませんぜ。よく分かりました。水間の破門は、水に流しましょう。何か別のかたちで、責任を取らせます」

熊代が、顔をほころばせる。

「そうか。よく、聞き届けてくれたなあ、谷岡の。それでこそ、渋六の社長だ」

水間は、古いヤクザ映画を見ているような、おかしな気分になった。

とはいえ熊代から、このような好意を示されるとは夢にも思わず、感激もひとしおだった。ひょっとすると、真利子の口添えがあったのではないか、という気もする。

水間は、あらためて熊代に、頭を下げた。

「会長。おとりなし、ありがとうございました」

「なんの。それより、大の男がそんなとこで、土下座なんかするもんじゃねえ。さっさと立て」

熊代に言われて、水間は谷岡を見た。

仏頂面をしたまま、谷岡がうなずく。

その目に、安堵の色が浮かんでいるのを、水間は見逃さなかった。谷岡も本心では、自分を破門にしたくなかったのだ、と悟る。そうと分かって、いくらか気持ちがなごんだ。

膝を起こし、立ち上がる。

坂崎が壁際で、無事に収まってよかったというように、頬を緩めた。水間は坂崎を見返し、目で礼を言った。

熊代の後ろに立つ真利子も、それとなくほほ笑みかけてくる。みんなが、自分の心配をしてくれたのだと思うと、水間はむしろ情けなくなった。

谷岡が、あらためて言う。

「ところで、野田の具合はどうなんだ。命に別状はないそうだが、だいじょうぶなのか」

水間は気をつけをして、谷岡と熊代を交互に見た。

「看護婦の話では、内臓は破裂してないそうなので、心配ないと思います。ただ内出血がひどい上に、肋骨に二本ひびがはいってるそうです」

説明しながら、ますます情けない気持ちになる。いっそ、谷岡に木刀で叩きのめされた方が、よかったくらいだ。

谷岡が、腕組みをして言った。

「そうか、そりゃあ不幸中の幸いだった。それにしても、よくハゲタカが知らせてくれたもんだな、野田のピンチを」

「だんなにしては、珍しいことですがね」

水間が軽く受け流すと、谷岡はもっともらしくうなずいた。

「たまには、それくらいしてくれても、罰は当たらねえだろう。月づき金を払ってるのは、そういうときのためだからな」

「ええ」

その禿富に知らせたのが、同じ神宮署の嵯峨俊太郎だということは、谷岡にも真利子にも黙っていた。話すかどうかは、野田と相談してからだ。

五分ほどして、救急室のドアが開いた。

副院長の屋代賢の後ろから、上着を肩から羽織った野田が、歩いて出て来る。足元はおぼつかないが、とにかく二本の足で立っていた。

水間は、驚いて声をかけた。

「おい、だいじょうぶなのか」

屋代が、代わって答える。

「だいじょうぶ、だいじょうぶ。内臓も無事だし、肋骨のひびなんてものは、くしゃみをしたときに痛むくらいで、どうってことはない。入院なんかしたら、かえって体がなまるだけだ」

「内出血の方は、どうなんですか」

「それも心配ない。膏薬《こうやく》を、べたべた貼っておいたから、二、三日もすれば治る」

屋代の説明に、野田が苦笑しながら続ける。

「だそうだ。今夜は急患が多くて、ベッドの空きがないらしい」

水間は言った。

「それなら、〈みはる〉のマンションへ行こう。マヤが、待機しているはずだ」

虫が知らせたのか、大森マヤに今夜はマンションに泊まってくれ、と言っておいたのが役に立った。マヤに任せておけば、一晩くらいなんとかなるだろう。

野田が、水間の顔を見て言う。

「そのほっぺたは、どうしたんだ」

水間は、腫《は》れた頰をさすった。

「社長に張り飛ばされたんだ。危うく、破門になるところだった。それを、熊代の親分に助けてもらった」

野田は顔色を変え、谷岡の方に向き直った。

「社長。水間に、落ち度はありません。おれが、ばかだったんだ。破門なんて、とんでもないですよ」

谷岡は、いやな顔をした。

「くそ。よってたかって、水間のかばい立てをしやがる。まったく、幸せな野郎だぜ」

水間は屋代に礼を言い、夜が明けたら精算に来る、と付け加えた。野田に肩を貸して、廊下を歩き始める。

谷岡、熊代がそのあとに続き、真利子と坂崎もそれにならった。

「しかし、信じられんよな。あの嵯峨が、ハゲタカのだんなにご注進に及ぶ、とはなあ。岩動に知れたら、ただじゃすまんだろう」

野田憲次はそう言って、シーツの上から腹をさすった。

水間英人も応じる。

「おれも信じられんよ。だから、そのことは社長にも、話さなかった。まず、おまえの意見を聞いてから、と思ってな」

野田は口をつぐみ、考え込んだ。

34

坂崎悟郎の手を借りて、円山病院から野田を〈みはる〉のそばのマンションへ、運び込んだところだった。

水間が指示したとおり、大森マヤは閉店したあと、マンションで待機していた。とはいえ、まさか怪我をした野田がかつぎ込まれるとは、予想もしていなかったはずだ。

それでもマヤはうろたえず、手早くベッドのシーツを替えたり、買い置きのパジャマを出したりして、てきぱきと受け入れ態勢を整えた。

ドアが開き、マヤがコーヒーを二つ、運んで来る。

「すまないな。こんなことになるとは、おれも思っていなかった。待機していてもらって、助かったよ」

水間が言うと、ジーンズとTシャツ姿のマヤは、屈託のない笑みを浮かべた。

「いいんです。それより、野田さんの怪我がそれほどでもなくて、ほんとによかったわ」

実際には、かなり手ひどくやられたのだが、野田の顔にはほとんど傷がない。わずかに、目の下に擦り傷らしきものが、残るだけだ。もっとも、水間たちの駆けつけるのが、あと五分でも遅れていたら、どうなっていたか分からない。

「念のため一日二日、ここで休養させる。マヤは、もう家に帰っていいぞ」

水間が、財布から車代を出そうとすると、マヤは首を振った。

「今夜は、ここに泊まります。何かあると、いけませんから」

「おれがついてるから、だいじょうぶだ。タクシーをつかまえて帰れ」

水間が差し出す札を、マヤはかたくなに首を振って、受け取ろうとしない。

「水間さんも、疲れてらっしゃるんでしょう。わたし、ほんとに泊まっていきます。坂崎さんでもいれば、話は別ですけど」

坂崎は、谷岡俊樹を護衛する仕事があるので、すぐに帰してしまったのだ。

「しかし、ベッドは野田が占領してるし、リビングのソファに寝ることになるぞ」

水間が言うと、マヤはまた首を振った。

「いいえ。ソファは、水間さんが使ってください。わたしは、絨毯《じゅうたん》の上で寝ますから」

「そういうわけにいかんだろう。それくらいなら、おれが絨毯の上で寝る。マヤが、ソファを使えばいい」

マヤが、してやったりというように、にっと笑う。

「それはつまり、泊まってもいいということですね」

水間は一本取られ、あきらめて札をしまった。

「分かったよ。そうしてくれ。もう寝てもいいぞ。あとは、適当にやるから」

マヤが、寝室を出て行くのを待って、水間は野田にコーヒーを飲ませようとした。しかし、横になったままでは無理、と分かった。

野田にせっつかれて、上半身を助け起こす。

さすがに、ひびのはいった肋骨が痛むらしく、野田は声を漏らした。それでも、よほどコーヒーが飲みたいのか、痛みをこらえて背中に枕を当て、上体をベッドのヘッドボードに、もたせかけた。

水間は野田の手に、受け皿ごとカップを渡した。

野田は、コーヒーを一口飲み、水間を見た。

「どうして嵯峨は、岩動を裏切るようなまねを、したのかな。岩動のやり方に、反対なのかな」

水間も、コーヒーに口をつける。

「かもしれん。昨日の今ごろ、〈サルトリウス〉で岩動が取引の話を持ち出したとき、嵯峨は居心地の悪そうな様子だったしな」

「そう言われれば、そうだった。トイレへ行ったり、そわそわしていたよな」

「そのくせ、平気で岩動に手を握らせたりする。まったく、今どきの若いやつは、何を考えてるんだか」

野田が、カップを軽く揺すりながら、独り言のように言う。

「それにしても、嵯峨から通報を受けたハゲタカが、よくおまえに連絡してきたものだな」

「ずっと、岩動の動静を見張っていた、というのも驚きだ。あのだんなも、いくらかはおれたちのことを気にかけている、ということかな」

「だんなに、そんな殊勝な心がけがあるとは、思えないがな」

野田の口ぶりは、はなはだ懐疑的だった。

「とにかく、今回はだんなのおかげで、深手を負わずにすんだ。おまえも、おれに隠して何かしようとすると、ろくなことにならんと分かっただろう」

水間のせりふに、野田が横目で睨む。

「偉そうなことを言うな。もう少しで社長から、破門されかかったくせに」

水間は苦笑した。

「ああ、そのとおりだ。熊代の親分のおかげで、なんとか首がつながったが、最悪の事態になるところだった。坂崎もおまえも、おれをかばってくれたし、ありがたいと思ってるよ」

野田が、ため息をつく。

「まあ、お互いに、意地を張りすぎたかもしれんな」

「おれが、岩動の取引に応じていたら、こうはならなかったんだ。今さら、その方がよかった、とは言わないがね」

野田は、思慮深い顔をした。

「こうしてみると、かりにおれたちが取引に応じたとしても、岩動が約束どおりおれたちのビジネスに、手心を加えてくれたかどうか、怪しいものだな」

「そうだな。あれはハゲタカそこのけの、とんでもない女かもしれん」

野田は、水間の顔を見た。

「このまま、ほうっておいていいと思うか。マスダにも接近してるようだし、油断がならんぞ」

「マスダから、おれとハゲタカが現場に現れて、おまえを助け出したことを、もう聞いているかもな」

水間が言うと、野田は考えた。

「それは、どうかな。さっきハゲタカは、マスダのケベドってやつに本名を名乗って、神宮署にはめられたのどうのと、しゃべりまくった。あれで、やつらがいくらか疑心暗鬼になって、岩動との接触を避けることも、ありうるだろう」

水間は、少し考えた。

「マスダや岩動の動きを、なんとかつかめないものかな。ハゲタカが、力を貸してくればいいんだが」

「ハゲタカも、ケベドに本名を告げた以上、当然岩動に報告がいくことを、覚悟したはずだ。その結果を、ハゲタカから聞きたいものだな」

そう言って、野田はコーヒーを飲み干した。

水間は、その手からカップを受け取り、サイドテーブルに置いた。

野田が、思い出したように言う。

「そう言えば、ハゲタカのパートナーの、御子柴という警部補がいたよな」

御子柴繁の名を聞いて、胸の奥にぽっと灯がともる。

水間は乗り出した。

「そうだ。その、御子柴警部補にアプローチする、という手もある」

「しかしあの刑事は、おれたちの話に乗るほど、融通のきく男かな」

「可能性はある。やっこさんは、マスダから金をだまし取ったとき、おれに裏の顔を見せた。ハゲタカに手を貸して、娘の学費を二百万稼いだんだ。それを考えると、少しはあてにできるんじゃないか」

「ハゲタカの手前、おれたちに力を貸したりは、しないだろう」

野田は、悲観的な意見だったが、試してみる価値はある、と水間は思った。

第七章

35

翌朝。

野田憲次を大森マヤに任せて、水間英人はマンションを出た。自分が許可する人間以外は、だれが来ても中に入れないように、固く言い聞かせた。あとで、若い者を手伝いによこすので、必要な買い物は全部任せるように、と付け加えることも忘れなかった。

明治通りの事務所に、谷岡俊樹の姿はなかった。秘書の境キヌヨに聞くと、その朝早く内妻の根本麻以子から電話で、谷岡は出社が昼ごろになると連絡があった、という。

キヌヨは四十代前半で、歴とした大学出のインテリだ。以前は、引退した碓氷嘉久造の秘書だったが、今は谷岡に仕えている。若いころ、陸上自衛隊の陸士長と結婚したが、亭主は何年か前に癌で死んだ。キヌヨ自身ばりばりの右翼で、毎年終戦記念日には靖国神社の参拝を、欠かしたことがない。

水間は、気のきく若い社員を二人選び、〈みはる〉のマンションへ行くように、言いつけた。マヤの携帯電話に連絡し、二人の名前を伝えておく。

昼少し前に、谷岡が出て来た。

社長室にはいるのを待って、水間もあとを追った。

ドアを閉じ、最敬礼をする。

「ゆうべは、申し訳ありませんでした」

谷岡は、デスクの向こうの椅子に腰を下ろし、ことさらむずかしい顔をこしらえた。

髭の濃いたちで、おそらく朝剃ったばかりなのに、もう顎のあたりに青黒い翳《かげ》りが、広がっている。

谷岡は言った。

「おまえは今後、会長はもちろん野田にも坂崎にも、足を向けて寝られねえよな」

その口調には、すでに怒りの痕跡もなかった。昨夜も感じたことだが、破門を撤回する結果になって、谷岡自身もほっとしているようだ。

「分かってます。この借りは、かならず返します」

谷岡は、葉巻に火をつけた。

「野田の具合はどうだ」

「今のところ、だいじょうぶです。若い者を、手伝いに行かせてます」

「そうか。となりゃあ、今後のことを考えなきゃならねえ。岩動がどう出るか、予測がつくか」

「なんとも言えませんが、手入れをかけてくることだけは、確かです」

「いつだと思う」

「今夜かもしれないし、一か月先かもしれません。岩動の動きは、まったく読めないので」

谷岡が、苦い顔をする。

キヌヨが、茶を二つ運んで来た。

それを一口すすって、谷岡は言った。

「ハゲタカも扱いにくいが、岩動はそれ以上だぞ。ハゲタカと違って、おれたちをつぶす気でいるから、もっと始末が悪い」

「とにかく、手入れされてもぼろが出ないように、傘下の店に触れ状を回します。まず第一に、この事務所や〈サルトリウス〉、〈コリンデール〉が狙われるでしょう。カッターナイフ一本、かんしゃく玉一つ見つからないように、準備態勢を整えるつもりです」

「おれや、おまえたち幹部の自宅にも、ガサ入れをかけると思うか」

「やるとしても、事務所や店の手入れが、終わってからでしょう。裁判所も、いきなり自宅には令状を出さない、と思います」

「チャカは、確か十挺だったな」

「そのはずです。自分と野田、それに坂崎が一挺ずつ。この事務所に、三挺。〈コリンデール〉と〈サルトリウス〉の、特別室のデスクに一挺ずつ。あとは、社長が二挺、お持ちですね」

「ああ。家に置いてあったが、朝のうちに麻以子に言って、貸金庫にしまわせた」

「自分たちの中で、ふだんからチャカを持ち歩くのは、坂崎だけです。あいつには、当分丸腰で社長の警護をするように、自分から言っておきます。しばらくは物騒ですから、気をつけてください」

谷岡は頬をふくらませ、今さらのようにこぼした。

「おまえが取引に応じていたら、そんな心配をせずにすんだのにな」

水間は一瞬ためらったが、思い切って言い返した。

「岩動のことですから、たとえ取引に応じたとしても、すんなり手心を加えてくれたかどうか、自分は疑わしいと思います。あれはおそらく、罠だったに違いありません」

「証拠でもあるのか」

「証拠はありませんが、これまでの岩動のやり口からして、その可能性が大きいでしょう」

谷岡は、葉巻の灰を床に叩き落とし、考えながら言った。

「そう言われると、そんな気もするな。とにかく、今さら後悔しても、始まらねえ。チャカの処理は、おまえに任せる」

「分かりました」

「ヤクの方は、だいじょうぶだろうな。扱ってねえはずなのに、横井のような例もあるから、油断はできねえぞ」

「その点は、念入りにチェックするつもりです。ほかのシマの連中が、渋谷で取引するのを見つかっても、渋六を締め上げる口実になりますからね」

「うまくやってくれ」

谷岡との話は、それで終わった。

水間は事務所を出て、渋谷駅の反対側のデパートへ行き、地下でメロンを買った。

タクシーを拾い、富ケ谷一丁目の富ケ谷テラスに住む、熊代彰三を訪ねる。熊代は、ちょうど起きたところで、妻の留美子とブランチをとっていた。

水間は昨夜の礼を言い、メロンを差し出した。以前、諸橋真利子の口から、メロンが熊代の大好物だという話を、聞いたことがあるのだ。

熊代は、相好《そうごう》を崩した。

「すまねえな、とんだ気遣いをさしちまって」

「自分こそ、会長にあんな風にかばっていただくなどと、考えてもいませんでした。ありがとうございました」

「いいってことよ。おれが、渋六に敷島の組織を任せたのも、おまえがいたからこそだ、水間。これからも、野田と二人でしっかりと、谷岡を支えてやるんだぞ」

年を取ったせいか、熊代は組をつぶされたことを、さほど根に持ってはいないようだった。水間は少し、ほっとした。

事務所にもどる。

休憩室をのぞくと、ワイシャツ姿の坂崎悟郎が、ソファの上に巨体を横たえ、コミックを読んでいた。

水間を見て、すぐに立ち上がる。

「どうも。野田常務の具合は、どうですか」

「だいじょうぶだ。それより、ゆうべは迷惑をかけて、すまなかった。かばってくれて、ありがたかった」

「いいんですよ、常務。社長も、本気じゃなかったんです。だれかに止めてほしい、と思ってるのが見えみえでしたから」

坂崎は、そう言って笑った。

若い者が、顔をのぞかせる。

「課長。社長が、お出かけです」

坂崎は職制上、常務・総務部長の肩書を持つ水間の下で、総務課長を務めているのだ。

「どこへ行くんだ」

水間が聞くと、坂崎は上着を着込んだ。

「三友銀行の渋谷支店長と、セルリアンタワーで会食です」

「そうか。若いのを二人ほど、連れて行け。昨日の今日で、何かあるといかん。マスダのやつらが、渋谷に潜り込まないように、目を光らせておけ」

「分かりました」

「もう一つ、チャカを置いて行くんだ。神宮署のデカが、いつソウケン（身体捜検）をかけてくるか、分からんからな。ここしばらくは、丸腰で社長を守ってもらう」

水間が言うと、坂崎は着込んだ上着の裾をはね、腰の真後ろからベレッタを抜いて、差し出した。

それを受け取って言う。

「かわりに、メリケンサックかスタンガンでも、用意しておけ。切れものや、とがったものは摘発の口実になるから、やめた方が無難だ」

坂崎は、唇を引き締めた。

「自分が、体で守ります」

考えてみれば、坂崎の強靱《きょうじん》な体こそが、何よりの武器だった。

水間は、谷岡と坂崎が出て行くのを待って、とりあえず預かった拳銃を、隠し戸棚に隠した他の三挺と一緒に、アタシェケースにしまった。

少し離れた、三友銀行の渋谷支店へ行き、貸金庫に預ける。ガサ入れがあれば、むろん貸金庫も安全とはいえないが、事務所に置いておくよりはましだ。

事務所にもどり、自席から携帯電話を使って、諸橋真利子にかけた。

真利子は、出るなり言った。

「ゆうべは、たいへんだったわね。野田さんの具合はどう」

「だいじょうぶです。それよりゆうべは、姐さんが熊代会長を連れて来てくれたので、命拾いをしました。礼を言わせてもらいます」

「いいのよ。あなたの話を聞いて、何かいやな予感がしたものだから、わたしの一存でお迎えに行ったの。谷岡さんが短気なのは、よく知っているし」

「会長のとりなしがなかったら、社長も引っ込みがつかなくなって、おれは破門されていた。姐さんのおかげです」

「あなたと野田さんは、渋六の要《かなめ》なんだから、二人で力を合わせなくちゃいけないわ」

「分かってます。それから、野田には〈サルトリウス〉の仕事を、二、三日休ませます。太田垣に、代行させてください」

太田垣進は、野田の下で副店長を務める男だ。

「分かりました。おだいじにね」

通話が切れ、水間が携帯電話を畳んだとき、デスクの電話が鳴った。

受話器を取り上げる。

「はい、渋六興業です」

「水間か」

女の声だった。

呼び捨てにされたことで、すぐに相手の見当がつく。

「そうです」

「署まで来てくれない。ちょっと、話があるの」

岩動寿満子の口調には、うむを言わせぬものがあった。

「任意出頭ですか」

「まあね。いやなら、こっちから出向くわよ」

「いや、自分が出向きます。お話というのは、どんなことですか」

「それは、あんたが来てからだ。一時間以内に来るのよ」

電話が切れる。

受話器をもどし、水間は顔をこすった。考えるまでもない。寿満子の話とは、昨夜のいざこざのことに、決まっている。マスダから、すでに報告が上がったのだろう。

だとすれば、寿満子はかなり頭にきているに、違いない。マスダを使って、野田をまんまと罠にはめたのに、途中で邪魔がはいったのだ。そこに、禿富鷹秋が一枚嚙んでいたことも、当然伝わったとみてよい。

寿満子は、禿富を神宮署から放逐するため、渋六との密接な関係を立証しようと、やっきになっている。なんとしても、それだけは阻止しなければならない。禿富のため、というより渋六のために、だ。

水間は、とりあえず野田に電話をして、寿満子から呼び出しがかかったことを、報告した。

野田が、不安そうに言う。

「おれを罠にかけたことを、岩動はどう言い訳するつもりかな」

「あの女が、言い訳なぞするわけがない」

「おまえを呼び出したのも、罠じゃないのか」

「署へ呼びつけて、袋叩きはないだろう。とにかく、行ってみるよ」

「その前に、ハゲタカのだんなをつかまえて、岩動に何か言われたかどうか、確認した方がいいぞ」

「これから、電話するつもりだ」

水間は通話を切り、禿富の携帯電話に、かけ直した。

しかし、電源が切られているか、電波の届かないところにいるかで、つながらなかった。時間ぎりぎりまで、何度かかけ直したが、結局無駄骨に終わった。

神宮署に行くと、嵯峨俊太郎が受付まで、迎えにおりて来た。相変わらず、ジャケットにスラックスという、くだけた服装だ。

以前と同じように、二階の取調室に案内される。

嵯峨は、水間に対していつもとかわらず、屈託のない態度で接した。寿満子を裏切り、野田の危機を禿富に通報したことなど、おくびにも出さない。当然水間も、知らぬふりをした。

五分ほど待たされたあと、嵯峨が寿満子と一緒に、もどって来た。

寿満子は、テーブルの反対側にすわり、嵯峨は部屋の隅のデスクの椅子に、腰を下ろした。こちら側に向きを変えて、寿満子の背後から水間を見る。

寿満子は、紺のパンツスーツにグレイのブラウス、といういでたちだった。

ポケットからたばこを取り出し、水間に突きつける。

「どうだい、一服」

前回の事情聴取でも、すすめられた覚えがある。

「自分は、吸わないんです。前にもお断りした、と思いますが」

寿満子は、黙って自分のたばこに火をつけた。

「がんこな男だね。たばこは吸わないし、取引にも応じない。よくそれで、ヤクザをやっていけるもんだ」

「だからこそ、ヤクザをやっていける、と思いますがね」

水間が言い返すと、寿満子はふんと鼻で笑った。

「今日は、なんであんたを呼んだのか、分かるだろう」

水間は、目をそらさずに答えた。

「分かりませんね。取引の話なら、もう終わったはずです」

寿満子の目が光る。

「とぼけなくていいよ。ゆうべ、野田がマスダにやられるところを、助けに行ったね」

前触れなしの切り込みだが、その質問は予想していた。

「ええ。野田は確か、警部に会いに行くと言って、〈みはる〉を出たんですがね。それが、どうしてマスダの連中につかまったのか、はなはだ理解に苦しみます」

水間が応じると、寿満子はさげすむような目をして、たばこの煙を吐いた。

おもむろに言う。

「野田を、罠にかけてやったのさ。マスダの連中がたむろする、新宿の〈ミラドール〉というクラブへ、呼び出したんだ。そこで野田は、連中に袋叩きにされるはずだった」

水間は分別臭い顔をこしらえ、ふんふんとうなずいてみせた。

「やはりね。なぜ、そんなことをしたんですか。野田は、警部との取引に応じるつもりで、出かけて行ったのに」

「いくら、そっちが頭を下げてきても、一度断られた取引をやり直すほど、あたしはお人好しじゃないよ」

野放図に煙を吐き、一言で切って捨てる。禿富が言ったとおりだ。

水間は、一呼吸入れた。

「それにしても、現職の刑事さんが南米マフィアと手を組んで、罪もない一般市民を袋叩きにするとは、信じられませんね。マスコミに知れたら、大問題になりますよ」

寿満子は、顎を大きくのけぞらせて、笑いこけた。

その後ろで、嵯峨が途方に暮れたように、すわり直すのが見える。

寿満子は、なおも頬に笑いを残しながら、強い口調で言った。

「罪もない、一般市民か。よくも、言ったもんだ。マスコミに訴えたけりゃ、訴えてごらん。あたしは、屁《へ》とも思わないよ」

確かに、屁とも思わないだろう。

「袋叩きにするなら、どうして自分を呼び出さなかったんですか。断ったのは野田じゃなく、自分なんだから」

「おまえを叩きのめしても、なんの足しにもならないよ。野田を痛めつければ、おまえも少しはこたえるだろう、と思ったのさ」

これもまた、禿富が指摘したとおりだ。

寿満子の呼び方が、〈あんた〉から〈おまえ〉に変わったことに気づいて、水間は拳を握り締めた。寿満子が、いよいよ根性を入れ始めた、と察しがつく。

水間が黙っていると、寿満子は粘っこい目をして、さらに続けた。

「マスダが、野田を痛めつけにかかったとき、突然白馬の騎士が二人現れて、邪魔立てしたそうだ。そのうちの一人は、おまえだろう」

水間は、芝居がかったしぐさにみえるのを承知で、肩をすくめた。

「まあ、白馬の騎士って柄じゃありませんが、助けに行ったのは自分一人だけですよ。ほかにはだれもいなかった」

寿満子の口元に、冷笑が浮かぶ。

「おかしいね。あたしが聞いた話じゃ、助けに来たのは二人だった。しかも一人は、マスダの連中をさんざん叩きのめしたあと、自分から神宮署の禿富だ、と名乗ったそうだ」

思ったとおり、マスダから報告が上がったのだ。

「自分は、そんな名乗りを上げた覚えは、ありませんね。マスダの連中が、夢でも見たんでしょう」

寿満子は、ふうと水間に煙を吹きかけ、話を続けた。

「おまえじゃなく、禿富が名乗ったんだ」

「自分一人だった、と言ったはずです。禿富警部補どころか、ほかには猫一匹いませんでした」

寿満子が、突然テーブルを大きな拳で、どんと叩いた。

灰皿が飛び上がり、間の抜けた音を立てて、くるくると回る。

「とぼけるんじゃないよ、水間。おまえと禿富が、野田を助けに行ったことは、とうに分かってるんだ」

水間は、灰皿が止まるのを待ち、辛抱強く応じた。

「野田は、警部と会うために表参道へ行く、と言って〈みはる〉を出て行きました。自分は、なんとなくいやな予感がしたので、野田のあとをつけたんです。そうしたら野田は、表参道ならぬ新宿へ向かいました。そして案の定、マスダの連中の網にかかって、やられそうになった。だから、助けたんです」

「おまえは、野田のあとをつけたりなんか、しなかった。禿富が、〈ミラドール〉の近くから電話して、おまえを呼び寄せたんだ」

寿満子がずばりと言い、水間はちょっとたじろいだ。

ためしに、聞いてみる。

「禿富警部補は、なぜそんなところにいたんですか」

「禿富は、ずっとあたしと嵯峨の動きを、見張っていたのさ」

水間はテーブルの下で、汗ばんだ手をそっとジャケットの裾に、こすりつけた。寿満子は寿満子で、禿富に見張られているのを承知の上だったらしい。やはり、手ごわい女だ。

「かりにそうだとしても、警部がマスダの連中と話をつけて、野田を罠にかけようとしているとまでは、分からなかったでしょう。禿富警部補が、警部のハンドバッグに盗聴マイクでも仕掛けたなら、話は別ですがね」

寿満子は、笑わなかった。

短くなったたばこを、丹念に灰皿でもみ消し、体を乗り出した。太い両手の指を、がきっと組み合わせて、水間の顔をのぞき込む。

「見当がつくだろう。だれかが、禿富に通報したんだよ」

ともすれば、嵯峨に引きつけられそうになる視線を、水間は必死に寿満子の目に据えた。

「禿富警部補に、そんな奇特なお仲間がいるとは、思えませんね」

寿満子はゆっくりと首を振り、嚙んで含めるように言った。

「いいかい。おまえは、野田のあとをつけなかった。だれかが禿富に通報して、禿富がおまえに知らせたのさ。そうでなきゃ、情報が漏れるわけはないんだ」

水間は、動悸が高まるのを感じ、平静を保とうと努めた。

「何度聞かれても、答えは同じですよ。自分が、野田のあとをつけたんです」

寿満子は手を組んだまま、両方の人差し指をぴんと立てて、その先を水間の胸に向けた。

「嘘だね。禿富に通報したやつが、確かにいるんだよ。しかも、通報できるやつは、限られている。おまえにも、見当がつくはずだ」

「いや、つきませんね」

「あたしのそばに、ずっとくっついていた人間が、一人いるだろう。これで分からなきゃ、おまえはよっぽどのばかだよ」

思わず、ごくりと唾をのむ。

こらえ切れずに、ちらりと嵯峨を見た。

嵯峨は、できたてのマネキンのように、無表情だった。

水間の視線をとらえて、寿満子がにやりと笑う。

「そうさ。嵯峨が携帯電話で、禿富に通報したんだ」

36

デスクの署内電話が鳴った。

御子柴繁は、受話器を取った。

「はい、生活安全特捜班」

「御子柴警部補は」

岩動寿満子の声だった。

「わたしです」

「岩動だけど、禿富警部補は席にいるかしら」

寿満子は、御子柴よりいくつか年若で、刑事としての職歴も浅い。しかし、階級が一つ上だという意識があるのか、ベテランの御子柴に対して、ぞんざいな口をきく。

御子柴は、ちらりと禿富鷹秋の席を見た。

禿富は、イタリア製らしい靴をはいた足を、これ見よがしにデスクに載せ、フランク・ハリスの『わが生と愛』を、読んでいる。作者も知らず、どんな内容かも知らないが、全部で何巻もあるような、長尺ものの本らしい。このところ禿富は、それをずっと読み継いでいるのだ。

「はい、おります」

御子柴は、短く答えた。

気配を察したのか、禿富がじろりと目を向けてくる。

「二人で、二階の取調室Cに来てくれない。今、すぐに」

「分かりました」

御子柴は受話器を置き、本に目をもどした禿富に、声をかけた。

「岩動警部が、すぐに取調室Ｃに来てくれ、と言ってますよ。わたしたち二人に」

禿富は本を閉じ、デスクから足を下ろした。

「なんの用かな」

「さあ。とにかく、行きましょう」

禿富は立ち上がり、じっと御子柴を見た。

「御子柴さん。あんたは、岩動警部が好きですか」

やぶからぼうの質問に、御子柴はとまどった。

「まあ、あまり好き、とはいえませんね」

正直に答えると、禿富は満足そうにうなずいた。

「安心しましたよ。ところで、娘さんは相変わらず医学部へ行くのに、一所懸命勉強しているのかな」

その、とってつけたようなせりふを聞いて、御子柴は少しいやな気がした。

禿富は、娘の医学部受験を控えた御子柴に、入学金を稼ぐ仕事を回してくれた。それを、ときには暗に、ときには露骨に、思い出させようとする。つまり、いつでも自分の指示に従えるように、準備しておけということだ。

「してますよ。浪人させる余裕は、うちにはありませんからね」

禿富の口元に、薄笑いが浮かぶ。

「だいじょうぶ。娘さんの学費くらいは、またいつでも稼げますよ」

そう請け合うと、先に立って戸口へ向かった。

急いであとを追う。

刑事課の強行犯捜査係から、生活安全特捜班へ配置転換されたのをしおに、御子柴は実直な刑事をやめてしまった。キャリアの、それも年下の警視の弱みを知ったがために、あっさり飛ばされてしまう警察の仕組みに、嫌気が差したのだ。

特捜班では、禿富と組むように言われたが、禿富はいつも一人で勝手に動き回り、どこで何をしているのか、分からない。御子柴にすれば、緊急のときに携帯電話で連絡するだけの、電話応答サービスのような相棒、という役回りだ。

もっとも禿富は、実質的に御子柴を手下扱いしているにせよ、寿満子と違ってひとおりは、ていねいな口をきいてくれる。年若の者にも、常にさんづけで話をする御子柴には、それがうれしかった。

禿富は、いっさい腹の中を見せない男だが、何をやるにしても躊躇《ちゅうちょ》逡巡せず、行動に迷いがない。御子柴に対しても、相談するなどということは絶えてなく、一方的に頼みごとをしたり、ものを言いつけたりするだけだ。不思議なもので、今では御子柴は禿富の指図を受けると、それを忠実従順にこなすことに、快感を覚えるようにさえなった。

取調室Cに来ると、御子柴は禿富の先に回って、ドアをノックした。

嵯峨俊太郎が、戸口に顔を出す。御子柴と分かると、体をどけて中へ入れた。

テーブルを挟んで、渋六興業の水間英人が岩動寿満子と、向き合っていた。事情聴取でも、受けていたのだろうか。

水間と顔を合わせるのは、例のＪＲ恵比寿駅での一件以来、初めてだった。水間は、寿満子に相当厳しくやられたのか、いくらかげんなりした様子だ。

寿満子が、水間に顎をしゃくる。

「おまえは、もう帰っていいよ」

たとえヤクザとはいえ、相手をおまえ呼ばわりする寿満子に、御子柴は反発を感じた。

水間は椅子を立つと、緩んだネクタイを締め上げ、上着のボタンを留めた。ちらり、と御子柴の顔を見ただけで、その後ろに立つ禿富には目もくれず、入れ違いに出て行く。

ドアを閉めた嵯峨は、黙って隅のデスクのところへ行き、こちら向きに椅子にすわった。

寿満子は御子柴を見やり、今まで水間がすわっていた椅子に、うなずきかけた。

「そこにかけて」

一瞬、ためらう。

椅子は一つだけで、もし自分がすわれば、禿富のすわる場所がなくなる。

「何してるの」

寿満子に促され、しかたなく腰を下ろした。まだ決心がつかず、尻を半分載せただけだ。

寿満子は、禿富を見た。

「あんたは、あたしにちゃんと顔が見えるように、この人の後ろの壁に立ちなさい」

禿富が、言われたとおりに体を移し、壁にもたれる気配がする。御子柴は肚を決めて、椅子に深くすわり直した。

テーブルの灰皿は、たばこの吸い殻の山だ。どの吸い殻も、吸い残したフィルターの端に、きつい噛みあとがついている。水間は、寿満子をよほどいらいらさせた、とみえる。

寿満子が、新しいたばこに火をつけた。

「あなた、ゆうべはずっと禿富警部補と、一緒だったの」

さりげない質問に、すばやく考えを巡らす。

そうです、と答えさせるのが狙いの、誘導尋問のような気がした。マジシャンが、相手にそれと気づかれずに、狙いのカードを引かせてしまう、あの技術とよく似ている。

その手に乗るものか。

「いえ、ゆうべは一緒じゃありませんでした。わたしは私用で、午後六時過ぎには署を出ましたので」

事実、そのとおりだった。御子柴は、寿満子が自分に嘘をつかせようとしたことを、長年の勘で見抜いたのだ。

寿満子は、当てがはずれたに違いないが、毛ほども顔色を変えない。

「これまではともかく、あたしが特捜班に来てからは、班員すべてにコンビを組んでもらう、という態勢になったはずよ。あなたたちは、その決まりを守っていないようね」

「ですから、ゆうべはたまたま」

御子柴が言いかけると、寿満子はそれをさえぎった。

「ゆうべだけのことじゃないわ。禿富警部補は、いつも単独行動をとっていて、何かあったときだけあなたが、ケータイで連絡してるんでしょう。それじゃ、コンビと言えないわよね」

それまで黙っていた禿富が、御子柴の背後で口を開いた。

「これは、何かの取り調べですか、岩動警部」

寿満子が煙を吐き、軽く肩をすくめる。

「別に。ただの、雑談よ」

「雑談なら、コーヒーくらい飲みたいですな。おい、嵯峨。コーヒーを持って来い」

突然、居丈高に命令する。

嵯峨は椅子の上で、背をぴんとさせた。

「コーヒーですか」

寿満子が、たばこを挟んだ指を上げ、嵯峨を制する。

「いいんだよ、嵯峨。ほうっておきなさい。これは、遊びじゃないんだから」

嵯峨は、迷ったように尻をもじもじさせたが、結局すわり直した。禿富はそれ以上、何も言わない。

御子柴は、腋の下に汗がにじむのを感じ、そっと肩を動かした。

寿満子が、御子柴の顔をのぞき込む。

「あんた、禿富警部補が渋六と裏でつながってるのを、知ってるんだろう」

言葉遣いが、急に乱暴になった。

「つながっている、とはどういう意味ですか」

「渋六から金品を受け取って、何かと便宜を図ってやっている、という意味さ。分かるだろう」

御子柴は、もっともらしく考えるふりをした。

「情報をとるために、接触することはあるでしょうが、つながっているとは思いませんね」

「相棒のくせに、相方が何をしてるのかも、知らないのかい」

御子柴は答えず、意味のない笑いを返した。

寿満子は、少しの間御子柴を睨んでから、背後の禿富に目を移した。

「あんたはゆうべ、どこで何をしていたの」

「警部に、それを報告する義務はない、と思いますが」

禿富の声に、緊張の色はみじんもなく、むしろ冷笑を含んでいるように、感じられた。

顔が見えないだけに、それがよく分かった。

「あたしには答えられない、と言うのなら副署長から直接あんたに、聞いてもらうわよ。それでもいいの」

秃富が、含み笑いをしたように聞こえたが、気のせいかもしれなかった。

秃富は言った。

「ゆうべは、早めに自宅へもどってシャワーを浴び、一杯やりながら読書にふけりました」

御子柴は、危うく吹き出しそうになるのを、かろうじてこらえた。かりに、それがほんとうだとしても、寿満子はばかにされたと思うだろう。

案の定、ふだん冷たく沈んだ寿満子の目に、炎が燃え上がった。

しかし、寿満子はそれ以上の反応を表に出さず、押し殺した声で言った。

「それじゃ、ゆうべ水間を新宿まで呼び寄せて、一緒にマスダの手から野田を助け出したのは、どこのだれなの」

初めて耳にする話に、御子柴は一言半句も聞き漏らすまいと、緊張した。

「野田が、マスダにつかまったんですか。知らなかった」

秃富が応じたが、寿満子はそれを無視して、話を続けた。

「あんたはマスダの連中に、自分は神宮署の秃富だ、と名乗ったね。ついでに、神宮署にはめられたとかなんとか、無責任なことを言ったそうじゃないの」

「警部は、なぜそんなことを、ご存じなんですか。マスダの連中から、報告でも受けられたのですか」

秀富の質問に、寿満子がどう答えるか、御子柴も注目した。

「あたしがマスダと話をつけて、野田を罠にかけたのさ。新宿へ呼び出して、袋叩きにさせるつもりでね」

御子柴は、つい口を挟んだ。

「どうして、そんなことを」

寿満子は、一度御子柴に目を移したが、すぐに秀富に視線をもどす。

「あんたは、ゆうべあたしのあとをつけ回して、同じ新宿の現場近くにいた。野田が罠にかけられる、という通報を受けて水間を呼び寄せ、一緒に助けに駆けつけたんだ」

「水間が、それを認めたとでも」

聞き返す秀富の声に、みじんも不安の色はなかった。

「ええ。あんたと二人で、マスダの手から野田を取り返した、と認めたよ。それに、あんたが神宮署の秀富だ、と名乗ったこともね」

背後で笑いが爆発し、御子柴はぎくりとした。

ひとしきり笑ったあと、秀富は小ばかにしたように言った。

「水間のやつが、夢でも見たんでしょうな。そもそもそんなところで、自分の正体や名前を明かすデカが、いると思いますか。もしいたなら、それはわたしを陥れるための、稚拙な罠ですな」

「水間が嘘をついた、と言うの」

寿満子の声に、怒りがこもる。

「そういうことになりますな。かりに、わたしが水間と一緒だったとしたら、こうした事態を想定して、口裏を合わせたでしょう。それとも警部は、わたしを何も考えようとしない、行き当たりばったりの人間、とお思いですか」

禿富の小気味よい反論に、御子柴は胸がすっとした。

寿満子の口元に、嘲笑が浮かぶ。

「ところが、思いがけない事実が明らかになって、水間もしらを切ることが、できなくなったのよ」

「ほう、どんな」

禿富の問いに、寿満子はたばこをもみつぶし、椅子の背にもたれた。

「野田が待ち伏せされることを、あんたにケータイで警告した、通報者がいるの」

御子柴は唾をのみ、じっと耳をすました。

「そんな通報を、受けた覚えはありませんな」

禿富が言う。

「通報者は、覚えているわ」

寿満子の返事に、禿富は少し間をおいた。

「通報者とは、だれですか」

寿満子は親指を立て、背後の嵯峨を示した。

「そこにいる、嵯峨よ」

御子柴は驚き、もう少しで禿富の方を、振り向くところだった。事情はよく分からないが、妙な展開になりそうな予感がする。

禿富が口を開いた。

「嵯峨が、そう白状したんですか」

声に変化はない。

寿満子は、とっておきとも思える笑みを、満面に浮かべた。オペラ歌手が、アリアの頭を歌い出すように、胸を張って言う。

「白状するも何も、あたしが通報させたんだからね」

瞬時にして、取調室が凍りついたように、しんとなる。

御子柴は、ズボンの膝をきつく握り締めた。話の流れからして、寿満子が野田を罠に落とした上、禿富にも二重の罠を仕掛けたのだ、と察しがつく。

どうやら寿満子は、禿富と渋六興業ののっぴきならぬ関係を、暴き出したつもりらしい。

37

背後で、低い笑い声がする。

御子柴繁は、目の前にいる岩動寿満子の肩越しに、部屋の隅にすわる嵯峨俊太郎を見た。嵯峨は、われ関せずという顔つきで、爪の甘皮をむく作業に専念している。

その様子から、実際に嵯峨が禿富鷹秋に電話をかけ、罠にはめる手伝いをしたことが、読み取れる。それを恥じる気配は、みじんもない。

禿富が、笑うのをやめて言った。

「嵯峨から、そんな電話をもらった覚えは、とんとありませんな。そうだろう、嵯峨」

声をかけられて、嵯峨はわれに返ったように、顔を上げた。

のほほんと言う。

「いや、かけましたよ。お忘れですか。お知らせしたでしょう。岩動警部が、野田を〈ミラドール〉に呼び出して、マスダの連中に袋叩きにさせるつもりだ、とね」

「いっこうに、記憶がないな。おれもそろそろ、認知症かもしれん」

嵯峨が、屈託なく笑う。

「まさか。わたしのケータイに、禿富さんにかけた通話記録が、残ってますよ」

「おれのケータイには、何も残ってないぞ」

嵯峨は、肩をすくめた。

「ま、そんな記録は、すぐに消せますけどね」

寿満子が割り込む。

「とぼけてもむだよ、禿富。あんたは、嵯峨から通報を受けるとすぐに、水間を新宿に呼び出した。それから一緒に、マスダにやられそうになった野田を、助けたんだ。おまけにマスダの連中を、半殺しの目にあわせた。あんた以外に、そんなむちゃをする人間は、いないだろう」

「だれがやったにせよ、そいつをほめてやりたいですな。相手はどっちみち、ゴキブリみたいな連中だ。そのゴキブリと手を組んで、人を罠にかけるようなデカは、むろんゴキブリ以下だが」

禿富の、抑揚のない言葉が頭の上を通りすぎ、寿満子の耳にはいるまでの間、御子柴は長い時間がたったような気がした。

寿満子の目に、ふたたび青白い炎が燃え立つ。

「でかい口を叩くんじゃないよ、禿富。これであんたが、渋六の連中とつるんでいることが、はっきりしたんだ。そうでなきゃ、水間を呼んで一緒に野田を助ける、なんてまねはしなかったはずだ。とうとう、ぼろを出したわね」

すごみのある口調で、そう決めつけた。

禿富が動じる様子もなく、嵯峨に話しかける。

「おい、嵯峨。おまえは警部殿に、きんたまを抜かれたか。若衆みたいに、臭いところをなめさせられて、よく平気でいられるな」

御子柴の目に、嵯峨の頬が引き締まるのが見え、ひやりとした。

嵯峨のかわりに、寿満子が口を開く。

「つまりは、嵯峨から通報を受けたことを、認めるわけね」

「いや、認めませんよ、警部。だれも、それを証明することは、できませんからね」

寿満子と話すとき、禿富は律義にていねいな口調にもどる。御子柴には、それが妙におかしかった。

「嵯峨があんたに電話するとき、そばで聞いていたのよ。このあたしが、りっぱな証人だわ」

寿満子が、勝ち誇るように言ってのけたが、禿富の声は変わらない。

「嵯峨のケータイに、わたしへの通話記録が残っているとしても、わたしと話した証拠にはなりませんよ。それとも、警部は話している嵯峨の耳元に頰を寄せて、わたしの声を聞いたとでもいうんですか」

禿富の挑発的なせりふに、さすがの寿満子も冷静さを失ったのか、頰の肉をぷるんとさせた。

「調子に乗るんじゃないよ、禿富。もう一つ、あんたが人に知られていない、と思ってることを話してやろうか」

「どうぞ」

禿富の返事は、町医者が次の患者を呼び入れるような、感情のこもらぬものだった。

寿満子は、もったいをつけた手つきで、たばこを取り出した。ことさらていねいに点火し、御子柴に向かってふう、と煙を吐く。

御子柴は息を詰め、それをやり過ごした。

寿満子は、少しの間禿富を睨みつけたあと、御子柴に目を移した。

「この間、あんたはJR恵比寿駅で、トイレから出て来たマスダの寺川と、一緒にいた水間を呼び止めて、職質したね」

まったく驚かなかった、といえば嘘になる。

しかし御子柴も、駆け出しの刑事ではない。目を動かさずに、忙しく頭を回転させた。

寿満子が、それを知っているとすれば、理由は二つしかない。寺川勇吉から報告を受けたか、あのとき恵比寿駅のどこかで現場を見ていたかの、どちらかだ。水間がしゃべった、とは考えられない。

「しました。よくご存じですね、警部。近くにいらしたのですか」

しれっとして応じると、寿満子は唇を引き締めた。

「何を職質したの、二人に」

「挙動不審だったので、何をしているのか聞いただけです」

かりに、寿満子がどこかで見ていたとしても、声が聞こえるほどそばではないはずだ。

寿満子が、いらだちのこもった目で、先を促す。

「それで」

「トイレで、多少のいざこざがあったようですが、坊主頭の男が逃げてしまったので、それきりになりました」

「その坊主頭が、マスダの寺川だということを、知らなかったの」

「そのときは、知りませんでした。あとで、水間から聞きました。水間とは、面識がありますので」

寿満子は、立て続けにたばこを吸いつけ、盛大に煙を吐いた。だいぶいらだっている。

「あんたはその日、恵比寿駅で何をしていたの。業務日誌によると、管内視察としか書いてないけど」

行動をチェックしているのだ。

「最近、恵比寿駅で置き引きが増えたため、警戒していたのです」

「たった一人でか」

「あいにく、人手が足りないものですからね」

御子柴が応じると、寿満子の背後で嵯峨が声を立てずに、そっと笑うのが見えた。

寿満子が言う。

「あんたは水間に、殺人幇助《ほうじょ》と死体遺棄の事件にからんで、任意出頭を求めたそうじゃないか」

御子柴は、寿満子を見つめた。

「警部は、あの近くで集音マイクでも、操作していらしたのですか」

寿満子は、それを無視した。

「任意出頭を求めたことを、認めるの。それとも、認めないの」

背後で、禿富が言う。

「答える必要はありませんよ、御子柴さん。これは、ただの雑談だそうだから」

寿満子は禿富を見ずに、ぴしゃりと言った。

「あんたは黙ってなさい」

御子柴は、口を開いた。

「水間に、そんなことを言った覚えは、ありませんね。かりに、水間がそう言ったとしても、です。わたしはただ、人込みで騒ぎを起こさないように、注意しただけでね」

寿満子は、たばこをくわえたまま腕を組み、椅子の背にもたれた。

「実を言えば、寺川を締め上げたのよ。そうしたら、あんたが水間にそう告げるのを聞いた、と言ったわ。引っ張る理由は、署に行ってから岩動警部に聞け、とも言ったそうね」

御子柴は、ズボンの膝を握り締めた。

やはり寿満子は、寺川から話を聞いたのだ。締め上げた、というのがほんとうかどうかは、怪しいものだが。

御子柴は言い返した。

「あんな、南米マフィアのちんぴらの言うことを、警部は信用されるんですか」

「いけないかい。寺川が、あたしに嘘をつく理由は、何もないからね」

「でしたら、わたしが警部に嘘をつく理由も、ありませんよ。警部は、わたしとマスダのちんぴらと、どちらの言うことを信用なさいますか」

寿満子は鼻孔を広げ、御子柴をすごい目で睨みつけた。さすがの御子柴も、ひやりとするような目だった。

寿満子は腕組みを解き、たばこを口からもぎ離して、灰皿に叩きつけた。吸い殻の山が崩れ、テーブルの上が灰だらけになる。

「寺川が逃げたあと、あんたと水間はどうしたの」

「駅の構内を出たところで、釈放しました。引っ張る理由は、何もなかったですから」

寿満子は、居心地が悪くなるほど長い間、御子柴の顔を見つめた。まさに、居心地を悪くさせるのが目的の、意地の悪い視線だった。

やがて、寿満子は言った。

「寺川によると、水間はそのとき紙の手提げ袋を、持っていたそうだね。中に、何がはいってたの」

「知りませんね」

そう答えてから、御子柴は答えるのが少し早すぎた、と悔やんだ。

寿満子は、目を光らせた。

「寺川と水間のいざこざは、その紙袋に原因があったらしいよ。あんたは、中を調べなかったのか」

「調べませんでした。水間には、ソウケン（身体捜検）をするだけの容疑が、なかったですから」

そのとき、背後から禿富が口を出した。

「警部。寺川は、中に何がはいっていた、と言ってましたか」

その質問に、寿満子がわずかにたじろぐのが、感じとれた。

「中身は知らない、と言ったわ」

「そうでしょうな。寺川が、そこまで打ち明けるようなら、警部とマスダは相当親密な関係、ということになる。わたしと渋六どころの話じゃない」

寿満子は、禿富の挑発に乗るまいとするように、ライターを強く握り締めた。指の関節が、気味悪いほど白くなる。

禿富が、追い討ちをかけた。

「その紙袋の中に、何がはいっていたと思いますか、警部」

寿満子は、また新たなたばこに火をつけ、軽く咳き込んだ。

「知らないね。知ってたら、聞きはしないわ」

「ほう、そうですかね。わたしは警部が、とうに紙袋の中身をご存じだとばかり、思っていましたがね」

御子柴は寿満子の目に、かすかな脅《おび》えに似たものが走るのを、見たような気がした。

「どうしてだ。あたしが、知ってるわけないだろう」

寿満子の口調が、守勢に回った。攻守ところを代えた、という直感がある。

秃富が言う。

「その中に、麻薬か覚醒剤が詰まっていたら、愉快じゃありませんか。あるいは拳銃でもいいし、いっそ札束でもいい。マスダが、目の色を変えて追いかけたくなる、そういうものがはいっていたに、違いありませんな」

寿満子の目に、暗い憎悪の炎が燃え上がるのを見て、御子柴ははらはらした。

秃富が指摘するまでもなく、手提げ袋の中に何がはいっていたか、寿満子は承知の上で聞いたのだ、という気がする。

だとすれば、寿満子とマスダの間にもただならぬ関係がある、ということになる。マスダを利用して、野田を袋叩きにしようとしたり、秃富に罠をかけたりすること自体、語るに落ちる所業ではないか。

寿満子は、またくわえたばこをして、ふんぞり返った。

「あんたたち、少しは口裏を合わせる努力を、した方がいいんじゃないの。水間は、手提げ袋なんか持ってなかった、と言ってるんだよ。いったい、どっちがほんとなんだい」

そう言いながら、じろじろと御子柴と秃富を、見比べる。

秃富が黙っているので、御子柴はしかたなく口を開いた。

「水間は頭がぼけたか、嘘をついてるんでしょう」

寿満子が、鼻で笑う。

「ぼける年かい。なぜ水間は、嘘をついたの」

「知りませんね。よほど、人に見せられないものを、持ってたんでしょうな。麻薬とか、札束とか」

「そう思ったなら、どうしてソウケンをしなかったんだ」

「要するに、ソウケンをするだけの法的根拠が、なかったからです。無理にすれば、違法になりますしね」

答えながら、御子柴は内心ほくそえんだ。この調子では、話が堂々巡りになるだけで、こちらは痛くもかゆくもない。

寿満子もそれに気づいたのか、ほとんど吸ってないたばこを床に落とし、靴の踵で踏みにじった。

まっすぐに、御子柴を見る。

「この際警告しておくけど、禿富とあまり深く関わると、痛い目を見るよ。ほどほどにしておきなさい」

御子柴は、とっておきの微笑を浮かべた。

「しかし、警部がさっきおっしゃったように、禿富警部補はわたしのパートナーですから、関わらないわけにいかんでしょう。不都合があるのでしたら、組み合わせを替えていただくしか、ありませんな」

寿満子は、たっぷり十秒間御子柴を見つめたあと、顎をしゃくった。

「もういいよ、二人とも」

椅子を立とうとして、御子柴は膝がこわばっているのに気づき、テーブルにつかまった。

手に、散らばったたばこの灰がつき、腹の中でののしる。寿満子の吸った吸い殻など、さわりたくもなかった。

取調室を出て、階段へ向かう。

御子柴は、寿満子も嵯峨もついて来ないのを確かめ、禿富に小声で話しかけた。

「警部はなぜ、禿富さんとわたしを個別に、締め上げなかったんでしょうね。その方が、弱みをつくことができた、と思うんだが」

禿富は薄笑いを浮かべ、ちらりと御子柴を見た。

「警部は、あなたに事情聴取をかけることで、わたしがどんな反応を示すか、見ようとしたんですよ。警部の狙いは、あなたじゃなくて、わたしにある。今後も、警部に何か聞かれたら、好きなように答えてくれていい。口からでまかせでも、見聞きしたとおりに答えても、どちらでもかまわない。わたしを悪者にしてくれて、いっこうに不都合はありませんよ」

38

着信音が鳴る。

水間英人は、携帯電話を取り出した。非通知だが、通話ボタンを押した。

「水間です」

「今、どこにいる」

例によって禿富鷹秋が、前置きなしに聞いてくる。

「〈みはる〉のマンションです」

「これから行く」

単刀直入に言われて、ちょっとたじろいだ。

「いいですけど、岩動警部や嵯峨につけられないように、気をつけてください」

「つけたけりゃ、つけてくるがいいさ」

禿富は笑い、通話を切った。

野田憲次が、ベッドから首を巡らす。

「だんなか」

「そうだ。岩動の査問が、終わったらしい」

野田には、神宮署での一連のいきさつを、細大漏らさず報告してある。

「岩動は、おまえの話とだんなの話の矛盾点をついて、ぼろを出させる気だろう」

「たぶんな。だんなとは、口裏を合わせる暇もなかったし、しっぽをつかまれたかもしれん。だんなが来れば、はっきりする」

「おれも、一緒に聞こうか。ゆうべの礼も、言いたいし」

野田が、ベッドから起きようとするのを、あわてて止める。

「待てよ。無理しなくていい。話はおれが聞いて、あとで詳しく報告する。礼は、おれから言っておく。おまえは、寝ていろ」

手伝いで詰めていた、二人の若い者に小遣いをやり、しばらく外で休憩してくるように、言いつける。大森マヤは、すでに引き上げていた。

十五分後に、チャイムが鳴った。

玄関に出た水間は、ドアスコープで相手を確かめ、鍵をはずした。

「早かったですね。つけられなかったですか」

「タクシーで来たが、だれもつけて来なかった。岩動も、そこまでしつこくは、やらんだろう」

リビングにはいると、禿富はキッチンの冷蔵庫から、缶ビールを取り出した。水間にも、一本投げ渡す。買い置きしてあったものだ。禿富は以前の住人、桑原世津子と親密な関係にあったから、部屋の勝手を知っていて当然だった。

リビングのソファに、向かい合ってすわる。

禿富は、缶ビールのプルトップを引き起こして、水間を見た。

「野田はどんな具合だ」

親指で、寝室のドアを示す。

「奥で休んでますが、たいしたことはありません。だんなによろしく、と言ってました。おかげで、大事にいたらなくてすんだ」

「もう少し、痛めつけられてから助け出した方が、薬になったかもしれんな」

相変わらずの、悪たれ口だ。

水間も缶ビールをあけ、さっそく切り出した。

「さっきの事情聴取の件ですが、昼過ぎに岩動警部から電話で、署へ出頭するように言われましてね。行く前に、だんなと口裏を合わせよう、と思った。それで、ケータイに何度もかけたんですが、つながらなかった。どこにいたんですか」

「署だ。署にいるときは、電源を切る習慣でね」

肝腎なときに、これだから困る。

一息ついて、水間は言った。

「岩動警部には、いつも不意打ちを食わされる。だんなのケータイに、嵯峨が野田の件を通報したのは、警部自身の指示だというんです。正直言って、焦りましたよ。てっきり、嵯峨が警部を裏切った、とばかり思ってたのに。聞きましたか」

水間が言うと、禿富はビールを一口飲んで、おもむろに応じた。

「ああ、聞いた。おれには、たぶんそんなことだろうと、見当がついていたがね」

思わず、顔を見直す。

「ほんとですか。だとしたら、罠と知りつつおれを呼び寄せた、ということになりますよ」

「そのとおりだ」

強がりとも、負け惜しみとも思えぬ、きっぱりした返事だった。

「驚いたな。だんなが、罠と承知でおれたちに手を貸すなんて、めったにないことでしょう」

皮肉を投げかけると、すかさず禿富が言い返す。

「めったにどころか、普通はありえないことだ」

水間は、少し鼻白んだ。

「だったら、なぜその罠に乗ったんですか」

「せっかく岩動が、知恵を絞って考えた罠だ。乗ってやるのが、エチケットというものだろう」

禿富は、冗談とも本気ともつかぬ口調で、うそぶいた。

「しかし、それでだんながおれを呼び出したら、おれたちとの裏のつながりを、白状するようなものじゃないですか」

禿富は、かすかに口元を歪めた。

「だからおれは、おまえを呼び出したことを、認めなかった。それどころか、嵯峨から通報を受けたことさえ、否定した。何も証拠がないからな」

これには驚く。

「嵯峨の通報までは、とぼけられないでしょう。通話記録が残るし」

「向こうに残ったところで、こっちが受けたことにはならん」

「警部の反応は」

「嵯峨が電話したとき、そばで聞いていたから自分が証人だ、とぬかしたよ。嘘っぱちも、いいところだ。嵯峨がかけてきたとき、岩動は〈ミラドール〉にはいっていて、そばにいなかった」

「そう言ってやったんですか」

「言うわけがない。おれは、あの近くで見張っていたことすら、認めてないんだからな」

水間はあきれて、首を振った。

岩動と禿富のやり取りを、その場で見ていたかった、と思う。二人とも、たいした玉ではないか。

禿富が、話を変える。

「おまえはどうなんだ。おれに新宿に呼び出されて、一緒に野田を助けたことを、認めたのか」

「認めるわけないでしょう。野田のあとをつけて、一人でマスダの手から助け出した、と言い張りましたよ。だんなとは、その線で口裏を合わせるつもりだったから、ちょうどよかったわけです」

禿富は、さもおかしそうに笑い、ビールを飲み干した。

「岩動によると、おまえはおれに呼び出されて、二人で野田を助けた上に、おれが神宮署の禿富だと名乗ったことも、正直に認めたそうだ。おれも一瞬、ほんとうかと思ったぞ」

水間はむっとした。

「おれは何も、認めてませんよ。まさかそんなはったりに、乗せられなかったでしょうね」

禿富は、片頰に薄笑いを残したまま、水間を見返した。

「あたりまえだ。ただし、おまえを信じたからじゃない。岩動を信じなかっただけのことだ」

いちいち、言うことが気に障る。

水間はビールを飲み、気持ちを切り替えた。

「そう言えば、御子柴警部補もだんなと一緒に、呼ばれてましたね。例の恵比寿駅の件で、やられたんですか」

「そうだ。かなりしつこく、やられた」

「おれもですよ。野田の一件で、嵯峨の通報が罠だったと聞かされた、すぐあとですからね。まだ、十分立ち直ってなくて、けっこうきつかった。御子柴警部補は、どうでしたか」

「おれが考えた以上に、したたかなやつだ。岩動に対して、弱みを見せなかった。態度物腰はばかていねいだが、意外に性根がすわっている。岩動も、もてあまし気味だった」

あの御子柴繁に、そんな一面があるとは知らなかった。

もっとも、例の紙袋から悪びれる様子もなく、札束を抜いたことからすれば、分かるような気もする。味方につけることができれば、禿富よりは話が通じやすそうだ。

「岩動警部は、恵比寿駅でのいきさつを、寺川から聞いたようですね。おれも紙袋のことを、あれこれ突っ込まれました。こっちもとぼけて、紙袋なんか持ってなかった、で押し通しましたがね」

それを聞くと、禿富は苦笑を漏らした。

「そうか。逆に御子柴は、おまえが紙袋を持っていたことを、認めちまったよ」

当惑する。

「ほんとですか。まずいじゃないですか」

「岩動によれば、おまえは紙袋なんか持ってなかった、と否定したということだった。おれは、それも岩動の引っかけだろう、と思った。岩動にしては珍しく、事実を告げたわけだな」

虚々実々の駆け引きだ。狐と狸の化かし合い、という感じがする。

「紙袋の中身について、聞かれませんでしたか。もちろんおれは、持ってもいない紙袋の中身なんか、知るわけがないと突っぱねましたが」

「中身については、御子柴も知らない、で押し通した」

「寺川から話を聞いたのなら、岩動警部は紙袋の中身を、承知してるはずでしょう」

「そのはずだが、さすがに自分の口からは、言えないだろう。マスダとの親しい関係を、認めることになるからな」

「それでなくても、昨日からの一連の流れを考えれば、警部が裏でマスダとつながっていることは、見えみえじゃないですか」

「おれをつぶすために、あいつはマスダを利用しよう、としてるのさ。マスダも、おれをつぶすことができるなら、岩動のけつでもなめる気でいる。おれをつぶせば、渋六もつぶれると思ってるんだ」

「もし渋六がつぶれれば、今度はマスダが渋谷へ進出して来る。岩動警部は、それを歓迎するつもりですかね。マスダは、うちより数段あくどいことをやるし、渋谷はめちゃめちゃになりますよ」

秃富は、ゆっくりと人差し指を立て、水間に突きつけた。

「岩動は、先のことなど考えちゃいない。おれさえつぶしてしまえば、あとは知ったことじゃないのさ」

「警部は、だんなに何か個人的な恨みでも、あるんですか。それとも、だれかの差し金ですか」

「むろん、黒幕がいる。おれには、見当がついている。しかし、今や岩動は黒幕の意向と関係なしに、おれをつぶすことに必死だ」

「なぜですか」

秃富は、気味の悪い笑いを浮かべた。

「たぶん、おれの中に自分を見たからだろう」

なんと応じていいか分からず、水間は口をつぐんだ。

確かに、二人の間にはなにがしかの、共通点があるように思える。

水間は、話をもどした。

「その黒幕は、だれなんですか」

禿富が、一呼吸おく。

「この間話した、警視庁の朝妻に間違いない」

その名前は、恵比寿駅の一件のあとで、聞かされた覚えがある。

「諸橋事件で、警視庁捜査一課から神宮署へ来た、管理官ですね」

「そうだ。朝妻カツヨシ、正義は勝つの、勝義だ。言い忘れたが、朝妻はその後警察庁へ上がって、今は警備局警備企画課の参事官に、収まっている」

あのときの禿富の話では、朝妻勝義はある夜新聞社の女記者と、不適切な関係を結んだ。禿富が、それを暴いて糾弾したその場に、たまたま御子柴が同席していた。

恥辱を受け、同時に秘密を知られた朝妻は、しかるべき筋に手を回して、御子柴を神宮署の吹きだまり、生活安全特捜班へ飛ばした。口止めのために栄転させるどころか、逆に厳しい処分をくだすことで、それとなく警告を発したというのが、禿富の意見だった。

ただし、それが御子柴の反抗心に火をつけ、逆効果を生むことになったのだ。

「朝妻が、もしだんなに警告するつもりなら、御子柴警部補と同様、どこかへ飛ばした方が、よかったんじゃないですか。それも、ずっと遠い都下か、伊豆七島の警察署に」

「飛ばすより、おれの違法行為をとがめ立てして、一気に退職に追い込む方が確実だ、と思ったんだろうな」

「懲戒免職なんか言い渡されたら、だんなも黙っちゃいないでしょう」

「当然だ。そのときは、向こうもおそらく懲戒免職を引っ込め、依願退職にするという条件を持ち出して、取引を迫ってくる」

「口止めのためですか」

「そういうことだ。懲戒免職と依願退職では、はいってくる金の額が全然違うから、普通の相手なら取引になる」

「どちらにせよ、だんなは言いなりになるつもりは、ないんでしょう」

禿富は笑い、空になったビールの缶を、無造作に握りつぶした。

「おれは、神宮署を出るつもりもないし、警察をやめるつもりもない」

「といっても、半分くらいはしっぽをつかまれたわけだから、気を抜くわけにいきませんよ。岩動警部が、これであきらめるとは、思えない」

禿富は、うなずいた。

「今度は、予定どおりおまえたちのところへ、ガサ入れをかけるはずだ。おまえに、取引を断られたまま黙っていれば、面目がつぶれるからな。ぼろを出さないように、気をつけろ」

「警部も、こちらが警戒してることは、承知のはずです。急には、やってこないでしょう」

「裏をかくのが得意だから、油断は禁物だ。今夜にも、かけてくるかもしれんぞ」

禿富が引き上げたあと、水間は寝室にもどった。

リビングでのやり取りを、ざっと野田に話して聞かせる。

聞き終わると、野田は深刻な顔になった。

「となると、賭け麻雀も裏カジノも、当分控えざるをえないな」

水間もうなずく。

「しばらくは、おとなしく不良債権の回収や、地上げの手伝いをしてしのぐしか、ないだろう」

若い者を、携帯電話で呼びもどしてから、水間は開店準備中の〈コリンデール〉と、〈サルトリウス〉を回った。むろん、根本麻以子も諸橋真利子も、まだ顔を出していない。

特別室のデスクの、二重底になった引き出しから、拳銃をそれぞれ一挺ずつ回収し、マンションへもどった。

十年以上前に買った、古いブラウン管テレビの裏蓋を開き、その隙間へ拳銃を押し込む。

第八章

39

岩動寿満子から、査問に近い事情聴取を受けたあと。

御子柴繁は、席にもどって業務日誌を書いた。ついでに、自分や禿富鷹秋と寿満子のやり取りも、ひそかにメモにしておく。

その間に、禿富はどこへともなく姿を消したが、おそらく水間英人に会いに行ったのだろう、と御子柴は見当をつけた。水間が寿満子に何を聞かれ、どう答えたかを、確認しておきたいに違いないからだ。

午後六時過ぎ、早めに引き上げようと後片付けをしていると、禿富がもどって来た。顔を見るなり、禿富はお茶でも飲みましょうと言って、御子柴を外へ誘った。

十分ほど歩き、署からだいぶ離れた原宿通りのオープンカフェへ、連れて行かれた。若者でいっぱいの、見通しのよい店だった。

御子柴は、水間にからむ話でもあるのか、と思った。しかし、禿富は注文したコーヒーがきても、その件には触れなかった。

かわりに、予想もしなかったある男の名前を、いきなり持ち出した。

「御子柴さんは、竹原卓巳という男を知ってますか」

「竹原卓巳。新右翼の竹原なら、名前だけは知ってます。もちろん、面識はありませんが」

竹原卓巳は、ひところ過激な行動と文筆で名を売った、新右翼の活動家だった。担当違いの御子柴も、その当時噂だけはよく耳にした。

「竹原は、わたしの大学時代の、同期生でね。在学中は、ばりばりの新左翼の活動家として、鳴らしていました」

「それは、知らなかった。秃富さんも、一緒にやった口ですか」

「まさか。それだったら、警察にはいれませんよ。わたしは逆に、そのころ国粋主義の某団体に出入りする、右翼学生だったんです。竹原とは、当時からしばしば鉄パイプで殴り合う、腐れ縁の間柄でした」

学生時代に、新左翼の闘士だった竹原が卒業してにわかに宗旨を変え、いわゆる新右翼に転じてしまったという話は、御子柴も承知している。

秃富が、なぜ唐突にそういう男の話を持ち出したのか、御子柴には分からなかった。

「その竹原が、どうかしたんですか」

水を向けると、秃富は少し声を低めた。

「昨日、何年ぶりかで竹原から、電話をもらいましてね。とんでもない取引を、持ちかけられたんです」

　秘密めかした様子に、御子柴は警戒心を覚えた。

　あまり気が進まなかったが、しかたなく質問した。

「どんな取引ですか」

「竹原は、ある極秘文書をわたしに買い取らないか、と持ちかけてきました」

「極秘文書というと」

　禿富はわずかに間をおき、さらに低い声で言った。

「神宮署が、ここ何年かの間にプールした裏金の、秘密帳簿のコピーだそうです。それを、さるルートから入手したので、買ってくれと言うんです」

　御子柴は驚き、思わず周囲の耳を気にして、あたりを見回した。

　幸い、付近の席は能天気におしゃべりをする若者ばかりで、二人の会話に関心を示す者はだれもいなかった。それどころか、二人がそのテーブルにいることさえ、だれも気づかないようだった。禿富が、こういう店を選んだわけが、ようやく分かった。

　御子柴は気持ちを落ち着け、ささやき声で聞き返した。

「そんなものを、竹原はどこでどうやって、手に入れたんですか」

　禿富は、唇を引き締めた。

「わたしは、竹原の話に乗るつもりでいますが、あなたにも一枚嚙んでもらいたい。引き受けてくれたら、その辺の事情もお話ししますよ」

いきなりそう迫られると、ついためらってしまう。

警察による、組織ぐるみの裏金作りは別に昨日今日、始まったことではない。おそらく終戦直後、もしかするとさらに昔の戦前から行なわれていた、秘密の工作だ。

かつて、そうした裏帳簿が流出して左翼団体の手に渡り、系列の出版社から告発本が刊行されたことも、二度や三度ではない。しかしその都度、矢面に立たされた警察署がトカゲのしっぽ切りを行ない、事件をうやむやに終わらせてしまった。それが表面化し、マスコミが堂々と糾弾するようになったのは、ここ数年のことにすぎない。

御子柴にしても、そうした問題に首を突っ込めば、命取りになることは分かっていた。しかし一方で、裏金の秘密帳簿なるものをこの目で見てみたいという、強い誘惑にも駆られた。

御子柴の心中を察したように、禿富が押してくる。

「御子柴さんも、裏金作りに協力させられたことが、あるでしょうね」

むきつけな問いに、さすがにたじろいだ。しかし、今さら取り繕っても始まらない、と肚を据えた。

「ありますよ」

「ちなみに、偽領収書を作った頻度と金額は、どれくらいですか」

御子柴は、コーヒーを飲んだ。

裏金作りには、さまざまな方法がある。

いちばん簡単なのは、領収書を偽造するやり方だ。たとえば、捜査や容疑者の逮捕に協力した謝礼、という名目で架空の情報提供者の領収書を作成し、経理に提出する。その金は、国や都の予算に計上された捜査費、ないし報償費から出金され、署内の秘密帳簿に蓄積されるのだ。

少し考えて、正直に答える。

「協力を求められたのは、巡査部長になってからでね。二十年で、ざっと百回。額は百五、六十万といったところでしょう」

「平均して二か月半に一回、金額は一回あたり一万五、六千円、ということですね」

「まあ、そんなところですな」

考えてみれば、ずいぶんな金額になったものだ。自分だけでなく、裏金作りに協力させられた署員は、ほかにもたくさんいる。全部積み上げれば、とんでもない金額になる。

禿富は言った。

「そうした、裏金作りに協力する行為に、罪の意識を感じませんでしたか」

御子柴は、笑いを噛み殺した。ほかの人間ならともかく、禿富にそんなことを言われるとは、考えもしなかった。

逆に聞き返す。

「禿富さんは、裏金作りに協力したことが、ないんですか」

「ありませんね。そういう、組織ぐるみの不正行為に、荷担するつもりはない」

「個人的な不正行為には、大いに興味があるんでしょう」

御子柴が皮肉を言うと、禿富は屈託のない笑い声を立てた。

「そのとおり。組織の懐より、自分の懐の方がだいじだから」

あっけらかんとしたものだ。

御子柴はまたコーヒーを飲み、あらためて口を開いた。

「ご承知のように、わたしたち現場の警察官は、しばしば情報提供者とお茶を飲んだり、飯を食ったりします。場合によっては、酒をおごることもある。しかし、そういう不時の出費は、署の予算項目に含まれていない。だから全部、自腹を切ることになる。たまにならともかく、刑事の安月給でそんな個人負担を、続けられるわけがない。それを補《ほ》塡《てん》するために、裏金を積み立てるということなら、偽領収書作りにも意味があります。わたしだって、別に異存はありませんよ。しかし、実情はそうじゃない」

禿富は、大きくうなずいた。

「そう、そのとおりです。署の裏金が、われわれノンキャリアのために遣われることは、めったにない。そもそも、警察組織はキャリアのものであって、ノンキャリアは使い捨ての駒にすぎない。だから、〈くれむつ会〉のような組織が、必要になってくるわけです。〈くれむつ会〉のことは、ご存じでしょうね」

急に聞かれて、少し躊躇する。

「まあ、耳にしたことはあります」

御子柴が知るかぎり、〈くれむつ会〉はノンキャリアの警察官を救済する、非公式の互助組織だ。その存在を、上層部が把握しているかどうか知らないが、今のところ手がはいった様子はない。

この組織は、警視庁管内の警察官を対象にした、いわば非合法組合のようなもの、と聞いている。もっとも御子柴自身は、一度も関わったことがない。

秃富は言った。

「実直な警察官にとっては、〈くれむつ会〉は用のない組織です。しかし、警察官はみながみなあなたのような、まっとうな人間とはかぎらない。いろいろな事情で、道を踏みはずす者が出てくる。勤務中に、こっそりクスリを打ったり、スーパーで万引きしたり、どこかの風呂場をのぞいたり、トラブルを起こす警察官は、いつでも存在します。事が明るみに出れば、彼らは容赦なく監察にかけられ、処分を受けます。最悪の場合は、懲戒免職になる。そんなとき、キャリアの連中が救済の手を差し伸べることは、めったにない。そうした救われない連中を、裏で支えたり助けたりするのが、〈くれむつ会〉の仕事というわけです」

珍しい長広舌だ。

御子柴は、自嘲を込めて言った。

「わたしも、今ではまっとうな警察官、とはいえませんよ。いずれは、〈くれむつ会〉の世話になりそうな気がする。今のうちに、会費を払っておいた方がよさそうだ。どうやって、払うんですか」

「会費はありません。助けてほしいとき、当事者がその都度〈くれむつ会〉に、謝金を支払います。それを受けて、会がトラブルの相手方と話をつけたり、しかるべき筋へ手を回したりして、処分の撤回や軽減を図る仕組みです。金さえ払えば、たいていのことは交渉が成立して、最悪の事態を防げます」

「交渉するのは、だれですか」

「会の人間です」

「禿富さんも、その一人かな」

「違います。たまに、手伝いはしますがね。実際に会を仕切るのは、あちこちの署にいるベテランの、女性職員ですよ。だいたいは未婚か、亭主を亡くした独身女性が多い」

初めて聞く話だ。

「神宮署で言えば、だれですか」

御子柴の問いに、禿富は少し間をおいた。

「畑中登代子です」

「畑中。彼女が、ですか」

そのまま絶句した。

畑中登代子は、総務課総務係に在籍する、そろそろ五十近い女性職員だ。小柄で、童顔にいつも笑みを浮かべ、地味なスーツに身を包んでいる。実際より、十歳ほども若く見えるが、どちらかといえばおとなしい性格の、目立たない女だった。

その登代子が、そうした組織のために働く一人だとは、にわかに信じがたいものがある。

それを見透かしたように、禿富が言う。

「彼女の亭主は、かつて十条警察署の巡査部長でしたが、裏金作りへの協力を拒否したために、長いこと冷や飯を食わされた。そのあげく、覚醒剤に手を出しておかしくなり、首を吊って自殺しました。十五年近くも、前の話ですがね」

それもまた、初耳だった。あの、いつもにこにこしている登代子に、そんなつらい過去があったとは、ついぞ知らなかった。

禿富は続けた。

「それをきっかけに彼女は、救助を必要とするノンキャリアの、手助けをする組織に加わったわけです」

「畑中登代子にせよ、ほかの女性職員にせよ、そんな交渉力があるんですか。まして、上級幹部やキャリアを相手に」

疑問を呈すると、禿富は即座にうなずいた。

「あります。彼女たちは、警視庁管内に広くネットを張り巡らして、幹部連中のプライバシー情報を、常時把握している。要するに、弱みを握ってるんです。それが、交渉に役立つ」

御子柴は、妙に痛快な気分になって、腕を組んだ。

「禿富さんは、どんないきさつでそういう女性職員と、親しくなったんですか」

禿富は、軽く肩をすくめた。

「畑中登代子の死んだ亭主は、わたしが初めて十条署に配属されたときの、先輩でしてね。けっこう、かわいがってもらいました」

なるほど、そういうことか。

「そんな関係で、ときどき彼女に手を貸すわけですか」

「ええ。ことに、交渉相手が手ごわかったり、金で転がらなかったりする、やっかいなケースのときにね。監察官を脅して、処分を取り下げさせたことも、何度かあります。むろん報酬は、いただきますがね」

御子柴は、禿富が本部捜査一課の管理官、朝妻勝義を恫喝《どうかつ》したときのことを、思い出した。確かに禿富ならば、たとえ相手が監察官であろうと、気後れすることはないだろう。

ふと思いついて、質問する。

「助けてほしいけれども、手元に金がないという警察官は、どうすればいいんですか」

「そういうときは、〈くれむつ会〉が一時的に、金を立て替えます。そのための資金は、現場のデカが押収した覚醒剤、麻薬、拳銃などをちょろまかして、作るわけです。換金の方法は、いくらでもある。署が、偽領収書で裏金を作るのと、同じことですよ。くどいようだが、署がプールする裏金は、決してノンキャリアのためには、遣われない。したがって、ノンキャリアは自分たちの手で資金を貯めるより、方法がないのです」

秀富の言うとおりだ。

偽領収書で、署にプールされた裏金の大半は、一年か二年の腰掛けでやって来る、キャリアの警察官の歓迎会、歓送会、冠婚葬祭費、新築祝い、引っ越し祝い、そして本部へもどる際の餞別《せんべつ》などに、惜しげもなく費消される。

ノンキャリアで、そのおこぼれにあずかるのは、ごく一部の幹部警察官にすぎない。たまに、事件解決の打ち上げで、捜査員に慰労の酒代でも出れば、御の字というところだ。

にもかかわらず、現場の警察官は裏金を捻出するために、偽領収書作りに協力させられる。今では、それが習慣化してしまい、不正を行なっているという意識さえ、薄らいでしまった。しかし腹の中では、みんな不満だらけなのだ。

御子柴は、話を最初にもどした。

「秀富さんは、その秘密帳簿を手に入れて、どうするつもりですか」

「まだ考えていませんが、それがあれば何かのおりに、強い切り札になる。竹原も、それを承知しているから、二百万の売値をつけています」

「二百万」

御子柴は絶句して、また周囲に目を走らせた。

秃富が続ける。

「その金は、恵比寿駅で水間に回収させた、例の金の中から出します。あなたは、何も心配しなくていい」

御子柴は少し間をおき、気になることを聞いた。

「竹原が、その帳簿を公表して警察を糾弾するより、あなたに金で売ろうと考えた理由は、なんですかね」

秃富が、小さく笑う。

「それは単に、今は正義よりも金の方が大切だという、切実な理由でしょう」

御子柴も笑った。

あらためて言う。

「最後に一つ、質問があります。なぜ、この件にわたしを一枚嚙ませよう、と思ったんですか。あなた一人でも、十分やれる仕事なのに」

秃富は、真顔にもどった。

「正直に言いますが、今のわたしは神宮署内に、気を許せる味方がほしい。岩動が、わたしの息の根を止めようと、やっきになっているのは、ご存じでしょう」

娘の学費を稼がせてくれたのも、そういう狙いがあったからか。

「それは知ってますが、わたしなんかたいした力には、なれませんよ」

そう応じながら、御子柴は秃富の計画に乗ろうと、すでに肚を決めていた。毒を食らわば皿まで、という気分だった。

オープンカフェを出たあと、一緒に近くの東郷神社の境内へ行った。人けのない場所を選んで、禿富は御子柴の携帯電話から竹原卓巳に、連絡を入れさせた。

最初に出た禿富は、竹原に御子柴を仲間に引き入れたことを伝え、受け渡しの手筈を打ち合わせるよう、電話を押しつけてきた。

いきなり、本番の舞台に引き出されたかたちで、御子柴はさすがにとまどった。のっけから自分を、抜き差しならぬ立場に追い込もうとする、禿富の露骨な意図が見え隠れしていた。

しかし、ここまできたらやるしかないと肚を据え、電話を代わった。

相談の結果、その夜午前零時から零時半の間に、竹原のマンションに近い駒場東大裏で、落ち合うことになった。指定の時間帯に、竹原が現場付近で待機する二人に、電話するという。

竹原によれば、まず帳簿を隠し場所まで取りに行き、回収しなければならない。自分には右翼と左翼、それに官憲を引っくるめて、常時お供がついている。尾行をまくのに、なにがしかの時間がかかる。その状況は、電話したときに報告する、ということだった。

それ以外に、互いに不都合が生じたときは、あらためて連絡を取り合う。

神社を出たあと、御子柴は所定の時間まで禿富と別行動をとり、〈みはる〉で合流することにした。

岩動寿満子や、嵯峨俊太郎の目につかないように、用心しなければならない。

40

午後十一時。

常連の四人連れが引き上げ、客はカウンターに離れてすわる、二人だけになった。

大森マヤは肩の力を緩め、自分用のレモンジュースを、一口飲んだ。残った二人は、どちらもごく最近かよい始めた、新顔の客だ。ごくたまに、ここで顔を合わせることがあるが、口をきくわけではない。二人とも、このあたりの会社に勤める、サラリーマンらしい。

宵の口に、水間英人がちらりと顔をのぞかせて、今夜はマンションに寄らなくていい、と言ってくれた。

まだ時間は早いが、前夜の疲れも残っているし、そろそろ看板にしよう。そう思ったとたん、ドアが開いて新たな客が、はいって来た。

マヤは一瞬、喉を詰まらせた。

濃いグレイに、白い縦縞のはいった、仕立てのよいスーツ。紺地に、銀の幾何学模様をプリントした、渋いネクタイ。

禿富鷹秋だった。

やっと声が出る。

「いらっしゃいませ」

禿富は、目を向けてきた二人の先客を、じろりと見返した。

「すまんが、もう看板だ。勘定をすませて、お引き取り願おうか」

その横柄な物言いに、二人がむっとしたように、顔を見合わせる。

マヤは、あわててとりなした。

「すみません、こちら保健所のかたなんです。今夜はこれで、看板にさせていただけませんか」

保健所と聞くと、二人の客はしかたなさそうに、しかし頭から信じたわけではない、という顔つきで勘定を頼んだ。

マヤは、最後の一杯をサービスにしたが、これで客を二人失ったと確信した。

だれもいなくなると、禿富は壁にかかっていた〈支度中〉の札を、勝手にドアの外にかけた。

中ほどのストゥールに、どかりと腰を据える。

「〈山崎〉の十八年ものをくれ。ハーフロックでな」

マヤはグラスに氷を入れ、ウイスキーと水を半々の割合で、注ぎ入れた。

一口飲んで、禿富が言う。

「おとといの夜、裏のマンションに泊まっただろう」

不意をつかれ、マヤはぎくりとした。

「はい。水間常務に、そうしろと言われましたので」

「水間に、報告したのか」

「は。何をですか」

意味が分からず、顔を見直す。

「夜中に、嵯峨を引っ張り込んだことさ」

無造作に言う禿富に、マヤは愕然とした。

喉がからからになり、急いでレモンジュースを飲み干す。崖の上にでも立ったように、膝ががくがく震えた。なぜ禿富は、それを知っているのだろう。嵯峨俊太郎が言ったのか。いや、そんなことはありえない。

だとすれば、禿富は嵯峨がマンションにはいるのを、どこかで見ていたに違いない。そんなことがありうるとは、予想もしていなかった。

マヤは観念した。

「引っ張り込んだわけじゃありません。嵯峨警部補が、強引に上がり込んだんです」

禿富が、ちらりと笑みを浮かべるのを見て、はっとする。

もしかすると、はったりをかまされたのではないか。禿富が、マンションにはいる嵯峨を見たとしても、どの部屋を訪れたかまでは、確認できないはずだ。しらを切っても、よかったかもしれない。

しかし、すでに遅かった。

「どっちにしても、部屋に入れたことに変わりはない。嵯峨が出て来るまでに、三時間はたっぷりかかったぞ。トランプをしていた、などという言い訳は聞きたくないな」

秃富の口調から、逃げ口上は通用しそうもない、とあきらめる。

「長時間の張り込み、ご苦労さまでした」

開き直って言うと、秃富は小さく笑った。

しかし、すぐに真顔にもどる。

「嵯峨と寝ようと何をしようと、おれには興味がない。ただ、あの男がおれや渋六について、何を知りたがったかを聞きたい。正直に話せば、水間には黙っていてやる」

マヤは、唇の裏を嚙み締めた。

嵯峨と寝たのはともかく、渋六を裏切るような後ろめたいことは、何もしていない。したがって、だれにも負い目はないものの、嵯峨とそうなった事実を水間に知られるのは、なぜか気恥ずかしかった。

「嵯峨警部補に、聞いていただけませんか」

ためしに突っぱねると、秃富はマヤから目をそらさずに、グラスに口をつけた。

「嵯峨には、おれがそのことに興味を持っている、と悟られたくない。きみの口から聞きたい」

マヤは、顎を引いた。

この横柄な禿富が、〈あんた〉でも〈おまえ〉でもなく、自分を〈きみ〉と呼んだことに、気味が悪くなるほど驚く。

マヤは、グラスの底に残ったジュースを、なめるようにすすった。それでも、いくらかは時間稼ぎになった。

一息ついて言う。

「禿富警部補は、水間さんや野田さんとどれくらい親しくしているのか、と聞かれました」

禿富は、眉毛の下に引っ込んだ目に、蔑《さげす》みの色を浮かべた。

「あの色男、それを聞きたくてきみのベッドに、もぐり込んだわけか」

マヤは、その露骨な言い方にかちんときたが、自分を抑えた。

「そう思いたければ、どうぞ」

「しかし、事実だろう」

否定できない。

「かもしれないと思って、わたしにはそういう手管は通用しない、と言ってやりました。実際、その質問には答えませんでした」

正直に言うと、禿富はあまり関心のない顔で、先を促した。

「それから、どうした」

「それだけです。あとは、嵯峨警部補が、一方的にしゃべりました」

「どんなことを」

「岩動警部のことなんかを、です。岩動警部は、はったりをかませる人じゃない。やると決めたことは、かならずやる人だ。それを、水間さんに伝えておいてくれ、と言われました」

「伝えたのか」

「いいえ」

水間に伝えようとすれば、いやでも嵯峨とのことを話さざるをえなくなる。それだけは、避けたかった。

禿富は、酒を飲んだ。

「ほかには」

マヤは、岩動寿満子が嵯峨の手を握ったことを、ふと思い出した。しかし、その話はしたくない。

「岩動警部は、禿富警部補を神宮署から追い出すつもりだ、と嵯峨警部補は言いました。岩動警部は、警視庁から神宮署へ異動になるとき、芳しからぬ噂のある禿富警部補を、なんとかしろと密命を受けたらしい、ということでした」

禿富は、さもありなんという風にうなずき、さらに質問した。

「だれの密命だ」

「知りません。嵯峨警部補も、だれの密命か知らないし、自分はそれとなんの関係もなだ。

秀富は、少しの間マヤを見つめたが、それ以上は追及しようとせず、黙って酒を飲ん
「それについては、嵯峨警部補は何も言いませんでした」

マヤもあのとき嵯峨に、同じ質問をぶつけた覚えがある。

「それじゃ、嵯峨はその密命のことを、どうやって知ったんだ」

い、と言いました」


逆に不安を覚え、マヤは口を開いた。

「わたし、秀富さんと渋六の関係については、いっさい話しませんでしたから。くどいようですけど」

秀富が、あっさりうなずく。

「ああ、そうだろうな。嵯峨もきみが話してくれるとは、期待してなかったはずだ」

虚をつかれる。

「それじゃ、嵯峨警部補はなんのために、マンションへ押しかけて来たんですか」

秀富は口元に、笑みを浮かべた。

「きみを口説くためだろう」

「まさか」

とっさに応じたものの、マヤは頰に血がのぼるのを感じて、つい目を伏せた。

秀富の視線を意識すると、にわかに動悸が激しくなる。まるで、中学生の小娘にもど

ったような、いたたまれない気分だった。

「きみもまんざら、あの色男を嫌いなわけじゃあるまい」

答えにくい質問だが、寝たことを見透かされた以上は、否定するわけにいかない。

しかし、マヤは返事をせず、禿富を見返した。大きなお世話よ、と言ってやれたら、どんなにすっとすることか。

黙ったままでいると、禿富は続けて言った。

「嵯峨は自分のした話が、きみを通じて水間の耳にはいり、水間の口からおれに伝わるのを、期待していたのさ」

マヤは、ぽかんとした。

「でもそれは、上司の岩動警部を裏切る、ということですよね」

「あいつは、平気で人を裏切る男だ。あいつが忠実なのは、自分自身に対してだけさ。きみも、気をつけた方がいい」

一瞬、反論しようとする自分に気づき、マヤはあわてて言葉をのみ込んだ。

自分は、嵯峨を弁護する立場にないし、その義理もない。同時に、禿富の言うことが正しいかもしれぬ、という気持ちがちらりと胸をよぎった。

禿富がまた、見透かしたように笑う。

「思い当たることがあるのか」

マヤは、首を振った。

「いいえ。それより、そうした密命の話を、水間さんや禿富さんに知らせることで、嵯峨警部補はどんな得があるんですか。黙っていれば、いいことじゃありませんか」

禿富は、意味ありげに目を細め、グラスをあけた。

「嵯峨は、水間やおれの警戒心をあおって、岩動とやり合うように仕向けたいのさ」

「そんなことしたら、とも倒れになりますよ」

マヤが言うと、禿富は人差し指を立てた。

「それが、嵯峨の狙いかもしれん。あいつだって、だれかの密命を受けていない、とはかぎらんからな」

頭が混乱する。禿富が、何を言おうとしているのか、理解できなかった。

ふと気がついて、空になった禿富のグラスを、手元に引き寄せる。

「同じもので、よろしいですか」

禿富はうなずき、話を進めた。

「前に水間が言ったが、きみは口が堅いそうだな」

マヤは、ハーフロックを作りながら、ちらちらと禿富を見返した。

「そうでもないですよ。けっこう、話し好きなんです。ただ、よけいなおしゃべりを、しないだけで」

禿富が、満足そうに目を細める。

「そう、そこが肝腎なところだ」

その声に、突然温かみが加わったような気がして、マヤは禿富の顔を見直した。

これまで、一度も好意を抱いたことのない相手だが、初めて差しで話をした今、この男も一個の人間にすぎないのだ、という妙な感慨にとらわれる。

マヤは、禿富の前にグラスを置いて、口を開いた。

「わたしも、ごちそうになっていいですか」

禿富は、意外そうな顔でマヤを見返し、軽く肩をすくめた。

「飲みたけりゃ、勝手に飲め」

「いただきます」

マヤは、自分のショットグラスを取り出し、禿富と同じ酒を注いだ。禿富にグラスを掲げ、思い切って一息に飲む。

禿富は、ますます驚いた顔になって、顎を引いた。

「いける口か」

ふっと息を吐く。

「ええ。たいていの男性には、負けないつもりです」

言い返すと、禿富は苦笑した。

「そいつは、そんな風にして飲む酒じゃない。もう一杯おごるから、今度は少し味わって飲め」

「分かりました」

二杯目を注ぎながら、マヤは内心笑いをこらえた。どっちみち、禿富からは勘定を取るな、と水間に言われているのだ。

そのとき、着信音が鳴った。

禿富は、上着の内ポケットに手を入れ、携帯電話を取り出した。

受話口に耳を当て、少しの間耳を傾けたあと、短く言う。

「〈みはる〉だ」

それから、十分としないうちにドアが開き、男がはいって来た。

くたびれた背広に、そこだけ派手なペイズリのネクタイを締めた、四十代に見える小柄な男だった。

男はドアを閉め、禿富の隣に腰をおろした。

禿富が言う。

「おれのパートナーの、ミコシバ警部補だ」

警察官と分かって、マヤはまた緊張した。

おしぼりを差し出しながら、男に挨拶する。

「よろしく。マヤです」

頭の中に、御子柴という字を思い浮かべる。小学生のとき、同じ名字の男子生徒がいたのだ。それ以外の字は、思いつかない。

おしぼりを使ったあと、御子柴は薄めのハイボールを、注文した。

秃富が、御子柴に問いかける。

「その後、タケハラから連絡は」

マヤは、御子柴の肩がわずかにこわばるのに、気がついた。人名か店名か知らないが、秃富がタケハラという言葉を口にしたことを、とがめるようなしぐさだった。

それを見て、秃富が付け加える。

「マヤのことなら、心配する必要はないですよ。口の固い子だから」

秃富の口調は、ていねいとまではいかないが、水間やマヤと話すときとは明らかに、違っていた。同じ警部補でも、年長の御子柴に敬意を払う気配が、感じられる。これもまた、意外な発見だった。

御子柴は、マヤが置いたハイボールを、ほとんど一息に飲み干した。

秃富を見て言う。

「その件は、あとにしませんか。車の中で、話します。たとえ口が固くても、ここじゃまずいでしょう」

41

御子柴繁と秃富鷹秋は、〈みはる〉を出て道玄坂へ向かった。

車は、道玄坂に面した交番の前に、停めてあった。御子柴は、立ち番の警官に手を上げ、運転席のドアをあけた。

禿富も、助手席に乗り込む。

御子柴は車をスタートさせ、すぐ先の信号を強引に右折して、国道二四六号へ回った。

〈みはる〉を出てから、禿富はずっと黙ったままでいる。あまり機嫌がよさそうではない。

御子柴は、咳払いをして言った。

「その後、竹原からはなんの連絡もないから、予定どおりと考えていいでしょう。ただ、あの店で竹原の名前を出したのは、ちょっと不用意だった。どんな口の固い女でも、だれかにしゃべらないという保証は、ありませんからね」

「分かってますよ。ただ、あの子の耳に竹原の名前を、残しておきたかっただけです」

禿富の口調は、思ったほど不機嫌ではなかった。

とはいえ、その返事に少し引っかかるものを感じて、御子柴は聞き返した。

「なんのために、ですか」

「別に理由はないが、何かのときに役に立つかもしれない、と思いましてね」

御子柴には、禿富が何を考えているのか、読めなかった。

〈みはる〉は、渋六興業の息がかかった店だから、そこのママにわざわざ竹原卓巳の名を、記憶させる必要はない。へたに証人を残せば、あとがめんどうになるだけだ。

国道二四六号から、旧山手通りを右へ曲がって、すぐに山手通りに合流する。

禿富が言った。

「帳簿を手に入れたら、とりあえずはあなたの手元に、預かってもらおうと思う。わたしは、いつなんどき岩動に足元をすくわれるか、分かりませんからね」

自分に、爆弾を抱かせるつもりかと思ったが、御子柴はあえて異議を唱えなかった。

山手通りを、五百メートルほど走ってから、左斜めに分かれる道をはいり、駒場東大裏へ抜ける。その通りは左側が目黒区、右側が渋谷区になっている。左手に、小さなビルや個人住宅が建ち並び、その裏側に東大教養学部の、広大なグラウンドがある。道幅が広いわりに、夜間の人通りは少ない。

左側の、マンションに沿った暗がりに、車を停める。

腕時計を見ると、午前零時一分前だった。エンジンを切り、ライトを消す。

御子柴は言った。

「そろそろ、竹原が帳簿をどうやって手に入れたか、聞かせてくれませんか」

秃富は、なぜか含み笑いをした。

「畑中登代子から、手に入れたんですよ」

「ほんとですか」

秃富の口から、また畑中登代子の名前が出て、御子柴は愕然とした。

「ほんとうです。彼女なら、金庫の鍵の管理に詳しいし、問題の帳簿にアクセスする機会が、十分にある」

「しかし、なぜ竹原に」

「竹原と登代子は、だいぶ前からいい仲なんです」

話が唐突すぎて、頭がついていけない。

「待ってください。わたしには、話がよく分からない。いったい、どうなってるんですか」

「竹原が、新右翼として名を売ったのは、登代子が普通では手にはいらない警察情報を、やつに流してやったおかげです。竹原は、新左翼とは別の立場から、警察の腐敗を追及することで、新右翼の旗手に祭り上げられた」

そう言われて、思い出した。

何年か前、警備の厳しい警察庁長官の官舎に、パチンコで癇癪玉を撃ち込んだのも、警察大学校に模擬刀で切り込んだのも、竹原のしわざだった。

そうした、子供じみたパフォーマンスの陰に、しばしば上層部がぎょっとするような、秘密情報の暴露があった。警視庁幹部の不倫、昇進試験問題の漏洩、警察官による破廉恥事件、暴力団との癒着。その大半が、キャリアを含む上級幹部の、スキャンダルだったと記憶する。

情報の提供者が登代子なら、それも十分にうなずける。

御子柴は聞いた。

「秀富さんは、いつ二人の関係に気づいたんですか」

「三年ほど前、女連れで奥多摩へ行ったとき、竹原と登代子が日帰りのできる温泉宿から、人目を忍ぶように出て来るのを、偶然見かけましてね。東京へもどったあと、しばらく登代子の行動を、監視したんです。そのころすでに、二人は長い付き合いのようだった」

「彼女に、竹原との関係を知ってることを、言ってやったんですか」

秃富は笑った。

「いや、言ってません。むろん、竹原にもね。二人が、どうやって知り合い、どんな付き合いをしようと、わたしには興味がない」

「でも、いっとき畑中登代子を、監視したんでしょう」

秃富が、また笑う。

「それは、純粋の好奇心ですよ。そのあとは、何もしていません」

御子柴は、少し間をおいた。

「彼女はなぜ、帳簿のコピーを竹原に、渡したんですかね。いっそ、あなたに渡せばよかったのに」

「竹原に、脅されるか泣きつかれるか、したんでしょう。あいつも、このところ落ち目だから」

停めた車の脇を、ときどき別の車が猛スピードで、走り抜けて行く。

この道路は、小田急線の東北沢駅を経由して、井ノ頭通りへ抜ける近道なので、車の通行だけは多い。

御子柴は、話をもどした。

「竹原が、お供を振り切れなかったら、どうしますか」

秃富が、小さく笑う。

「そのお供は、一生後悔することになるでしょうな」

御子柴が、街灯の光に腕時計をかざしたとき、右手に握り締めた携帯電話が、振動した。

急いで、通話ボタンを押す。

「御子柴です」

「どうも。お供を、まきそこないました。相手は一人だけだし、このまま引っ張って行きます。そちらで、めんどうみてもらえますか」

竹原卓巳の声だった。

まるで、銀行員が印鑑を求めるような、事務的な口調だ。

「ちょっと待ってください」

御子柴は送話口をふさぎ、秃富に竹原の言葉を伝えた。

秃富はうなずき、御子柴の手から携帯電話を取った。

「おれだ。お供を連れて来い。今、駒場東大裏のグラウンドの、すぐ脇の通りにいる。このあたりで、どこか人目につかない場所があったら、教えてくれ」

それからしばらく、耳を傾ける。

「よし、分かった。そこにしよう。ただし、おれたちを探すんじゃないぞ。こっちで、ちゃんと見張っているからな」

秃富は、通話を切った。

御子柴は、携帯電話をポケットにしまい、秃富を見た。

「どうしますか」

「竹原は今、渋谷から井の頭線に乗って、もうすぐ駒場東大前の駅に着きます。駅からこの辺まで、歩いて七、八分はかかる」

「どこで、待ち伏せするんですか」

「この先の信号を越えたところに、左にはいる道があるそうです。野球場と、ラグビー場の間を分ける細い道で、夜になるとだれも通らないらしい。竹原は、駅から東大の構内を抜けて、その道を来ると言っています。車を置いて行きましょう」

一緒に、外へ出た。

道なりに、一、二分歩いたところに信号があり、左にはいる細い道が見つかった。左右とも、上部が金網になったコンクリートのフェンスで、すぐ内側に木立が見える。その向こうが、グラウンドのようだ。
三、四十メートル行くと、鉤《かぎ》の手に右へ曲がる角に、ぶつかった。
その角の手前に、街灯が立っている。あたりが暗いだけに、ひときわ明るく感じられた。

秃富は、革の手袋をはめた手をかけ、軽がるとフェンスによじのぼった。街灯のカバーを押し開き、中の蛍光灯をちょっと捻《ひね》ると、たちまち周囲は闇に包まれた。

カバーをもどした秃富が、フェンスから飛びおりる音がする。

御子柴は、曲がり角から顔をのぞかせ、道の先を透かして見た。

金網に挟まれた道は、まっすぐ二百メートルほど延びており、その奥までは見通せない。途中に、点灯した街灯が五つほどあったが、それぞれかなり間隔があいている。身を隠す余地は、いくらでもありそうだ。

秃富が言う。

「わたしは、この先の草むらにひそんで、二人をやり過ごします。御子柴さんは、この角に待機してください。挟み撃ちにしましょう」

「了解」

秃富は御子柴に背を向け、闇の中を歩き出した。

黙って、それを見送る。やがて秃富の姿は、手前から一つ目と二つ目の街灯の間に、見えなくなった。

御子柴は、角のフェンスに肩をもたせかけ、かなたの闇に目を凝らした。

長い時間に感じられたが、実際には十分も待たなかったはずだ。いちばん奥の街灯の下に、ぽつんと人影が現れた。遠目に、白っぽい上着だけが、浮かび上がった。それが近づくにつれ、シルエットになって手前の闇に、少しずつ溶け込んでいく。おそらく、竹原だろう。

その影が、二つ目の街灯を通り過ぎたとき、最初の街灯の下にもう一つ、新たな人影が加わった。今度は黒っぽい服装だ。竹原を尾行して来た、お供に違いない。遠近がよく読めないが、竹原から三、四十メートルは離れているようだ。

フェンスに押しつけた肩が、しびれてきたことに気づいて、御子柴は体を立て直した。竹原が、最後の街灯に達するまでに、さらに三分ほどかかった。尾行者は、その間に足を速めたらしく、すでに竹原の後方二十メートルほどに、迫っている。

竹原が角を曲がったら、躊躇なく飛び出すつもりで、御子柴は足を踏み締めた。

それより早く、尾行者がやにわに駆け出した。その足音に、竹原が振り向く。尾行者はものも言わずに、竹原に襲いかかった。

御子柴は、あわてて角から飛び出し、もつれる二つのシルエット目がけて、突進した。闇に慣れた目に、竹原の上に馬乗りになった、尾行者の姿が映る。尾行者は、竹原が抱えた黒いブリーフケースを、奪い取ろうとしていた。

御子柴は勢いをつけ、尾行者めがけて体当たりした。

尾行者が声を漏らし、竹原の上から転げ落ちる。勢い余って、御子柴もすぐそばの草むらに、頭から突っ込んだ。急いで飛び起きると、いつの間にか駆けつけた禿富が、倒れた尾行者の横腹に、猛烈なキックをお見舞いした。

尾行者が悲鳴を上げ、その場をのたうち回る。禿富は容赦なく二発、三発と追撃を加えた。

御子柴は息を整え、ポケットからペンライトを取り出して、倒れた尾行者の顔を照らした。

髭の剃りあとの濃い、四十がらみの男だった。服装は、薄茶のポロシャツに、濃紺のジャケット。苦痛に顔を歪め、竹原から奪ったブリーフケースで、蹴られた横腹をかばいながら、うめき声を漏らしている。

起き上がった竹原が、男の上にかがみ込んだ。

「少しは懲りたか」

そう言いながら、ブリーフケースを引ったくる。男は返事もできず、ひたすらうめき声を上げるだけだ。もしかすると、肋骨が折れたのかもしれない。

ペンライトに、暗い横顔をさらした竹原は、同世代の禿富より老けて見える、血色の悪い男だった。

禿富が、倒れた男の体を靴の先で起こし、仰向けにさせる。男は、なおも腹を抱えたまま、ペンライトの光から顔をそむけた。

竹原が聞く。

「おまえ、どこのもんだ。右か、左か」

男は、答えなかった。

禿富が、無言で男の反対側の脇腹に、新たな蹴りを入れる。男はまた悲鳴を上げ、体をエビのように折り曲げた。

　禿富が、抑揚のない声で言う。

「口を割るまで、肋骨を一本ずつ蹴り折ってやる。おれの靴は特製だから、しまいには肺を突き破るぞ。覚悟しておけ」

　そう言って、もう一度蹴りつけようとする。

　男は、苦しい息の下から必死の面持ちで、禿富を制した。

「ま、待ってくれ」

「お、おれは、桜田門の者だ」

　御子柴は驚き、禿富と竹原を見比べた。しかし暗すぎて、表情が読めない。

　虚をつかれたように、竹原が声を漏らす。

「そうか、公安のデカか」

　男はあえぎながら、ペンライトを睨み返した。

「おまえら、デカにこんなまねをして、ただですむと思ってるのか」

42

　御子柴繁は、唾をのんだ。

　もし、この男が実際に公安の刑事なら、新右翼の竹原卓巳を尾行することに、なんの不思議もない。このところ、鳴りをひそめているとはいえ、竹原のような名の売れた男が、公安の常時監視対象にされるのは、当然ともいえる。

しかし、苦しまぎれに嘘をついている、という可能性もある。この男が、実際に公安の刑事かどうか、確かめなければならない。

禿富鷹秋も同じ考えとみえ、御子柴の肘に触れて言った。

「こいつのポケットの中を、あらためてくれませんか」

言われたとおりにする。

まず、〈下山商事株式会社・営業第一係長・藤本文雄〉名義の、社員証。

それに対応する、安っぽい名刺が十枚ほど。

〈フジモトフミオ〉名義の、京王線調布・新宿間の、定期券。

同じく、藤本文雄名義のクレジットカードと、銀行のキャッシュカードが、一枚ずつ。

ほかにめぼしいものはなく、あとはハンカチとキーホルダーだけで、手帳やメモ類は持っていない。

それを確認すると、禿富はまた男を軽く蹴った。

「デカだなどと、嘘をつくんじゃない、藤本。ただのサラリーマンだろうが。社員証も名刺も、下山商事となってるぞ」

そう決めつけられて、男は首だけ起こした。

「う、嘘じゃない。その社員証と名刺は、お、おれたち公安が使う隠れ蓑の、小道具だ。本名は鈴木一郎、所属は本部公安部公安特務二課、階級は警部だ」

「鈴木一郎だと。その方が、よっぽど偽名くさいぞ」

「偽名じゃない。藤本名義のカードも、偽装のために作ったんだ。本名は鈴木一郎、いつでも証明できる」

必死の口調だった。

禿富はそれに取り合わず、なおも言い募った。

「それなら、警察手帳はどこだ。どうしてもデカだと言い張るなら、ここへ出してみろ」

「お、おれたち公安は、警察手帳を持ち歩かない。あんたたちも活動家なら、それくらい知ってるだろう」

この男は、禿富と御子柴を竹原の仲間、と思っているらしい。

確かに、公安の刑事は身分を偽って行動するため、ふだん警察手帳も拳銃も持ち歩かない。それを考えると、本物の刑事のようにも、思えてくる。

しかし禿富は、せせら笑った。

「公安のデカが、夜のよなかに引ったくりをするか。もう少し、ましな嘘を考えたらどうだ。いいか。本物の公安のデカは、どんなことがあっても自分の正体を、明かしたりしないものだ。おまえのように、二、三発蹴飛ばされただけで、音を上げたりするわけがない」

「そ、それは」

男は絶句して、恨めしそうに目を宙に泳がせた。

しかし御子柴には、禿富のすさまじい蹴りを食らったことで、本能的な恐怖にとらわれた男の気持ちが、手に取るように分かった。この男は本気で蹴り殺される、と思ったに違いない。

御子柴は禿富の肘を取り、脇の暗がりへ引いて行った。

低い声で言う。

「あの男、どうも本物のデカじゃないか、という気がするんですがね」

闇の中で、禿富の目が光った。

「むろん、本物ですよ。デカのにおいを、ぷんぷんさせている」

拍子抜けがする。禿富は、それを承知であの男を、痛めつけたのだ。

内心、少々やっかいなことになった、と困惑する。一警察署の、生活安全担当の刑事が、本部の公安刑事をぶちのめしたのだ。ただではすまないだろう。

口に出して言う。

「本物のデカを、あんなに痛めつけたら、ただじゃすみませんよ」

「かまうものか。今、この場であの男を本物のデカだ、と証明するものは何もない。こっちは、あくまでやつの逃げ口上にすぎない、と思っているふりをすればいい」

「しかし」

言いかける御子柴を、禿富はさえぎった。

「わたしは、公安のデカがことのほか、嫌いでね。いい機会だから、思い知らせてやります」

そう言い捨て、男を見張る竹原のところへ、引き返して行く。

御子柴もしかたなく、もとの場所にもどった。

秀富は、鈴木一郎と名乗った男の脇腹を、靴の先で軽く蹴った。

「竹原のブリーフケースを、なぜ奪おうとした」

御子柴が、ふたたびペンライトの光を浴びせると、鈴木は醜く顔を歪めた。

「その中に、重要書類がはいっている、と思ったからだ」

「どんな書類だ」

「知らん。う、嘘じゃない。おれはただ、その書類を奪い取れ、と指示されただけだ」

「だれに」

秀富は、追及の手を緩めない。

鈴木は喉を動かし、答えるのをためらった。

秀富が三たび、すさまじい蹴りを入れる。鈴木は悲鳴を上げ、ほとんど悶絶《もんぜつ》した。

御子柴ははらはらして、手の汗を上着にこすりつけた。完全に、肋骨が二本か三本は、折れただろう。このままほうっておけば、殺しかねない気がする。

鈴木は口から血を吐き、息も絶えだえに言った。

「こ、公安特務二課長の、や、山尾警視だ」

秀富は、せせら笑った。

「こいつはやはり、偽刑事だな。本物の公安デカなら、上司の名前など口が裂けても、吐かないはずだ」

「ほ、ほんとうだ。電話で、確かめてくれ。ば、番号を言う」

秃富はそれを無視して、鈴木の横腹にダメ押しのような、強い蹴りを入れた。鈴木は一声うめき、そのまま動かなくなった。意識を失ったようだ。

それを見届けると、秃富は何ごともなかったように、竹原に声をかけた。

「そのブリーフケースを、相棒に渡してくれ」

「金はどこにある」

竹原の声に応じて、秃富が御子柴に紙包みを、押しつける。

「こいつを渡してやってください」

御子柴はそれを受け取り、ペンライトで照らしながら、竹原に差し出した。

引き換えに、竹原がブリーフケースをよこす。御子柴は、すばやくファスナーを開いて、中身を確かめた。

体がすっと冷たくなる。中にはいっていたのは、ただの週刊誌だった。

抗議するより早く、竹原が紙包みを引きちぎり、中身を地面に叩きつけた。御子柴がライトを向けると、札の形に切りそろえた新聞紙が、そこら中に散らばっていた。

竹原がわめく。

「これはどういうことだ、秃富」

御子柴は、ブリーフケースの内側にライトを当て、禿富に示した。

「こっちも、ただの週刊誌ですよ」

禿富が、乾いた笑い声を立てる。

「昔と変わらんな、竹原」

「お互いさまだ。おれも、たぶんこういうことになると思って、用心してきたんだ。交渉は、決裂だな」

まくし立てる竹原に、禿富は落ち着いた声で応じた。

「まあ、あわてるな。おまえ、ちゃんと帳簿のコピーを、身につけてるんだろう」

「ばかを言え。だいじなものを、こんなところへ持って来るか」

「嘘をつけ。だいじなものは、いつも肌身離さず持ち運ぶのが、昔からのおまえのやり方だ。お互いに、手の内を見せ合ったからには、本番の取引に移ろうじゃないか」

御子柴が光を巡らすと、禿富は内ポケットに手を入れ、分厚い封筒を取り出した。

それを竹原に、投げ渡す。

御子柴は、あわてて光を竹原にもどした。竹原は、両手で封筒を受け止め、すばやくフラップを開いて、中身を引き出した。

新札らしい一万円札が、二センチほどの厚みで出てくる。

「偽札じゃないし、番号も控えてない。納得したか」

禿富が言うと、ようやく竹原は頬を緩めた。

札束を、ぱらぱらと指で繰りながら、小ばかにしたように応じる。

「相変わらず用心深いな、禿富」

「だから、長生きしてるのさ。おまえも、さっさとブツを出せ」

催促されて、竹原は札束を封筒に入れもどし、上着のポケットにしまった。

ベルトの上の、シャツのボタンを二つはずし、内側から二つ折りにしたＡ４の大きさの、紙の束を引っ張り出す。

御子柴はそれを受け取り、ペンライトを口にくわえて、中を開いた。

背筋に、じわりと汗が出る。それはまさしく、神宮署がプールした裏金の、帳簿のコピーだった。手書きの帳簿で、ざっと見たところ四年前から二年前までの三年分が、コピーされている。

入金の部には、偽領収書の作成者と、作成日、金額。御子柴自身の名前も、何か所かに記載がある。次いで、受領者名と支払い理由。これらはいずれも、架空のものだ。

出金の部には、三年間に異動で出入りした、キャリア警察官の歓迎会や歓送会の宴会費用、新築祝いや餞別などの支出が、克明に記入してある。

こんなものが外へ流れたら、それこそ命取りになる。

御子柴は額の汗をふき、開いたコピーの束を禿富に見せた。

「本物のようです」

竹原が言う。

「これで、取引は終わりだ。安い買い物をしたな、禿富」

ペンライトを向けると、竹原はシャツのボタンをとめながら、禿富に笑いかけた。

禿富が、闇の中から応じる。

「いや、まったく安い買い物だ。なにしろ、ただだからな」

それを聞いて、竹原の頬がこわばった。

「どういう意味だ」

その言葉が終わらぬうちに、ぽんと乾いた音が耳を打った。

竹原は、小さく声を上げて後ろへよろめき、砂利の上へ倒れ込んだ。わずかに、体を震わせたかと思うと、そのまま動かなくなる。

御子柴は言葉を失い、竹原に駆け寄った。

ペンライトの光の中に、仰向けに伸びた竹原が浮かぶ。上着の、心臓のあたりに赤黒い穴があき、シャツに血が広がり始めた。

竹原の目は開いたままで、光になんの反応も示さない。

「禿富さん」

御子柴は振り向き、禿富を照らした。

禿富は、右手に構えた拳銃を下ろし、この場は口を出すなというように、左手で御子柴を制した。

まったく、予想もしない展開を迎えて、御子柴はパニックを起こしそうになった。禿富が、竹原を撃つなどとは、考えもしなかった。

秃富は、意識を失ったままの鈴木の両手に、ハンカチでつかんだ拳銃を、まんべんなく押しつけた。凶器に鈴木の指紋を、残そうとしているらしい。

手袋を脱ぎ、鈴木の両手にはめ直す。

あらためて、その右手に拳銃を握らせると、鈴木の上体を引き起こした。ハンカチで包んだ、自分の指を鈴木の右手に添え、グラウンドの金網目がけて、引き金を絞る。

もう一度、ぽんと軽い銃声が、闇に流れた。サイレンサーを、装着しているらしい。

御子柴にも、ようやく秃富の狙いが分かった。竹原殺しを、鈴木のしわざにするために、一連の工作を行なったのだ。

ただ、拳銃を握らせるだけでは、偽装とばれてしまう。硝煙反応が出るように、自分の使った手袋をはめさせ、さらに鈴木の服に火薬痕が残るように、もう一発撃ったのだ。

御子柴はわれに返り、声を絞り出した。

「秃富さん。竹原を殺すなんて、わたしは聞いてなかった。聞いていたら、この話には乗らなかった」

作業を終えた秃富は、ぐったりした鈴木の体を地面に横たえ、立ち上がった。

「だったら、どうしますか。一一〇番に、通報しますか」

御子柴は、ペンライトを秃富に当てたまま、その場に立ち尽くした。

秃富が続ける。

「もし通報すれば、わたしはあなたをかばいませんよ。従犯ではなく、共同正犯にするつもりです。まあ、さすがに主犯とは言いませんが、いくらでも話は作れる」

脅しともとれるせりふだ。

御子柴は、ため息をついた。禿富に協力すれば、のっぴきならぬ立場に追い込まれる、という予感はあったのだ。しかし、殺人の共同正犯にされるとまでは、思いもしなかった。今さら悔やんでも、もう遅い。

毒を食らわば皿まで、という言葉がまた頭に浮かぶ。

「鈴木一郎は、このままにしておくんですか」

「そう、こいつのしわざにする。まあ、こいつも目を覚まして死体を見たら、死に物狂いで逃げ出すでしょう。合理的な説明が、不可能ですからね。公安のお偉方も、公にはできないはずだ。事件は間違いなく、迷宮入りになる」

そううまく、いくだろうか。

禿富は、顎をしゃくった。

「竹原から、金を取り返してください。ついでに新聞紙も回収して、車にもどりましょう」

御子柴は、自分で考えることに疲れ果て、言われたとおりにした。

禿富は、金のはいった封筒を受け取り、自分のポケットにもどした。

道を引き返しながら、御子柴は聞いた。

「なぜ、竹原を撃ったんですか」

「生かしておいても、ためにならんからです。おそらく、あいつは畑中登代子を脅して、帳簿のコピーを取らせたんだ」

秃富は一息入れ、独り言のように続けた。

「わたしは、彼女のために竹原を殺した、といってもいい」

43

御子柴繁は、携帯電話を耳に当てた。

秃富鷹秋の声が響く。

「あと三十メートルほどで、曲がり角に到達します」

「分かりました」

御子柴は通話を切り、携帯電話をしまった。塀のくぼみから顔をのぞかせ、かなたの街灯に目をやる。突き当たりはT字路で、その向こうは神社の境内だった。

東京メトロ有楽町線の、地下鉄赤塚駅から七、八分はいった、ここ練馬区田柄二丁目の住宅街は、午前零時を回ったこの時間、ひっそりとして人通りがない。

三十秒もしないうちに、T字路をこちらへ曲がり込んで来る、黒い人影が見えた。濃いグレイのスーツを来た、がに股歩きの男だった。街灯の下で、いくらか薄くなりかけた髪から、地肌がすけて見える。

御子柴は手袋を脱ぎ、ポケットにしまった。

停めておいた車の、五メートルほど手前に男が差しかかったとき、塀のくぼみから出る。相手に警戒心を抱かせないように、からの両手を体から離して、ゆっくりと歩いた。街灯を背にした位置で、相手からこちらの素顔が見えないことは、すでに計算ずみだ。

御子柴に気がつくと、男は思惑と違って警戒心をあらわにし、車の少し手前で足を止めた。

中背で、吹けば飛ぶような体つきの、四十代の男だ。額は抜け上がっているが、眉は黒ぐろとして濃い。

御子柴は、軽く頭を下げた。

「すみません。東都ヘラルド新聞社社会部の、柏原といいます。山尾課長とお見受けしますが、ちょっとよろしいですか」

新聞記者と聞いて、男の頰が引き締まる。一瞬、否定すべきか認めるべきか、迷ったようだ。

結局、男は否定もせず肯定もせずに、口を開いた。

「なんのご用ですか」

「竹原卓巳射殺事件について、お話をうかがいたいんですがね」

御子柴が言うと、男は迷惑そうに手を振った。

「だめだめ。わたしらは夜討ち、朝駆けを受けない主義でね」

「まあ、そうおっしゃらずに」

御子柴は両手を上げ、歩き出そうとする男を制した。男が顔を引き締め、御子柴を押しのけようとする。

そのとき、音もなく背後から近づいた禿富が、男の背中に何かを突きつけた。

「動くな、山尾。へたに動くと、土手っ腹に風穴があくぞ」

名前を呼ばれた男は、ぎくりとして体をこわばらせた。

「だれだ、あんたたちは。新聞社じゃないのか」

「いいから、車に乗れ」

禿富が、もう一度男をつつく。

御子柴は手袋をはめ直し、後部ドアを開いた。盗んだ車だから、乗り捨てても足がつく心配はないが、指紋を残したくない。

躊躇する男の背中を、禿富が後ろからなおもこづく。

「言われたとおりにしろ、山尾。おまえも、鈴木一郎のような目に、あいたいのか」

鈴木一郎の名を聞くと、男の顔から血の気が引いた。

上ずった声で言う。

「待て、無茶をするな。話し合おうじゃないか」

「そのために、車に乗れと言ってるんだ。言われたとおりにすれば、無茶はしない」

男はなおもためらっていたが、やがていかにも気の進まぬ様子で、車に乗り込んだ。

銃を突きつけた禿富が、そのあとに続く。

御子柴は、人通りのないのを確かめ、運転席へ回った。

エンジンを始動させたとき、後ろの座席で禿富の声がした。

「これをしろ」

バックミラーを見る。

禿富がアイマスクを差し出し、男はしぶしぶという感じで、それを装着した。御子柴は、静かに、車を発進させた。

禿富が尾行して来たこの男は、警視庁公安部公安特務二課長の、山尾武弘だった。むろん、御子柴は顔を知らないが、禿富のやることに抜かりがあるはずはない。

禿富は、その日飯田橋の警察病院へ様子を探りに行き、夜明け前に鈴木一郎が救急受付へ、自力でたどり着いたことを突きとめた、という。警察病院以外では、事件の情報が外へ漏れる恐れがあり、鈴木はかならずそこへ転がり込む、と睨んだようだ。

さらにこの日、夜もだいぶ遅くなってから山尾が、人目を忍ぶように病院に姿を現した。鈴木がひそかに連絡して、呼び寄せたらしい。

それを確認した禿富は、御子柴に山尾の自宅住所を告げ、先回りして待機するように、指示してきた。御子柴は、禿富と携帯電話で連絡をとり合いながら、自宅付近で山尾の帰りを待ち伏せした、という次第だった。

住宅街を、あてずっぽうに走り抜けると、光が丘公園にぶつかった。都内でも有数の、広大な公園だ。それをコの字形に迂回して、学校らしい建物の横手に、車を滑り込ませる。人通りも、車の通行もない。

御子柴は、エンジンを止めた。

後部座席で、禿富が山尾に言う。

「質問に正直に答えれば、このまま無事に帰してやる。分かったか」

声に抑揚がなく、はったりめいた脅しがないだけに、それはいっそう薄気味悪く聞こえた。

御子柴は、後ろを振り向いた。

山尾が、うわずった声で言う。

「あんたたちは、竹原の仲間か」

「そうだ。鈴木に、竹原を殺すように指示したのは、おまえだろう」

禿富が決めつけると、山尾はアイマスクをしたまま、顎を引いた。

「待て。鈴木は竹原の仲間、つまりおまえたちに痛めつけられて、気を失ったと言った。目が覚めたときには、竹原はすでに撃ち殺されていた、と聞いたぞ」

駒場東大裏で、竹原卓巳の射殺死体が発見された、というニュースは昼のテレビに、何度も流された。発見者は、早朝のジョギングを日課とする、近所の女子大生だった。

被害者が、新右翼の大物の一人ということもあり、どの新聞も朝刊に間に合わなかった分、夕刊で大きく報道した。

記事によると、現場には争ったあとがあるものの、目撃者もおらず犯人の手がかりもない、という。秃富の読みどおり、意識を取りもどした鈴木一郎は、死に物狂いで現場から逃げ出し、警察病院へ転がり込んだらしい。

秃富が言う。

「鈴木が苦し紛れに、嘘をついたんだ。おれたちは、鈴木が竹原を撃ち殺して、例のものを奪い取ろうとするところへ、行き合わせた。あいつを、ぶちのめすだけで殺さなかったのは、せめてものお情けだと思え」

「鈴木はふだん、拳銃など持ち歩かない。あんたたちが、罠にかけたんだ。気がついたとき、鈴木は手に拳銃を握らされていたが、自分は撃った覚えがない、と言っていた」

「それなら、おれたちにぶちのめされて、逆行性健忘症にでもなったんだろう。やつの服を調べてみろ。硝煙反応が出るはずだ」

「それだって、あんたたちの罠かもしれんだろう」

山尾が、部下の鈴木より秃富の方を信じる、とは思えなかった。しかし、いくらか確信が揺らいだらしいことが、読みとれる。

秃富が黙っているので、山尾は身じろぎして続けた。

「いいか、もしあんたたちがわたしに手出しをすれば、ただではすまんぞ。かりにも、わたしは警視庁公安部の、課長職にある人間だ。鈴木をぶちのめすのとは、わけが違う。そこを、よく考えろ」

虚勢を張るつもりか、かなり強気な物言いだった。

秃富が、せせら笑う。

「おれたちにとっては、平の巡査も警視総監も、同じことだ。鈴木を生かしておいたのは、おまえをおびき出すためにすぎない。おまえは、鈴木に命じた汚い仕事が公になると、困るはずだ。鈴木から呼び出されれば、だれにも言わずにこっそりと、病院に出向くだろう。こっちは、それを待っていたんだ。おまえの返事しだいで、きわめてまずい事態になる。気をつけて、ものを言え」

山尾の喉が、蛙でも飲んだように動くのを、御子柴は見守った。

秃富の声に、山尾はただの脅しではないものを、感じとったに違いない。それは御子柴も、同様だった。へたをすると、秃富は山尾までも始末しかねない、という気がする。

竹原殺しはともかく、警察官殺しの共犯にまでされたら、一巻の終わりだ。それだけは、阻止しなければならない。

御子柴は、口を開いた。

「山尾さん。彼の言うことを、聞いた方がいいですよ。鈴木よりひどい目にあったら、どんなことになるか分かるでしょう。この人は実際、それをやってのける男だ。悪いことは言わない。言われたとおりにしなさい」

それを聞くと、山尾は無意識のように、唇をなめた。

少しの間考えたあと、山尾はふてくされた口調で言う。

「何を聞きたいんだ」

秃富は、御子柴にちらりと目をくれ、山尾の脇腹をこづいた。手に、何を持っているのか見えないが、おそらく拳銃だろう。

「おまえはだれに頼まれて、竹原から例のものを取りもどすように、鈴木一郎に命令したんだ」

「例のもの、とは」

山尾が、自信なさそうに応じると、秃富は唇を歪めた。

「とぼけるんじゃない。神宮署の、裏金の出入りを詳細に記録した、裏帳簿のコピーだ。知らないはずはないぞ」

山尾は否定も肯定もせず、ごくりと喉を動かした。

「わたし一人の判断で、鈴木に命令した」

まるで、棒読みのせりふだ。

「嘘をつけ。竹原が、あの裏帳簿を手に入れたことを、おまえは知る立場にない。だれかが、おまえにそれを打ち明けて、取りもどしてくれと頼んだんだ。おまえは鈴木にも、それを告げたはずだ。正直に言え」

山尾は唾をのみ、すぐには答えようとしなかった。

御子柴は、車外の遠い街灯の光を受けて、山尾のこめかみを汗が伝うのを、じっと見つめた。いつの間にか、自分も汗をかいているのに気づき、口元をこする。

禿富が、妙にやさしい猫なで声で続けた。

「二度は聞かんぞ、山尾。肚を据えて、返事をしろ」

山尾はそれでも、ためらった。いやな沈黙が、車内を支配する。

突然山尾が、電気に触れたようにシートの上で跳ね、悲鳴を発した。御子柴は驚いて、肘をハンドルにぶつけた。

禿富が、山尾の体のどこかを何か固いもので、こじったらしい。

山尾が、あえぎながら言う。

「や、やめてくれ。わたしに指示をよこしたのは、警察庁の朝妻参事官だ」

目が見えないことで、恐怖がそれだけ増幅したとみえ、山尾はあっさり口を割った。

禿富が、小さく笑う。

「やはり、朝妻か」

御子柴は、額の汗をぬぐった。

予想したとおりだった。諸橋征四郎殺害事件で、本部から神宮署へ管理官としてやって来た、朝妻勝義の指示だったのだ。

これまでの流れを考えれば、問題の裏帳簿のコピーが外へ流出したことを、朝妻に報告したのは岩動寿満子だ、と推察できる。そのとき寿満子は、それが竹原の手元にあることも、告げたに違いない。だからこそ、朝妻は山尾に竹原を襲うよう、指示を出したのだ。

しかし寿満子は、そのコピーが竹原の手に渡ったことを、どうやって知ったのだろうか。

禿富が、御子柴の疑問を代弁するように、山尾に質問する。

「朝妻は、竹原がそのコピーを手に入れたことを、どうやって知ったんだ。知らなければ、やつを襲わせるわけがないからな」

「それは、聞いてない。ただ、竹原から、そのコピーを取り返せ、と」

言い終わらないうちに、山尾はくぐもった唸り声を漏らし、体をよじった。禿富が、また山尾の体のどこかに、一撃を加えたらしい。

御子柴は、冷や汗をかいた。山尾の返事に、嘘のにおいを嗅ぎ取ったのは、御子柴も同じだった。

禿富が、あざけるように言う。

「まだ、痛い目にあいたいのか、山尾。おまえが口を割らないなら、今度は朝妻に聞くだけだ。代わりは、いくらでもいるんだぞ」

山尾はあえぎ、肩で息をした。

「く、詳しいことは、何も知らん。参事官によれば、神宮署の総務課にいる女事務員が、それを竹原に渡した、と白状したそうだ」

御子柴は、反射的に禿富を見た。

禿富も御子柴を見返したが、さほど驚いた様子はなく、むしろ無表情だった。

山尾が言ったのは、畑中登代子のことに違いない。もし、登代子が白状したとするならば、寿満子に何かしっぽをつかまれ、例のごとく厳しい査問を受けた結果、としか考えられない。

禿富は、思い直したように山尾の肩をつかみ、ぐいと引き寄せた。

「よし、今夜のところは、無罪放免にしてやる。ただし、覚えておけ。おまえに、十八と十五になる娘がいることも、二人がサグラダ女子学院にかよっていることも、おれたちはとうに調べ上げた」

山尾の頰が、さっとこわばる。

「そ、それはどういう意味だ」

禿富は、その質問を無視した。

「竹原を殺したのは、鈴木一郎だ。しかし警察が、それを認めるわけにはいくまい。となれば、事件を闇に葬るしかない。おまえにとっても、それが最善の方法だろう」

手を伸ばし、ドアを押し開く。

「さっさとおりろ。アイマスクは、おまえにくれてやる」

44

笹目通りに出て、南へ向かう。

この道を直進すれば、谷原をへて環八通りにつながる。

御子柴繁は一息つき、禿富鷹秋に声をかけた。

「山尾は、どう出ますかね」

「さすがに山尾も、鈴木が竹原を撃ったとは、思わないでしょう。しかし、重大な関わりがあったことは、当然認識しているはずだ。それがばれたら、公安は窮地に立たされる。となれば、事件を闇に葬るしか、道はない」

「あなたが竹原を撃ったのは、そういう計算があったからですか」

禿富は、含み笑いをした。

「まあ、そんなところです。ただ、畑中登代子のためというのも、まんざら嘘ではない。おそらく、登代子は竹原に、自分との関係をばらすと脅されて、裏帳簿のコピーを取ったんだろう。もし断れば、これまで機密情報を流していたことを、竹原に暴露される。その結果、登代子は退職せざるをえなくなり、〈くれむつ会〉の組織にも活動にも、重大な影響が及ぶでしょう。彼女にしてみれば、それだけは避けたかったのだと思う」

谷原の交差点に近づいたとき、禿富がまた口を開いた。

「目白通りを、左折してくれませんか。警察病院へ、回ってほしいんです。あの近くの路地に、車を停めてあるのでね。この車は、そのあとで適当に、処分してください」

言葉遣いはていねいだが、言っていることは命令だ。

御子柴は、言われたとおり谷原を左折し、目白通りにはいった。

なんとなく、気になっていたことを、質問する。

「神宮署の、裏帳簿の管理をする責任者は、小檜山副署長ですか」

禿富は、軽く体をよじるようにして、御子柴を見た。

「ええ。だれも口にしないが、署員はみんな知ってますよ」

副署長の警視、小檜山信介は生活安全特捜班の、責任者でもある。

禿富は、体をもどして続けた。

「むろん高波も、そのあたりの事情は、よく承知しています。おくびにも出しませんがね」

署長の警視長、高波竹彦はキャリアの警察官だから、そうした裏のプロジェクトには、決してかかわらない。汚い仕事、危険を伴う仕事は全部、小檜山がやるはずだ。

小檜山は神宮署が長く、いわば老舗《しにせ》の番頭のような立場にある。期ごとに、自分より若いキャリアの署長を迎え、何ごともなく任期を勤めさせて、無事に送り出すのを使命としている。裏金作りも、そうした仕事を滞りなく進めるための、方便の一つにすぎないだろう。

「すると、岩動警部は副署長のためにも、裏帳簿を取り返さなきゃならん、というわけですな」

「そう。岩動、小檜山、朝妻は、一本の線でつながっている。その手先を務めた、山尾と鈴木がどじを踏んだと分かれば、また次の手を打ってくるでしょう」

御子柴は、不安を覚えた。

「今夜のことが、山尾から朝妻経由で岩動警部に伝われば、あなたやわたしのしわざだってことを、悟られるかもしれませんね」

秀富の口から、冷笑が漏れる。

「それは、承知の上ですよ。また、例の査問があるかもしれないが、徹底的に無関係を主張すればいい。何も、証拠はありませんからね」

「鈴木や山尾を連れて来て、われわれに面通しさせたりしませんかね」

「暗い場所で、短時間やり取りしただけだから、われわれだと特定するのは、まず無理だ。かりに、向こうがそうだと主張しても、こっちはひたすらとぼけるだけです」

御子柴は、秀富のあっけらかんとした口調に、笑いたくなった。この男にかかると、不可能なことはないように思えてくる。

環七通りを越えた。

「査問といえば、畑中登代子が竹原にコピーを渡した、と白状したのはほんとうですかね」

御子柴の問いに、秀富はうなずいた。

「ほんとうでしょう。そうでなければ、山尾が竹原からコピーを取り返すように、鈴木に指示した理由が説明できない」

頭の中を整理する。

「それ以前に、分からないことがある。まず、裏帳簿のコピーを取ったことが、どうしてばれたのか。作業を終わったあと、畑中登代子は問題の帳簿をもとどおり、金庫へもどしたはずです。普通は、作業の現場でも押さえられないかぎり、気づかれないでしょう」

少し間があく。

「持ち出したら分かるように、何か仕掛けをしておいたんじゃないか、と思いますね」

自信のなさそうな口調だった。

「かりにそうだとして、それが畑中登代子のしわざだと、どうやって突きとめたんですか」

「岩動は勘がいいから、〈くれむつ会〉のことを承知していて、彼女に目をつけたのかもしれない」

禿富は言ったが、そんな簡単な話かどうか、いささか疑問に思える。

「たとえ査問を受けたとしても、畑中登代子はなぜあっさりと、白状したんだろう。よほど、のっぴきならない証拠でも、突きつけられたんですかね」

「たぶんね」

気乗りのしない返事だ。

「そういう窮地に陥ったときは、彼女はあなたに助けを求めても、よさそうなものだが」

「その余裕がなかったんでしょう。今日は署で彼女の姿を、一度も見かけなかった。珍しく、休みを取ったのか、と思った。もしかすると、岩動に身柄を拘束されたのかもし

しい。

あのとき、禿富があまり驚いた顔をしなかったのは、予感めいたものがあったからかもしれない。さっき、彼女が白状したと聞いたとき、そんな気がした」

西落合の交差点を曲がらず、直進して新目白通りへはいる。

「岩動警部は、次にどんな手を打ってきますかね」

御子柴が話を変えると、禿富はシートに深く、もたれ直した。

「なりふりかまわず、わたしを締めつけにかかるでしょう。例のコピーは、だいじに持っていてください」

「あまり、ありがたくない役回りだな。爆弾を抱えているようなものですからね」

「岩動も、わたしがあれほど重要なものを、あなたに預けるとは思いませんよ。だれかに預けるとしたら、別の人間を思い浮かべるはずだ」

それがだれとも、禿富は言わなかった。

江戸川橋を右折し、牛込天神町から神楽坂をへて、警察病院の前に乗りつける。

「その先の一方通行を、右にはいってください」

言われたとおり右折し、警察病院の横の道にはいった。さらに禿富は、別の路地を右折するように、指示した。

三十メートルほど先に、禿富のミッドナイトブルーのアウディが、ひっそりと停まっている。

御子柴は、アウディの後ろに車を寄せ、ライトを消した。

「それじゃ、またあした」

秀富が言い、助手席のドアをあけたとき、アウディの向こう側で人影が動き、街灯の下に姿をさらした。

御子柴は、ぎくりとした。紺のジャケットに、ベージュのスラックスをはいた、若い男。

嵯峨俊太郎だった。

「嵯峨ですよ、秀富さん」

小声で言いながら、喉が詰まりそうになる。

秀富も、ドアをあけたものの何も言わず、動きを止めた。嵯峨は、スラックスのポケットに手を突っ込み、鼻歌でも歌いそうな軽い足取りで、車に近づいて来た。

助手席の方へ回り、ドア越しに秀富に声をかける。

「どうも。遅かったですね」

もどって来るのを待っていた、と言わぬばかりの口ぶりだ。

「岩動はどこだ」

応じた秀富の声は、心なしか緊張していた。

「いませんよ。少なくとも、このあたりには」

嵯峨は、のんびりした口調で言うと、後部へ回ってドアを開き、勝手に乗り込んで来た。

運転席の御子柴に、おざなりに挨拶する。

「どうも」

秃富もドアを閉め、嵯峨の方に向き直った。

「いつから、待っていた」

「一時間くらい、前からですかね。もっと早く来たかったんですが、岩動警部が離してくれないもので」

街灯の光が直接は届かず、嵯峨の表情はよく見えない。

秃富が聞く。

「どうしてあれが、おれの車と分かった」

「前に署の近くで、あれに乗っておられるのを、見かけたんです」

「どうして、ここに停めてあるのが分かった」

秃富がなおも詰問すると、嵯峨は軽く咳払いをした。

「この辺を一回りするうちに、たまたま見つけましてね」

「たまたまだと。なぜこの辺を、うろついていたんだ」

矢継ぎ早な質問にも、嵯峨は動じる様子を見せない。

「竹原という、新右翼の活動家がおとといの夜、殺されたでしょう。それで昨日の午後、岩動警部が警察庁の朝妻参事官に、呼び出されましてね。もどって来た警部から、事情を聞かされました」

答えを、微妙にずらしている。

「どんな事情だ」

「鈴木一郎という、本部公安特務二課の警部が、特別任務に失敗して重傷を負い、警察病院に転がり込んだ事件の、いきさつです」

「どんな任務だ」

秃富は、追及の手を緩めない。

嵯峨は、小さく笑った。

「それはお二人の方が、よくご存じでしょう」

ずばりと言われて、秃富もさすがに口をつぐむ。御子柴も、黙り込んだままでいた。

じりじりするような沈黙が、車の中を支配する。

やがて、秃富がふっと息をつき、口を開いた。

「それで、おれがこの病院に立ち回る、と読んだわけか」

「ええ。ただしわたしは、来るのが遅すぎました。それで、この辺を歩き回るうちに、警部補の車を見つけたものだから、帰りを待っていたわけです」

「どこからの帰りだと思う」

秃富の問いに、嵯峨はもっともらしく、腕組みをした。

「わたしの勘では、公安特務二課の山尾課長と、接触した帰りじゃないか、と思いますね。入院した鈴木警部の、直属の上司ですけど」

御子柴は、内心舌を巻いた。まだ若く、経験も浅いのに、なかなか鋭い勘の持ち主だ。

禿富も、感心したようだった。

「いい読みをしてるじゃないか、嵯峨。おまえ、裏帳簿のコピーが流出したことを、どうやって知った」

前置き抜きの質問に、嵯峨もちょっとたじろいだ様子を見せる。

「三日前、岩動警部が小檜山副署長に、呼び出されましてね。副署長室の、古い金庫に保管してある裏帳簿が、一時的に持ち出されたらしい。副署長によれば、用心のため糊で軽く留めておいた、八ページと九ページの耳の部分がはがれていて、コピーを取られた形跡がある。騒ぎにしたくないので、こっそり調べてくれないか、と言われたそうです」

なるほど、そういうことか。御子柴は、納得した。

嵯峨は一息入れ、さらに続けた。

「その前の晩、十一時過ぎに署へもどったとき、わたしは総務課の畑中登代子が、深夜にもかかわらずコピー機の前で、せっせとコピーを取っているのを、見かけました。精が出ますね、と声をかけると、彼女はまったく屈託のない笑顔で、古い帳簿の整理なんです、と答えました。後ろめたい様子は、全然なかった。そのことを思い出して、一応岩動警部に報告したんです。警部はすぐに、ぴんときたようでした。畑中登代子には、金庫の鍵の保管場所や、解錠番号を探り出す動機と、機会がある。警部はそう指摘して、畑中のしわざに違いない、と断定しました」

「それで岩動は、畑中登代子を査問にかけたんだな」

秃富が、さげすむように言い放つと、嵯峨は肩を動かした。

「まあ、そういうことです」

御子柴は、脇から口を出した。

「畑中登代子は、コピーを取ったことを認めた上、竹原卓巳に手渡したことも、白状したんですか」

嵯峨がうなずく。

「そうです。その結果岩動警部は、朝妻警視正に直じきに事情を訴えて、公安に手を回したわけです」

御子柴は、秃富を見た。街灯の光を受けて、秃富は唇の端を歪めたが、何も言わなかった。

嵯峨に目をもどす。

「それにしても、嵯峨さん。そんな話を、わたしらにぺらぺらしゃべって、いいんですか。岩動警部に知れたら、ただじゃすまんでしょう」

嵯峨は、ちょっと身じろぎした。

「わたしは別に、岩動警部の小間使いじゃありませんよ」

突然、禿富が割り込む。

「嵯峨。おまえは神宮署へ来る前、五反田署にいたな」

「ええ」

「マックニテルヒコを知ってるか」

嵯峨の反応が、わずかに遅れる。

「知ってますよ。五反田署の警務課で、監察官をしておられました」

御子柴は、眉をひそめた。初めて耳にする名前だ。

「マックニは、警視から警視正に昇進して、今は警察庁長官官房の、特別監察官だ。それも、承知しているな」

「ええ」

そっけない返事だ。

禿富が、畳みかけるように言う。

「おまえは、マックニの回し者だろう」

御子柴は驚いて、禿富の顔を見直した。嵯峨が、警察庁の特別監察官の手先だ、というのか。

目をもどすと、嵯峨の頰が暗がりの中で、かすかに歪むのが見えた。

「どうして、そう思うんですか」

「おまえは、おれと岩動の間を器用に立ち回って、互いの敵意をあおる魂胆だ。おれたちを、共倒れさせるつもりだな」

「すごい想像力ですね」

声が上ずっている。

「むろん、おまえの思いつきじゃない。いかにも、マツクニの考えそうなことだ。違うか、嵯峨」

秃富に睨まれて、嵯峨は頬をこわばらせた。

御子柴は、頭が混乱してきた。

第九章

45

着信音が聞こえた。

諸橋真利子は、急いでハンドバッグを引き寄せ、携帯電話を取り出した。表示を見ると、非通知になっている。

少しためらったが、ほうっておくのも気になるので、通話ボタンを押した。

「もしもし」

「おれだ」

いきなり耳に届いた、ぶっきらぼうな男の声は、禿富鷹秋だった。

虚脱感と緊張感と、ほとんど正反対の感情がないまぜになり、胃の腑を締めつけてくる。

「はい」

短く返事をすると、わずかに間があいた。

「おれだ、禿富だ。分かっているのか」

声に、いらだちがこもる。

「分かっています。神宮署生活安全特捜班の、禿富警部補でしょう」

そっけなく応じると、禿富は小さく鼻を鳴らした。

「せっかく、特ダネを教えてやろうと思ったのに、もう少し愛想よくしたらどうだ」

そう言われて、禿富に甘い顔をするのはやめよう、と無意識に考えている自分に、初めて気がつく。

昨日の昼過ぎ、世田谷区代沢にあるこのテラス代沢へ、禿富が突然やって来た。

むろん、下のホールのドアを解錠せず、玄関払いを食わせることもできた。とはいえ、預かってほしいものがあると言われれば、むげに追い返すのもおとなげない、と心が揺れてしまったのだ。

今になってみれば、それも自分自身への弁解にすぎなかった、という気がする。結局自分は、禿富を迎え入れることを、望んでいたのだ。

真利子は、なおさらそっけない口調で、聞き返した。

「どんな特ダネですか」

禿富の、小ばかにしたような笑いが、耳を打つ。

「昨日の昼、あれだけ楽しんだくせに、他人行儀だな。それとも、まだ足りなかったか」

その無神経な言い草に、かっと顔が熱くなった。

真利子は、携帯電話を強く握り締めた。挑みかかる禿富を、最終的に受け入れてしまった自分に、新たな怒りを覚える。われを忘れるほど、何度も達してしまったことが、死ぬほど悔しい。

悔しいけれども、半年以上も間隔のあいたセックスは、フライパンに落とした蜂蜜のように熱く、甘美だった。

「そういう言い方は、やめてほしいわ」

かろうじて、声を絞り出す。

しかし、すでに自分の体が潤み始めたことに気づき、愕然とした。禿富が、侵入してきたときのことを思い出し、その場にしゃがみ込みそうになる。

禿富は言った。

「おまえと違って、おれは自分に正直だ。昨日は、いやというほど、堪能させてもらった。おまえも、おまえの体も、すばらしかった」

そのあけすけな言葉に、真利子は歯を食いしばった。

気を取り直して、言い返す。

「最初から、それが目的だったんでしょう。だいじなものだとか言ったくせに、預かったブリーフケースをあけてみたら、ろくでもない週刊誌しか、はいってなかったじゃないの」

「だいじな週刊誌なんだ。中に、若い女のヌードグラビアが、載っていただろう」

大まじめな口調だ。

邪念を振り払い、話をもどす。

「そんなことより、その特ダネというのを、早く教えてください」

秃富は一息つき、口調を変えて応じた。

「よく聞け。岩動寿満子が今、人手を集めている。特捜班の連中が、総出で出陣するようだ。おれと、御子柴をのぞいてだが」

体がすっと冷たくなり、携帯電話を握り直す。

「それって、どういう意味ですか。まさか、手入れの準備だとでも」

「そうに決まってるさ。捜索差押許可状を、取ったらしい」

「でも、なんの容疑で」

「そんな理屈は、いくらでもつけられる。この間、横井恭一がクスリの取引で、挙げられただろう。あの一件に、渋六がからんでいるとこじつけて、許可状を請求したに違いないさ」

「でも、横井はもともと渋六じゃなくて、敷島組系列のちんぴらでしょう。マスダに走った川野辺が、渋六の情報を取るためにわざと残していった男だ、と水間さんは言ったわ。あれは渋六とは関係なく、川野辺と横井がやったことよ」

「そんな説明は、岩動には通用しない。どっちにしても、事件の背後に暴力団がいると聞けば、地裁の裁判官は捜索差押許可状を発付するのに、ほとんど躊躇しない」

これまでの経緯から、いずれ手入れがあると覚悟していたものの、いざとなると膝が震えた。

「手入れは、いつになるの」

「むろん、今日のうちだ。特別の事情がないかぎり、日の出前と日没後はやらないから、あと三時間以内に始まるだろう」

反射的に、壁の時計を見る。

正午を回ったばかりだ。

「手入れの対象は、どこですか。渋六の事務所ですか」

「それだけじゃない。ほかにおまえの店と、谷岡の女がやっている〈コリンデール〉がある。もう一つ、パチンコの〈フェニクス・ホール〉を入れて、少なくとも三か所はやられるはずだ」

「谷岡社長や、渋六の幹部の自宅はどうかしら。もちろん、わたしのところも」

「いきなり、そこまではやらんだろう。岩動のことだから、絶対ないとは言い切れないがな」

自然に体が、汗ばんでくる。

「このことは、水間さんや野田さんにも、連絡してくれたんですか」

「ばかを言うな。デカが、ヤクザに手入れ情報を流したら、命取りになる。おまえだから、教えてやったんだ。知らせたけりゃ、おまえから連絡してやれ」

そう言い捨てると、禿富は通話を切ってしまった。

秀富の妙な論理がおかしくて、つい含み笑いをする。秀富は、ほかにもっと命取りになりそうなことを、たくさんしているではないか。

なんの前触れもなく、昨日太ももをじわじわと這った、秀富の冷たい左手の感触を、思い出した。切断された左手は、もとどおり縫合されたものの、完全に修復されたようには見えない。いつも冷たく、動きが鈍い。ものを、しっかり握ることが、むずかしそうだ。

左手切断については、確かに秀富を線路へ突き落とした、この自分に責任がある。そう思えばこそ、手術の前後からしばらくの間はそれなりに、実《じつ》を尽くしたつもりだ。

秀富は、直接手を下しこそしなかったものの、夫の諸橋征四郎の死に関して、重大な責任がある。それは真利子ばかりでなく、水間英人や野田憲次など、周囲にいる者たちも等しく、認識していたはずだ。その秀富に、まるで愛人のようにかしずく自分が、他人の目にどう映ったかを想像すると、冷や汗が出てくる。

考えてみると、左手切断の責めを負うのも、ただの言い訳かもしれない。秀富に尽くしたい、という気持ちを正当化するために、そう理由づけただけではないのか。

そうだ。本音を言えば、あのどうしようもない悪党が、憎らしいほどいとしくて、しかたがないのだ。

みずからそう認めると、いくらか気が楽になった。牛乳を、コップ一杯飲み干して、また携帯電話を取り上げる。

水間英人は、すぐに出てきた。

「どうしました、姐さん」

「今、どこですか」

「事務所だけど」

屈託のない声で応答する水間に、真利子は禿富から聞いた手入れ情報を、手短に説明した。

「とうとう、きましたか」

水間はさすがに、緊張した声で言った。

「手入れって、されたことがないから分からないけれど、なんでもかんでも引っ繰り返されて、たいへんなんでしょう」

「確かにたいへんだが、別に何も出てくるわけじゃないから、心配はいらない」

「事務所に、麻薬や覚醒剤を隠したりは、してないわよね」

「してませんよ。それより、そっちの店の従業員や女の子が、やばいものを隠し持ったりしてないかな」

「ふだんから、口がすっぱくなるほど注意しているし、その点はだいじょうぶ。拳銃は、処分したのよね」

「確認できているものは、すべて貸金庫に預けました。銀行も、絶対安全とはいえないから、できるだけ早く別の場所へ移します」

「だったら、何も心配することはないわね」

そう言ったものの、何かすっきりしないものが残る。

水間が聞いた。

「牛刀とか、刺し身包丁は」

「お店に、そんな大きな刃物は、置いてないわ。果物ナイフか、せいぜい文化包丁くらい」

「連中も、手ぶらじゃ帰りにくいだろうから、大型のサバイバルナイフかなんか、お土産を用意しておいた方が、いいかもしれない」

水間の冗談めいた口調に、むしろ不安を感じる。

「そんなもの、無理に用意することないでしょう。それより、お店の売上帳簿とか、書類関係はだいじょうぶなの」

「脱税の捜査じゃないし、今回は関係ないと思う。渋六興業はれっきとした法人で、法人税もきちんと納めてるんだから。それを請求理由にしたら、捜索差押許可状はおりなかったでしょう」

いくらか、気持ちが楽になる。

「そうだわ。無修整の裏ビデオだとか、おとなのおもちゃなんかだったら、物置にあったかもしれないわ。クリスマスのときに、余興やプレゼントで使った、残りものだけど。おみやげになるかしら」

水間は笑った。

「ならないだろうと思うけど、出しておいたらどうですか。いざとなったら、押収して行くかもしれない」

真利子は、やっと一息ついた。

「分かったわ。わたし、これからすぐにお店に出て、待機することにします。野田さんにも、電話した方がいいかしら」

野田は、マスダの連中に袋叩きにされ、〈みはる〉のマンションで療養中だ。真利子も日に一度、見舞いに行っている。

「野田には、おれが電話しておきます。まだ、肋骨の状態が万全じゃないから、店には出したくない。かわりに、太田垣を行かせます」

太田垣進は、野田の下で働く副店長だ。

「社長の方は、どうしますか」

「社長と〈フェニクス・ホール〉にも、おれから連絡します。〈サルトリウス〉の方は、よろしくお願いします」

「分かりました。それと、禿富から情報が漏れたことは、絶対内緒にしてね」

電話を切ったあと、真利子はまた喉の渇きを覚えて、もう一杯牛乳を飲んだ。

少し考えたあと、いつものように和服を着て、店へ出ることにする。手入れがあれば、今夜は店をあけられないだろうが、それを見越して軽装で行くわけにはいかない。間違っても、事前に手入れがあると知ったことを、悟られないようにしなければならない。

運転手の沖弘に連絡し、車を回してもらった。

いつもより、だいぶ早い時間だったが、沖は何も聞かずに店へ送ってくれた。用があれば、また電話するからと言って、そのまま解放してやる。

驚いたことに、特別室には太田垣のほかに、野田の姿があった。

「だいじょうぶなの、野田さん」

野田は、いくらか顔色が悪かったが、いつものようにきちんとスーツを着込み、平然としている。

「だいじょうぶ。急に動いたりしなければ、もうたいした痛みはない。こんなときに、寝てなんかいられませんよ」

しっかりした口調だった。

「水間さんは、承知なの」

「もちろん。この特別室は、姐さんに任せます。おれと太田垣は、もう一度フロアを点検する」

二人が出て行ったあと、真利子は特別室のデスクとキャビネット、サイドボードなどを調べ直した。捜索されて、都合の悪そうなものは、何もない。

ついでに、並びの従業員控室ものぞいてみたが、別に異常な点は見当たらない。男女とも、個人用のロッカーはなく、ブロック状に積まれた扉つきの物入れと、スチールパイプのハンガーかけが、置いてあるだけだ。

物入れに鍵はないが、中に貴重品を残さないように、いつも指導している。まさか、そこにいかがわしいものなど、隠すことはあるまい。

特別室に引き返すと、野田もホールの点検を太田垣に任せ、もどって来た。

ソファにすわり、落ち着かぬ気持ちで待機する。野田もさすがに、口数が少なかった。

午後三時を回ったころ、野田の携帯電話が鳴った。

「ああ、おれだ」

短く相槌《あいづち》を打ちながら話し、すぐに通話を切る。

「水間からです。たった今、事務所の方に神宮署の特捜班が、家宅捜索に来たそうです。岩動警部と、嵯峨警部補の姿が見えないから、二人はここと〈フェニクス・ホール〉へ、回るらしい」

野田の言葉が終わらぬうちに、表のホールにどやどやとなだれ込む、乱れた足音がした。

急いでソファを立つ。あわただしいノックの音がして、ドアが勢いよく開いた。太田垣が、緊張した顔をのぞかせる。

「店長。神宮署の手入れです」

それを押しのけるようにして、岩動寿満子がはいって来た。

寿満子は、無感動な目で二人を見つめ、右手に持った紙片を広げた。

46

岩動寿満子は、野田憲次をまっすぐに見た。

「東京地裁発付の、捜索差押許可状に基づき、横井恭一に対する麻薬取締法、および覚醒剤取締法違反被疑事件について、クラブ〈サルトリウス〉の捜索を行なう。当店に所属する者は、係員の指示に従うように」

事務的な口調でそう告げ、広げた許可状を鼻先に突きつける。頬を引き締めた野田は、それに目を走らせた。

諸橋真利子も、わきからのぞき込もうとした。しかし寿満子は、読み終わる余裕を与えずに、許可状をジャケットのポケットに、しまい込んだ。

太田垣進を追い出し、ドアをぴしゃりと閉じる。

ホールの方から、捜査員が捜索を始める物音が、聞こえてきた。

寿満子は、野田と真利子を交互に見やり、薄笑いを浮かべた。

「二人とも、ずいぶん早いご出勤だね。手入れがあるのを、待ち構えていたみたいじゃないの」

真利子が答える前に、野田が口を開く。

「水間が、例の取引の話を断ってから、いつ手入れがあってもいいように、心の準備をしてたんです」

「取引。なんの話よ」

寿満子の顔に、まるで初耳だといわぬばかりの、当惑の色が浮かぶ。

真利子は、唇の裏を嚙み締めた。寿満子が水間英人に、拳銃を差し出せと取引を迫ったのは、この特別室でのことだ。それを水間が拒否したため、寿満子はマスダの連中と話をつけて、野田を袋叩きにさせたのだった。にもかかわらず、当の野田を目の前にして、けろりとそらとぼける寿満子は、いったいどういう神経の持ち主なのか。

野田もおそらく、はらわたが煮え繰り返る思いだろう。

しかし、野田はまったく感情を表に出さず、穏やかに言った。

「覚えておられないなら、別にかまいません。もともと、ありえなかった話ですから」

寿満子は、口元を引き締めた。

「そういえば、どぶに落ちて怪我をしたって聞いたけど、だいじょうぶなの」

野田は、この臆面もないあてつけにも、みごとな自制心を示した。

「ご心配なく。幸い、どぶが浅かったもので」

寿満子は、おもしろくなさそうな顔で、二人を交互に見比べた。

「二人とも、たいした落ち着きぶりね。まさか禿富が、手入れの情報を流したんじゃないだろうね」

その口ぶりから、寿満子がそう信じていることは確かだ、と思われた。

真利子は応じた。

「禿富警部補は、ヤクザに恩を売ったりするような、けちな刑事じゃありません。まして、裏で取引を持ちかけるような、姑息なまねをする人でもありません」

むろん事実には反するが、わざとそう言ってのけた。寿満子がいちばんこたえるのは、禿富鷹秋と引き比べられることだ、と思ったからだ。

野田が、不安と警告をにじませた視線を、送ってよこす。

寿満子の顔から、みるみる笑みが消えた。

「言ってくれるじゃないの。すっかり、たらし込まれたようだね」

真利子は、ひるまなかった。

「事実を言ったまでですよ」

はらはらしている野田に、いっそ笑いかけたい気分だ。

寿満子は、唇の端に嘲りの色を浮かべ、勝ち誇った態度で言った。

「あの男を、あまりあてにしない方がいいよ。今日の手入れで、メンバーからはずされたってことは、先が長くないという意味だからね」

一瞬、室内がしんとなる。

真利子は、あたりに漂う焦げ臭い沈黙に、少し息苦しくなった。

寿満子が、やおら踏み出す。

「そこをどいて」

二人を押しのけるようにして、デスクのそばへ行った。無造作に、いちばん上の引き出しを引きあけ、躊躇なく中身を床にぶちまける。

絨毯の上に、筆記用具やハサミ、物差し、ホッチキス、カッターナイフ、クリップなどの文具小物が、派手に散らばった。寿満子は、それらをとがった靴の先で、あちこちへ器用に蹴りのけながら、点検していった。

ひととおり終わると、散った文具類をデスクの下へ蹴り込み、二段目の引き出しをあける。ふたたび床に、中身がぶちまけられた。

亡夫の諸橋征四郎が、長い間かけて集めたパイプが何本も、絨毯の上に転がる。諸橋は、めったにそれを吸わなかったが、手にする感触が好きだったらしく、死ぬまでだいじにしていた。

その遺品を粗略に扱われて、真利子はさすがに頭が熱くなった。

「それが、警察のやり方ですか。もう少し、ていねいに扱っていただけませんか」

寿満子は、まるで聞こえなかったように、絨毯に落ちたモロッコ革の小袋を、拾い上げた。諸橋はその袋に、たばこの葉を入れていたのだ。

寿満子は、袋の革紐の結び目を緩め、開いた口に鼻先を突っ込んだ。いかにも、麻薬か何か隠されていないか、と疑っている思い入れだ。それから、わざとらしく顔をしかめ、小袋を投げ捨てた。たばこの葉が、絨毯にばらまかれる。

思わずかっとなり、踏み出そうとする真利子の肘を、野田がぐいとつかんで引き止めた。見返る真利子に、野田はがまんしろというように、首を横に振った。その厳しい顔から、野田もじっとこらえていることが、見てとれる。

真利子は体の力を抜き、大きく深呼吸した。

そうだ。冷静に考えれば、これも寿満子が得意とする、巧妙なあおりの手口の一つなのだ。おそらく二人を挑発し、捜索を阻止するようにしむけて、公務執行妨害で逮捕しよう、という狙いに違いない。それくらい、やりかねない女だった。

怒りを抑え、寿満子の動きを見守る。

デスクが終わると、今度はサイドボードの番になった。寿満子は、並んだ酒のボトル、グラス類を容赦なく床にぶちまけ、何もない棚の奥を点検する。グラス同士がぶつかり、いくつか割れた。

あまりにもひどい。いやがらせ以外の、何ものでもない。いくら、許可状を取った家宅捜索でも、ここまでやるだろうか。

がまんできずに、真利子は抗議した。

「岩動警部。こんなやり方は、あまりひどすぎます。神宮署に抗議して、損害を賠償してもらいますよ」

寿満子が、ゆっくりと振り向く。

割れたグラスと、転がったボトルの間に仁王立ちになり、無感動な目で真利子を見返した。

「生意気言うんじゃないよ。こっちは、お茶を飲みに立ち寄ったわけじゃないんだ。訴えたけりゃ、訴えるがいいさ。そのかわり、もうこの町じゃ商売ができなくなるわよ」

ヤクザも顔負けの、露骨きわまる恫喝だった。いや、水間も野田も素人相手に、そこまでひどい脅しは、しないだろう。

さすがの野田も、見かねたように口を開く。

「これが、取引を断られた仕返しですか、警部。マスダに、自分を袋叩きにさせるだけでは、足りなかったわけですか」

寿満子は、小気味よさそうな笑みを浮かべ、ボトルの一つを軽く蹴り飛ばした。

「何を言ってるんだか、あたしには分からないね。神宮署には、ヤクザとつるむような悪徳デカは、禿富のほかにだれもいないんだ。手加減するつもりはないよ」

「警部とマスダの関係は、そうじゃないとおっしゃるんですか」

野田にすれば、最大限の反撃だったに違いないが、寿満子は平然としていた。

「ヤクザ風情《ふぜい》に、とやかく言われる筋合いはないね」

そう言い捨てると、壁際のキャビネットの前に移動し、中の帳簿類を外へ投げ出していく。

すべてが、きちんと整頓されていなければ、気分が落ち着かない性格の真利子には、悪夢を見るような光景だった。しまいには、怒りを通り越して虚脱感に襲われ、ソファにくずおれてしまった。

野田一人が、厳しい表情を保ったまま、寿満子の一挙手一投足を見守っている。

特別室のあらゆる調度品、あらゆる箇所がいささかの仮借もなく、引っ繰り返された。さながら、ハリケーンの直撃でも食らったように、床が投げ出されたもので埋まる。足の踏み場もないほどだった。

こうして、捜索の名を借りた寿満子の狼藉《ろうぜき》は、いっときも休まずに延々と続けられた。

真利子には、寿満子が何かを発見できる、と期待しているようには見えなかった。それでも、寿満子はいっさい手抜きをせず、徹底的に部屋を調べ上げた。

小一時間ほどが過ぎた。

寿満子が、広い額に汗をにじませて、ようやく向き直る。

「手際よく、処分したようだね」

真利子は、ソファを立った。

「何も処分なんか、していません。見られて困るものは、最初からないんですから」

「ここでぼろを出すほど、あんたたちがばかだとは、あたしも考えてないよ」

「それはどうも」

真利子が応じると、寿満子は苦いものでも嚙んだように、唇の端をねじ曲げた。

野田が口を出す。

「絨毯をはがさなくても、いいんですか」

それは、やりたい放題を尽くした寿満子への、野田なりのささやかな皮肉だろう。

寿満子は、こめかみをぴくりとさせ、顎をしゃくった。

「それは、いい考えだ。あんたに、やってもらおうか」

野田の顔に、とっておきとも思える微笑が、広がった。

「自分は、この店に所属する人間ですから、捜索の邪魔もしないかわりに、お手伝いもできません。人手を集めたら、いかがですか」

寿満子は、野田をすごい目で睨みつけた。野田も負けずに、睨み返す。真利子は、火のついた導火線を見るように、緊張した。

やがて、寿満子は根負けした表情で、真利子に目を移した。

親指で、壁を指し示す。

「この隣には、何があるの」

「従業員の控室です。その先の廊下には、裏口のドアがあります」

「案内して」

野田が、ドアの方へ動こうとすると、寿満子はぴしゃりと言った。

「あんたは、ここにいるのよ」

真利子は、寿満子を並びの控室に案内し、捜索に立ち会った。

男子の控室から、無修整の古いエロ本が出てきたが、寿満子は見向きもしなかった。

女子の控室からは、何も見つからなかった。

寿満子は、スチールパイプのハンガーかけを、片隅に押しやった。

真利子を見て言う。

「ドアの方を向いて、立ちなさい」

その口調に、胸騒ぎがした。

「何をするんですか」

「身体検査よ」

虚をつかれる。

「それって、さっきの捜索差押許可状の項目に、はいってるんですか」

確信はなかったが、ためしに聞いてみた。

寿満子が、眉をひそめる。

「地裁へ行って、もう一本許可状を取って来いと言うなら、そうするわ。ただし、丸裸にひんむくわよ」

寿満子なら、かならずそうするだろう。

真利子は、息をついた。

「特別室に、バッグがあります。それ以外に、何も持っていません」

寿満子は、取り合わない。

「和服にはいろいろ、隠しどころがあるわ。念には念を入れろってね」

真利子は観念して、寿満子に背を向けた。帯を解かれるかと思うと、恥ずかしさに項《うなじ》から耳元へかけて、血がのぼる。

寿満子の手が、帯に触れた。

隙間に手を入れたり、あちこちいじり回したりする。しかし、帯締めに触れる気配はせず、帯の内側を探るだけだった。裸にする気はないらしい、と分かって少し安心する。

そのとき、寿満子の息が首筋にかかり、真利子は体を固くした。かすかに、ニンニクのにおいが漂う。

「腕を横に上げて」

真利子は、指示に従った。

いきなり、八つ口から寿満子の手が侵入し、はっと腕を下ろす。

「動くんじゃないよ」

寿満子は邪険に言い、ぼってりした手で真利子の乳房をじかに、ゆっくりとなでた。

奥歯を嚙み締め、じっとその屈辱に耐える。寿満子のさわり方は、それ自体何かを暗示するような、微妙な動きを伴った。

一瞬、寿満子にはその気《け》があるのか、とぞっとする。

寿満子は手を抜き、そっけなく言った。

「年のわりに、まだ張りがあるじゃないの」

一言も答えず、襟元を合わせる。

次に寿満子は、着物の上から腰のまわりや尻を、丹念になで回した。

「本式だね。下着をつけてないね」

感心したように言い、最後にかたちばかり裾をめくって、足袋をあらためる。

「よし。あっちへもどるわよ」

その言葉にほっとして、真利子は手早く着崩れを直した。寿満子について、控室を出る。

特別室にもどると、そこに嵯峨俊太郎の姿があった。嵯峨と野田は、互いに顔と顔を突きつけるように、睨み合っていた。

嵯峨がそのままの姿勢で、白い手袋の先につかんだものを掲げ、寿満子に示す。

「トイレの水槽から、こんなものが見つかりました」

ビニール袋にはいった、小さな油紙の包みだった。

寿満子が聞く。

「中身はなんだった」

わずかに間をおいて、嵯峨は口を開いた。

「コカインです」

47

一瞬、めまいを覚える。

諸橋真利子は、その場に棒立ちになり、野田憲次を見た。

野田も、頰をこわばらせたまま、真利子を見返す。

真利子の横で、岩動寿満子が侮蔑を込めて、吐き捨てる。

「ふん、案の定だね」

その一言で、野田が呪縛《じゅばく》を解かれたように、声を発した。

「これは、何かの間違いだ。うちには、コカインなんかを店に隠すようなやつは、だれもいませんよ」

嵯峨が、ビニール袋をかざしたまま、のんびりと言う。

「ためしに、なめてみますか。うどん粉でないことは、確かですよ」

真利子が、横から口を出そうとしたとき、外の廊下にあわただしい足音が響いた。ドアが勢いよく開かれ、黒いスーツが飛び込んで来る。

水間英人だった。

水間は緊張した面持ちで、めちゃめちゃに荒らされた特別室に、すばやく目を走らせた。あまりの惨状に驚いたのか、ぎゅっと眉を寄せる。

それから、そこに立つ真利子たちの顔を、一人ひとり見回した。最後に野田に目を留め、おもむろに呼びかける。

「どうした、野田」

野田はごくり、と喉を動かした。

「こいつが、トイレの水槽の中に隠してあった、というんだ」

そう言って、嵯峨の掲げるビニール袋に、顎をしゃくる。

嵯峨は袋を下ろし、水間を見返った。

「コカインです」

水間は表情を険しくし、語気も鋭く言い返した。

「ありえない。クスリには、いっさい手を出さないのが渋六の、昔からのしきたりなんだ」

口を開こうとする嵯峨を制して、寿満子が強引に割り込む。

「ありえないだって。これで、渋六がクスリを扱ってることが、はっきりしたね」

水間。現に、クスリが見つかったんだから、言い訳は通用しないだろう、
水間は頬を引き締め、寿満子の方に向き直った。

「ついさっき、事務所の方の家宅捜索が終わりましたが、何も出てきませんでしたよ、警部。特捜班のみなさんは、手ぶらで帰って行った」

寿満子の目が、狡猾《こうかつ》そうに光る。

「事務所がシロだからって、ここもそうとはかぎらないさ。実際、コカインが出てきたんだ。それにしたって、トイレの水槽の中とはねえ」

小ばかにした口調だ。

水間も黙ってはいない。

「たとえ隠すとしても、そんなB級映画に出てくるような、陳腐な場所を選ぶと思いますか。隠すなら、もっと気のきいた場所が、いくらでもある」

「たとえば、銀行の貸金庫か」

突っ込まれて、水間の顔がわずかにこわばった。

しかし、すぐに反論する。

「そもそも、ほんとうに水槽の中に隠してあったかどうか、分からないでしょう。捜索に名を借りて、神宮署が外から持ち込むことも、できたはずですよ」

それを聞くと、寿満子の顔が急速冷凍されたように、こわばった。

「ちょっと。気をつけてものを言いなよ、水間。これは、遊びじゃないんだ」

その、男のようなどすのきいた物言いに、真利子はたじろいだ。

水間は、負けていなかった。

「しかし、こんなものが出てきましたと、いきなり突きつけられても、返事に困りますよ。だれも、見てないんだろう」

そう聞かれて、真利子も野田もうなずく。

嵯峨が、口を出した。

「証人はいますよ、水間さん。太田垣という副店長が、トイレの捜索に立ち会ったんです。副店長は、わたしが奥の個室の水槽に手を入れて、このビニール袋を引っ張り出す現場を、ちゃんと見ていた。わたしが、子供だましの手品を使ったかどうか、彼に聞いてみればいい」

水間は、一瞬言葉に詰まった様子で、口をつぐんだ。

真利子も、そっと唾をのむ。

太田垣は、水間や野田ほどの切れ者ではないが、そんな小細工を見逃すほど、とろい男ではない。となれば、実際にトイレの水槽の中に、コカインが隠されていたことは、認めざるをえないだろう。

水間も、同じ結論に達したとみえて、矛先《ほこさき》を変えた。

「ここ二、三日の間に、この店へ来た客のだれかが、トイレへ行ったついでにその袋を、水槽に投げ込んだのかもしれない」

寿満子が、ふんと鼻で笑う。

「ばか言うんじゃないよ。だれがそんな、酔狂なまねをするものか」

「たとえば、マスダの連中です。渋六を陥れるためなら、それくらい平気でやってのける、汚いやつらだ」

「売りさばけば、千万単位の金になる大量のブツを、トイレの水槽に投げ捨てるとんまが、どこにいる」

水間の口元に、分かるか分からぬほどの、微笑が浮かんだ。

「そうも言えませんよ、警部。金には替えられない、だれか強力な人間が裏で糸を引いて、投げ込ませた可能性もありますからね」

寿満子の顔に、冷たい憎悪の色が表れるのを見て、真利子は鳥肌が立った。

「それは、だれかに当てつけて言ってるのか、水間」

先のとがった、鋼のナイフのような声が、真利子の胸に突き刺さる。

しかし水間は、一歩も引かない。

「ご自由に、解釈してください」

その場に、一触即発の空気が満ちあふれ、真利子は膝が震えた。

思わず、助け舟を出す。

「そう言えば、警部。昨日一人とおととい二人、見かけたことのないお客さまが、店に来たのを思い出しました。全部殿方ですけど、あの中にマスダの回し者がいたのかも」

寿満子が、じろりと真利子に目を移す。

「あんたも、そいつがだれかの差し金で来た、と言うつもりか」

「ええ。たぶん組織を仕切る、ホセ石崎という日系人の差し金だ、と思います」

少し矛先をずらすと、寿満子は肩透かしを食らったような顔で、二、三度瞬《まばた》きした。

嵯峨が、話が途切れるのを狙っていたように、横から発言する。

「可能性を言うなら、ほかにもありますよ。例えば、太田垣とか店の女の子とか、だれかがマスダに買収されて、投げ込まなかったとは言い切れない。調べてみないと、分かりませんがね」

しんとなった。

なるほど、もっともな指摘だ。まさかと思いつつも、真利子はその可能性がゼロではないことを、認めないわけにいかなかった。

水間や野田も、同じ考えのようだった。

気まずい沈黙を破って、寿満子がきっぱりと宣言する。

「おしゃべりは終わり。捜索差押許可状に基づき、当店のトイレの水槽から発見された、ビニール袋一点を押収する。なお、捜査結果が明らかになるまで、とりあえずこの店を三日間営業停止とし、ただちに必要な手続きをとる。以上」

真利子は、血の気が引いた。

「そんな、むちゃな。トイレの水槽から、コカインが見つかったからといって、お店の責任と決めつけるのは、おかしいでしょう」

野田も応援する。

「そうですよ、警部。だれが隠したのか、まだ明らかになってないんですから」

寿満子は、動じなかった。

「それは、三日間ではっきりさせる。その結果しだいでは、店を全面閉鎖にすることも、ありうるよ。三日間くらい、がまんしなさい」

水間が、口を挟む。

「渋六の事務所や、〈フェニクス・ホール〉はどうなりますか」

「今日の捜索で、妙なものが出てこないかぎり、処分をするつもりはない。ただしそれも、このコカインの出どころを捜査した、結果しだいだね。明日以降は、社長の谷岡やあんたたちの自宅にも、手入れをかけるかもしれないよ。首を洗って、待ってなさい」

寿満子は勝ち誇ったように言い、嵯峨に顎をしゃくった。

「行くよ」

真利子は、反射的に呼びかけた。

「警部。この部屋を、このままにして行くつもりですか」

寿満子は、ドアへ向かった足を止め、妙なことを聞くといった顔で、振り向いた。

「いけないかい。何も出てこなかったんだから、これくらいなんてことないだろう」

「割れたグラスは、どうしてくれるんですか」

寿満子は、肩をすくめた。

「捜索の過程で、手が滑っただけ。文句があるなら、神宮署の副署長あてに、請求書を出しなさい」

嵯峨を引き連れ、そのまま出て行く。

入れ替わりに、副店長の太田垣進があたふたと、駆け込んで来る。小太りの太田垣は、口髭の先まで汗をしたたらせていた。

「店の捜索が、終わりました。テーブルもソファも、全部引っ繰り返されました。いっそ、布地を切り裂かれなかったのが、不思議なくらいですよ」

疲れ切った様子でそう言い、特別室に加えられた狼藉に気づいて、口をつぐむ。

真利子は言った。

「スタッフを集めて、お店の片付けに取りかかるのよ。女の子たちが出て来たら、手伝ってもらって。ただし、今日から三日間営業停止を食らったから、そのつもりでね」

太田垣の顔が曇る。

「やはり、コカインのせいですか」

「そうだ。おまえ、嵯峨がコカインを見つけたとき、一緒にいたそうだな。あの男が、トリックを使った様子はなかったか」

水間の問いに、太田垣は残念そうに応じた。

「ありませんでした。自分は、ずっとあの刑事の動きを、見守ってましたから」

そのとき、野田がふと思いついたように、口を開いた。

「コカインを水槽に仕込むのは、別に昨日今日でなくてもよかったはずだ」

虚をつかれて、真利子は野田を見た。

水間も太田垣も、同じように野田に目を向ける。

野田は続けた。

「この間、夜中に岩動と嵯峨がここへ、押しかけて来たよな。話の途中で、嵯峨が急にトイレへ行きたいと言い出して、おれが案内したのを覚えてるだろう。あのとき嵯峨が、隠し持ったさっきのビニール袋を、水槽に投げ込むこともできた、と思うんだ。今日と違って、だれも見てなかったからな」

真利子は、はたと思い当たった。確かにあの夜、寿満子が取引の話を持ち出す前、そういうシーンがあった。

寿満子は、取引を断られた場合を想定して、あらかじめ嵯峨にその隠し球を、指示していたのかもしれない。そうすれば、強制捜査をかけたときに、手ぶらで帰らずにすむし、渋六に打撃を与えることができる。野田を、袋叩きにするだけでは飽き足らず、寿満子は裏でもっと手ひどい罠を、仕掛けていたのだ。

水間が首を振り、ほとほと感心したように言う。

「なるほどな。たぶん、おまえの言うとおりだろう。それくらい、平気でやりかねないやつだからな、岩動は。いや、そうに違いない」

太田垣は、とまどったように水間と野田を、交互に見比べた。

「だとしたら、それはでっち上げじゃないですか。ハゲタカじゃあるまいし、まさかあの岩動警部が、そんなことを」

そこまで言って、絶句する。水間と野田、それに真利子の厳しい表情から、それが事実だと悟ったらしい。

真利子は気分を変えようと、わざと元気よく言った。

「さあ、片付けにかかりましょう。臨時休業の札を、表に出しておいてね。わたしは、ちょっと着替えてくるわ」

従業員の控室へ行き、自分用の物入れに入れ置きの、ジーンズとブラウスに着替える。靴も動きやすい、平底のパンプスにはき替えた。

店のスタッフばかりでなく、事務所の片付けが終わった若い者も、呼び寄せられた。

水間と野田は、〈サルトリウス〉を真利子と太田垣に任せ、〈フェニクス・ホール〉その他の系列店へ、様子を見回りに出た。

日暮れどきに、店へ出て来たホステスたちの中には、営業停止と聞いて泣き出す者も、何人かいた。

真利子は、集まったスタッフにてきぱきと指示して、店の片付けに取りかかった。

すべてが、ほぼ原状に回復されたのは、午後十一時過ぎだった。

もどって来た水間と野田の報告によると、〈フェニクス・ホール〉をはじめとする、渋六傘下のパチンコ店や遊戯場には、さしたる実害がなかったらしい。どうやら、〈サルトリウス〉以外の家宅捜索は、単なるポーズだったようだ。

ともかく、営業停止を命じられた以上は、三日間おとなしくしているしか、方法がない。

何かあれば、互いに連絡を取り合うことにして、真利子は水間と野田を、送り出した。

もとどおり、きれいになった特別室で、軽くブランデーを飲む。それから、運転手の沖弘に迎えに来るように、連絡した。

マンションにもどったときは、午前零時を十数分回っていた。

沖の車を見送り、マンションのオートロックを、解除する。ホールにはいったとたん、背後に足音が響いた。

振り向くと、閉じかけたドアを押しあけて、男が三人乱入して来た。

先頭に立つのは、派手なチェックのジャケットを来た、あばた面の男だった。黒い髪を、ポマードでてかてかに光らせ、ごつい顔は古いレンガのように、日焼けしている。内側に寄った、やけに小さな目が爬虫類のように、冷たかった。

純粋の日本人には見えず、真利子はいやな予感に貫かれた。

男は言った。

「お初にお目にかかるが、おれはマスダのホセ石崎だ。あんたは、諸橋真利子だな」

妙なアクセントの日本語に、真利子はぞっとして一歩下がった。

48

安堵のあまり、ほっとする。

禿富鷹秋の、携帯電話のコール音が耳の中で、頼もしく鳴った。だいぶ前から、ずっと電源が切られたままで、つながらなかったのだ。

「なんの用だ、こんな時間に」

出てきた禿富の声は、いかにも不機嫌そうだった。

水間英人は、額の汗をぬぐった。

「すみません。大至急、だんなに会いたいんです。今、どちらですか」

「なんの用だ、と聞いたんだ」

「とにかく、会ってください。相談したいことがあるんです」

必死に口説く。

秃富は、少しの間黙っていたが、やがて言った。

「今、南青山のバーで、飲んでるところだ。おまえは」

「事務所です」

「野田も一緒か」

「いや、おれ一人です。昨日、神宮署の手入れがあったのは、知ってるでしょうね。トイレの水槽から、コカインが見つかったことも」

「ああ、噂で聞いた。おれと御子柴は、出動部隊をはずされたから、詳しくは知らないが」

「岩動警部に〈サルトリウス〉を、めちゃめちゃにされました。片付けるのに、夜中までかかっちまった。それより、南青山のどこですか。迎えに行きますから」

「どこかへ回るのか」

抜け目なく、言葉尻をとらえてくる。

「会ってから、話します」

頑固に応じると、秃富は小さく笑った。

「南青山三丁目の交差点から、外苑西通りを南へ二、三百メートルくだった右側に、〈ヘレフォード〉というバーがある。その前に、おれのアウディが停めてある」

秃富は唐突に、通話を切った。

水間は事務所を出て、タクシーを拾った。すでに午前三時近くで、道路はすいている。

五分ほどで、目的地に着いた。外苑西通りの反対側に、ミッドナイトブルーのアウディを見つけ、水間は通りを渡った。

歩道の際に、〈ヘレフォード〉と看板の出た、イギリスのパブ風のバーが見える。ドアをあけると、かろうじて様子が分かる程度の、極端に明かりの暗い店だった。コの字形のカウンターの、いちばん奥にいた禿富が顔を上げ、ストゥールをおりる。

水間は外へ出て、禿富を待った。

禿富は何も言わずに、車道へおりた。ドアのロックを解除し、運転席に乗り込む。水間も黙って、助手席に乗った。

エンジンをかけて、禿富が言う。

「さて、どこへ行く」

「〈サルトリウス〉へ行ってください」

水間の返事に、禿富が顔を振り向ける。

「こんなに遅く、あそこになんの用があるんだ」

「店が、マスダのホセ石崎たちに、占拠されました」

「なんだと」

禿富の顔が、引き締まった。

「しかも真利子ママが、人質になってるんです」

禿富は、ハンドルに手をかけたまま、しばらくじっとしていた。

「いったい、どういうことだ」

「ゆうべ、岩動に荒らされた店内を片付けたあと、ママを残して店を出たのが、十一時過ぎでした。野田を、〈みはる〉の近くのマンションへ送って、おれは事務所へもどりました。事務所も、別の捜査班に手入れを食いましたが、こっちはたいして荒らされなかった。一人で、あれこれ後片付けをしてるうちに、二時を回ってしまった。そこへ、ママからおれのケータイに、電話がはいったんです」

諸橋真利子は、いつもに似ぬ緊張した声で、大至急秃富の居場所を突きとめ、店へ連れて来てほしい、と言った。真利子によると、マンションへもどったところを、ホセ石崎ら三人に待ち伏せされた、という。

石崎は、真利子と一緒に部屋へ上がり込み、秃富から預かったものを引き渡せ、と要求した。真利子が、何も預かっていないと答えると、三人は部屋中を引っ繰り返して、何かを必死に探し回った。

結局、目当てのものがそこにないと分かるや、石崎らは真利子を連れて〈サルトリウス〉へ回り、特別室に居すわった。

「電話を代わった石崎は、二時間以内にだんなを連れて来なければ、ママの命はないと言いました。だんなは、いつだってつかまりにくい人だから、だいぶ焦りましたよ。とにかく、つかまってよかった」

秃富は、鼻を鳴らした。

「そんなことで、大騒ぎしたのか」

そう言って、無造作にエンジンを切る。

「どうしたんですか。早く、車を出してください」

水間がとがめると、禿富は冷たい目を向けてきた。

「そんなところへ、おれが出向いて行く義理はない」

「なぜですか。真利子ママが、人質にされたんだ。助けに来てくれ、と訴えてるんですよ」

「それがどうした。真利子は、おまえたちにとっては、人質の価値があるかもしれん。しかしおれには、なんの関わりもない女だ」

それを聞いて、水間は胃の底がじわり、と熱くなるのを感じた。

「そりゃないでしょう、だんな。左腕を切断しただんなを、あれだけかいがいしくめんどう見たのは、どこのだれですか」

「そもそも、左腕を切断するはめになったのは、真利子のせいだぞ。まさか、忘れたわけでもあるまい。おかげで今も、このざまだ」

禿富は吐き捨て、革手袋をはめた左手を、ぐいと突き出した。それが、以前のように働かないことは、水間もよく承知している。

「しかし、真利子ママはだんなに惚れてるし、だんなだってまんざらじゃないはずだ」

禿富は、せせら笑った。

「あいつは、おれに惚れてなんかいない。ただ、おれの左腕のことを気に病んで、罪滅ぼしをしようとしただけだ」

「それだけには、見えませんでしたがね、おれの目には」

「ほう。すると、おまえはあいつのことを、こう思ってるわけだな。自分の亭主を、墓場へ蹴り込んだこのおれに、色目を遣うほど無節操な女だ、と」

「いや、別にそうじゃないですが」

あわてて否定したものの、事実はそういうことになる。

禿富は続けた。

「この左腕のことを考えれば、おれはまだ真利子に貸しがある。そんな女のために、危ない橋を渡る義理はない。分かったか」

水間は、唇の裏を嚙み締めた。

こうしているうちにも、どんどん時間がたっていく。ここまできた以上、最後の手段に訴えるしかない。

水間はポケットから、拳銃を取り出した。

「エンジンをかけてください。〈サルトリウス〉へ行くんです」

拳銃を見ても、禿富は頰の筋一つ動かさなかった。

「それはおもちゃか」

「本物です。二十二口径ですが、この距離なら十分殺傷力がある」

昨日の手入れで見逃された、ただのモデルガンにすぎないが、この暗さでは分かるまい。それに自分は、禿富からはったりのない男と見られている、という妙な自信がある。

「人を撃ったことがあるのか」

「ありません」

「それじゃ、無理だな」

「いや、いざとなったら、撃ちますよ。言うことを聞かなければね」

禿富は、じっと水間を見た。

「そうまでして、真利子を助けたいか」

「ママだけの問題じゃない。マスダのやつらに、いいようにやられるわけに、いかないんです。まして、だんながママに何か預けたことで、こういう事態になったとすれば、責任をとってもらわなきゃね」

「おれはあいつに、何も預けてないぞ」

水間は虚をつかれ、禿富の顔を見直した。

「しかし、マスダの連中はそう思い込んで、ママを拉致《らち》したんですよ」

「それはやつらの、勘違いだ」

「いったい、やつらは何を探してるんですか」

禿富は、くっくっとくぐもった笑いを漏らし、ハンドルを右手で叩いた。

「神宮署の、裏帳簿だ」

「裏帳簿」

「そう、隠し金の裏帳簿さ。そのコピーが流出して、神宮署は上を下への、大騒ぎだ。岩動が、渋六にガサ入れをかけた真の狙いは、その裏帳簿にある。麻薬捜査などは、口実にすぎないよ」

「なぜ神宮署は、渋六がそんなものを持っている、と思うんですか」

「おれがそれを手に入れて、おまえたちのだれかに預けた、と思ったんだろう」

「実際に、手に入れたんですか」

「入れた」

あっさり禿富が認めたので、水間はあとが続かなかった。

頭の中を整理して、言葉を探す。

「その、裏帳簿のコピーとやらを、マスダの連中が探し回るのは、どういうことですか」

「決まってるじゃないか。岩動が、やらせているのさ。つまり、合法的なガサ入れで見つからなければ、マスダを使って取りもどすしか、方法がないわけだ」

それで、納得した。

先日来の、岩動寿満子のやり口を見れば、裏でマスダを動かしていることは、容易に想像がつく。

「だとしたら、だんなもこの件から逃げるわけには、いかんでしょう。これ以上、岩動をのさばらしておいて、いいんですか」

「おれが、裏帳簿のコピーを持っているかぎり、岩動は何もできないよ」

「しかし、当面の相手は岩動じゃなくて、マスダのやつらだ。ホセ石崎も寺川勇吉も、手加減するような連中じゃない。ママを助けるために、とにかくだんなには同行してもらいます。裏帳簿のことは、おれたちに関係ないことだ」

水間はそう言って、つい膝に下ろしていた拳銃を、もう一度構え直した。

秃富が、薄笑いを浮かべる。

「警察官を撃ったら、二度とシャバに出られんぞ」

「それはどうですかね。厄介者を始末した、ということで執行猶予がつくかもしれない」

秃富はいやな顔をしたが、何も言い返さなかった。

黙ってキーを捻り、エンジンをかけ直す。

アウディは坂をのぼり、青山一丁目の交差点を左折して、渋谷方面へ向かった。

水間は一応、拳銃を膝の間に下ろしたが、油断はしなかった。秃富のことだから、何をしでかすか分からない。

しかし、秃富はそれきり口をきかず、言われたとおりに〈サルトリウス〉へ、車を走らせた。

店に近づくと、水間は正面の入り口へ回るように、秃富に言った。

「裏口から忍び込んで、不意をつくことはできないのか」

秃富の問いに、首を振る。

「特別室にこもっているとすれば、どこからはいっても同じです。不意をつくことは、できませんよ。火でもつければ、別ですがね」

「最後には、その手があるな」

秃富は、にこりともせずに言い、続けて聞いた。

「マスダの連中は、何人いる」

「石崎と、寺川がいることは確かですが、あとは分かりません。まあ、うちのシマへ乗り込むからには、十人や二十人は集めてるでしょう」

「たとえ夜の夜中でも、そんな大人数では人目を引く。神宮署が、陰でバックアップしているなら、三人から五人で十分だ。おまえの方は、だれか応援を呼んだのか」

「呼んでません。だんなとおれと、二人だけで来るようにと、そう言われたんでね」

秃富は、あきれたというように、首を振った。

「まったく、ばか正直なやつだな。もっとも、雑魚《ざこ》をいくら集めたところで、屁の突っ張りにもならんが」

ハンドルを切って、〈サルトリウス〉のある道へ、乗り入れる。

秃富は、入り口の少し手前で車を停め、エンジンを切った。

水間は、念のため確認した。

「だんな。その裏帳簿のコピー、ほんとうはだれに預けたんですか。それとも、自分で持ってるんですか」

「おまえの知ったことじゃない」

「といっても石崎は、最終的にそのコピーと引き換えでなきゃ、ママを解放しないでしょう」

「それも、おまえの知ったことじゃない。相手の注文に、ほいほい乗るやつがどこにいる」

そう言い捨てて、禿富はドアを押しあけた。水間も、モデルガンを床に投げ捨てて、車からおりる。

通りには、だれもいなかった。店の入り口にも、むろん人影はない。

水間は、携帯電話を取り出して、真利子にかけた。

一度目のコール音で、すぐに出てくる。

「もしもし」

「水間です。だんなを、連れて来ました。石崎に、表のドアをあけるように、言ってください」

「分かりました」

固い声の返事に、石崎や寺川が耳をそばだてている、と察しがつく。

三十秒もしないうちに、ロックのはずれる音がして、入り口のドアが開いた。トップライトの下に、口髭を生やした血色の悪い男の顔が、照らし出される。

元敷島組の中堅幹部で、〈フェニクス・ホール〉の店長をしていた、川野辺明だった。

秀富が、皮肉っぽく言う。

「おう、川野辺。敷島組で鳴らしていたおまえも、マスダじゃただのドアボーイか」

川野辺は、いかにもばつの悪そうな顔で、戸口から下がった。水間とは、目を合わせようとしない。

川野辺の先導で、だれもいない薄暗いホールを抜け、奥の特別室へ向かう。

川野辺がドアをあけ、水間は秀富のあとについて、中にはいった。

デスクの椅子にすわる、真利子の姿が見える。

その両脇に、二人の男がいた。

第十章

49

水間英人は、二人を見比べた。

一人は、先日JR恵比寿駅で出会った、寺川勇吉だった。相変わらずの悪相に、ごわごわの黒い革ジャンパーを、着込んでいる。

もう一人の、柄物のジャケットを着た、あばた面の男がマスダの実質的なボス、ホセ石崎だろう。

諸橋真利子は、前夜後片付けをしたときのジーンズ、ブラウスのままだった。

石崎も寺川も、拳銃を手に油断のない目つきで、こちらの様子をうかがっている。ホールを含めて、ほかに人のいる気配はなかったから、マスダの戦力は川野辺明を入れて、わずか三人だけらしい。

先刻、禿富鷹秋が口にした最少の人数だが、石崎がみずから乗り出したところをみれば、それなりの覚悟があるはずだ。

寺川が、禿富の背後にいる川野辺に、顎をしゃくる。

「ハゲタカの身体検査をしろ」

川野辺は禿富に近づき、いかにも上等そうな縦縞のスーツを、後ろから探ろうとした。

禿富はすばやく振り返り、右手で強く川野辺の腕を、払いのけた。川野辺はたたらを踏み、足をもつれさせた。危うく踏みとどまり、抗議するように禿富を睨む。

石崎も寺川も色めき立ち、銃口を禿富に向けた。

禿富が、不機嫌に言い捨てる。

「おれには、指一本触れさせせんぞ。チャカなど、隠していない。おまえらごとき、ちんぴらの相手をするのに、そんなものは不要だ」

ちんぴら呼ばわりされて、石崎はむっとした顔になったが、禿富の迫力に気おされたのか、何も言い返さなかった。

寺川が、銃口を動かす。

「それなら、両方の手を見えるところに、出しとけ。妙なまねをしやがったら、遠慮なくぶっ放すぞ」

「南米ではどうか知らんが、日本で警察官を撃ったら、一生臭い飯を食うはめになる。それ以前に、警察官に銃を向けるだけで、刑務所へはいったも同然だがな」

石崎は、口を開こうとする寺川を制し、水間に声をかけてきた。

「おまえが、渋六の水間か」

「そうだ」

立たない。

水間は上着の前をあけ、何も持っていないことを示した。

「丸腰だろうな」

「このとおりだ」

秃富が、意味ありげな視線を向けてきたのは、先刻の二十二口径のことを、思い出したからだろう。しかし、そのモデルガンは車に置き捨ててきたし、どうせなんの役にも立たない。

水間は、ボタンを留めて言った。

「言われたとおり、ハゲタカのだんなを連れて来た。おれを入れて、人質は二人になった。真利子ママを、解放してやってくれ」

石崎が、あざ笑う。

「それで、男気を出したつもりか。いい格好をするのはよせ。おれたちは、ほしいものを手に入れるまで、だれも解放するつもりはねえ」

秃富が、割ってはいった。

「おれは、人質になるつもりはない。水間に脅されて、連れて来られただけだからな」

水間はそれを無視して、石崎に聞き返した。

「ほしいものって、なんのことだ」

石崎が、肩をすくめる。

「それは、ハゲタカに聞くんだな」

そのとき、禿富が突然動き出したので、寺川が肝をつぶしたように銃口を上げ、狙いをつけ直した。

「急に動くんじゃねえ。何をする気だ」

禿富はそれにかまわず、サイドボードのそばに行くと、ボトルとグラスを取り出した。ウイスキーを注ぎ、ソファに腰を下ろす。

グラスを掲げ、真顔で言った。

「おまえたちの探しものは、一生かかっても見つからんな」

寺川は、手持ち無沙汰で立つ川野辺に、銃口を動かして合図した。川野辺は、あわてて禿富のソファの後ろへ回り、見張りの位置についた。拳銃を抜き出し、禿富の肩口を狙う。

そうした物騒な動きを、禿富は歯牙《しが》にもかけない様子だった。

石崎が、デスクのへりに尻をのせる。

「おれたちも、自分で探すのはもうやめた。手っ取り早く、隠し場所を白状してもらおうじゃねえか。それから、水間を取りに行かせるんだ。水間が、そいつをちゃんと持ってもどったら、あんたたち三人を無事に解放してやる。それですべて終わりだ」

「みんな、岩動の指示か」

禿富が言うと、石崎は別にたじろぎもせず、分厚い唇を歪めた。

「渋六が、あんたを取り込んだように、おれたちもあの女を取り込んだのよ」

あまりすなおに認めたので、禿富も拍子抜けしたようだった。

水間は口を開いた。

「取り込まれたのは、あんたたちの方だ。あんたたちは、岩動に利用されるだけされて、最後にはお縄になる。それくらい、分からないのか」

石崎が、せせら笑う。

「おれたちも、それほど甘くはねえつもりだ。取引はきっちりと、対等にやらせてもらうさ」

水間は意識して、薄笑いを浮かべた。

「となると、たとえあんたたちの言うとおりにしても、おれたち三人の命が助かる保証は、どこにもないな」

石崎は、小さく肩をすくめた。

「それほど、あきらめたものでもねえ。おれたちは、渋谷の縄張りをそっくりいただくが、渋六の幹部は生かしておいてやる。マスダの傘下にはいるなら、今までどおりこの街の仕切りを、任せてやってもいい。その点は、岩動も了解ずみだ」

禿富が、嘲るように笑う。

「それを信じるほど、水間はおめでたくないぞ」

「しかし、ほかに道はあるめえ」

決めつける石崎に、禿富は笑いを消さずに応じた。

「水間はともかく、おれはどうなるのかな。毎朝署に出て、岩動の靴でも磨くか」

石崎は、禿富を睨みつけた。

「あんたのことなぞ、知るもんか。懲戒免職は免れねえだろうが、それですみゃあ御の字だ」

禿富は、グラスをゆっくり傾け、酒を飲み干した。

「かりに、おれが口を割らなかったら、どうするつもりだ」

石崎は拳銃を動かし、銃口で真利子のこめかみを、軽くつついた。

「この女の命はねえ」

禿富は顎をのけぞらせ、さもおかしそうに笑った。

「ばかも、休みやすみ言え。おれがひざまずいて、その女の命乞いをするとでも、思っているのか」

水間は、そっと真利子を見た。唇が、わずかに動いたようだったが、それ以外に表情は変わらない。

「強がりはよせ。あんたが、この女といい仲だってことは、とうに分かってるんだ。そうでなきゃ、丸腰でのこのこと、出向いて来るものか」

「さっきも言っただろう。水間に脅されて、しかたなく来ただけだ」

禿富が辛抱強く言うと、寺川はふと思いついたように、水間を見た。

「どうやって脅した。チャカでも、突きつけたのか」

しかたなく答える。

「そうだ」

寺川の顔に、警戒の色が浮かぶ。

「そのチャカを、どこへやった」

「車の中に、置いてきた」

目の隅に、かすかに失望したような、禿富の顔が映る。あの拳銃を、あてにしていたのだろうか。

寺川は、それを信じていいかどうか考えるように、少しの間黙っていた。結局、身体検査をするまでもないと判断したのか、銃口を動かして言った。

「ハゲタカの隣に、並んですわれ。両手を見えるように、膝の上にのせておけ」

言われたとおりにする。

ふたたび、石崎が口を開いた。

「これは、脅しじゃねえ。例のブツのありかを、さっさと吐いちまえ。どこか知らねえが、水間に取りに行かせるんだ」

禿富が、水間に言う。

「それじゃ、すぐに行ってこい。神宮署の、署長室の金庫の中に、隠してある」

一瞬言葉を失った石崎は、すぐにからかわれたと気づいて、あばた面を赤くした。

「ふざけるんじゃねえ。ただの脅しだとでも、思ってるのか」

その恫喝にも、馬耳東風といった顔つきで、禿富はグラスに新しい酒を注いだ。

沈黙を守っていた真利子が、妙に抑揚のない口調で言う。

「こんなことをしても、時間のむだよ。この人は、絶対に口を割らないわ。わたしのためだろうと、ほかのだれのためだろうと」

禿富が、そのとおりと言わぬばかりに、グラスを掲げてみせる。

石崎は少し考え、銃口を真利子のこめかみから、禿富へ巡らした。

「それじゃあ、あんた自身の命を担保にするしか、方法がねえな。自分の命のためなら、口を割らんわけにいくめえ」

禿富は酒を飲み、ゆっくりと脚を組んだ。

「おれを撃ったら、ブツは永久に手にはいらんぞ」

「どっちみち、手にはいらねえとすりゃあ、あんたを片付けるしかねえな」

「どっちみち、おまえたちに殺されるとすれば、しゃべるのはやめておくさ」

禿富に切り返され、石崎は表情を険しくした。

「おれもそんなに、気の長い方じゃねえんだ。さっさとしゃべらねえと、あとで後悔するぞ」

禿富は酒を飲み、さも重大なことを指摘するように、指を立てた。

「後悔は、常にあとでするものだ。日本語が達者なようにみえても、所詮外人は外人だな」

その侮蔑的な発言に、石崎の顔がどす黒く染まる。

「よけいなおしゃべりは、それくらいにしておけ。おれのがまんも、そろそろ限界だぞ」

黙っていた寺川が、石崎の様子を見て不安の色を浮かべ、横から口を出した。

「頭を冷やせよ、兄貴。かりかりしたら、こいつの思う壺になるぞ」

石崎は、こめかみをぴくぴくさせたが、とにかく口をつぐんだ。

寺川が、禿富に言う。

「もっとよく、話し合おうじゃねえか。どうしたら、ブツのありかを教える気になるんだ。条件を言ってみろ。金で話がつくなら、こっちにも検討する用意がある」

禿富の口元に、不敵な微笑が浮かんだ。

「どこから、そんな金が出るんだ」

聞き返されて、寺川がわずかに口ごもる。

「どこからって、それくらいの金はいくらでも、調達できるさ」

「そうか。このご時世では、暴力団の資金繰りも、楽じゃないはずだ。しかも、この間恵比寿の駅で、金を持ち逃げされたばかりだろう」

寺川と石崎が、ちらりと視線を交わす。

水間はそっと、ソファの背にもたれた。

禿富の言うとおりだ。寺川は、神宮署の御子柴繁が現れたために、水間から金を取りもどしそこねた。いくらマスダが能天気でも、殺し屋の橋本三郎が返り討ちにあい、禿富に金をだまし取られたことは、すでに分かっているはずだ。

にもかかわらず、そのことについて一言も触れず、返還を求めもしない。真利子を人質にしてまで、二人が手に入れたがっているのは、少なくともその金ではない。

寺川が言う。

「あの金のことは、忘れてやる。その上に、もっと払おうと言ってるんだ。こんなうまい話が、ほかにあると思うか」

禿富は、手袋をはめたままの三本の指で、グラスをもてあそんだ。

さりげなく言う。

「おまえたちに、一つ質問がある。自分たちが、何を手に入れようとしているのか、分かってるのか」

いきなり突っ込まれて、石崎も寺川もとっさには、答えられない様子だった。

禿富は低く笑った。

「そこまでは、岩動も話してないようだな。まったく、子供の使いじゃあるまいし、まぬけなやつらだ。教えてやろう。神宮署が、署員に偽領収書を書かせて溜め込んだ、裏金の出納帳だ。おまえたちは、おれが手に入れたその裏帳簿のコピーを、取りもどそうとしてるのさ」

石崎も寺川も、実際にその話を聞くのは、初めてのようだった。とまどいを隠さず、ちらりと視線を交わす。

秃富は続けた。

「岩動から、どんな約束をされたか知らんが、あてにしない方が身のためだぞ。それより、その裏帳簿をネタに神宮署と取引すれば、マスダの立場はいっそう安泰になる。岩動の口約束より、よほど確実だろう」

水間は、何を言い出すのかと驚きつつ、秃富を見た。石崎も寺川も、まるで毒気に当てられたように、口をきけずにいる。

秃富は、さらに続けた。

「どうだ。この際、岩動との取引を反故にして、おれと組まんか」

水間はあきれて、口を挟んだ。

「だんな、それはないでしょう」

秃富が無表情に、見返してくる。

「どうしてだ。おまえたちだって、いつまでも孤立無援のまま、がんばるわけにいくまい。マスダと手を結べば、とりあえず渋谷のシマは守れるはずだ」

こともなげに言う秃富を、水間は睨み返した。

「マスダと手を組む気なんか、おれたちにはありませんよ。分かってるでしょうが」

秃富はふんと鼻で笑って、グラスに口をつけた。

水間は首を振り、真利子に目を移した。真利子も、怒りと失望の色を隠さず、じっと秃富を見つめている。

石崎が、注意を引こうとするように、咳払いをして言った。

「裏帳簿なんかを抱え込んだら、神宮署と取引するどころか、おちおち寝ていられねえ。とにかく、金なら出す用意がある。値をつけてみろ」

「十億だ」

間髪をいれぬ答えに、石崎も寺川もぽかんとする。

そのとき、ドアが開いた。

戸口に立ったのは、岩動寿満子だった。

50

水間英人は、特別室にいる全員の顔に、目を走らせた。

戸口に立つ岩動寿満子に、すべての視線が注がれる中で、禿富鷹秋だけがわれ関せずと、グラスの酒をなめている。

寿満子は、満座の注視を浴びながら、毛ほども気おされる様子を見せず、後ろ手にドアを閉じた。

禿富が目も上げず、わざとらしい敬意を込めて、呼びかける。

「ようやくおでましですな、警部」

寿満子が現れるのを、予期していたような口調だった。

寿満子の鋭い視線が、禿富に突き刺さる。

「十億とは吹っかけたね、禿富」

外で聞いていたらしい。

禿富は、眉をぴくりとさせた。

「それで、神宮署の空中分解を防げるなら、安い買い物ですよ」

禿富に目を据えたまま、寿満子はゆっくりと絨毯の上を、移動した。

テーブルを挟んで、禿富と水間の向かいのソファに、腰を下ろす。ジャケットの前がはだけ、左の腰に着けたホルスターから、拳銃がちらりとのぞいた。そのしぐさが、水間にはわざとのように見えた。

事前に、よほどの危険が予想されるとき以外、一般の刑事が拳銃を携行することは、めったにない。だとすれば、寿満子の拳銃は官給品ではなく、闇のものかもしれない。

寿満子は、ソファの背に左肘をのせ、禿富に言った。

「いよいよあんたも、年貢の納めどきがきたようだね。いいかげんに、観念したらどうだ」

禿富が、じろりと見返す。

「おれは、めったなことでは、観念しない男でね」

その声音が、突然変わったことに気づき、水間はぎくりとした。敬意のかけらもない、ふてぶてしい口調だった。

寿満子も、その変化に面食らったらしく、頰の筋が硬くなった。

「いくらあんたががんばっても、もう逃げ道はないんだ。おとなしく、コピーを渡しなよ。さもないと」

そこで、言葉を止める。

禿富は薄笑いを浮かべ、おうむ返しに聞き返した。

「さもないと」

「諸橋真利子も水間も、ここで死ぬことになるよ。むろん、あんたもね」

禿富は、せせら笑った。

「自分でやる度胸もないくせに、でかい口を叩くんじゃない。やばい仕事は、マスダの腰抜けにやらせて、自分は口をぬぐう。そのくせ、いざとなれば口封じにかかる。あんたにできるのは、せいぜいそれくらいだ」

その挑発に、寿満子の耳元が赤くなるのを、水間は見た。さすがに、はらはらする。

「どっちにしても、あんたたちの命がなくなることは、確かだよ」

禿富は、動じなかった。

「その脅しは通用しない、とさっきも言ったばかりだ。おれを殺せば、裏帳簿のコピーが外へ流れる。それに、真利子や水間がどうなろうと、おれの知ったことではない」

寿満子の口元に、氷のような笑みが浮かぶ。

「強がりはよしなよ。あんたが、真利子に惚れてることくらい、分かってるんだ。女のあたしにはね」

秃富は、芝居がかったしぐさで肩を動かし、目を丸くした。

「あんたが、自分を女だと思う瞬間があるとは、知らなかったよ」

水間は、そっと唾をのんだ。

秃富は寿満子を、怒らせようとしているのだ。そうでなければ、そこまでは言わないだろう。

おそらく寿満子も、そのことに気づいたに違いない。握り締めた拳の関節の白さから、怒りを抑えている様子が、読みとれる。

ソファの背後で、川野辺明が居心地悪そうに、もぞもぞと動いた。

寿満子が、しゃがれ声で言う。

「調子に乗るんじゃないよ、秃富。あたしは、あんたが考えてるほど、甘くないんだ」

「そうだろうとも。石崎に資金を渡して、殺し屋におれを始末させようと、画策するくらいだからな」

秃富の言葉に、部屋の中が凍りついた。

水間は愕然として、寿満子とホセ石崎の顔を、見比べた。寿満子は表情を変えなかったが、石崎は明らかに不意打ちをくらい、デスクにのせた尻を下ろした。助けを求めるように、そばにいる寺川勇吉を見たり、ジャケットの袖口を払ったりする。

水間は、だめを押すつもりで、寿満子に聞いた。

「ほんとうですか、岩動警部」

寿満子は、秃富から視線をそらさずに、返事をした。

「そんな証拠は、どこにもないよ。その殺し屋とやらが、ここに現れて証言でもすれば、別だけどね」

殺し屋の橋本三郎は、この店で秃富を襲って失敗し、逆に息の根を止められた。今ごろは、荒川から東京湾に流れ出たはずだが、まだ死体は上がっていない。

秃富が顔を上げ、石崎と寺川に問いかける。

「あの腕の悪い殺し屋を、どこで調達したんだ」

二人ともあらぬ方を向き、答えようとしない。

秃富は、寿満子に目をもどした。

「おれを殺すために、マスダは二千万もどぶへ捨てて、文句一つ言おうとしない。それには、理由がある。要するに、自分たちの金じゃないからだ。その金は、神宮署がプールした裏金の中から、支出されたのさ」

思いもかけぬ暴露の連続に、水間は言葉を失った。ますます重い沈黙が、特別室を支配する。

一呼吸おいて、秃富は続けた。

「あいにく、おれが手に入れたコピーは、二年前の分までで途切れていたから、それに該当する記録はなかった。もし、コピーを最新の分までとっていたら、きっとはいっていたに違いない」

寿満子は、口元を歪めた。

「証拠もなしに、よくそこまで言うわね」

「証拠、証拠と言い立てるのは、後ろめたい証拠さ」

秀富は言い捨て、また石崎に目を向けた。

「橋本三郎を選んだのも、おまえたちじゃないだろう。あの程度の腕前で、おれを始末できると考えるほど、おまえたちもばかじゃあるまい。おれの腕は、前に雇ったミラグロと王展明の失敗で、とうに承知しているはずだからな。違うか」

ミラグロも王展明も、かつてマスダが秀富に差し向けた、すご腕の殺し屋だった。そして、二人とも秀富に、返り討ちにされた。

石崎が答えあぐねる様子で、寺川と目を見交わす。反論しないところをみると、図星のようだった。

秀富が、侮蔑の笑みを浮かべる。

「おれには、見当がついている。橋本三郎は、岩動がおまえたちに押しつけた、子飼いの殺し屋だ。警察庁ご用達、といってもいいだろう」

導火線に火がついたような、恐ろしい静寂が流れた。

石崎も寺川も、どう反応すればいいか迷うように、寿満子を見た。寿満子は、無表情のまま秀富の顔に、目を据えている。

水間は、唇をなめた。たとえ秀富のはったりにせよ、当たらずといえども遠からずだ、と直感する。寿満子は、神宮署の裏金をやり繰りして、マスダに橋本を雇うようにしむけ、禿富の暗殺を図ったのだ。信じられないことだが、寿満子がそれを否定しない以上は、そう考えるしかないだろう。

禿富は、目を光らせた。

「ただし、何も証拠はないから、安心しろ。もう一つ、あんたの背後に警察庁の朝妻がいることも、おれにはお見通しだ。裏帳簿のコピーと併せて、これだけおれに急所を握られたら、手も足も出ないだろう」

寿満子が、やっと口を開く。

「おしゃべりは、それだけか」

「足りなければ、いくらでも話してやるさ」

禿富がうそぶくと、寿満子は目を不気味に光らせた。

「もう一度聞くよ。コピーはどこにある。言わないと、まず真利子の右の耳を、そいでやる。次は、左の耳だ。その次は鼻。のっぺらぼうになるまで、続けるよ」

まさか、と思いつつ水間はぞっとして、真利子を見やった。真利子の顔に、恐怖が張りつく。

しかし、禿富はまったく表情を変えない。

「くどいぞ、岩動。おれに、脅しは通用しない」

寿満子は、少しの間禿富を見つめたあと、やおら立ち上がった。

デスクのそばへ行き、石崎を邪険に押しのけて、真利子の脇に立つ。髪に手をかけ、何かをむしり取るように、引っ張った。

クリップでもはずれたのか、後ろでまとめた真利子の髪がばらり、と肩にこぼれ落ちる。

寿満子は、解けた髪をつかんで真利子の顔を、ぐいと引き起こした。その鼻に、いきなり拳を叩きつける。

真利子は悲鳴を上げ、顎をのけぞらせた。鼻から鮮血がほとばしり、ブラウスの胸にしたたり落ちる。

「何をする」

水間はわれを忘れ、ソファを立とうとした。

とたんに、後ろから川野辺に襟首をつかまれ、引きもどされる。

寿満子は、真利子の頭をデスクの表面に押しつけ、無感動な声で言った。

「禿富に、命乞いをしなさい。自分のために、コピーを返してくださいと、そう頼むのよ」

真利子は、苦痛の声を漏らしながら、激しく首を振った。

寿満子は髪を握り直し、もう一度顔を引き起こした。

水間は、血だらけになった真利子の顔を見て、怒りに体が震えた。

「やめろ。ママには、なんの罪もないぞ」

そうどなったが、寿満子は聞く耳を持たず、なおも真利子の頭を揺さぶる。

「頼みなさいったら」

真利子は目を吊り上げ、あえぎながら言った。

「頼まないわ。口が裂けても」

寿満子が怒りをあらわに、真利子の頭を揺すり立てる。しかし真利子は、きつく歯を食いしばったまま、口を開かない。

水間は、禿富が口を開くのを期待して、顔を振り向けた。しかし禿富は無表情に、真利子をいたぶる寿満子を、眺めている。止めようなどという考えは、まるで頭に浮かばない様子だ。

水間は、寿満子と禿富の両方に対して、腹の底から憤りを覚えた。二人とも、人間ではない。

業を煮やした寿満子が、手荒に真利子の頭を、突き放す。真利子は、椅子の背に頭をのけぞらせ、両手で顔をおおった。

寿満子はソファにもどり、禿富を睨みつけたまま、石崎に命令した。

「石崎。真利子の右耳を、そいでやるんだ」

さすがに、石崎は躊躇した。

すると、寺川が石崎を押しのけ、真利子の右側へ回った。

革ジャンパーの内側から、細身のナイフを抜き放ち、上気した顔で聞く。

「ほんとにやって、いいんですね」

顔を押さえた真利子が、恐怖に身をすくめる。

寿満子は目をきらきらさせ、楽しそうに応じた。

「いいよ。存分にやりな」

寺川は右の耳をぐいとつかみ、真利子が悲鳴を上げるのにもかまわず、ナイフの刃先を押し当てた。

禿富は、何も言わない。

寺川の右手が、今にも動きそうになるのを見て、水間はたまらず声を発した。

「待て。待ってくれ」

寺川は手を止め、水間を見た。

寿満子が、いらだちのこもった口調で、言葉を吐き出す。

「口を出すんじゃないよ、水間。コピーのありかを知ってる、とでもいうなら別だけどね」

「そうじゃないが、だんなを説得するから、少し待ってくれ」

水間はそう言って、禿富の方に向き直った。

「だんな。寺川は、ボゴタで五人殺した、と自慢していた。ママの耳を切るくらい、なんとも思わない悪党だ。だんなが黙ってると、ほんとうに切り刻まれますよ」

「やりたけりゃ、やらせておくさ」

平然と応じるのを聞いて、さすがにかっとなる。

「ママがそんな目にあっても、あんたは平気なのか」

秀富は、鼻を鳴らした。

「おれの知ったことか」

気がついたとき、水間は秀富の襟を両手でつかみ、ソファに押し倒していた。

「そりゃあないぜ、だんな。ママの命がかかってるんだ。そんな、役にも立たぬコピーなんか、叩き返してやればいい。どこに隠したか、言ってくれ。おれが行って、取って来る」

秀富は、右手で水間の左手首をつかみ、もぎ離そうとした。すごい力だったが、水間は死に物狂いで襟を握り締め、離さなかった。

秀富が、声を絞り出す。

「ばかやろう。ヤクザ風情に、何が分かる。あのコピーは、おれにとっちゃあ命綱だ。真利子の命などと、引き換えにできるか」

水間は襟から離した手を、秀富の喉首に食い込ませた。

「それなら、ママがやられる前に、おれがだんなを絞め殺す」

秀富は、喉を絞め上げる水間の右手首を、左手でつかんだ。しかし、その左手には右手の半分ほども、力がこもっていない。

「くそ、離せ。きさま、よくもおれに」

　秃富は言葉を途切らせ、必死に水間をはねのけようとした。

　水間は、その上へ体ごとのしかかって、なおも首を絞め続けた。自分が、何をしようとしているかも、分からなかった。

　いきなり、後頭部に強い衝撃を受けて、ソファから転げ落ちる。目から、火花が飛び散った。

　頭を振り、なんとかソファに這い上がる。何が起きたか、とっさには分からなかった。すぐそばに、いつの間にか寿満子が立ちはだかり、水間を見下ろしていた。右手に持つ、黒いブラックジャックらしきものが、目にはいる。それで、一撃を食らったらしい。

　寿満子が、秃富に言う。

「あんたより、水間の方がよほど物分かりがいいよ。惚れた女より、自分の身を大切にするようなやつは、男じゃないね」

51

　秃富鷹秋は、激しく咳き込んだ。

　咳き込みながらも、負けずに言い返す。

「ほかの男に、女の耳を切らせるようなやつに、そんなことが言えた義理か」

　岩動寿満子の顔に、冷酷な笑みが広がる。

「よし、分かった。今度は、あんたの体に聞こうじゃないか」

その言葉が、終わるか終わらないうちに、いきなり上体を起こした禿富が、頭から寿満子に向かって突っ込んだ。

水間は、とっさにのけぞって、それをよけた。

不意をつかれた寿満子が、体つきにも似ぬすばやさで、間一髪禿富の突進をかわす。

同時に、手にしたブラックジャックで、禿富のこめかみを容赦なく叩きのめした。

禿富は、テーブルとデスクの間の床に、どうと倒れ伏した。一瞬意識が混濁したのか、起き上がろうとしたものの、すぐに崩れ落ちる。

寿満子が、水間に呼びかけた。

「存分にやりな、水間。これ以上、真利子を痛めつけられたくなかったら、こいつに口を割らせるしかないよ」

そう言われると、ためらってはいられない。

水間は、もがいている禿富に飛びつき、床に仰向けにねじ伏せた。馬乗りになり、禿富の右手首を左手でつかんで、しっかり押さえ込む。

右手を喉に食い込ませ、力一杯絞め上げた。

禿富が、薄れた意識を取りもどそうと、しきりに首を振り立てる。横へ回った寿満子が、禿富の不自由な左腕を、ぐいと踏みつけた。禿富は苦痛の声を上げ、水間の下で体をよじった。水間は思わず、右手を緩めそうになった。

それを見透かしたように、寿満子がブラックジャックで、水間の肩をつつく。

「手加減するんじゃないよ。降参するまで、絞め上げるんだ」

しかたなく、力を入れ直す。

寿満子は大きな靴で、禿富の左手首と肘の間を、思うさま踏みにじった。

「コピーのありかを言え。言わないと、この手首を踏みつぶして、二度と使えないようにしてやるよ」

禿富は、まるで奔馬のように暴れ狂ったが、水間は全力を振り絞ってその体を、上から押さえつけた。禿富の、右腕の力は恐ろしいほど強く、左手一本では支え切れそうもない。寿満子が、左腕を踏みつけているのを頼りに、右手を禿富の喉から離し、左手の応援に添える。それでようやく、釣り合うほどだった。

「水間。きさま、殺してやるぞ。岩動、おまえもだ」

禿富はののしったが、水間は力を緩めなかった。

「頼むから、コピーのありかを言ってくれ。それを手に入れたら、おれたち三人の命が助かるように、警部と交渉する」

「ば、ばかめ。そんな取引が、岩動に通用するか。どけ。どいて、おれと岩動を勝負させろ」

寿満子が、高笑いする。

「往生際が悪いね、禿富。どうだ、これでもしゃべらないか」

体重をかけて、なおも左腕を踏みつけた。

さすがの禿富も、絶え入らぬばかりの声を上げ、醜く顔を歪める。

「やめて。やめてください」

そう叫んだのは、真利子だった。

真利子は椅子を飛んで立ち、引き留めようとする寺川勇吉の手を振り切って、水間のそばに駆け寄った。

「やめて、水間さん。禿富が、死んでしまうわ」

そう言って、水間の肩にむしゃぶりつく。

「そう簡単に、死ぬものか。コピーのありかを吐くまでは、死なせやしないよ」

寿満子は言い放ち、空いた足で真利子の体を、蹴りのける。

真利子は、床に尻餅をついた。水間が、はっとして力を抜いた瞬間、禿富がすさまじい力で腰を跳ね上げた。

水間は、一たまりもなくはじき飛ばされ、床に転がった。

あわてた寿満子が、起き上がろうとする禿富に、ブラックジャックを叩きつける。禿富はそれをかいくぐり、体勢を崩した寿満子の横を、すばやくすり抜けた。

床に這いつくばった水間は、禿富がソファの後ろに立ちすくむ川野辺明に、飛鳥のように飛びかかるのを見た。

川野辺が、あわてて銃口を向けようとしたときには、禿富はその手首をねじり上げていた。もつれ合ったまま、ソファの後ろに転がり落ちる。

水間は、倒れた真利子の腕をつかみ、反対側のソファの陰に引きずり込んだ。

寿満子が、ブラックジャックを振りかざし、ソファに飛び上がった。床で争う、禿富と川野辺を牽制するように、背もたれの向こう側をのぞき込んだ。

とたんに、寿満子の体が石像のようにこわばり、動きが止まった。

ソファの後ろから、川野辺を盾にした禿富がゆっくりと、体を起こした。左腕で川野辺の胴を抱え、右手に握った拳銃を腋の下から、にゅっと突き出す。その銃口は、ぴたりと寿満子の胸のあたりに、向けられていた。

「油断したな、岩動。ブラックジャック一本で、おれを扱えるなどと思ったら、大間違いだぞ」

盾にされた川野辺は、すっかり血の気を失った顔に、冷や汗を浮かべていた。

禿富が続ける。

「川野辺。おれの拳銃を叩き落とそう、などという考えを起こすなよ。おまえが、少しでも妙な動きをしたら、おれは遠慮なく岩動を撃つ。石崎も寺川も同様だ。最後におまえも、同じ運命をたどることになる。分かったら、おまえの右手を左の腋の下に、挟み込んでおけ」

川野辺は、逆らう気力も失せたらしく、あわてて言われたとおりにした。すがるような目で、寿満子を見る。

ホセ石崎と寺川は、デスクの陰にしゃがんで身を隠し、様子をうかがっている。

寿満子は、禿富の銃口と向き合ったまま、床におり立った。恐れげもなく、ソファのもとの席に、すわり直す。そのふてぶてしい顔に、動揺の色はみじんもなかった。

「どうするつもりだい、禿富。あたしを撃てば、ただじゃすまないよ」

寿満子が、どすのきいた声で言うと、禿富は狼のように歯をむいた。

「ほう。警視総監賞でも、くれるのか」

寿満子はそれを受け流し、話を切り替えた。

「そんなことより、取引しようじゃないか。十億とは言わないけど、ブツを返せばそれなりの金は出す。悪いようにはしないよ」

禿富が目をぎらぎらさせ、得意げに応じる。

「頭が悪いな、岩動。コピーを返したところで、おれがそのまたコピーを取ってない、という保証はどこにもないぞ」

寿満子は動じなかった。

「あんたが、そのまたコピーを取るなんて、ありえないね。原本を除いて、この世に一部しか存在しないからこそ、コピーに価値があるんだ。あんたが、自分からその価値を下げるような、ばかなまねをするはずがないよ」

「そうかな。一部を、おまえたちに高く売ったあと、もう一部をマスコミに二度売りする、という手もあるだろう。もしかすると、コピーを百部ほど、取ったかもしれんぞ」

禿富が言い募ると、寿満子はめんどくさそうに、手を振った。

「無駄話はやめるんだ、禿富。何か条件があるなら、言ってごらんよ」

水間は床にすわり込んだまま、禿富の目が小ずるい光を放つのを、じっと見た。

禿富が、軽く銃口を上下させて、注文をつける。

「それなら、まず石崎と寺川に銃を捨てて、両手を上げるように言え。目障りだからな」

寿満子は振り向きもせず、二人に声をかけた。

「石崎、寺川。聞こえたろう。言われたとおりにするんだ」

少し間があく。

やがて、石崎が言った。

「あいにくだが、お断りだ。あんたのために、おれたちが丸腰になる理由は、何もねえ。ハゲタカは、おれたちを武装解除したら、撃ち殺すつもりでいるんだ」

「岩動も、それを望んでいるかもしれんぞ」

禿富が、わざと挑発するようなことを言い、喉を鳴らして笑った。

寿満子の横顔に、いらだちの色が走る。

「禿富にしろおまえたちにしろ、ここでだれかを撃ったりしたら、後始末に困るだけだ。お互いに、めんどうは避けようじゃないか」

今さら、そんなせりふを吐く寿満子に、かけらほどの真実もないことを、水間は見抜いた。いったい、寿満子はこの場の始末を、どうつけるつもりなのだろう。

デスクの陰から、石崎と寺川がスペイン語らしき言葉で、何かやりとりするのが聞こえる。

やがて、寺川が言った。

「分かった。降伏する。撃たないでくれ」

デスクの上に、まず何も持たない両手が突き出され、次いで寺川の顔がのぞいた。

寺川は、空の両手を左右に広げながら、おずおずと立ち上がった。

続いて、石崎がデスクに拳銃を一挺、投げ上げる。

水間がほっと息をついた瞬間、突然立ち上がった石崎が、もう一挺の拳銃を禿富に向け、発砲した。

盾になった川野辺が、一声叫んでのけぞる。そのはずみに、禿富は川野辺を抱えたままよろめき、後ろの壁に背をぶつけた。

一瞬遅れて、禿富の拳銃が火を吐き、石崎が吹っ飛ぶ。

水間は、真利子の上に体を投げ出し、目の前に落ちて来た石崎の拳銃に、無我夢中で手を伸ばした。

目の隅に、デスクの上の拳銃をつかみ取る、寺川の姿が映る。

寺川は銃口を上げ、禿富目がけて続けざまに三発、連射した。次の瞬間、寺川は悲鳴を上げてよろめき、横ざまに絨毯の上に倒れ込んだ。

応射した禿富の銃弾が、額に命中したのだった。

寿満子が、ソファを飛ぶように立ち、水間の横腹に猛烈な蹴りを入れる。水間は絨毯の上に転がり、苦痛に体を折り曲げた。せっかくつかんだ拳銃が、手を離れてしまう。

顔を上げると、寿満子が真利子を引きずり起こし、体を抱え込むのが見えた。いつの間にか、自分の拳銃を引き抜き、右手に構えている。

秃富に目を移した水間は、ぎくりとした。

川野辺はぐったりとなり、秃富の腹のあたりまで、ずり落ちている。秃富は左腕一本で、必死に川野辺を支えようとするが、すでにその力はなさそうだった。

秃富の、はだけた上着の下の白いシャツが、真っ赤に染まっている。石崎の放った銃弾が、川野辺の体を貫いたあと、秃富の胸にめり込んだらしい。

秃富は壁にもたれたまま、荒い息を吐いた。肩が激しく上下する。

これまで、水間は拳銃で撃たれた秃富が、不死鳥のようによみがえる姿を、何度も目撃してきた。その秘密は、修羅場を予想したとき秃富が装着する、防弾チョッキにあった。

しかし今夜秃富に、それを身に着ける余裕があったかどうか、はなはだ疑問だ。水間が、南青山のバーへ迎えに行く間に、こうした展開を予想して装着した、とは考えられない。

だとすれば、秃富の苦しそうな様子は、ほんとうなのか。それとも、寿満子をあざむく演技なのか。

とうとう、秃富の左腕から川野辺の体が抜け、床にずるずると崩れ落ちる。右手に持った拳銃の銃口は、下を向いたままだった。

秃富と逆に、真利子を盾に抱いた寿満子が、勝ち誇ったように言う。

「さあ、どうする。あんたの盾は、死んじまった。かわりにこっちは、いい盾がみつかった。勝負は、決まったようだね」

秃富の口から、乾いた笑いが漏れる。

「ばかめ。真利子は盾にならんと、くどいほど言ったはずだぞ」

その口調は、胸に銃弾を食らった男とは思えぬほど、しっかりしたものだった。

「強がりはやめな。あんたはあたしを撃てないし、あたしはいつでもあんたを撃てる。勝ち目はないよ」

「それなら、もったいぶらずに撃つがいい。そのかわり、コピーはもどらんぞ」

「なぶり殺しにしてでも、コピーのありかを言わせてやる」

寿満子はうそぶき、あらためて銃口を秃富に向けた。

秃富は、その動きにまったく無関心の体《てい》で、壁に背を預けたまま、大きく息をついた。

実際、呼吸するのも苦しそうだった。もし演技だとすれば、たいした役者だ。

秃富は、さりげなく左手を上げ、右手に近づけた。わざとのように、ゆっくりと拳銃を左手に持ち替え、銃口を上げる。

「撃ってみろ、岩動。人を撃つ度胸があったらな」

そっと様子をうかがった水間は、思わず息をのんだ。

寿満子のこめかみに汗の玉が浮き、音もなく頰を伝い落ちるのが、目にはいったのだ。平然たる口ぶりとは裏腹に、寿満子もまた緊張の極致にあることが、察せられた。

突然、寿満子の拳銃が火を噴き、禿富がもたれた白壁のすぐ横から、漆喰《しっくい》が飛び散る。

真利子の口から、悲鳴が漏れた。

しかし禿富は、風船が割れたほどにも動揺せず、寿満子に言う。

「わざとはずしたのか。それとも、手が震えて狙いが狂ったか」

その挑発に乗るまいと、寿満子が歯を食いしばるのが分かる。

水間は体を起こし、絨毯の上に腰を浮かせた。

寿満子がどなる。

「動くんじゃないよ、水間」

その語勢に押され、水間はもう一度腰を落とした。

禿富が言う。

「今度は、おれの番だ。おれは、真利子の心臓を狙う。命中すれば、おまえも一緒にあの世行きだ」

「撃てるものなら、撃ってごらん」

応じたものの、寿満子はわが身を守ろうとするように、真利子の体を抱え直した。

禿富が、腰だめにした拳銃を真利子に向け、引き金に指をかける。真利子はそれを、自分の卒塔婆でも眺めるように、じっと見つめた。

水間は、すわったままどなった。

「待ってくれ、だんな。撃っちゃだめだ」

「黙っていろ、水間。おれは、撃つと言ったら撃つんだ」

禿富の指が、引き金を絞る。

水間は、とっさに絨毯に身を投げ出し、石崎の拳銃をつかんだ。体を回転させ、禿富に狙いをつけるが早いか、躊躇なく発砲する。

引き金を引く瞬間、防弾チョッキを着ていてくれ、と祈った。

禿富は一声叫び、前かがみに体を折った。右手で腹を押さえ、何かに驚いたような顔で、水間を見る。

それから、ゆっくりとソファの後ろへ、倒れ込んだ。

52

水間英人は、立ち上がった。

拳銃を投げ出し、ソファを押しのける。岩動寿満子も、盾にした諸橋真利子を振り捨て、水間に手を貸した。

禿富鷹秋は、先に崩れた川野辺明の上に、折り重なるように倒れ伏している。

水間は禿富を抱き起こし、斜めになったソファに運んで、そっと横たえた。震える手で、上着のボタンをはずす。ワイシャツの、胸と腹に二か所着弾のあとがあり、血で真っ赤に染まっていた。

防弾チョッキは、着けていなかった。手を触れると、引き締まった筋肉の痙攣《けいれん》だけが、伝わってきた。禿富は、無防備の胸と腹にもろに二発、銃弾を食らったのだ。

水間は、暗然となった。

「だんな」

そう呼びかけたきり、絶句する。まさか、この手で禿富を撃つことになるとは、考えもしなかった。

禿富の目が、薄く見開かれた。

「こ、このやろう。よくもおれを」

ごぼり、と血を吐く。

水間は、禿富の上着の裾を、握り締めた。

「勘弁してください。おれは、だんなに、真利子ママを、撃ってほしくなかった。だから、おれは」

「よけいなおしゃべりはやめな」

いきなり、寿満子が水間を押しのけて、ソファの上にかがみ込む。

どなるように言った。

「救急車を呼んでほしかったら、ブツのありかを言うんだ。今なら、まだ間に合うよ」

それを聞いて、水間ははっとわれに返った。

あわてて、携帯電話を取り出す。それを寿満子が、脇から引ったくった。

「まだ早いよ、呼ぶのは。秃富が、白状してからだ」

「しかし、手遅れに」

水間が言いかけると、寿満子はすばやく腹に銃口を突きつけ、ぐいと押した。

「そっちへどいてるんだ」

低い笑い声が、特別室に流れる。

それが、秃富の口から漏れたものだと分かって、水間はぞっとした。

秃富は、一語一語区切りながら、独り言のように言った。

「救急車は、必要ない。血が、どんどん背中から、流れ出していく。おれは、もう助からん」

寿満子は、もう一度秃富の上にかがみ、襟をつかんで揺さぶった。

「まだ、死ぬんじゃないよ。さっさと、ブツのありかを言いなさい。死ぬ前に、少しは功徳を施したらどうだ」

そうまくし立てるのを、秃富はまるで聞く耳を持たぬように、水間を見て言葉を継ぐ。

「水間。おれの心臓に、もう一発撃ち込め。そうしたら、楽になれる」

水間はいたたまれず、寿満子に食ってかかった。

「ケータイを返してくれ。すぐに、救急車を呼ぶんだ」

「呼んでほしかったら、秃富からブツのありかを聞き出しな」

寿満子の言葉に、かっとなる。

「あんたには、血も涙もないのか。死にかけてる人間に、そんなことを強要するやつが、どこにいる」

寿満子は、拳銃を持ち直した。

「お黙り。邪魔すると、あんたも片付けるよ」

とたんに、乾いた銃声が鳴り響く。

寿満子は悲鳴を上げ、拳銃と携帯電話を落として、ソファに倒れ込んだ。肩からどっと、血が噴き出す。

蒼白な顔を、異常なまでにひきつらせた真利子が、寿満子を睨みつけていた。

その手に、さっき水間が投げ出した、ホセ石崎の拳銃が見える。寿満子は、肩を撃ち抜かれたらしく、ソファの上で苦痛の声を漏らしながら、激しく身悶《みもだ》えした。

水間は、落ちた携帯電話を拾い上げ、一一九番に通報しようと、ボタンを操作した。焦っているために、何度も押しそこなう。

そのとき、妙な気配がした。

「撃て」

「撃つんじゃないよ」

禿富と寿満子の、切迫したしゃがれ声が両側から重なり、水間ははっと顔を起こした。

寿満子が、ソファから起き上がろうと、必死にもがいている。

振り向くと、ソファに仰向けに横たわった禿富の上に、真利子が両手でつかんだ拳銃を構え、のしかかるところだった。

「やめろ」

携帯電話を捨て、真利子を止めようとしたときは、すでに遅かった。ぱん、と花火のような銃声がはじけ、禿富の体がぴくんとはねる。

水間は、その場に凍りついた。

真利子を見上げる、禿富のうつろな目をえもいわれぬ、陶然とした恍惚の色がよぎるのを、はっきりと認めた。

しかし、それは一瞬のことにすぎなかった。

禿富の目から、急速に生気が失せ始め、体がずるずるとソファを滑って、床へずり落ちた。上半身だけが、かろうじてソファの縁に残る。

「だんな」

水間はそばに駆け寄り、禿富の体を揺すった。反応はなかった。心臓のあたりに、もう一つ新しい穴があき、血が流れ出る。

禿富は、目を見開いたまま、死んでいた。

膝をついたまま、しばし呆然とする。目の前で起きたことを、すぐには受け入れられない。

「くそ、なんだって撃ったんだ」

寿満子が、苦痛の中から発した罵声で、水間はわれに返った。ショックが大きく、気も動転していたが、とにかくこの場の始末だけは、つけなければならない。

水間は、ののしり続ける寿満子を相手にせず、腑抜けたように立ち尽くす真利子の手から、拳銃をもぎ取った。ハンカチで銃身をふき、床に倒れた石崎のそばへ行って、投げ出された手に握らせる。

それから、床に落ちた携帯電話を拾い上げ、ソファの上で苦しむ寿満子に、声をかけた。

「警部。あんたのために、救急車を呼ぶ。ただしこの修羅場は、禿富のだんなとこいつらが撃ち合って、相討ちになったことにする。そしてあんたもおれたちも、そのとばっちりを食った。それでいいだろうな」

そう簡単にすむ、とはむろん思っていない。しかし大筋だけは、つけておく必要がある。

寿満子は、蒼白な顔で水間を見返したが、返事をしなかった。水間は一一九番、一一〇番と続けて、通報した。

一息ついてから、真利子の背中を抱く。

「気にしなくていい。だんなは、ママを撃とうとした。だから、おれがだんなを撃ったんだ。だんなは、おれが殺したんだ。ママが撃たなくても、だんなは死んでいた」

水間が言うと、真利子は腕の中で小さく、首を振った。

「あの人に、わたしを撃つ気はなかったわ」

「そんなはずはない。おれが撃たなければ、だんなはママを撃っていた」

「禿富が、なぜ拳銃を左手に持ち替えたか、分からないの。禿富の左手は、引き金を引く力もないのよ」

真利子の指摘に、水間は愕然とした。確かに禿富は、拳銃を左手に持ち替えた。

真利子が続ける。

「かりに撃ったとしても、反動に耐えられないから、弾はそれるわ。少なくとも禿富には、わたしを殺す気なんかなかったのよ」

水間は口をつぐんだ。

それはない、と思う。禿富が、天敵にも等しい寿満子にわざと撃たれるような、そんな愚かなまねをするはずがない。それとも禿富は、水間が見かねて自分を撃つことを期待した、とでもいうのか。

水間は口を開いた。

「それじゃあママは、なぜだんなを撃ったんだ」

真利子は、小さく身震いすると、確信に満ちた口調で言った。

「あれ以上、苦しませたくなかったから。禿富は、わたしに撃ってほしかったのよ」

水間は、その気持ちを分かろうとした。

秃富が、真利子に撃たれた瞬間に見せた、あの陶然としたような恍惚の色は、何を意味したのだろうか。実際、真利子にとどめを刺してほしいと、本気で思っていたのだろうか。

水間は、頭を振った。

どちらにせよ、川野辺を貫いた石崎の銃弾は、秃富の胸にもほとんど致命傷に近い、深手を負わせていた。遅かれ早かれ、秃富は死んだに違いないのだ。

腕の中で、真利子の体が激しく震え始める。同時に、いつの間にか自分の頰にも、涙が伝うのを感じた。

死体に目を向ける。

秃富はわずかに口を歪め、生気を失った目でどこか遠いところを、見つめていた。

そこには、もはやなんの感情も宿っていなかったが、恨みを残して死んだ男の瞳にしては、妙に澄んでいるような気がした。

ほんとうに秃富は、真利子に撃たれたがっていたのだろうか。

その気になれば、もっとしぶとく生きる逃げ道があったのに、みずから墓穴を掘るような挙に出た秃富の真意が、水間には分からなかった。

真利子の涙が、胸を熱く濡らす。

救急車のサイレンの音が、近づいてきた。

エピローグ

三日後。

品川区西五反田の斎場で、禿富鷹秋の葬儀が行なわれた。前日の通夜同様、これ以上はないというほど異様にひっそりとした、静かな葬儀だった。

渋六興業の関係者で参列したのは、水間英人と野田憲次、諸橋真利子、そして大森マヤの四人にすぎなかった。ヤクザとみなされる人間が、警察官の葬儀にぞろぞろと顔を出すのは好ましくない、というのが社長の谷岡俊樹の判断だった。

水間が確認したかぎり、警察関係の参列者も神宮署の副署長小檜山信介、それに御子柴繁と嵯峨俊太郎を含む、生活安全特捜班の刑事数人にとどまった。署長の高波竹彦はもちろん、銃で撃たれて入院中の岩動寿満子も、姿を見せなかった。たとえ表向きだけにせよ、暴力団の幹部三人と撃ち合って殉職した、けなげな警察官の葬儀にふさわしいとはいえぬ、よそよそしい扱いだった。

それよりも、さらに奇異な印象を与えたのは参列した親族が、喪主ただ一人だったことだ。受付を含むすべての雑用は、葬儀社と斎場の社員が取り仕切っていた。

その喪主の名は、禿富司津子《しづこ》。禿富の妻だった。

それを知って、禿富を独り者だとばかり思っていた水間は、しんそこ驚いた。

しかも司津子は、これまで水間がお目にかかったことのないような、すこぶるつきの美人だった。ぞっとするほどの美女、という使い古された表現にふさわしい女を、初めて見たような気がした。少なくとも、この日の司津子以上に喪服の似合う女に、出会ったことがなかった。

喪主の謝辞から、禿富と司津子はどうやら別居中だったらしい、と分かった。

司津子は、夫の死をさして悲しむ風もなく、淡々と会葬者に感謝の言葉を述べた。しかし、その眼差しは何かの思いを抑え込んだように、凄絶な色をたたえていた。

禿富に妻がいたことで、真利子も衝撃を受けたらしい。葬儀の間、ほとんど口をきかなかった。野田もマヤも、いつもより口数が少なかった。

〈サルトリウス〉での深夜の銃撃戦は、まだ最終的に決着がついていない。とはいえ、あのとき水間がとっさに考えた筋書きにそって、収束が図られているようにみえる。

ホセ石崎と寺川勇吉が、渋六興業に決定的なダメージを与えるため、真利子を人質にとって店を占拠し、水間と禿富を呼び寄せた。禿富の通報を受けた寿満子が、二人を救出するため店にかけつけ、銃撃戦になった。石崎、寺川と禿富は相討ちになり、寿満子は流れ弾に当たって負傷。水間と真利子は、打撲による軽傷を負った。

むろん、それぞれの供述には細かな矛盾点があるはずだが、警視庁や神宮署の幹部がそれを追及する気配は、今のところないようだ。警察組織を守るためにも、その流れで事件を丸く収めるのが最上の策、という判断がくだると思われる。

石崎、寺川という現場の実力者二人を失ったマスダは、名目上のボスと目されるリカルド宮井が地下へもぐり、組織の統制を失ってしまった。マスダによって、新宿の縄張りを奪われた土着の暴力団が、この機につけ込んで復帰を図ろうとする、不穏な動きが見え始めている。しばらくの間は、混乱が続くだろう。

最後の別れに際しても、司津子はいっさい取り乱さなかった。水間も野田も、マヤでさえも泣いたのに、涙一つこぼさなかった。

司津子の手前、真利子は必死に涙をこらえている様子だったが、柩《ひつぎ》が炉の中に収まるやいなやこらえ切れずに、水間の胸に泣き伏した。

それを見ても、司津子は顔色を変えなかった。

結局、最後の最後まで残ったのは司津子のほかに、水間たち四人だけだった。

骨を拾うとき、水間は真利子がひそかに破片を一つ取り、喪服のたもとに落とすのを見逃さなかった。

それに気がついたのは、たぶん水間一人だろう。

＊

エレベーターの扉が開く。

御子柴繁が出ようとすると、入れ替わりに乗ろうとした男が、呼びかけてきた。

「御子柴さん」

顔を見ると、嵯峨俊太郎だった。

「どうも」

短く応じただけで、そのまま外に出る。嵯峨の、話をしたそうな気配を感じとったが、あえて無視した。

背後でエレベーターが閉じ、御子柴は廊下を歩き出した。

右手に、〈特別監察官室〉と表示の出たドアを見つけ、ノックする。事務の女性が、間仕切りの奥にある会議室へ、案内してくれた。

中にはいると、紺のスーツに身を包んだ男がドアに背を向け、テーブルの向こうの窓際に立っていた。ずんぐりした体つきで、後頭部が丸く禿げているのが見える。

「神宮署の御子柴です」

声をかけると、男は向き直った。

メタルフレームの眼鏡をかけた、四十代前半の男だった。

「松国です。電話を、ありがとうございました。おかけください」

テーブルの端の、向かいの席を指し示す。

御子柴は腰を落ち着け、相手をそれとなく観察した。

　これが、警察庁長官官房の特別監察官、松国輝彦か。本庁では珍しい、キャリアでない監察官と聞いたが、見たところ風采の上がらない、小役人風の男だ。ただ、エリート臭さを感じさせず、一介の警部補にもていねいな口をきくところが、好ましかった。

　ノンキャリア同士だと思うと、不思議に緊張が解けてくる。

「たった今、エレベーターホールで嵯峨警部補と、すれ違いました。彼は警視正のご内意で、神宮署に配属されたのですか」

　先手を取って質問すると、松国は眼鏡のフレームに指を触れ、無表情に御子柴を見返した。

「内意、と言いますと」

　躊躇したが、思い切って言う。

「つまり、嵯峨警部補は松国警視正の回し者だったのか、という意味です」

　松国は、瞬きした。

「なぜ、そう考えるんですか」

「生前、禿富警部補がそのように、指摘したからです。禿富警部補は、自分と岩動警部の間をうまく立ち回って、互いの敵意をあおるのが嵯峨警部補の役目だろう、と言いました」

　言ってのけると、意外にも松国はくすりと笑い、穏やかに応じた。

「いかにも、禿富君の言いそうなせりふだ。ちなみに禿富君は、死後二階級特進しましたから、禿富警視と呼ぶべきでしょうね」

御子柴は、笑いをこらえた。

松国の言うとおり、禿富は暴力団の幹部と撃ち合い、殉職したのを評価されたものか、死後警視に昇進した。禿富警視と呼ばれたら、当人はさぞかし大笑いするだろう。

御子柴は言った。

「どうやら、禿富さんが指摘したとおりのようですね」

松国が、あっさりうなずく。

「否定はしませんよ。ご承知のように、禿富君はまともな警察官、とはいえなかった。しかし、もっとまともでない警察官は、たくさんいます。ことに、キャリア組にね」

「たとえばここ、警察庁の警備企画課の参事官になった、朝妻警視正ですか。それとも、キャリアではありませんが、朝妻警視正が神宮署へ送り込んできた、岩動警部ですか」

遠慮なく聞くと、さすがに松国は唇を引き締めた。

「だれとは、言ってませんよ」

しかしそのまなざしから、御子柴は答えがイエスであることを、嗅ぎつけた。

御子柴は、手にしたブリーフケースを、テーブルに置いた。蓋を開き、紙の束を取り出して、松国の方に滑らせる。

「お電話したのは、これをお渡しするためです。生前、禿富警部補から預かったものです。自分に何かあったときは、これを松国警視正に届けるように、と言われていました」

松国は、無言でそれを取り上げ、丹念に目を通し始めた。しだいに、その眉根が額の中央に寄り、顔つきが険しくなった。

眼鏡越しに、御子柴を見る。

「これは」

「ごらんのとおり、神宮署の裏帳簿のコピーです。偽領収書作りは、どこの署でもやっていることですが、神宮署は特にひどかった。今はやめていても、そのうちまた方法を変えて、始めないとも限らない。そうならないように、これを役立ててほしいんです」

「禿富君が、それを望んだと」

問いとも、確認ともつかぬ松国の口ぶりに、御子柴は迷った。

「それは、分かりません。わたしの判断に、任せるつもりだったのだ、と思います。ちなみに、わたしはその帳簿のコピーのコピーを、取りました。もし警視正が、それをもとに神宮署を粛正されない場合は、そのコピーをマスコミに流します」

松国は少しの間考え、急ににこりと笑った。

「分かりました。お預かりします。一か月ほど、時間をください」

御子柴は手応えを感じ、思い切りよく腰を上げた。

「失礼しました」

出がけに振り向くと、松国はまた最初のように背を向け、窓の外にある裁判所合同庁舎の建物を、眺めていた。

＊

よくやった。

おまえは、みごとに役目を果たした。あのハゲタカを、この世から抹殺してのけた。かならずしも、それは自分の本意ではなかったが、おまえにそうしてもらわなければ、さらに大きな悪を倒せない、と思ったのだ。

ハゲタカの手ごわさは、おまえがいちばんよく知っていた。あの岩動寿満子も、結局はハゲタカを倒せなかった。嵯峨俊太郎に、ひそかに岩動の動きを牽制させたことも、少しは役に立ったかもしれない。いずれにせよ、おまえ自身のほかにだれも、ハゲタカを始末できる者はいなかった。

おまえの死とともに、神宮署の裏帳簿の存在が公にされ、署の幹部や一部の警察官の陰謀が、明るみに出た。これは氷山の一角で、今後さらに組織の奥にひそむ諸悪が、暴かれるだろう。

あの診断票によれば、おまえの命は長くてもあと一年、短ければ半年ということだった。だからこそ、おまえに賭けてみる気になったのだ。これまで、おまえには何度か煮え湯を飲まされたが、正直なところそれで奮い立ち、この仕事に命を燃やす覚悟もできた。

おまえの死を、決してむだにすることはない。それだけは、約束する。

さらば、禿富鷹秋。

解説

誉田哲也

小説家だから、というのが言い訳になるとも思わないが、どうにも私には、プロの評論家さんやライターさんのように、こなれた筆致で解説を書くことができそうにない。しかも、私はたぶん同業者の中でも、極端にネタバレを嫌う方だと思う。担当編集者が書く「あらすじ」をチェックする際も、たいていは「そこまで書かなくても」と思いつつ、でも「何も書かなかったら読者も買ってくれないしな」と諦め、最終的に「これでいいです」と泣く泣く承諾の返信をするような小心者だ。

これが第一点。私はネタバレを極力避けたい。

そして本作『禿鷹狩り 禿鷹Ⅳ』の著者、逢坂剛先生は、私が唯一「師」と崇める小説家である。

むろん、お世話になった大先輩は他にもいる。尊敬する作家さんもたくさんいます。しかし「師匠」は一人。私に、最も大切な「執筆作法」を授けてくださった逢坂先生を措いて、「師」と仰ぐ作家はいない。

これが第二点。逢坂剛先生は筆者の「師匠」である。

さらに、本作は「禿鷹シリーズ」の第四弾に当たる。

これが初の文庫化で、しかもシリーズ第一弾の解説であれば、このシリーズの特性がどこにあるのかを書くのもいいだろう。

主人公、禿富鷹秋は「ハゲタカ」の異名を持つ、警視庁神宮警察署・生活安全特捜班に所属する、いわゆる悪徳警察官だ。管内では暴力団「渋六興業」と「敷島組」が終わりなき縄張り争いに明け暮れており、そこに、さらに「油揚げをさらう鳶」の如く南米マフィアが参戦、勢力拡大を狙う。また本作では、警察内部から禿富を討とうとする敵まで現われ、四つ巴の乱戦が繰り広げられる――。

ところがこのシリーズにおいて、それぞれの場面を映し出す「目」の役割を担うのは、あろうことか主人公の禿富鷹秋ではない。物語は、渋六興業幹部の水間であったり、傘下のクラブでママを務める真利子であったり、あるいは突如として現われる謎の人物であったりと、常に禿富の周辺人物の視点で語るスタイルが採られている。

そう、重要なのは「視点」だ。

作中人物の誰もが禿富を怖れ、憎み、それでいて離れ難く思っていながらも、肝心の禿富が何を考えているのか、何を狙っているのかは誰にも分からない。読者にもだ。なぜか。作中に禿富の「視点」が存在しないのだから当然だ。

ここで一つ、筆者から提案がある。

本稿では、この「視点」について解説していく、というのはいかがだろうか。それならネタバレなしで「師」の偉大さを語ることができ、なお本作を読む際の一助にもなると思うのだ。

禿富鷹秋というモンスターは、彼を取り巻く周辺人物の恐怖心によって照らし出され、瘴気を縒り合わせるかの如く姿を現わし、悪行の限りを尽くし、やがて陽炎のように消え去る。周辺人物の輪の中心にいながら、禿富はブラックホールとして、あるいは奈落の闇として作中に君臨する。

何故そのような表現が可能なのか。

ひと言で言えば、そこに「視点操作」の妙技があるから、ということになる。と同時に、その「視点操作」こそ、私が師匠から（勝手に）授かった最も重要な「執筆作法」である。

ここである一文をご紹介したいのだが、その引用元が他社から出版された別シリーズであることについては、多少心苦しく思っている。しかしその作品とは、他でもない師の代表作『百舌の叫ぶ夜』であるのだから、何卒ご容赦いただきたい。

それは、師が自ら書かれた「後記」の後半にある。

【各章の数字見出しの位置が、上下している点に、どうか留意していただきたい。これは必ずしも視点の変化を意味しない。時制の変化を示したつもりである。】

衝撃だった。

師はここで「視点の変化ではなく、時制の変化を示した」と明らかにしている。つまり、視点が変化する、あるいは視点を使い分けるというのは、私（逢坂師匠）の作品では当たり前、もはやお馴染みでしょうから、改めて記号で示すまでもありますまい、と仰っているのだ。

まだ小説家を目指しての文章修行中だった私は、この一文によって、プロの作家のなんたるかを思い知った。

当たり前のように「視点」を意識し、使い分ける。それがプロの技であり、心得なのか――。

確かに、それを踏まえて読み返してみると、師の描写には視点の「ブレ」が全くない。それは「書く技術」というより、「あえて書かない技術」と言った方が正しいかもしれない。Aの視点パートで書くべきことは、Bの視点パートでは絶対に書かない。ひと言も、一文字も書かない。そういう覚悟の問題だからだ。

ここで、読者にも分かりやすいよう「視点」の分類について述べておこう。

まず着目すべきは、その文章が「一人称」で書かれているのか、「三人称」で書かれているのか、という点だ。一人称は「私」「僕」「吾輩」などであり、三人称は「水間」「真利子」「禿富」といった人名になることが多い。二人称も絶対にないわけではないが、極めて稀なのでここでは割愛する。

次に見るべきは「視点の数」だ。作品全体を通して、それが一つの視点だけで書ききってあれば「一視点」、複数の視点が使い分けられていれば「多視点」となる。

多くの私小説はその名の通り、「私」のような「自分視点」のみで書かれている。手法としては「一人称一視点」となる。

一方、この「禿鷹」シリーズは「三人称多視点」に分類される。厳密に言えば「一人称多視点」も「三人称一視点」も決して不可能ではないが、多くの作品は「一人称一視点」か「三人称多視点」のどちらかで書かれていると思っていい。

技術的な話をすれば、「一視点」で書いている限り、ブレが生じることはまずない。「私」が思ったこと、見たこと聞いたこと、過去に経験したことなどに限定して書いていけばいいので、さして難易度は高くない。

だが「多視点」で書き始めると、これが途端にブレやすくなる。

複数の登場人物の思考や記憶を縒り合わせて、一つの物語に仕上げていくのは言うほど容易いことではない。また、多視点で描写するうちに、つい「俯瞰した視点」が入り込んできてしまうことも少なくない。

この「俯瞰視点」というのが、意外と厄介なのだ。

代表的な例として挙げられるのは、新聞のような書き方だ。事実を客観的に書く。仮にそれが事件であれば、現場からは少し距離と時間を置いて描写する手法だ。語り部はあくまでも記者なのだから、当たり前といえば当たり前の話だ。

たとえば【当時、真利子は禿富に好意を持っていた。しかし、そのことを水間は知らなかった。】というような記述だ（これはあくまでも例文であり、本文からの引用でも、作中事実でもありません）。

しかし、小説でこの描写はあまりに味気ない。歴史小説のような、大局的な流れを書く作風なら話は別だが、一般小説の執筆手法としてはどうにも物足りない。

ではこれを「一人称一視点」で書いたらどうなるか。仮に真利子を「私」としてみよう。

【私は、禿富さんに好意を抱いておりました。ただそれを、水間さんには知られないようにしていました。知られていなかったと、思います。今でも。】

どうです。途端に小説っぽくなったでしょう。

ただし、この手法で書き進めていっても、水間が真利子の想いを知っていたか否かは描けない。仮に水間の台詞として「全然気づきませんでした」と入れてみたところで、それが水間の本心とは限らない、嘘をついている可能性も否定できないからだ。

これらの問題を解決し得るのが「三人称多視点」という手法だ。

まず真利子のパートで、誰にも知られたくない禿富への想いを明らかにする。それが終わったら、明確に「章」や「節」を分けて水間のパートをスタートさせ、真利子から禿富に抱きつく瞬間をドアの隙間から見てしまう――など、水間だからこそ知り得る事実や、心情、状況を描いていく。師はこの「パート分け」についても厳しく守るべし、としておられる。「章」や「節」で分けられないのなら、「＊」などの記号を用いてもいいから、「ここから視点が変わりますよ」と読者に明示すべきである、と。

このように、いくつもの視点を複合的に用いることによって、物語を「線」ではなく「面」で押し進めていく。各登場人物の想いや知り得た事実、行動原理や犯行動機が、他者のそれと一致する場合もあれば喰い違う場合もある。その喰い違いすら、作品を楽しむためのスパイスとして用いる。また視点人物を都度明示することによって、読者の感情移入を容易にする効果もある。これら全てが「三人称多視点」を用いる旨味であり、その際に重要なのが「視点をブラさない技術」なのである。

改めて考えてみたい。

筆者はここまで、視点、視点、としつこく繰り返してきたが、師匠はこの「禿鷹シリーズ」において、主人公・禿富鷹秋の視点では書かない、という手法を選択された。周辺人物の目で見、手で触れ、言葉で語り、思いを馳せながら、禿富の本心には触れない、明かさないという企みだ。

何もない闇に手持ちの燈火を向け、浮かび上がる影――禿富鷹秋を、あんたは直視できるかよ。おい。

これはそういう作品であると、自称「末席の弟子」である筆者は、思うのであります。

（作家）

単行本　二〇〇六年七月　文藝春秋刊
本書は二〇〇九年七月に刊行された文春文庫の新装版です。
DTP制作　言語社

本書の無断複写は著作権法上での例外を除き禁じられています。
また、私的使用以外のいかなる電子的複製行為も一切認められておりません。

文春文庫

禿《はげ》鷹《たか》狩《が》り
禿鷹《はげたか》Ⅳ

定価はカバーに
表示してあります

2023年2月10日　新装版第1刷

著　者　逢《おう》坂《さか》剛《ごう》
発行者　大沼貴之
発行所　株式会社　文藝春秋

東京都千代田区紀尾井町 3-23　〒102-8008
TEL　03・3265・1211㈹
文藝春秋ホームページ　http://www.bunshun.co.jp

落丁、乱丁本は、お手数ですが小社製作部宛お送り下さい。送料小社負担でお取替致します。

印刷製本・凸版印刷
Printed in Japan
ISBN978-4-16-792001-2

（　）内は解説者。品切の節はご容赦下さい。

宇江佐真理
余寒の雪
女剣士として身を立てることを夢見る知佐は、江戸で何かを見つけることができるのか。武士から町人まで人情を細やかに描く七篇。中山義秀文学賞受賞の傑作時代小説集。（中村彰彦）
う-11-4

植松三十里
繭と絆　富岡製糸場ものがたり
日本で最初の近代工場の誕生には、幕軍・彰義隊の上野での負け戦が関わっていた。日本を支えた富岡には隠された幕軍側の哀しい事情があった。世界遺産・富岡製糸場の誕生秘話。（田牧大和）
う-26-2

上田秀人
奏者番陰記録
遠謀
奏者番に取り立てられた水野備後守はさらなる出世を目指し、松平伊豆守に服従する。そんな折、由井正雪の乱が起こり、備後守はその裏にある驚くべき陰謀に巻き込まれていく。
う-34-1

冲方　丁
剣樹抄
父を殺され天涯孤独の了助は、若き水戸光國と出会う。異能の子どもたちを集めた幕府の隠密組織に加わり、江戸に火を放つ闇の組織を追う！　傑作時代エンターテインメント。（佐野元彦）
う-36-2

海老沢泰久
無用庵隠居修行
出世に汲々とする武士たちに嫌気が差した直参旗本・日向半兵衛は「無用庵」で隠居暮らしを始めるが、彼の腕を見込んで、難事件が次々と持ち込まれる。涙と笑いありの痛快時代小説。
え-4-15

逢坂　剛・中　一弥　画
平蔵の首
深編笠を深くかぶり決して正体を見せぬ平蔵。その豪腕におののきながらも不逞に暗躍する盗賊たち。まったく新しくハードボイルドに蘇った長谷川平蔵もの六編。（対談・佐々木　譲）
お-13-16

逢坂　剛・中　一弥　画
平蔵狩り
父だという「本所のへいぞう」を探すために、京から下ってきた女絵師。この女は平蔵の娘なのか。ハードボイルドの調べで描く、新たなる鬼平の貌。吉川英治文学賞受賞。（対談・諸田玲子）
お-13-17

阿刀田 高
ローマへ行こう
忘れえぬ記憶の中で、男は、そして女も、生きたい時がある。あれは夢だったのだろうか。夢と現実を行き交うような日常の不可解を描く、大切な人々に思いを馳せる珠玉の十話。（内藤麻里子）
あ-2-27

阿佐田哲也
麻雀放浪記1　青春篇
戦後まもなく、上野のドヤ街を舞台に、坊や哲、ドサ健、上州虎、出目徳ら博打打ちが、人生を博打に賭けてイカサマの限りを尽くして闘う「阿佐田哲也麻雀小説」の最高傑作。（先崎 学）
あ-7-3

阿佐田哲也
麻雀放浪記2　風雲篇
イカサマ麻雀がばれた私こと坊や哲は関西へ逃げた。だが、そこには東京より過激な「ブウ麻雀」のプロ達が待っており、京都の坊主達と博打寺での死闘が繰り広げられた。（立川談志）
あ-7-4

阿佐田哲也
麻雀放浪記3　激闘篇
右腕を痛めイカサマが出来なくなった私こと坊や哲は新聞社に勤めたが……。戦後の混乱期を乗り越えたイカサマ博打打ちたちの運命は。痛快ピカレスクロマン第三弾！（小沢昭一）
あ-7-5

阿佐田哲也
麻雀放浪記4　番外篇
黒手袋をはずすと親指以外すべてがツメられている博打打ち、李億春との出会いと、ドサ健との再会を機に堅気の生活から足を洗った私……。麻雀小説の傑作、感動の最終巻！（柳 美里）
あ-7-6

安部龍太郎
姫神
争いが続く朝鮮半島と倭国の平和を願う聖徳太子の遣隋使計画。海の民・宗像の一族に密命が下る。国内外の妨害工作に悩まされながら、若き巫女が起こした奇跡とは――。（島内景二）
あ-32-6

安部龍太郎
おんなの城
結婚が政略であり、嫁入りが高度な外交だった戦国時代。各々の方法で城を守ろうと闘った女たちがいた――井伊直虎、立花誾千代など四人の過酷な運命を描く中編集。（島内景二）
あ-32-7

（　）内は解説者。品切の節はご容赦下さい

（　）内は解説者。品切の節はご容赦下さい。

浅田次郎
月のしずく
きつい労働と酒にあけくれる男の日常に舞い込んだ美しい女。出会うはずのない二人が出会う時、癒しのドラマが始まる――表題作ほか「銀色の雨」「ピエタ」など全七篇収録。（三浦哲郎）
あ-39-1

浅田次郎
姫椿
飼い猫に死なれたOL、死に場所を探す社長、若い頃別れた恋人への思いを秘めた男、妻に先立たれ競馬場に通う助教授……。凍てついた心にぬくもりが舞い降りる全八篇。（金子成人）
あ-39-4

浅田次郎
獅子吼《しし く》
戦争・高度成長・大学紛争――いつの時代、どう生きても、過酷な運命は降りかかる。激しい感情を抑え進む、名も無き人々の姿を描きだした、華も涙もある王道の短編集。（吉川晃司）
あ-39-19

あさのあつこ
透き通った風が吹いて
野球部を引退した高三の渓哉は将来が思い描けず焦燥感にさいなまれている。ある日道に迷う里香という女性と出会うが……。書き下ろし短篇「もう一つの風」を収録した直球青春小説。
あ-43-20

あさのあつこ
I love letter
アイラブレター
文通会社で働き始めた元引きこもりの岳彦に届くのは、ワケありの手紙ばかり。いつしか自分の言葉を便箋に連ね、手紙で難事に向き合っていく。温かくて切なく、少し怖い六つの物語。
あ-43-21

有栖川有栖
火村英生に捧げる犯罪
臨床犯罪学者・火村英生のもとに送られてきた犯罪予告めいたファックス。術策の小さな綻びから犯罪が露呈する表題作他、哀切でエレガントな珠玉の作品が並ぶ人気シリーズ。（柄刀　一）
あ-59-1

有栖川有栖
菩提樹荘の殺人
少年犯罪、お笑い芸人の野望、学生時代の火村英生の名推理、アンチエイジングのカリスマの怪事件とアリスの悲恋。「若さ」をモチーフにした人気シリーズ作品集。（円堂都司昭）
あ-59-2

有川　浩
三匹のおっさん
還暦くらいでジジイの箱に蹴りこまれてたまるか！　武闘派2名と頭脳派1名のかつての悪ガキが自警団を結成、ご近所に潜む悪を斬る！　痛快活劇シリーズ始動！（児玉　清・中江有里）
あ-60-1

青山文平
遠縁の女
追い立てられるように国元を出、五年の武者修行から国に戻った男が直面した驚愕の現実と、幼馴染の女の仕掛けてきた罠。直木賞受賞作に続く、男女が織り成す鮮やかな武家の世界。
あ-64-4

青山文平
跳ぶ男
弱小藩お抱えの十五歳の能役者が、藩主の身代わりとして江戸城に送り込まれる。命がけで舞う少年の壮絶な決意とは。謎と美が満ちる唯一無二の武家小説。（川出正樹）
あ-64-5

阿部智里
烏《からす》に単《ひとえ》は似合わない
八咫烏の一族が支配する世界「山内」。世継ぎの后選びを巡る有力貴族の姫君たちの争いに絡み様々な事件が……。史上最年少松本清張賞受賞作となった和製ファンタジー。（東　えりか）
あ-65-1

阿部智里
烏《からす》は主《あるじ》を選ばない
優秀な兄宮を退け日嗣の御子の座に就いた若宮に仕えることになった雪哉。だが周囲は敵だらけ、若宮の命を狙う輩も次々に現れる。彼らは朝廷権力闘争に勝てるのか？（大矢博子）
あ-65-2

朝井リョウ
武道館
【正しい選択】なんて、この世にない。「武道館ライブ」という合言葉のもとに活動する少女たちが最終的に〝自分の頭で〟選んだ道とは――。大きな夢に向かう姿を描く。（つんく♂）
あ-68-2

朝井リョウ
ままならないから私とあなた
平凡だが心優しい雪子の友人、薫は天才少女と呼ばれる。成長に従い、二人の価値観は次第に離れていき、決定的な対立が訪れるが……。一章分加筆の表題作ほか一篇収録。（小出祐介）
あ-68-3

文春文庫　最新刊

一人称単数　村上春樹
各々まったく異なる八つの短篇小説から立ち上がる世界

名残の袖　仕立屋お竜　岡本さとる
「地獄への案内人」お竜が母性に目覚め…シリーズ第3弾

夜の署長3　潜熱　安東能明
病院理事長が射殺された。新宿署「裏署長」が挑む難事件

武士の流儀（八）　稲葉稔
清兵衛が何者かに襲われた。翌日、近くで遺体が見つかり…

セイロン亭の謎　平岩弓枝
セレブ一族と神戸の異人館が交錯。魅惑の平岩ミステリー

オーガ（ニ）ズム　上下　阿部和重
米大統領の訪日を核テロが狙う。破格のロードノベル！

禿鷹狩り　禿鷹Ⅳ〈新装版〉　逢坂剛
極悪刑事を最強の刺客が襲う。禿富鷹秋、絶体絶命の危機

サル化する世界　内田樹
サル化する社会での生き方とは？　ウチダ流・警世の書！

「司馬さん」を語る　菜の花忌シンポジウム　司馬遼太郎記念財団編
司馬遼太郎生誕百年！　様々な識者が語らう「司馬さん」

もう泣かない電気毛布は裏切らない　神野紗希
俳句甲子園世代の旗手が綴る俳句の魅力。初エッセイ集

0《ゼロ》から学ぶ「日本史」講義　中世篇　出口治明
鎌倉から室町へ。教養の達人が解きほぐす激動の「中世」

人口で語る世界史　ポール・モーランド　渡会圭子訳
人口を制する者が世界を制してきた。全く新しい教養書

シベリア鎮魂歌　香月泰男の世界〈学藝ライブラリー〉　立花隆
香月の抑留体験とシベリア・シリーズを問い直す傑作！